GUARDADOS NO BAÚ

Editora Appris Ltda.
1.ª Edição - Copyright© 2024 do autor
Direitos de Edição Reservados à Editora Appris Ltda.

Catalogação na Fonte
Elaborado por: Dayanne Leal Souza
Bibliotecária CRB 9/2162

B469g 2024	Bennedetti, Odilo João Guardados no baú / Odilo João Bennedetti. – 1. ed. – Curitiba: Appris, 2024. 355 p. : il. ; 23 cm. ISBN 978-65-250-6883-1 1. Imaginário. 2. Recordações. 3. Familiar. I. Bennedetti, Odilo João. II. Título. CDD – B869

Editora e Livraria Appris Ltda.
Av. Manoel Ribas, 2265 – Mercês
Curitiba/PR – CEP: 80810-002
Tel. (41) 3156 - 4731
www.editoraappris.com.br

Printed in Brazil
Impresso no Brasil

Odilo João Bennedetti

GUARDADOS NO BAÚ

artêra
editorial

Curitiba, PR
2024

FICHA TÉCNICA

EDITORIAL	Augusto V. de A. Coelho
	Sara C. de Andrade Coelho
COMITÊ EDITORIAL	Marli Caetano
	Andréa Barbosa Gouveia (UFPR)
	Edmeire C. Pereira (UFPR)
	Iraneide da Silva (UFC)
	Jacques de Lima Ferreira (UP)
SUPERVISORA EDITORIAL	Renata C. Lopes
PRODUÇÃO EDITORIAL	Adrielli de Almeida
REVISÃO	Andrea Bassoto Gatto
DIAGRAMAÇÃO	Amélia Lopes
CAPA	Mateus Porfírio
REVISÃO DE PROVA	Daniela Nazario

Dedico esta obra a meu pai, um grande contador de histórias.

Agradecimentos.

Às pessoas que me contaram histórias e estórias que serviram de inspiração para esta obra, o meu singelo agradecimento, em especial a Guido José (*in memoriam*), que contribuiu com várias delas.

Prefácio.

Muito além de peripécias e travessuras

Como é bom rir de nós mesmos, olhar para o passado e fazer graça lembrando o que foi vivido! Primeiro, por ainda estarmos neste planeta e poder fazer isso. Segundo, por termos histórias que remetem aos nossos antepassados e à trajetória que traçaram ao levar adiante as suas vidas, que se confundem com a ocupação e com o desenvolvimento de regiões do estado do Rio Grande do Sul.

É conveniente observar que não exatamente quem tem histórias para contar e consegue se divertir com as lembranças seja um afortunado cuja caminhada foi fácil e tudo deu certo. Muitas vezes, é justamente o contrário, a pessoa enfrentou grandes dificuldades, erros e até mágoas se fizeram presentes, mas foram superadas dentro das famílias e o amor desses laços contribuiu no tratamento das dores.

Mais do que "causos" engraçados de personagens das famílias que se aventuraram na colonização de áreas ainda pouco exploradas no estado, os fatos narrados nesta obra detalham o cotidiano dos pioneiros e as condições que enfrentaram para sobreviver nas novas terras. Também revelam costumes, desde o uso do baú, a mala de viagem dos imigrantes, atividades econômicas de cada período (os carreteiros, além dos agricultores), as condições de moradia (a cozinha separada das demais dependências), a religiosidade (as novenas, a reza do terço nas famílias), as diversões e as brincadeiras (os bailes, os filós, subir em árvores, as pilhérias pregadas aos outros, a prática do futebol) e outras tantas características dos cenários em que as histórias se inserem.

Ao relatar peripécias dos pioneiros, o autor descreve também a situação do Norte da Itália no final do século XIX, principalmente a dura vida dos agricultores, na verdade, trabalhadores rurais sem terras e sem condições de sustentar as suas famílias. O pior de não ter recursos era não ter perspectiva em função das circunstâncias políticas, sociais e econômicas da Europa e, particularmente, da Itália, naquele período.

Odilo João Bennedetti conta os "causos" recriando os ambientes onde eles aconteceram, o comportamento e a maneira de pensar dos personagens, conforme as épocas e as regiões em que ocorreram. Os cenários descritos compreendem eventos de três séculos: XIX, XX e XXI. Portanto, o autor reporta episódios de várias gerações, alguns ele participou ou testemunhou, mas muitos ouviu de pessoas próximas e pacientemente os estocou em seu "baú".

Aliás, há algumas décadas, Odilo vem recolhendo peças que se avolumam entre os guardados. Ele é o responsável por duas obras já publicadas que remontam direta ou indiretamente aspectos da vida de povos pioneiros do estado. *Os Benedetti da Linha Sessenta*, de 2010, que reconstrói a história e a genealogia do casal Antonio Giácomo Benedetti e Margherita Zaltron e seus descendentes, foi a primeira publicação. A segunda é o romance de ficção *O conto do vigário*, lançado em 2023, com personagens e episódios ambientados na região Noroeste do estado, junto à fronteira com a Argentina e na divisa com Santa Catarina.

Entre os muitos fatos relatados e contextualizados nesta obra, alguns chamaram minha atenção por fazerem um recorte detalhado da condição feminina e do exercício da sexualidade na primeira metade do século XX. As mulheres se preocupavam com o número de filhos e tentavam evitar a gravidez, para não terem que sustentar uma prole tão grande, mas a religião, ou, mais especificamente, os padres interferiam alegando que deveriam aceitar "os desígnios de Deus". Nada de novo nisso, mas é importante registrar e ainda observar que a tarefa de controle da natalidade recaía apenas sobre as mulheres, tanto que os padres, nessa questão, dirigiam o seu discurso às esposas, como se elas fossem as únicas responsáveis.

Embora seja possível encontrar recortes dos aspectos já citados, é preciso assinalar que a obra *Guardados do baú* não tem intenção de criar uma visão, uma compreensão definitiva dos episódios e dos personagens. São relatos do momento em que o "causo" se passou; portanto, são circunscritos ao instante, à percepção e ao modo de contar do narrador.

Como leitora privilegiada desta publicação e das obras anteriores do autor, registro minha admiração pelo trabalho realizado, por sua paciência em pesquisar, reunir e transcrever as histórias e as estórias. Depois de estudar Geologia e Direito, ter enfrentado a rotina em um banco e de ter atuado na

Petrobras, o autor buscou novos desafios, dessa vez na pesquisa histórica e na literatura. E se saiu muito bem.

Recomendo a leitura e fico na expectativa de novas produções literárias.

Porto Alegre, abril de 2024.

Ivone Maria Cassol

Jornalista e professora com doutorado em Comunicação pela PUCRS

Nota do autor.

Os personagens desta obra são fictícios e foram construídos com liberdade poética, não guardando qualquer relação com pessoas conhecidas. Portanto, qualquer semelhança ou identificação deles com pessoas da vida real é mera interpretação do leitor.

Já os episódios foram inspirados em histórias vivenciadas ou estórias relatadas ao autor, que foram adaptadas de acordo com a necessidade da narrativa mediante uma releitura dos fatos ou dos relatos. Por isso, não refletem necessariamente os "causos" como de fato aconteceram. Afinal, quem conta ou reconta um conto sempre aumenta um ponto!

Isso porque os "causos" narrados foram reconstituídos até onde a memória permitiu, preenchendo-se com a imaginação e a criatividade do autor as lacunas que o tempo criou enquanto permaneceram guardados no velho baú.

Todavia, procurou-se ambientar os episódios em seus sítios originais e contextualizar com o momento histórico em que se passaram as histórias e as estórias narradas na obra, buscando preservar as relações interpessoais, os hábitos familiares, os costumes e as tradições sociais que se sucederam ao longo da linha do tempo.

Destaca-se que foram preservadas, tanto quanto possível, as expressões do dialeto (o *talian*), as falas e as gírias empregadas pelos personagens com o objetivo de valorizar a graça da narrativa.

O motivo que moveu o autor a relatar, a seu modo, os "causos" desta obra foi preservar a memória de uma família fictícia, mas que bem pode representar a história de qualquer das tantas famílias de imigrantes que desbravaram rincões e contribuíram muito para o desenvolvimento do Rio Grande do Sul.

Dessa forma, deseja-se divertida leitura àqueles que se aventurarem por estas páginas para conhecer o que está guardado no velho baú.

O autor

Existe uma forma de se fazer história e outra forma de se contar a história.

(Herbert de Souza, o Betinho, sociólogo)

Sumário.

A BOMBONIERE
DA VOVÓ

Tudo começou por causa de certas guloseimas que Nona[1] Idalina costumava ter em casa para distribuir a seus netos e netas quando a visitassem, sempre com muita parcimônia. A Nona mantinha as gulodices, objeto da cobiça das crianças, trancafiadas a sete chaves para evitar que alguma delas as tomasse de assalto. Entre elas havia um tipo de confeito que as netas da Nona Idalina tinham especial predileção: eram uns caramelos em formato de peixinhos coloridos, com sabor artificial, que vinham polvilhados com abundante açúcar.

Naquele janeiro, as irmãs Natália e Luana – filhas de Ernani Benefatti – foram passar uns dias na casa de Nono Lorenzo,[2] em Três de Maio, onde se encontraram com as primas Júlia e Gabriela, filhas da Mariane, que morava ao lado. Durante aqueles dias, as meninas passaram a maior parte do tempo juntas, brincando ou tomando banho de piscina. Nona Idalina não gostava quando as netas invadiam a sua casa, ciosa de que fizessem mexericos nas suas coisas.

Certa manhã, Nona Idalina dirigiu-se à pequena horta que cultivava com grande esmero. Era a oportunidade que as netas aguardavam para assaltarem as tentadoras gulodices da Nona. Ademais, balas roubadas tinham um gosto todo especial. A Gabriela, muito espevitada, logo tomou a frente. Invadiram a casa da Nona e, afoitas, foram vasculhando as peças da residência, procurando sobre os móveis, dentro de gavetas, nos armários da cozinha, em potes, latas e *cachepots*[3]. E nada de encontrarem as deliciosas balinhas.

---

[1] Vovó.

[2] Vovô Lorenzo, filho do bisavô Felício Benefatti.

[3] Palavra de origem francesa para designar um recipiente decorativo, que pode ser feito de vários materiais, como cerâmica, metal ou madeira, e que é usado para "esconder coisas" ou colocar vasos de plantas dentro dele.

De repente, avistaram uma bomboniere de porcelana no alto da velha cristaleira da sala. Animaram-se. Mas tinham que vencer a grande altura que as separava das irresistíveis guloseimas. Seria muito trabalhoso e demorado. Além disso, tinham que tomar cuidado para que Nona Idalina não as surpreendesse em flagrante delito.

Impaciente, Gabriela se apressou em pedir para que Natália a suspendesse nos ombros, mas ela se recusou, receosa que estava em invadir a privacidade da Nona. Contudo Gabriela tanto insistiu que um estratagema foi arquitetado pelas meninas.

Júlia desempenhou o papel de escada para que Gabriela, com seu porte de serelepe, escalasse a grande cristaleira. Com os braços formando cadeirinha, Júlia permitia que a irmã galgasse seus ombros. Natália, postada estrategicamente como sentinela junto à janela, controlava os movimentos da Nona, que recolhia tomates na horta. Tinha a incumbência de dar o alarme caso Nona Idalina tomasse o rumo da casa. Posicionada entre a cozinha e a sala, Luana fazia o papel de receptor e retransmissor dos sinais emitidos pela irmã.

De repente, estando Gabriela prestes a alcançar a cobiçada bomboniere, Natália disparou o sinal e Gabriela despencou ao solo. Nona Idalina entrou na casa e estranhou a quietude das netas, encontrando as quatro perfiladas no sofá da sala, com ares de santos anjinhos. Indagou desconfiada:

— O que vocês estão fazendo aí, tão quietas?

— Nada, Nona. Estamos só descansando – respondeu uma delas.

Quando a Nona retornou para a horta, as meninas retomaram a penosa tarefa de escalar a cristaleira. Às vezes, Natália emitia alarmes falsos só para sacanear as primas. Outras vezes, os alertas eram reais. E a cena se repetia: Gabriela saltava dos ombros de Júlia e as meninas se postavam pacíficas no sofá. Nona Idalina entrava em casa trazendo algum legume para o preparo do almoço e retornava para a horta. Então as meninas retomavam a escalada da cristaleira. Numa dessas tentativas, Gabriela desenvolveu estupenda contração dos músculos da região abdominal e um sonoro escape de gases foi inevitável, bafejando o rosto de Júlia, que esbravejou indignada:

— Gabi! Tu tinha que p... na minha cara!

Após supremo esforço, Gabriela conseguiu, enfim, alcançar a sedutora bomboniere. Com cuidado, saltou dos ombros da irmã e ganhou o solo. Reuniram-se as netas no sofá, mal contendo a curiosidade, e Gabriela levantou a tampa da bomboniere com indisfarçável ansiedade. E exclamaram desencantadas a uma só voz:

— Vazia!

Na porta da sala, eis que apareceu a figura severa de Nona Idalina. E a expressão facial era de total desaprovação:

— Então é isso que vocês estão fazendo? Bem que eu desconfiei que alguma arte vocês estavam aprontando!

E apontando o dedo como um general, deitou ordem:

— Vocês duas, já para casa! – comando que Júlia e Gabriela atenderam sem esboçar a menor contestação.

Por segurança, no restante daquela manhã Nona Idalina não arredou mais pé da cozinha. Finalizou o preparo do almoço enquanto Nono Lorenzo e as netas Natália e Luana assistiam televisão.

O almoço transcorreu silencioso, quebrado apenas pelo tilintar dos talheres e pelas ordens ditadas por Nona Idalina:

— Lorenzo, em vez de ficar plantado na frente da televisão, vê se cria um pouco de vergonha e vai arrumar aquela bagunça que é o porão, que estou te pedindo já faz tempo.

E antes de qualquer objeção justificou:

— Aquela montoeira de livros e outras tralhas só servem para criar traças e baratas. Aquilo precisa de uma boa faxina.

De fato, nos últimos anos o porão da residência havia se convertido em depósito para todo sortilégio de lembranças e de objetos antigos e em desuso pela família. Encontrava-se entulhado com uma mistura indecifrável de ferramentas, vasilhames, revistas, livros e outros materiais escolares que os filhos haviam utilizado em seus estudos, além de quadros, fotografias, documentos e outras relíquias acumuladas por diversas gerações da família.

Nono Lorenzo acatou a ordem mostrando a sua contrariedade com o seu silêncio. Natália, talvez querendo se redimir da reprimenda recebida da Nona naquela manhã, ofereceu-se como voluntária:

— Eu ajudo!

Nona Idalina e Nono Lorenzo consentiram, trocando olhares incrédulos.

Nono Lorenzo tirou a sesta roncando na cadeira de balanço enquanto Pirulito – o cão de estimação – ressonava junto aos seus pés e a televisão falava para as paredes. Acordou de sobressalto com o chamado estridente do telefone. Nona Idalina atendeu com dois ou três monossílabos, recolocou com impaciência o fone no gancho e transmitiu o recado às netas sem disfarçar o mau humor do momento:

— É aquela sarna da Gabriela pedindo para vocês irem lá.

Nono Lorenzo levantou-se da cadeira, bocejou demoradamente e foi até a geladeira, onde se serviu de água gelada. Depois se dirigiu para o porão, detendo-se antes no início da escada:

— Como é, Medonha?[4] Quem é a camaradinha que ia me ajudar a arrumar o porão?

Natália saltou prontamente do sofá para seguir o Nono, enquanto Luana atendia os insistentes apelos da prima Gabriela.

Chegando ao porão, Nono Lorenzo parou à porta, como a estudar o cenário que se descortinava. O ambiente realmente se apresentava bastante desorganizado, caótico. Havia muitas caixas de papelão, algumas empilhadas de forma confusa, outras espalhadas de forma desordenada. Nono Lorenzo coçou a nuca e ingressou no porão, arredando com o pé algumas caixas que obstruíam o acesso. Natália seguiu-o silenciosa, não contendo um grito no momento em que um camundongo disparou num zás-trás quando o Nono removeu uma grande caixa repleta de revistas velhas.

— E se vieram os de bombacha! – exclamou o Nono. – Mas não se preocupe, de noite armo a ratoeira e pego esse danado.

E percebendo o olhar assustado da neta, tranquilizou-a:

— Não se assuste, Nena.[5] Esses ratinhos não fazem nada.

---

4 Forma como Nono Lorenzo chamava a neta Natália.
5 Expressão carinhosa que Nono Lorenzo usava para qualquer uma das meninas.

Ainda temerosa, Natália se aproximou de Nono Lorenzo. Começaram, então, a classificar o material: as ferramentas e os utensílios eram colocados num armário velho acostado a uma das paredes do porão; os vasilhames eram reunidos a um dos cantos, enquanto as caixas eram separadas de acordo com o seu conteúdo: livros, cadernos, revistas velhas, fotografias, objetos antigos, documentos etc.

Mas para classificar as caixas era necessário, antes, abri-las, para verificar o seu conteúdo. E muitas daquelas coisas aos poucos foram despertando a curiosidade de Natália. Certo momento, enquanto a menina se entretinha com uma caixa com quadros de retratos e pinturas, Nono Lorenzo cuidava de uma caixa com algumas peças de tapeçaria e de tricô da Nona Idalina. Removeu-a. Embaixo dela encontrou um velho tapete dobrado, cujo odor logo denunciou o tempo que não apanhava sol. Removeu-o também e estancou admirado:

— O baú! – Foi a única coisa que conseguiu pronunciar.

Natália correu até o Nono, indagando:

— Que caixão é esse, Nono?

— Não é um caixão. É um baú… – respondeu Nono Lorenzo. E prosseguiu explicando: – O baú que foi da minha mãe.

— Que massa,[6] Nono! Mas ele é bem velho, né?

— Sim. Nesse baú veio toda a mudança da nossa família quando nos mudamos para cá – explicou Nono Lorenzo, começando a arrastá-lo até o centro do porão para ficar mais próximo da luz.

— E isso faz muito tempo, Nono?

— Sim, Nena. Foi no ano de 1926.

Nesse tempo, Nono Lorenzo tentava abrir o velho baú. Vendo que ele estava fechado a cadeado, pediu à neta que lhe alcançasse uma caixa de ferramentas que se encontrava numa prateleira no fundo do porão. Natália revirou a prateleira até encontrar a caixa e a entregou ao Nono, retomando a conversa:

— Ah, foi quando os Benefatti vieram para o Brasil…

---

[6] Gíria comum entre adolescentes, que expressa admiração.

— Não – atalhou o Nono. – Em 1926 foi quando o meu pai se mudou para cá. Ele morava em Guaporé, onde eu nasci. Eu tinha um ano quando nos mudamos para cá.

— Mas o meu pai sempre disse que a nossa família veio da Itália – redarguiu Natália.

Percebendo a confusão que a neta fazia sobre a história dos antepassados da família, Nono Lorenzo sentou-se no baú e passou a explicar tudo nos mínimos detalhes, como era do seu feitio, enquanto revirava o ferramental à procura de algo que se encaixasse no ferrolho:

— Nena, o meu pai era o Felício, que vem a ser o teu bisnono.[7] Quem veio da Itália foi o pai dele, que se chamava Giuseppe Benefatti, que no caso é o teu... – pausou para pensar um pouco – ... tataranono[8] ... o meu Nono. Isso foi lá no ano de 1891.

— Que legal! – comentou Natália, esforçando-se para demonstrar compreensão. – E o Nono conheceu esse Giuseppe?

— Não, filha. Não cheguei a conhecer porque ele morreu faz tempo, antes de eu nascer. Se não me engano foi no ano de 1920.

— Que pena! – consolou Natália.

Com um pouco de sorte, Nono Lorenzo conseguiu, enfim, abrir o baú. Por alguns instantes quedaram-se os dois em silêncio a observar o seu curioso conteúdo, composto de documentos antigos, fotografias – algumas acomodadas em álbuns, outras soltas ou acondicionadas em envelopes –, e variada gama de pequenos objetos e outras relíquias.

Passado um átimo lançaram-se, sem nada dizer, sobre esse conteúdo, e permaneceram por alguns instantes a remexê-lo. Apanhando um envelope pardo, Natália abriu-o e se deparou com uma foto inusitada. Era o retrato, em corpo inteiro, de um homem cuja idade se revelava pela barba longa e grisalha. E percebendo a curiosidade da neta se denunciando em suas sobrancelhas elevadas, Nono Lorenzo adiantou-se a prestar esclarecimentos:

— Essa é a foto do meu Nono Giuseppe. – E apanhando a fotografia das mãos da neta, continuou: – Essa é a única foto que temos do meu Nono. É uma relíquia!

---

[7] Bisavô.

[8] Tataravô.

Admirando a fotografia, Natália insistiu com Nono Lorenzo:

— E como era esse Nono Giuseppe. Conta, Nono…

— Ah, Nena, ele tinha um apelido famoso – respondeu Nono Lorenzo, dando início à narrativa da história de seu avô paterno.

GIUSEPPE, O PAIO

Giuseppe Jacobo Benefatti nasceu em 17/04/1853, na Comuna di Caldogno, na Região do Vêneto, Itália. Foi batizado na Parocchia San Urban di Cresole, localizada nas proximidades de Caldogno. Era descendente de Giuseppe Fortunato Benefatto[9] e de Maria Antonieta Bighetti. Quando jovem serviu o exército dos carabineiros da Itália, no qual permaneceu por cerca de seis anos lutando nas guerras pós-unificação contra o Império Austro-Húngaro, travadas no nordeste da Itália, que envolviam as disputas territoriais pelas regiões de Treviso, Friuli e Tirol.

No exército italiano, Giuseppe foi ordenança do comandante de sua guarnição. Graças à sua função, tinha acesso às festas e aos pomposos bailes que reuniam o oficialato do exército e as nobres famílias vênetas. Foi assim que conheceu a jovem e bela Catterina, filha de um militar de alta patente, chamado Adamo Zancon, e de sua esposa, Erina Zolla.

Na época, Catterina era dama de companhia numa família nobre do norte da Itália. No convívio com a nobreza havia adquirido hábitos refinados, boa educação, maneiras fidalgas e muito gosto pelas letras e pelas artes. Era uma moça bem-educada, de fino trato, que a todos tratava com cortesia e atenção, hábitos que conservou por toda a vida. Tanto era assim que seus filhos, bem como os netos que tiveram a felicidade de conhecê-la, sempre se referiam a ela como uma pessoa amável, compreensiva e afetuosa, que tratava cada qual com especial ternura. Quem a visse uma única vez na vida, dela sempre recordava os gestos de carinho e os sábios conselhos.

Terminada a guerra, Giuseppe Jacobo desligou-se do exército e voltou a trabalhar com seu pai, que era sócio de um moinho localizado em

---

[9] Assim era grafado o nome da família até o patriarca Giuseppe Fortunato. A partir de Giuseppe Jacobo, o nome passou a ser grafado na forma atual: Benefatti.

Caldogno, que fabricava e exportava farinha de trigo para países vizinhos, como a França e a Suíça.

Era bastante galanteador e logo começou a fazer a corte à jovem Catterina, que voltara a residir com os pais na Comuna di Marano Vicentino, um pouco ao norte de Caldogno. Giuseppe não tinha posses, só a cara e a coragem, afinal, trabalhava a soldo no moinho. Mas comparecia todo falante e pomposo na casa da família Zancon, dizendo-se empresário e sócio de moinho. É bem verdade que se apresentava com boa aparência, mas a fatiota impecável que trajava costumava tomar emprestada de um amigo, assim como também não lhe pertencia a vistosa montaria que utilizava para frequentar a casa da pretendida.

Giuseppe era um rapaz de estatura mediana, magro, cabelo e barba *biondi*[10], olhos azuis e *naso regolare,*[11] que pode ser traduzido por "comprido" se levarmos em conta os padrões italianos. Era dotado de uma prosa fácil. Aquela lábia toda rapidamente foi envolvendo o futuro sogro. E para melhor impressioná-lo, certa vez levou-o a conhecer o moinho de Caldogno.

Todavia, naqueles dias havia ferido o indicador da mão direita, no qual fizera um curativo com uma tira de pano, que as pessoas da região chamavam de *pezzo*. E conduzindo o senhor Zancon pelas dependências do moinho, apontava o dedo ferido para as instalações, dizendo:

— *Questo pezzo è mio!*[12]

Apontava o dedo envolto no "pedaço", ou peça, agora para outra dependência:

— *E questo pezzo è mio!*

E tornava a repetir o gesto, cada vez mais faustoso:

— *E anche questo!*[13]

Toda essa ostensiva exibição patrimonial acabou por convencer o senhor Zancon a lhe conceder a mão da jovem em casamento. Porém Catterina não estava disposta a desposá-lo. Não lhe agradava muito aquele seu jeito meio fanfarrão e um tanto rude. Era verdade que Giuseppe aparentava ser um rapaz

---

[10]   Loiros.
[11]   Nariz regular.
[12]   *"Esta peça é minha!".*
[13]   *"E esta também…".*

bem apessoado, mas ele lhe parecia muito galante, demasiado voluntarioso. No convívio com a nobreza fora habituada com outras formas de tratamento. E Giuseppe talvez estivesse um pouco distante desse ideal. Mas como ela já vinha sendo cortejada e o rapaz já frequentava a casa com habitualidade, seu pai Adamo, fiel aos costumes e às tradições da época, convenceu-a a se casar com Giuseppe para preservar a reputação dela e a da família.

Em 19/12/1880, Giuseppe e Catterina receberam as bênçãos nupciais na paróquia de Marano Vicentino. Nesse tempo, Giuseppe enfrentava graves desentendimentos com a madrasta Anna Secconi, a segunda esposa do pai Giuseppe Fortunato. A farsa do moinho também estava desnudada. Giuseppe não passava de modesto empregado no moinho de Caldogno, no qual seu pai era apenas um dos sócios. A solução, então, foi morar de favor na casa do sogro.

Desde os tempos de juventude, Giuseppe tinha um apelido famoso: *Paio*.[14] A origem dessa alcunha perde-se nas névoas do tempo. Talvez fosse atribuída ao seu espírito aventureiro, de quem tem gosto por correr o mundo, em desvendar novos horizontes. Ou uma alusão ao seu jeito matreiro, um tanto fanfarrão, afeito a loucas bravatas. Ou, ainda, uma referência à cor dos seus cabelos: loiros, da cor da palha do milho. Todavia, seja qual for a origem do apelido, a verdade é que quase ninguém mais sabia seu sobrenome; todos o conheciam por *Beppi Paio*.

Catterina não se agradava do infame apodo que os patrícios haviam colocado em seu esposo, pois sabia que aquele apelido era como marca feita em brasa n'alguma rês; ficaria colado aos seus para todo o sempre. E ela, na condição de esposa, passara a ser a *Paia*. Pensava ela, esse apelido odioso quebraria os vínculos de linhagem da sua descendência. Era doloroso serem chamados dessa forma. E, depois, o nome Benefatti era muito mais sonoro e tinha um significado bem mais nobre: bem-feitos, perfeitos!

— Que história mais bacana, Nono! – exclamou Natália. – E o que mais o senhor sabe da nossa família?

— Ah, Nena… Muitas histórias e muitos causos.

---

14 Cigano, em alguns dialetos.

Nesse instante, verificando melhor o interior do envelope, Natália percebeu que havia outra fotografia. Mal contendo a curiosidade, retirou-a e a apresentou ao Nono. Era o retrato em meio-corpo de uma senhora que transparecia muita distinção.

— Olha, esta é a minha Nona. A Nona Catterina – completou Nono Lorenzo.

— Ela era muito bonita! – observou Natália após contemplar a fotografia por alguns minutos.

— Oh, sim – disse Seu Lorenzo. – A Nona Catterina era uma mulher muito bonita, muito distinta. E era também muito carinhosa. Era praticamente uma dama!

— O Nono conheceu ela?

— Sim, Nena. Eu vi a Nona Catterina só uma vez na vida, mas eu não me esqueço nunca. Isso foi no ano de 1947, quando meu pai me levou pela primeira vez a Caxias do Sul para visitar os parentes.

Após fazer pequena pausa, como se tentasse puxar a memória de fatos tão distantes, Seu Lorenzo prosseguiu:

— A Nona estava acamada…

— Por que, Nono? – precipitou-se em questionar Natália.

— Ela tinha caído e fraturado a perna, ou um osso do quadril, não lembro direito. Sei apenas que desde aquele acidente ela só saiu da cama para o cemitério, quando faleceu, no ano de 1950.

Seu Lorenzo demorou-se ainda alguns minutos admirando a figura de Nona Catterina e retomou a conversa:

— Não esqueço do dia em que a conheci. Meu pai me levou até o quarto dela, onde ela estava acamada. Quando entrei, ela me abraçou e não parava de me beijar. Eu nunca havia sido beijado daquela maneira.

Seu Lorenzo devolveu a fotografia para a neta, que a recolocou no envelope. Passados alguns instantes, ainda remexendo o conteúdo do baú, Natália desafiou Nono Lorenzo a prosseguir com as histórias da família:

— Nono, e por que os teus nonos resolveram vir para o Brasil?

— Bom, Nena, essa é uma longa história – respondeu Seu Lorenzo, procurando uma melhor posição no assento improvisado do velho baú.

— Tenha um pouco de paciência que vou te explicar tudo…

FARE L'AMÈRICA[15]

No mês de julho do ano de 1891, desesperançados e sem perspectivas diante da grave crise que assolava a pátria-mãe, Giuseppe e Catterina tomaram uma decisão importante e muito difícil: migrar para a América. A Itália encontrava-se, enfim, unificada sob uma única bandeira, mas a miséria e a desesperança grassavam soltas. A Família Benefatti já não desfrutava da prosperidade de outrora. Tampouco Adamo Zancon. Havia muita gente sem trabalho e a fome era geral. Sucediam-se epidemias, como a cólera e a pelagra, que dizimavam milhares de pessoas. A legião dos famintos, dos desamparados e dos mendicantes avolumava-se a cada dia. E as escassas terras produtivas eram senhorio intocável das famílias nobres.

Na casa de Giuseppe e Catterina os filhos vinham ao mundo com a graça de Deus, mas eram mais bocas a reclamar por comida. O primogênito foi Fortunato; depois vieram Adamo e Maria. Giuseppe não suportava mais a triste condição de viver de favor à sombra do sogro em Marano Vicentino. Sonhava em ir para o novo mundo para encontrar a sua *cuccagna*[16] e, depois, voltar para a Itália enricado.

Da América recebia cartas de amigos que haviam emigrado antes, em que narravam as muitas vantagens que recebiam no novo mundo, mas quase sempre omitindo as grandes dificuldades que encontravam para sobreviver nos lotes de terras que recebiam do governo brasileiro. Entre esses amigos encontrava-se Albérico Nicollini, companheiro de infância nos tempos da Itália, que escrevia a Giuseppe contando as maravilhas da nova

---

[15] Fazer a América, isto é, enriquecer para depois voltar à Itália.
[16] Tesouro, riqueza.

terra: enquanto a mulher preparava *la polentina*[17], sentado junto à janela da *cucina*,[18] ele abatia *alcuni osei*[19] para comer no almoço.

Mas Catterina ainda hesitava frente à aventura de navegar para o desconhecido. Algo em seu coração lhe dizia que aquela seria uma viagem sem retorno. No entanto uma única coisa a confortava: ver-se livre da infamante alcunha da família. Não suportava mais ser chamada de *Paia*. Eles tinham um belo nome e por ele deveriam ser chamados. Quem sabe na América estariam finalmente livres desse ultraje que se colava à pele como uma crosta nojenta.

A dor da despedida em Marano Vicentino foi muito forte. Erina Zolla, mãe de Catterina, segurava no colo a netinha Maria – então com 4 anos de idade – e a sufocava entre beijos e carícias. Não contendo as lágrimas, fez um apelo derradeiro à filha: que daquele dia em diante a neta passasse a ser chamada de Erina, pressentindo que nunca mais a veria. De fato, ao ingressar no Brasil, Maria passou a se chamar Erina em memória da avó materna.

Em 17/07/1891, Giuseppe obteve o passaporte n.º 55, emitido na cidade de Vicenza. Reunindo os seus parcos pertences, Giuseppe, Catterina e os filhos tomaram o trem rumo ao porto de Gênova. Chegando à cidade portuária, Giuseppe e Catterina tiveram mais sorte do que o grande contingente de emigrantes que ficava dias perambulando pelo cais sujo do porto, aguardando o momento do embarque. Sob o número de ordem 28, foram logo chamados para embarcar no vapor Duca di Galliera – pertencente à companhia La Veloce Società Anonima di Navigazione a Vapore –, que estava completando lotação para zarpar rumo à América.

A viagem durou longos e penosos 36 dias, singrando por mares de vagas bravias. Fortes ventos e frequentes tempestades açoitavam o frágil *bastimento*,[20] deixando as águas revoltas e trazendo muito desespero e angústia aos intrépidos viajantes.

Eram os últimos dias de agosto de 1891 quando aportaram no Rio de Janeiro. Na capital da neófita República foram acomodados provisoriamente na Casa do Emigrante, localizada na Ilha das Flores. Mais alguns dias e a leva de imigrantes foi embarcada num navio costeiro de propriedade da Com-

---

[17] A polenta.
[18] Cozinha.
[19] Alguns pássaros.
[20] Navio a vapor.

panhia Nacional, com destino a Porto Alegre, onde desembarcaram no dia 11/09/1891, após viagem de cerca de dez dias. Na capital riograndense, ficaram abrigados na Hospedaria Geral dos Imigrantes do Cristal, em alojamentos improvisados, onde receberam uma ração diária, alguns medicamentos e um leito rude para dormir.

Na partida de Porto Alegre, em 19/09/1891, Giuseppe e sua família juntaram-se a uma caravana de imigrantes que seguia para a Colônia Caxias, pois seu destino era o Travessão Alfredo Chaves, localizado próximo ao Rio das Antas. Navegaram pelo Rio Caí embarcados num vapor de pequeno porte, até alcançarem o Porto Guimarães, atual cidade de São Sebastião do Caí, numa viagem que durou cerca de dez horas. Foram recebidos no pequeno porto por um destacamento do Serviço de Imigração da Província, chefiado pelo comissário Bernardo Mercatori, que residia no então chamado Travessão Felisberto da Silva,[21] que fazia parte da 10ª Légua do Campo dos Bugres.[22]

Enquanto a pequena embarcação atracava no improvisado cais, Giuseppe recolhia os minguados pertences, preparando-se para pisar com confiança o solo firme. Catterina, com a filha Maria no colo – que agora já era chamada de Erina –, o *scialle*[23] preto protegendo os ombros, trazia os filhos Fortunato e Adamo agarrados ao seu vestido. Foi nesse momento que uma voz, vinda da margem, saudou os recém-chegados:

— *Benvenuto, Beppi Paio!*[24]

Para desapontamento de Catterina, tratava-se de Altino Scolla, velho conhecido dos tempos da Itália, que jogava por terra as suas esperanças de se ver livre do indesejável apelido.

Subiram a serra a pé, as crianças sacolejando dentro das bruacas,[25] as bagagens acomodadas em velhas carroças, seguindo pela então denominada Estrada Visconde do Rio Branco, num percurso de cerca de 66 km, rumo às colônias que se formavam ao norte da Colônia do Campo dos Bugres. Catterina, que nunca havia andado a cavalo, teve muita dificuldade para se equilibrar em sua montaria pelas misteriosas e desafiadoras sendas do futuro.

---

[21] Linha Sessenta, hoje pertencente ao município de Flores da Cunha (RS).
[22] Colônia Caxias.
[23] Xale.
[24] "Bem-vindo, Beppi Paio!".
[25] Cestos de taquara que eram amarrados no lombo de mulas.

O caminho era tortuoso e estreito, serpenteando riachos e encostas íngremes, sendo ladeado por uma mata fechada e virgem. Ao meio-dia faziam rápida parada para um improvisado almoço e, à noite, acampavam ao redor de fogueiras para se proteger do frio da noite e das feras bravias. Ao romper do dia reiniciavam a lenta e penosa jornada.

Após três dias de estafante marcha, finalmente começaram a aparecer os primeiros vestígios de civilização. Eram pequenos povoados, onde alguns imigrantes reencontravam, com forte emoção, algum conterrâneo conhecido do Vêneto. Seguiam a caminhada e renovavam a esperança ao ver tantas casas – bastante modestas, mas muito acolhedoras – pontilhando ao longo das estradas e picadas. O povoado Dante,[26] no Campo dos Bugres, já dava sinais de grande prosperidade, com muitas residências, a maioria de madeira, diversos estabelecimentos comerciais e algumas chaminés fumegantes.

Pernoitaram na vila, acolhidos em modestos abrigos. Retomaram a caminhada na manhã seguinte, em sua última jornada, tendo por destino final o Travessão Felisberto da Silva, onde foram hospedados numa rústica casa de abrigo, que funcionava como entreposto para acolhimento provisório e distribuição dos imigrantes que chegavam.

Chegando, enfim, ao destino de suas vidas, Catterina foi acometida de intensa febre, que a deixou acamada e inconsciente por vários dias. Quando recuperou a consciência, percebeu que faltavam os anéis dos seus dedos. Indagou ao esposo a respeito do sumiço das joias que ganhara na convivência com famílias da nobreza do Vêneto. Giuseppe respondeu dando de ombros e apontando com o indicador:

— *Qui in scarcelin.*[27]

— Esse lugar onde eles chegaram é a Linha Sessenta, que hoje pertence ao Município de Flores da Cunha – complementou Seu Lorenzo, dando por concluída a narrativa da chegada da família no Brasil.

---

[26] Corresponde hoje ao centro da cidade de Caxias do Sul (RS).
[27] "Aqui no bolsinho".

— Nono, eu conheço esse lugar. Meu pai já me levou lá – observou Natália.

— Mas esse não é o lugar onde a nossa família deveria ficar quando chegou no Brasil – alertou Seu Lorenzo.

— Como assim, Nono? – perquiriu a neta, deixando clara a sua dificuldade de compreensão da história.

— É que as terras que o governo brasileiro havia destinado inicialmente ao Nono Giuseppe ficavam em outro lugar.

— E onde era esse lugar?

— Ah, essa é uma outra estória... – disse, enigmático, Seu Lorenzo. – Senta aqui que vou te explicar tudo direitinho.

A GARRAFA DE CACHAÇA

As terras que o governo brasileiro havia destinado para a família de Giuseppe Jacobo Benefatti localizavam-se alhures, no chamado Travessão Alfredo Chaves,[28] que integrava a 16ª Légua da Colônia Caxias. Esse travessão se iniciava junto ao Rio Oitenta e se prolongava até o Rio das Antas, constituindo-se na sua extremidade setentrional da colônia. O lote de terras destinado à Família Benefatti tinha a área de 32,615 hectares e pela sua concessão Giuseppe teria de pagar a quantia de M$ 187,550 réis.

Do governo receberia, ainda, um crédito de M$ 20,100 réis para aquisição de ferramentas e outro de M$ 124,700 réis para a construção de uma casinha para moradia. A dívida total junto ao governo brasileiro alcançaria a quantia de M$ 332,350 réis, que poderia ser paga em parcelas num prazo total de 10 anos, com carência de dois. As terras eram muito acidentadas e se localizavam nas encostas do Rio das Antas.

Enquanto a família permaneceu na Linha Sessenta, hospedada na residência de Geromin Tivoli, Giuseppe foi tomar posse do seu lote de terras. Subsistiu sozinho por algumas semanas – duas ou três – naquele lugar ermo e inóspito, desmatando mato virgem e tentando abrir roça. Apesar das origens camponesas da família, Giuseppe não tinha experiência para trabalhar a terra. Na Itália havia sido militar e trabalhara a soldo no moinho no qual seu pai Giuseppe Fortunato era sócio. Nunca havia sido colono. Não tinha prática para manejar o machado e a enxada. E a solidão daquele lugar isolado, a falta de habilidades para as lides da roça e as enormes dificuldades e privações que teria de enfrentar com a sua família naquelas terras selvagens o colocaram em estado de desespero.

---

[28] Homenagem ao inspetor de terras e engenheiro Alfredo Rodrigues Fernandes Chaves.

Completamente desiludido com o sonho do seu pedaço de chão, que agora parecia-lhe escapar por entre os dedos das mãos, Giuseppe decidiu abandonar a sua franquia e retornar para a colônia da Linha Sessenta para reencontrar a família. No meio do caminho encontrou uma pequena bodega.[29] Faminto e sem um tostão no bolso, pediu um bom trago de cachaça a um estranho que se encontrava escorado junto ao rústico balcão de madeira. Como paga, ofereceu a franquia de terras que o governo brasileiro lhe havia destinado. Fechado o negócio, o estranho forneceu-lhe uma garrafa cheia de cachaça, na qual Giuseppe afogou toda a sua frustração com o sonho da terra prometida. Inebriado com aquela bebida miraculosa que lhe confortava o espírito e iluminava as ideias, Giuseppe disse ao forasteiro que, em troca, além da franquia das terras, podia ficar também com as ferramentas e com a capa de chuva que deixara pendurada no galho de uma árvore. Tinha acabado de fazer uma grande bebedeira.

Reencontrando a família na Linha Sessenta, Giuseppe procurou pelo Senhor Bernardo Mercatori, representante do Serviço de Imigração na região, o qual ofereceu a franquia de um colono chamado Giovanni Pellegrini – que havia tomado posse do lote de terras n.º 11 da 10ª Légua, juntamente aos primeiros colonizadores do lugar no ano de 1877 –, que havia se envolvido com o movimento revolucionário liderado por Gaspar Silveira Martins contra o governo provincial de Júlio de Castilhos. Devido ao seu envolvimento com os federalistas, quando se indispôs com alguns vizinhos, e por não estar pagando as parcelas da dívida agrária junto ao governo, o Senhor Pellegrini estava obrigado a devolver a sua franquia localizada na Linha Sessenta, em frente ao lote de terras n.º 10, de Geromin Tivoli.

O dinheiro obtido com a venda das joias de Catterina foi utilizado por Giuseppe para pagamento ao Senhor Pellegrini pelo lote de terras, indenizando-lhe as benfeitorias (um acanhado casebre de madeira), um pequeno parreiral e mais algumas rústicas ferramentas. A dívida de M$ 150,500 réis junto ao governo brasileiro foi assumida por Giuseppe, registrando-se a aquisição da propriedade do lote de 24 hectares em 31/12/1894, em São Sebastião do Caí, sede do vasto município que àquela época pertencia toda a região da colonização italiana até o Rio das Antas. A colônia de terras, que permanece até hoje nas mãos de descendentes da família, foi registrada como lote n.º 11 do Travessão Felisberto da Silva.

---

[29] Casa de comércio varejista, típica da região de colonização italiana; bolicho.

— Então o Nono Giuseppe trocou as terras por uma garrafa de cachaça?

— Não é bem assim – começou a esclarecer Seu Lorenzo. – Essa é a estória que contam por aí, mas ninguém sabe se é verdadeira. A única coisa que se sabe é que Nono Giuseppe desistiu das terras que o governo brasileiro lhe havia destinado e usou as joias da Nona Catterina para comprar outras terras, que é o lugar que você conheceu.

— E por que o Nono Giuseppe desistiu daquelas terras?

— Olha, Nena, o que contam é que essas terras ficavam num lugar muito feio. Era uma pirambeira, tinha muito mato e muitas pedras. Nono Giuseppe não gostou nada do lugar e não teve coragem de levar a família para lá.

— Ali onde a família mora agora é muito bonito… – observou Natália.

— É verdade!

Então Seu Lorenzo lembrou-se da história de um personagem familiar chamado Bertinho, passando imediatamente a narrá-la.

A ENCOMENDA

Cerca de um século após a desistência da franquia de terras pelo bisavô Giuseppe, no início da década de 1990, Bertinho[30] embrenhou-se pelo Travessão Alfredo Chaves, nas proximidades do Rio das Antas, em busca de peões para auxiliar na colheita da uva. Impressionava-se com o escarpado agudo dos morros e com a imensidão dos abismos. Trafegava por uma estrada estreita, tortuosa e esburacada, seguindo aos solavancos com o seu automóvel Monza, que comprara fazia pouco tempo. As pedras do caminho ameaçavam cortar os pneus, rasgar o assoalho do veículo reluzente de novo. Rodava cuidadosamente por pirambeiras assustadoras, rondando precipícios estonteantes. Era um cafundó dos infernos, uma desolação de doer, pensava desiludido enquanto conduzia o seu automóvel com extremo cuidado.

Lembrou-se, então, que era naquele insólito lugar que ficavam as terras que seu bisavô Giuseppe havia recebido do governo quando veio para o Brasil. E isso significava que ele poderia estar vivendo por ali, perdido entre *tanti buzzi*[31] e *tanti sassi*.[32] Recordou-se das histórias que seu Nono Humberto contava, de como o bisavô Giuseppe se recusou a levar a família para viver naquele lugar inóspito, de como se desesperou e abandonou tudo. E de como tiveram que recomeçar do nada na Linha Sessenta, onde hoje vivem.

Passando em frente à pequena capela do vilarejo, parou. Procurou a zeladora e encomendou três missas. Quando perguntado sobre as intenções da encomenda, limitou-se a responder enigmático:

— É em agradecimento por meu bisavô ter feito *una tchuca*.[33]

Fez a oferta pelas missas e seguiu caminho. A mulher ficou atônita, sem nada entender. Já recebera encomendas de missas para toda a sorte de

---

[30] Humberto José Benefatti, filho de Amadeo e neto de Humberto, descendentes em linha reta do imigrante Giuseppe Jacobo Benefatti.

[31] Tantos buracos.

[32] Tantas pedras.

[33] Uma bebedeira.

intenções: agradecimentos por falsas graças alcançadas, milagres inacredi-táveis, pedidos impossíveis. Mas missa em agradecimento a uma bebedeira nunca tinha visto. Mas quem é capaz de compreender a alma humana? Tentava, em vão, decifrar a estranha encomenda daquele rapaz simpático e extrovertido. Mas não tinha remédio. Se havia recebido a paga, as missas tinham que ser rezadas. Sacudiu a cabeça e conformou-se: *"C'è gente per tutto in questo mondo!"*.[34]

Bertinho retornava para casa tomado de inebriante sentimento de alívio. Ria-se da cara de espanto da zeladora da capela. Ria-se mais da história (ou "estória") da garrafa de cachaça e de outras loucas *sfrotoles*[35] que contavam do intrépido Giuseppe Benefatti. Naquela época, provavelmente tinham achado o seu bisavô *mezzo pazzo*,[36] mas agora entendia as razões daquele gesto arrojado e desesperador. Compreendia a sua alma. E se sentia grato, imensamente grato, pela coragem dele.

— Ah, eu só imagino a cara daquela mulher! – observou Natália.

— É, tem muitas outras estórias do Bertinho – ponderou Seu Lorenzo. – Cada uma mais engraçada do que a outra.

— Conta mais, Nono! Conta! – insistiu Natália no auge da sua curiosidade.

Então, após uma pausa para recuperar o fôlego, Seu Lorenzo prosse-guiu com outro causo.

---

[34] *"Há gente para tudo neste mundo!"*.
[35] Causos, estórias.
[36] Meio maluco.

O PECADOR

Fazia algum tempo que Bertinho não frequentava a igreja da Linha Sessenta. Pelo menos era o que pensava o sacerdote que habitualmente rezava as missas e prestava assistência religiosa às famílias da comunidade.

Certo domingo, terminada a missa, o sacerdote encontrou-se com Bertinho no salão comunitário. Não se recordando de tê-lo visto na missa, abordou-o em tom de reprovação:

— Bertinho, faz muito tempo que não te vejo na missa...

Ao que respondeu prontamente Bertinho:

— Mas o que é isso, padre? O senhor é que não se lembra. Hoje eu até me confessei antes da missa!

Incrédulo, o padre indagou-lhe:

— Tem certeza? Eu não me lembro disso!

— Claro que me confessei, padre – insistiu Bertinho, com um sorriso maroto na face. – Eu fui aquele que confessou que sustenta quatro mulheres.

— Seu sacripanta! Pecador! – bradou o clérigo, indignado. – Eu só não te excomungo porque você é um Benefatti! Que falta de vergonha! Não sei como você ainda tem coragem de me dizer uma coisa dessas!

— Calma, padre. O senhor não está entendendo...

— Como que não estou entendendo? – atalhou, já um pouco alterado, o sacerdote. – Isso é um sacrilégio, uma ofensa muito grave aos princípios da nossa Santa Madre Igreja! Não sei nem que penitência te dar...

— Deixa eu explicar, padre: uma das minhas quatro mulheres é a minha mãe. A outra é a minha esposa e as minhas filhas são as outras duas mulheres que sustento.

Dito isso, Bertinho abraçou o sacerdote e disparou aquela sua conhecidíssima gargalhada, enquanto o clérigo não sabia mais que sermão passar ao espirituoso cristão.

— Mas esse Bertinho é mesmo muito engraçado! – disse Natália rindo.

— De fato – concordou Seu Lorenzo, fazendo pequena pausa. – Mas numa certa ocasião o Bertinho levou mesmo foi um susto muito grande...

— E como foi isso, Nono? – interrompeu já impaciente a neta.

— Melhor dizendo – prosseguiu Seu Lorenzo –, ele deu um susto muito grande foi na mulher dele. Bem dizer... A noiva.

E ajeitando-se sobre o velho baú que lhe fazia de assento, Seu Lorenzo começou a narrar o incrível – e quase trágico –, acontecimento ocorrido no casamento do Bertinho.

O CASAMENTO

No dia 04 de fevereiro de 1978 aconteceu o casamento do Bertinho. A cerimônia religiosa ocorreu na Igreja Matriz de Nossa Senhora de Lourdes, em Flores da Cunha, às 19h. Logo após a cerimônia religiosa teve lugar a recepção festiva aos convidados no salão paroquial da cidade.

Aconteceu que nos dias que antecediam as bodas, a noiva Ivânia Otobelli foi acometida de um surto de herpes, que fez surgir uma faixa salpicada de bolhas que lhe envolvia o corpo na altura do abdômen. A incômoda irrupção trouxe muita febre e um grande desconforto. Mas a cerimônia já estava marcada, os convites todos distribuídos e não havia mais tempo para adiar as núpcias. O jeito foi enfrentar o inoportuno contratempo.

As festividades estavam muito animadas. O calor era intenso, produzindo filetes de suor que escorriam silenciosos por baixo das roupas solenes. Convivas abraçavam com euforia o casal de nubentes, distribuindo fartos votos de felicidade, muitos beijos e abraços calorosos. A noiva resistia com bravura a todas aquelas manifestações de carinho e apreço, retribuindo com generoso sorriso. Por baixo do vestido branco, todavia, o incômodo das empolas deixava-a irrequieta e angustiada. Algumas vesículas estouravam com algum abraço mais entusiástico, aumentando o ardume e o desconforto. Após se regalarem com um delicioso banquete, os noivos cortaram o bolo, posaram para mais algumas fotos e dançaram a valsa nupcial. Animados, os convidados deram sequência a um descontraído bailado.

O noivo andava também apreensivo. E não era só pela expectativa da lua de mel e da nova vida em comum que iniciavam. É que durante a celebração das núpcias percebera alguns sussurros, alguns olhares suspeitos trocados entre os amigos, e estava desconfiado de que eles estivessem tramando alguma sacanagem para se vingarem das tantas peças que ele lhes havia pregado em suas respectivas bodas. E a noiva não mais suportava a aflição daquele incômodo que lhe ardia por baixo do vestido branco.

Aproveitando-se da animação da bailanta, os noivos foram se retirando de mansinho do recinto festivo, dissimuladamente, até alcançarem o velho corcel modelo 1975, cor vermelha. Dirigiram-se à casa da noiva, onde trocariam de roupas e seguiriam em viagem de núpcias. Mas, ao contornarem o quarteirão, pareceu-lhes que alguns veículos conhecidos os perseguiam. Dobraram na primeira esquina e deram de frente com outro veículo suspeito. Não havia mais dúvidas: os amigos estavam atrás deles para lhes pregar alguma sacanice. Percorreram mais algumas quadras errantes, dobrando sem rumo aqui e acolá para despistar os persistentes perseguidores, mas aqueles veículos pareciam teimar em segui-los à pequena distância.

Retornaram ao estacionamento do salão paroquial, onde deram voltas a esmo. Quando parecia terem finalmente despistado os persecutores, retomaram o caminho em direção à casa da noiva. Rodaram tranquilos por algumas quadras, parecia mesmo que estavam livres daquela perseguição inquietante. Mas, de repente, deram de frente com um veículo em cujo interior reconheceram alguns amigos.

Alvorotados, dobraram à direita e seguiram pela rua com as cabeças voltadas para trás para conferir se os amigos retomariam a perseguição. O corcel seguiu sem que seus ocupantes se dessem conta da trajetória que estavam percorrendo, preocupados que estavam em verificar se alguém ainda os perseguia. Ambos, com os olhares voltados para a retaguarda, não perceberam que logo adiante havia um caminhão estacionado, encoberto pela penumbra da noite.

O choque foi inevitável e surpreendente. Bertinho demorou alguns instantes para tomar consciência do acontecido. Voltando o olhar à frente, percebeu um monstro de ferro, pneus e madeira que estilhaçara o para-brisa do velho corcel. Ao seu lado, Ivânia jazia desacordada, com o corpo tombado sobre o painel do veículo.

O noivo saltou imediatamente do carro e deu a volta para abrir, a custo, a porta do caroneiro, que no choque havia emperrado. Chamou pela noiva, que nada lhe respondeu. Um calafrio percorreu-lhe a espinha. Delicadamente, soergueu o rosto da agora esposa até recostá-lo no banco do automóvel para tentar reanimá-la. Assustou-se, então, com densos filetes que vertiam aos borbotões da fronte e escorriam pelas faces, empapando de vermelho o vestido de noiva. Cacos de vidro do espelho retrovisor estavam colados no rosto ensanguentado. Chegaram os amigos espavoridos com o inesperado acidente. Ivânia lentamente foi recobrando os sentidos, enquanto os amigos providenciavam a sua remoção em busca de socorro médico.

Da sacada do prédio em frente, o doutor Corelli assistiu incrédulo à inusitada cena. Percebendo a gravidade da situação, de pronto ligou para o Hospital Beneficente Nossa Senhora de Fátima, recomendando ao plantão as providências para a sala de cirurgia, para onde se dirigiu imediatamente. Lá encontrou uma noiva ainda zonza, que se esvaía em sangue, um noivo nervoso, que tentava explicar – ou entender – o ocorrido, e um bando de amigos que se lamentavam penitentes diante do trágico desfecho de uma brincadeira inconsequente.

Enquanto o médico suturava, com desvelada perícia, veias e artérias dilaceradas do braço da paciente, inquieto Bertinho chamava, em vão, a atenção do cirurgião para os cortes impressionantes na testa da noiva, onde ainda borbotavam tênues fios de coloração vermelho ocre.

A notícia do acidente logo alcançou os convivas que se divertiam na festa nupcial. Familiares aflitos e convidados sobressaltados abandonaram as comemorações e correram ao hospital, indagando atordoados sobre o estado dos nubentes, sobre a gravidade dos ferimentos. Outros, juntos ao velho corcel, ainda buscavam explicações para o inexplicável incidente.

Doutor Corelli levou algumas horas suturando veias e aplicando curativos no braço e no rosto da noiva. Fez também um curativo e alguns pontos no Bertinho, que só tardiamente percebeu um pequeno talho em seu braço esquerdo.

Confortados com as notícias tranquilizadoras acerca do estado dos nubentes acidentados, aos poucos os convivas foram retornando às suas casas, ainda tecendo comentários desencontrados.

Aquela noite de núpcias ficou marcada para sempre na vida do jovem casal: iniciaram a lua de mel num quarto de hospital, entre ataduras e bandagens. Na quarta-feira seguinte deram alta. A viagem de núpcias já estava inexoravelmente postergada para data incerta.

— Mas que susto, hein, Nono! – exclamou Natália.

— Aquela noite o Bertinho passou sem lua de mel… – completou Seu Lorenzo rindo.

Por alguns instantes voltaram a se dedicar à tarefa de vasculhar o interior do velho baú. Seu Lorenzo retirava material do baú, examinava e reclassificava de acordo com o seu conteúdo. Natália se entretinha com uma ou outra coisa, até tomar a iniciativa de quebrar novamente o silêncio:

— E por que chamam ele de Bertinho?

Seu Lorenzo fez nova pausa, jogando ao chão uma pilha de velhas revistas.

— Na verdade, o nome dele é Humberto José… Foi uma homenagem ao Nono dele, que se chamava Humberto, e ao Bisnono Giuseppe… que é o meu Nono – explicou Seu Lorenzo, com a habitual riqueza de detalhes.

— Ah… – assentiu a neta, sem, no entanto, conseguir dissimular a falta de compreensão do complexo liame familiar que envolvia os personagens citados.

Então, percebendo a confusão mental que se apoderava dela, Seu Lorenzo replicou em novas explicações:

— Esse Humberto Benefatti que falo foi o primeiro filho dos meus nonos Giuseppe e Catterina que nasceu no Brasil. Ele era chamado de Zio Berto. Por isso todos chamam o neto de Bertinho… Para diferenciar um do outro.

— E o Senhor conheceu esse Humberto? – indagou Natália.

— Claro! Foi ele que ficou morando na propriedade que era do meu Nono Giuseppe quando ele faleceu, lá naquele lugar onde teu pai já te levou várias vezes.

— Eu gosto quando o meu pai me leva lá. A Letícia sempre me leva para brincar com as galinhas… Ela corre atrás delas até pegar uma. Aí a gente brinca de botar roupa na galinha, como se fosse uma boneca…

Seu Lorenzo observou com um sorriso nos lábios.

— Aquela lá tem próprio o espírito do Bertinho…

— É verdade … – emendou Natália. – A Letícia é muito divertida.

— Mas o Zio Berto – prosseguiu Seu Lorenzo –, que vem a ser o bisnono da Letícia, era uma pessoa muito bacana… Não tinha quem não gostasse dele. Ele era muito requisitado para resolver os problemas da família ou da vizinhança. Tem até uma história que contam dele…

— Conta, Nono! Conta! – pediu a neta já sem conter a paciência.

PRIMOS DISTANTES

No ano de 1942, homem já feito, Giacinto[37] viajou a passeio até Flores da Cunha e Caxias do Sul para visitar as famílias dos tios Humberto, Adamo, Erina e Constanza, essa já falecida. Na Linha Sessenta conheceu a jovem e bela prima Judite, filha da Nona Constanza. Foi amor à primeira vista, que arrebatou os corações dos jovens, embora fossem juras veladas que se denunciavam pelos olhares furtivos e encabulados, que mal se fitavam.

Giacinto passou cerca de um mês em visita aos familiares. No momento da despedida, o sentimento dos jovens enamorados revelou-se em gestos e palavras tímidas. E Judite deixou claro sua firme decisão: o primo Giacinto era o seu escolhido. E de imediato tratou de romper o namorico que mantinha com um rapaz da comunidade local. A sua escolha estava feita.

Entretanto havia um obstáculo intransponível para o amor entre os jovens: os laços de parentesco muito próximos. Eram primos-irmãos e a Igreja não abençoava uniões entre consanguíneos desse grau. As leis católicas eram muito rigorosas e o vigário jamais consentiria aquele matrimônio. Seria uma afronta aos princípios seculares da Santa Igreja Católica. Poderiam até ser excomungados.

Mas de nada adiantaram os conselhos, primeiro de seu pai, Antonio Andreatta, depois do Zio Berto e, enfim, da Nona Catterina. Judite batia o pé e se mantinha resoluta. A cada tentativa de dissuadi-la, ela reafirmava que se não se casasse com o primo Giacinto não seria com mais nenhum outro pretendente. E assim se passou um ano. Os familiares e amigos procuravam demonstrar os riscos e os problemas que poderiam advir de uma união entre primos tão próximos. O antigo namorado de Judite, sob as bênçãos da família, tentava em vão reatar o namoro, mas a jovem se mantinha ina-

---

[37] Filho de Fortunato Benefatti.

balável. Em Guaporé, Zio Nato[38] esforçava-se em indicar *belle ragazze*[39] ao jovem Giacinto, mas todas essas tentativas para demovê-lo daquela paixão arrebatadora resultaram infrutíferas.

Ante a firme decisão dos jovens, que chegava a beirar a teimosia, a família reuniu-se, enfim, em conselho, sob a mediação do Zio Berto – pessoa ponderada e de notável espírito conciliador, a quem todos recorriam quando necessitavam de algum conselho ou do conforto de suas palavras – e resolveu abençoar aquela união. A celebração do casamento foi marcada para o dia 01/05/1943, na Linha Sessenta, onde residia a noiva.

E na cerimônia religiosa, lá estava Zio Berto perfilado ao lado dos nubentes, como padrinho e tutor afetivo dos jovens. Iniciando a celebração, o pároco percebeu um detalhe significativo na linhagem dos futuros cônjuges: o sobrenome comum de seus genitores. Pigarreou e, por alguns instantes, quedou-se a examinar detalhadamente a documentação. Uma atmosfera nervosa e inquietante contaminava o ar. Apenas Zio Berto mantinha-se sereno, com aquele seu olhar sempre risonho e confortante. Mais um pigarro e o celebrante levantou os olhos, fixando-os nos nubentes:

— Os noivos são parentes distantes?

Um silêncio gélido arrebatou os presentes. Os noivos baixaram os olhos como a procurar uma resposta no piso ladrilhado da igreja dedicada ao padroeiro São Bartolomeu. Sussurros ansiosos percorriam a pequena plateia, onde olhares constrangidos procuravam-se nervosamente.

Então uma voz sossegada se fez ouvir clara e tranquilizadora:

— Oh, sim… Parentes bem distantes…

Era Zio Berto, que com seu habitual sorriso e uma discreta mesura mais uma vez confortava e encorajava a todos. Suspiros aliviados ressonaram pelo templo. O celebrante retomou os atos cerimoniais e abençoou a união dos jovens Judite e Giacinto.

Zio Berto permanecia com um largo sorriso na boca, rindo-se silencio-samente da providencial ambiguidade da sua resposta. Afinal, quem poderia duvidar da grande distância geográfica que, para os padrões daquela época, separava Flores da Cunha de Guaporé?

---

[38] Tio Fortunato, primeiro filho dos imigrantes Giuseppe e Catterina Benefatti.
[39] Belas moças.

— Ah! Que esperto esse Zio Berto!

— E ninguém podia dizer que ele mentiu – emendou Seu Lorenzo. – Afinal, a distância que ele quis dizer era entre as moradias dos noivos.

— E esse Zio Berto era o filho mais velho dos…

— Não, Nena… – interrompeu Nono Lorenzo. – O filho mais velho era o Fortunato, o Zio Nato, como a gente chamava.

— E ele morava em Guaporé?

— Sim – respondeu Seu Lorenzo. – O Zio Nato se mudou para lá quando se casou.

— Depois vem o Zio Berto? – indagou Natália, ainda tentando entender a imbricada genealogia da família.

— Não, o segundo filho era o Adamo – respondeu Seu Lorenzo. – O Zio Damo, como era chamado. Ele tinha um apelido muito famoso…

— É mesmo? – alvoroçou-se Natália.

Ante à curiosidade cada vez mais efervescente da neta, Seu Lorenzo voltou a se sentar sobre o baú, pronto para iniciar a narrativa de mais uma história familiar.

O MARULO

O segundo filho dos imigrantes Giuseppe e Catterina Benefatti chamava-se Adamo, nascido na Itália em 30/08/1884. Tinha 7 anos quando a família emigrou para o Brasil. Desde garoto sempre se mostrou muito esperto e ainda jovem aprendeu os ofícios mercantis quando foi trabalhar na casa comercial – a Bodega – de propriedade de Bernardo Mercatori, na Linha Sessenta. Dono de um tino comercial nato, logo assimilou as "artes" do comércio, em seu sentido mais ambíguo. Com facilidade desenvolveu aguçado espírito empresarial, tendo se tornado mais tarde, quando se mudou para Caxias do Sul no ano de 1947, próspero empresário com participações societárias em diversas empresas, entre elas a Vinícola Riograndense, da qual foi sócio-fundador.

Tinha o hábito de falar sozinho, com o seu vozeirão que saía espremido por baixo do farto bigode. Por onde andasse a sós, costumava entabular animadas conversas consigo. Algumas línguas maledicentes insinuavam que conversava com o "capeta", outras que dialogava com almas do purgatório, talvez para dissimular a inveja que sentiam diante da prosperidade notória de que Adamo desfrutava. Isso lhe rendeu um apelido famoso: "Marulo", porque por onde andasse produzia um barulho que lembrava as "marolas" de um rio. Mas tudo não passava de mero folclore, fruto da fértil, por vezes maliciosa, imaginação popular. O certo é que tudo não passava do prosaico costume, por assim dizer, de pensar em voz alta.

Quando se casou com Henriqueta Ramazzoli, em 14/07/1906, Adamo foi residir na Linha Otávio Rocha,[40] onde já possuía algumas colônias de terras. Naturalmente, por lá também instalou a sua bodega para pôr em prática as "artes" do comércio que aprendera para mercadejar com os colonos da redondeza.

Mas Adamo tinha um espírito irrequieto e se envolveu na Revolução de 1923, alinhando-se ao lado dos chimangos, partidários do governador

---

[40] Pertencente atualmente ao município de Flores da Cunha (RS).

Borges de Medeiros, contra os revolucionários de lenço encarnado – os maragatos –, liderados pelo oposicionista Assis Brasil. Perfilou-se nas tropas legalistas comandadas pelo coronel Flores da Cunha e pelo doutor Osvaldo Aranha. Como costumava dizer: *"Sempre sul lato del governo, mai contro chi comanda, perché non c'è futuro alcuno…"*.[41] Enquanto isso, a bodega ficava aos cuidados da mulher e do filho Ítalo.

Integrou-se às forças borgistas que lutavam nos Campos de Cima da Serra. De vez em quando, aparecia sorrateiramente em casa para ver a mulher e os filhos. Chegava escondido, altas horas da noite, a cabeça enterrada em seu chapéu de abas rebaixadas, trajando uma capa preta para se proteger da chuva e do frio, andando como uma sombra que se esgueirava por matos e campinas.

Madrugada ainda feita, Adamo passava no curral, onde deixava as mulas cansadas e famintas que o acompanhavam. Para substituí-las, escolhia outras, descansadas e bem alimentadas, carregando seus lombos com farto sortimento de peças de salame, queijo, farinha, vinho e outros mantimentos que apanhava de sua bodega para reforçar a cantina das tropas sempre carentes de suprimentos, e partia oculto pelo breu da noite. Por isso, vezes havia em que os filhos pequenos nem chegavam a vê-lo em suas visitas sorrateiras. E, assim, passavam-se meses sem que a família tivesse notícias suas.

Finda a revolução com a assinatura do Acordo de Pedras Altas, Adamo retornou ao convívio da família, sem precisar mais se esconder e para retomar o comando dos negócios. Prosperava a olhos vistos. Ampliou os negócios da bodega e adquiriu mais terras.

Entretanto, na hora de negociar com os colonos, Adamo se valia de toda a manha e perspicácia adquiridas nos longos anos de comerciante. Quando comprava a produção de vinho dos pequenos agricultores, prontamente tomava a iniciativa da contagem das medidas – equivalentes a 2,5 litros cada –, que retirava manualmente das pipas armadas sobre carroças atreladas a ternos de mulas. E lá se postava o Marulo a fazer a contagem com o seu vozeirão sempre cadenciado:

— *Uno, due, tre, quattro, cinque, sei…*[42]

E mergulhava a medida na pipa de vinho sem perder o ritmo da cantoria, prosseguindo o sonante contar:

---

[41] *"Sempre do lado do governo, nunca contra quem comanda, porque não tem futuro algum…".*

[42] *"Um, dois, três, quatro, cinco, seis…".*

— ... *sette, otto, nove, dieci, undici...*[43]

E mais adiante:

—*... diciotto, diciannove, venti...*[44]

E, então, fazia uma pausa providencial, como a retomar o fôlego.

Passando o dedo indicador à guisa de gancho sobre a testa, recolhia gotículas de suor que brotavam fartamente, enquanto aproveitava para distrair o vendedor com alguma conversa despretensiosa a respeito do calor daquelas tardes, da chuva que ameaçava faltar ou da doença que acometia algum vizinho. Passados alguns instantes, recomeçava a contagem, sempre de forma pausada:

— *Quindici, sedici, diciassette, diciotto...*[45]

E cantava os números com voz tonitruante e ritmada, até fazer nova parada estratégica mais adiante, depois da qual recomeçava a contagem recuando propositadamente alguns números sem que ninguém percebesse a sua artimanha.

Contudo, quando se tratava de efetuar a venda de vinho a algum cliente, Marulo também se apressava em assumir a contagem das medidas. Adotava, porém, outro estratagema: em cada parada não recuava, mas saltava alguns números significativos para frente:

— *Uno, due, tre, quattro, cinque, sei, sette, otto...*[46]

E prosseguia mergulhando as medidas nas pipas de vinho sem perder a cadência:

— *... nove, dieci, undici, dodici, tredici, quattordici, quindici*[47].

E vinha a costumeira parada para recobrar o fôlego. Nova conversa para desviar a atenção do comprador, e recomeçava a contagem saltando alguns números à frente:

— *Venti, ventuno, ventidue... ventisette, ventotto, ventinove...*[48]

---

[43] *"... sete, oito, nove, dez, onze..."*.

[44] *"... dezoito, dezenove, vinte"*.

[45] *"Quinze, dezesseis, dezessete, dezoito..."*.

[46] *"Um, dois, três, quatro, cinco, seis, sete, oito..."*.

[47] *"... nove, dez, onze, doze, treze, quatorze, quinze"*.

[48] *"Vinte, vinte e um, vinte e dois... vinte e sete, vinte e oito, vinte e nove..."*

— Mas então esse Adamo era muito rico? – questionou Natália.

— Sim, Nena. Ele tinha muitas colônias de terras. E a sua propriedade era uma das melhores da região.

Após pequena pausa, prosseguiu Seu Lorenzo:

— Depois, no ano de 1947, Zio Damo vendeu a propriedade da Linha Marquês do Herval onde morava e se mudou para Caxias do Sul.

— Como o senhor sabe tudo isso, Nono?

— É que quando o Zio Damo fez a mudança eu estava em Caxias do Sul visitando os parentes. Lembro-me como se fosse hoje. Ele tinha uma égua muito bonita, mas um pouco fogosa. Eu levei a bichinha cavalgando, desde a colônia até a nova casa na cidade, no centro de Caxias.

Seu Lorenzo levantou-se do baú, revirou o seu interior por alguns instantes e, então, começou a contar a vida de Adamo Benefatti.

A CASA E
A BODEGA

Adamo Benefatti alcançou em vida grande prosperidade como agricultor e, mais tarde, como empresário em Caxias do Sul. A sua propriedade de três colônias na Linha Otávio Rocha era um primor em organização e produtividade. Foi vendida em 1947, ao cunhado Antonio Marzetto, que no ano de 1975 repassou para a família Pedron.

A residência era um casarão amplo e suntuoso, que permanece ainda hoje conservada na sua originalidade arquitetônica, embora não mais em mãos de familiares. Construída na década de 1920, tem em sua parte superior mais de dez cômodos com pé direito de quatro metros. A parte inferior – o porão – da moradia era utilizada como cantina, onde eram armazenados o vinho e a graspa produzidos com as uvas cultivadas nos parreirais sempre bem arranjados. Junto à cantina funcionava também uma pequena bodega.

Ainda hoje, laranjeiras e outras árvores frutíferas, pinheiros e um cinamomo centenário, todos fincados ao solo por Adamo, adornam a paisagem dos arredores do casarão. Uma característica peculiar de suas propriedades era que sempre tinham muitos cinamomos para oferecerem sua generosa sombra aos trabalhadores exaustos.

Próximo à residência havia um grande galpão de madeira, que servia de abrigo aos animais e local para guardar as ferramentas, máquinas e utensílios agrícolas. Adamo era uma pessoa muito zelosa e mantinha os seus instrumentos de trabalho sempre bem alinhados. Em seus belos parreirais utilizava ferramentaria e maquinário bastante sortidos e o que havia de mais moderno na época.

O amplo casarão abrigava a família e os diversos trabalhadores contratados para auxiliar nas lides agrícolas ou na fabricação do vinho e da graspa. Cada empregado tinha o seu próprio aposento, mobiliado com cama, roupeiro e uma pequena mesa, sobre a qual empilhavam as moedas que recebiam como soldo. E ninguém se atrevia a tocar nas pilhas de moedas, que assim permaneciam enquanto o seu dono desejasse. Isso porque todos temiam a Adamo, pessoa de princípios bastante rígidos que não tolerava qualquer desvio de conduta. Suas ordens ninguém arriscava a desobedecer e sua moral ninguém ousava contrariar.

A grande sala de jantar era equipada com uma radiola, que durante a 2ª Guerra Mundial sintonizava emissoras clandestinas que transmitiam notícias do grande conflito. Naquela época, as famílias vizinhas costumavam se reunir no casarão para a reza do terço e para receber notícias da guerra que dilacerava a Itália. Era uma situação extremamente arriscada, pois era reprimida severamente pelo governo brasileiro. Quando a polícia descobria, confiscava os aparelhos radiofônicos e prendia todo o mundo.

Adamo dedicava os melhores cuidados aos seus parreirais. Tinha um estilo de organização muito próprio. Todo esse capricho rendeu várias premiações às uvas produzidas em suas propriedades. Os filhos e os empregados trabalhavam de sol a sol, sob o seu severo comando. E um neto sempre era encarregado de levar o almoço aos trabalhadores dedicados aos afazeres nas colônias.

Certa vez, a neta Noelly[49] entreteve-se em brincadeiras de subir em árvores com o primo Dari,[50] esquecendo-se totalmente do seu ofício. Foi despertada pelo chamado da Nona Henriqueta, que vinha ofegante ao seu encontro com o cesto de vime abarrotado de mantimentos para a refeição dos trabalhadores. Despachou-a receosa, recomendando que a neta fosse rapidamente levar o almoço sem contar que havia se esquecido da tarefa, pois se Nono Adamo soubesse ficaria furioso.

À noite, após o jantar, Adamo costumava imergir os pés numa bacia com água morna e sal, preparada pela esposa, para relaxar do árduo dia de trabalho. Então chamava a neta Noelly para coçar-lhes a sola dos pés, prometendo-lhe, em troca, a paga de uma mesada:

— *Tosa, gratemi i piedi, che te dago um soldo.*[51]

Na casa de Adamo havia grande fartura. Sempre que algum neto por lá aparecia, Nona Henriqueta enchia cestos com abundância de mantimen-

---

[49] Filha de Gema Benefatti e Emidio Zunco.

[50] Filho de Orestes Benefatti.

[51] *"Moça, coça-me os pés que te pago um salário".*

tos para as crianças levarem para as suas casas. Também havia abundância de frutas, que arqueavam os galhos das árvores a ponto de quebrá-los. Mas Adamo era muito cioso do seu pomar e não admitia que tocassem nas frutas antes que elas estivessem adequadamente amadurecidas. Porém os netos de Nono Adamo não tinham paciência para aguardar o desapressado ciclo da natureza. Então a neta Dercy[52] era a escolhida para colher furtivamente aqueles frutos apetitosos que o Nono tanto cuidava, pois sendo a menor sofreria menos represálias em caso de um flagrante.

Os vinhos e a graspa produzidos nas propriedades ou adquiridos dos colonos da vizinhança eram transportados até a Companhia Vinícola Riograndense em pipas montadas sobre uma carreta de rodado de ferro e puxada por seis parelhas de cavalos. Adamo conduzia a carreta até Caxias do Sul, quase sempre auxiliado pelo neto Moacir,[53] que tinha o apelido de Peninha,[54] e cujo ofício era acionar o breque[55] da carreta.

Certa ocasião, na descida de um morro íngreme próximo à Linha Quarenta, um forte solavanco alçou o menino para longe da carreta. Sem ninguém para acionar o breque, a carreta desgovernou na descida da ladeira e acabou capotando, quebrando todas as pipas e o vinho se perdeu. Nono Adamo foi tomado de incontida fúria diante da perda do precioso produto e passou a castigar impiedosamente o neto, que contava, então, com apenas 7 anos de idade.

Adamo era grande apreciador do jogo de futebol. Foi fundador do Clube Duque de Caxias, da Linha Sessenta. Mas o esporte talvez lhe tenha proporcionado o maior desgosto de sua vida. Seu filho Edmundo era um grande atleta, o goleiro da equipe de Otávio Rocha. Acredita-se que uma forte bolada durante um jogo tenha sido a causa da sua morte prematura. Adamo carregou esse desgosto até o fim de sua vida. Isso porque Edmundo era a pessoa da sua confiança, o seu braço direito na administração dos bens da família, pois era muito organizado e correto na prestação de contas, conduzindo os negócios com rigor e lisura, bem ao estilo que Adamo exigia.

---

[52] Filha de Gema Benefatti e Emidio Zunco.
[53] Filho de Elvira Benefatti com Camillo Cavasoni.
[54] Apelido que lhe foi dado pelo Avô Adamo, em alusão ao intendente de Caxias do Sul na época, coronel Pena de Morais, que era uma pessoa de baixa estatura.
[55] Freio.

Adamo também apreciava muito caçar perdizes nos campos de Vacaria, que depois se deleitava em comer com polenta bem mole. Foi um homem que trabalhou muito. Chegou a este país com apenas 7 anos de idade, sem saber ler e escrever e sem falar a língua portuguesa, e tornou-se próspero agricultor e empresário. Sabia comerciar como poucos. Comprar e vender eram a sua especialidade, sendo impossível alguém passá-lo para trás nos negócios.

Ficou famoso em toda a região pelo apelido de "Marulo", pois costumava falar sozinho, principalmente dentro da cantina enquanto trasvasava vinho das pipas. Aliás, Adamo detestava a alcunha e o sangue lhe fervia nas veias toda vez que alguém se atrevesse a pronunciá-la.

Em outra ocasião, quando Adamo transportava seus produtos para Caxias do Sul sem nota de produtor rural, foi autuado pelos fiscais da receita estadual, que o pararam no caminho. Intimado no próprio ato, Adamo compareceu à repartição fiscal no dia e na hora marcados. A situação era muito grave, prenunciando pesada multa, além do confisco de todo o produto. Acompanhado de advogados e do neto escudeiro, aguardava a hora da chamada para a audiência. Em certo momento, o meirinho apregoou em voz sonante solicitando a presença de "Adamo Marulo", que era o nome que constava no auto de infração. Acomodado numa cadeira da sala de espera, Adamo permanecia calado e impassível. Moacir acompanhava o avô numa quietude de cúmplice, apenas denunciando apreensão com um volver irrequieto dos olhos. Passados alguns instantes sem que ninguém se apresentasse, o coletor voltou a trovejar:

— Senhor Adamo Marulo!

Mais uma vez ninguém se moveu. A chamada se repetiu por outras vezes, enquanto Adamo permanecia sentado e impassível. Por fim, percorrendo os presentes com o olhar, o oficial dirigiu-se ao quieto Adamo, tocando-lhe o ombro com o próprio auto de infração:

— Ei, o senhor não é o Adamo Marulo?

Com ar grave e decidido, Adamo levantou-se e retorquiu com o dedo apontando para o papel que o oficial portava em mãos:

— O senhor está chamando por Adamo Marulo e o meu nome é Adamo Benefatti. Portanto contra mim o senhor nada tem. Não devo nada por esse papel que o senhor segura na mão.

E virando as costas, retirou-se. Atônito, o oficial nada pôde fazer legalmente contra o indiciado de nome "Adamo Marulo". Os advogados que acompanhavam Adamo Benefatti o seguiram sem nada dizer e sem precisar fazer a sua defesa perante o fisco.

Mais tarde, quando regressavam para a residência na Linha Oitenta, Adamo explicou ao incrédulo neto Moacir:

— Às vezes, uma mentira bem dita vale mais do que duzentas verdades!

— Mas que danado era esse Zio Damo! Safou-se bem com uma mentira – observou Natália.

— Ah… Contam muitas histórias dele… – emendou Seu Lorenzo. E em seguida prosseguiu:

— Como aquela da vaca tubiana[56]…

— Que história é essa, Nono? – alvorotou-se Natália, puxando o avô impacientemente pelo braço.

Assediado pela curiosidade cada vez mais aguçada da neta, Seu Lorenzo viu-se forçado a prosseguir:

— Zio Damo era conhecido na região como um negociante muito esperto. Contam que não havia o que ele não conseguisse briquear. Certa vez, um vizinho estava interessado em comprar uma vaca, mas tinha que ser de pelo tubiano. Zio Damo não tinha nenhuma vaca de pelagem malhada na sua propriedade e o vizinho não estava encontrando a vaca do seu agrado com nenhum outro colono da região.

— Então, um dia, enquanto dava trato para o seu plantel de vacas, Zio Damo examinou uma de pelagem toda branca que ele pretendia se desfazer e teve uma ideia. Dias depois, foi até a cidade de Caxias do Sul e procurou uma loja de tintas. Retornando *à* casa, prendeu a vaca de pelagem branca no curral e fez o serviço.

— Como assim, Nono? – perguntou Natália.

---

[56] Malhada, isto é, de pelagem branca com grandes manchas pretas.

— Nena, ele pintou a vaca – esclareceu Seu Lorenzo. – E alguns dias depois, Zio Damo chamou o vizinho e o negócio foi fechado, vendendo-lhe uma linda vaca tubiana com grandes manchas pretas bem desenhadas...

— Ha ha ha. Mas esse Zio Damo era muito esperto mesmo! – observou Natália. – E ele sabia fazer das suas lorotas...

Passados alguns instantes, Nono Lorenzou prosseguiu:

— É, mas quem tinha fama mesmo de contar lorota era o filho mais velho dele, o Ítalo.

Natália arregalou os olhos em curiosidade incontida, enquanto Seu Lorenzo se preparava para contar as histórias de mais um dos personagens pitorescos da família.

PROSA DE CAÇADOR

Ítalo Benefatti era um grande contador de "causos", muitos dos quais carecedores da mais elementar verossimilhança, de tal sorte que os familiares, quando o encontravam, ficavam sempre na expectativa de ouvir a sua última estória.[57] Ainda menino, Ítalo aprendera os ofícios mercantis na bodega que seu pai possuía na Linha Otávio Rocha, quando comerciava com os colonos da região. Logo se tornou uma pessoa bem articulada, de prosa fácil e envolvente.

Após se casar, Ítalo estabeleceu residência no local denominado Capão da Herança, interior do município de Vacaria, quando sucedeu a seu pai na administração da fazenda em que eram cultivados cereais e criado gado. Em face às suas habilidades comerciais, por lá também abriu a sua própria bodega.

Ponto de encontro dos moradores da redondeza e dos peregrinos que cortavam as coxilhas verdejantes dos Campos de Cima da Serra, a casa comercial constituiu-se em terreno fértil para muitas patranhas e causos inolvidáveis. Entre o corte de um tecido de riscado e a pesagem de algumas conchas de arroz ou erva-mate, o tempo era preenchido com a narrativa de algum acontecimento que de vez em quando estremecia a quietude daquelas paragens.

O bolicho[58] era um local muito propício à narrativa de causos de grandes caçadas e pescarias memoráveis. E assim, sempre regadas por um generoso trago de purinha, as histórias fluíam macias e fantasiosas entre o comerciante e a clientela. E logo ganharam grande notoriedade os causos que Ítalo contava a cada um que lhe desse ouvidos.

Em certa ocasião, um fazendeiro da região acercou-se do velho balcão da venda com uma grande lista de mantimentos. E enquanto separava e

---

[57] Causo, história de veracidade duvidosa.
[58] Pequena casa comercial interiorana que vendia toda sorte de mantimentos.

embalava víveres e outros gêneros sob encomenda, Seu Ítalo foi puxando a costumeira prosa, indagando sobre a plantação, sobre os negócios da fazenda, sobre o tempo e outras amenidades.

O freguês, então, passou a contar da lamentável perda da sua cadela de estimação, ótima farejadora de nhambus, lebres e codornas. E enquanto espicaçava pacientemente um toco de fumo em corda e amassava os farelos na palma da mão, o homem foi narrando a última caçada que fizera com a sua cachorra malhada.

Teria sido uma grande caçada não tivesse perdido a sua cadela, relatou o homem, soltando longas baforadas de seu crioulo. Estavam subindo a coxilha – prosseguiu o forasteiro –, com a matilha de cães à frente, em grande algazarra, tentando farejar alguma caça. De repente, a cadela estancou com a cauda eriçada em frenético balançar, dando o alarde aos caçadores. Um tatu-morita passeava solto pela coxilha, em busca de algum fruto ou raiz para se alimentar. Atiçada pelos caçadores, a matilha disparou em grande alarido na direção da distraída presa.

Tomado de sobressalto pelos latidos alvoroçados da malta persecutora, o pequeno animal disparou em busca da segurança da sua cova, sentindo as baforadas ensandecidas da cadela malhada cada vez mais próximas do seu casco. A cadela estava prestes a abocanhar a caça fugidia quando essa encontrou fortuitamente a sua toca, onde se refugiou ofegante, enquanto focinhos espreitavam ameaçadores e patas vigorosas escavavam a entrada do seu esconderijo.

Sorte da caça, azar do caçador. A cadela malhada, que perseguia o tatu-morita a ponto de aplicar-lhe o bote fatal, chocou-se de cabeça contra a entrada do abrigo cavernoso, rodou sobre o pescoço e caiu estatelada no solo, contorcendo-se em dolorosa agonia. Instantes depois os caçadores acercaram-se da cova onde se entrincheirara a sua caça. Foi quando perceberam a cadela agonizando, os olhos implorando socorro. Examinaram-na detalhadamente e descobriram uma fratura junto à nuca. Não havia salvação. Um tiro de misericórdia pôs fim à agonia e a cadela malhada foi enterrada na própria toca do tatu-morita.

— Olha, nunca comi um ensopado de tatu com tanto desgosto! – arrematou o desconsolado homem.

Alguns minutos de silêncio seguiram-se à narrativa, como uma homenagem póstuma ao triste fim da cadela malhada. Então, ajeitando os pesos da balança de pêndulo, e como a confortar o freguês, Ítalo passou a narrar o causo da sua cadela perdigueira, que também tivera um final de vida trágico numa caçada memorável:

— Eu lhe compreendo bem. Pois eu também tive uma cadela caçadora como jamais havia visto igual. Era uma perdigueira de muita qualidade. Não havia caçada em que ela sozinha não abocanhasse uma dúzia de perdizes!

Sucedera-se – prosseguiu Ítalo – que, certa tarde, estava campereando pela sua fazenda com a velha garrucha a tiracolo e a companhia da fiel cadela brasina. Era final de agosto e o minuano açoitava os campos com uma garoa fina que vazava o pesado capote preto e parecia penetrar até os ossos. Quando tangenciava um matagal, a cadela avistou uma perdiz ao longe, na beirada do mato, distraída a catar pequenos insetos. Logo a perdigueira soou o alarme e foi rastejando para levantar a ave, enquanto Ítalo caprichava na pontaria para abater a caça em pleno voo. Mas a ave era muito arrisca e logo percebeu a perigosa manobra de cerco. Com um longo silvo e um forte rufar de asas, levantou voo rasante e penetrou no denso matagal, escapando da alça de mira da velha garrucha.

A cadela brasina disparou em perseguição à perdiz, adentrando também o grande matagal. Ítalo permaneceu no beiral da capoeira a dar gritos e assovios de incentivo à cadela perdigueira. Até o anoitecer, ouviam-se os latidos insistentes da brasina, que se anunciavam cada vez mais distantes e embrenhados no mato. Quando o sol se despediu no horizonte, espiando por baixo de nuvens de carmesim, Ítalo ainda tentou chamar pela cadela, que não lhe atendeu e cujos latidos não mais se ouviam.

Regressou para casa e, naquela noite, ficou aguardando o retorno da sua cadela brasina. Ao amanhecer, o local onde ela costumava se aninhar para passar as noites geladas estava vazio. Foram-se mais algumas jornadas sem qualquer notícia da sua cadela.

Certo dia, Ítalo resolveu atear fogo naquele matagal para que o capim nativo brotasse com viço, aproveitando a força renovadora da primavera que se aproximava. No dia seguinte à queimada, percorria a cavalo o campo chamuscado de carvão para avaliar o resultado do serviço. De repente, avistou ao longe, nos fundos de uma canhada, uma figura acinzentada e esquisita.

Foi-se acercando cautelosamente do vulto estranho e, com um aperto no coração, reconheceu nele as formas da sua cadela brasina. Estava ali, estaqueada, prestes a dar o bote na fugidia perdiz. Apeou do cavalo e com a ponta da bota tocou a figura, que se desmanchou em cinzas.

E entregando um fardo de açúcar ao campesino, Ítalo suspirou:

— Foi uma lástima! Pois a cadela brasina não estava ainda ali… pronta para dar o bote na perdiz…

— Coitada da cadela brasina – lamentou Natália, sem se dar conta de que se tratava de mais uma história fantasiosa de Ítalo.

Então Seu Lorenzo tratou de esclarecer a neta:

— Nena, essa estória não é de verdade. É mais uma das tantas *bugie*[59] que Ítalo costumava contar.

— E tem mais estórias dele, Nono?

— Claro que sim – respondeu Seu Lorenzo, passando de pronto a contar mais um dos famosos causos de Ítalo Benefatti.

---

[59] Mentiras, estórias.

O PAPAGAIO QUE SABIA FAZER CONTAS

Quando Ítalo se estabeleceu na Fazenda Capão da Herança, em Vacaria, quinhão hereditário que lhe fora legado com a morte da mãe Henriqueta no ano de 1952, seguindo as tradições familiares, por lá também instalou a sua casa de comércio. A bodega era ponto de encontro de peregrinos e aventureiros que ousavam cortar o silêncio daquelas coxilhas ermas. Nela, os forasteiros encontravam o banco amigo, forrado a pelego, para descansar o corpo dolorido das longas viagens e molhar a secura da garganta com um reconfortante trago de pinga. E entre um gole e outro, a prosa fluía macia e envolvente, pontilhada por causos estupefatos de incríveis caçadas.

Vez em quando Ítalo descia dos campos de cima da serra para rever a família em Caxias do Sul. Nessas ocasiões, não perdia a oportunidade para visitar também o Zio Berto, como ele carinhosamente o chamava. A chegada de Ítalo na colônia da Linha Sessenta era sempre acompanhada por muito barulho. Anunciava-se com grande estardalhaço, forçando os donos da casa a abandonarem as suas ocupações domésticas. Nono Humberto, sempre muito atencioso, acolhia o sobrinho com muito carinho e se dispunha pacienioso a lhe escutar os causos e as loucas bravatas. Então, em torno de Ítalo se formava uma roda de curiosos ávidos para ouvir as suas "estórias".

Serviam-lhe copos de vinho ou de licor caseiro e a libação dos generosos *bicchieri*[60] efervesciam as ideias do visitante, que se punha a relatar, com entusiasmo redobrado, os causos que ouvia em sua bodega. E entre um conto e outro que narrava à plateia atenta, aproveitava também para ir

---

[60] Copos.

passando notícias acerca da família e dos negócios. Certa vez, dispôs-se a contar a incrível história do seu papagaio de estimação, que desaparecera sem qualquer razão, lamentando-se por tão irreparável perda.

Era um papagaio charão muito esperto. Fora criado por ele desde filhote, quando comprara de um mascate que se aventurava por aquelas campinas para vender um sem número de quinquilharias. Ítalo havia domesticado o papagaio-campeiro com muito esmero, ensinando-lhe as falas e outras utilidades sem par. Tinha muito afeto e apreço pelo pistacídeo.

A ave era bastante faladeira e tinha habilidades incomuns, de extraordinária serventia para os afazeres do bolicho. Enquanto Ítalo media peças de tecido de riscado ou de fumo em corda, ou pesava na velha balança conchadas de arroz, açúcar ou sal, cantava as quantias para que o papagaio fosse anotando na rota caderneta da venda, com um lápis preso ao bico. Mas as habilidades do bichano não paravam por aí; o papagaio ainda fazia a soma das compras dos clientes, apresentando-lhes a conta com incrível precisão.

— Era de uma serventia que só vendo! – suspirou Ítalo, enquanto Zio Berto lhe alcançava outro copo de vinho tinto.

Mas eis que em certo verão, uma formação de caturritas passou por aquelas paragens e o canto estridente do bando levou junto o fiel papagaio, talvez enfeitiçado pelo olhar de uma catorra faceira. Por muito tempo lamentou-se Ítalo de que o velho papagaio de estimação nunca mais dera notícias.

Alguns verões mais tarde, outro bando de caturritas sobrevoava as terras da fazenda. Ítalo olhou furioso para o bando barulhento, esconjurando:

— Devem ter sido essas malditas caturritas que levaram meu papagaio embora…

E pegando a sua espingarda, fez pontaria contra o bando, que revoou espevitado. E enquanto disparava, tiro atrás de tiro, tentando abater aquelas aves tagarelas, eis que um papagaio se desgarrou do bando e voou alarmado em sua direção:

— Mas o que é isso, Seu Ítalo? Depois que lhe ajudei tanto o senhor ainda quer me matar?!

— Ah! Mas essa estória é muito engraçada, Nono! – concluiu Natália ao final da narrativa.

— Pena que não é verdadeira – emendou Seu Lorenzo.

Retomaram, então, a tarefa de organizar o porão da casa, que por algum tempo ficou abandonada para que o avô contasse para a neta as histórias e estórias notáveis da família. Por breve momento reinou silêncio entre eles enquanto vasculhavam o velho baú. Entretanto uma fotografia antiga aguçou novamente a inesgotável curiosidade da neta. Era um retrato tamanho 3 x 4, daqueles que se utiliza em documentos, de um homem que já denunciava idade avançada. Novamente atiçada pela curiosidade, Natália passou a fotografia para as mãos de Seu Lorenzo, indagando:

— Nono, quem é esse homem?

Seu Lorenzo pegou a pequena fotografia, virou-a contra o clarão que penetrava pela janela e a examinou por alguns instantes. Franzindo o cenho, exclamou:

— Mas é a foto do Beppi Marzetto! Eu nem me lembrava mais dessa fotografia…

— E quem é esse Beppi? – apressou-se Natália, mal contendo a curiosidade.

O avô contemplou a fotografia por mais alguns instantes. Somente então começou a satisfazer as indagações da neta, com a sua habitual precisão de detalhes:

— Ele se chamava, na verdade, Giuseppe, e era filho da Tia Erina, que era casada com Antonio Marzetto. A Tia Erina nasceu na Itália, onde seu nome era Maria.

— Nono, não entendi. Afinal, qual é o verdadeiro nome dela?

— A história é longa – disse Seu Lorenzo. – O nome de batismo dela na Itália era Maria, em homenagem à mãe do Nono Giuseppe, que se chamava Maria Antonieta Bighetti. Contam que quando Nono Giuseppe, a mulher e os filhos Fortunato, Adamo e Maria estavam embarcando para o Brasil, a mãe da Nona Catterina, que se chamava Erina Zolla, fez um pedido especial: que daquele dia em diante a neta Maria passasse a ser chamada de Erina em sua lembrança. Assim, quando a família entrou no Brasil, ela foi registrada como Erina – completou Seu Lorenzo.

— Ah! Agora entendi! – falou a neta, não sem se furtar de perquirir:

— E que histórias o senhor sabe sobre esse Beppi?

Seu Lorenzo lançou breve olhar para a neta, iniciando a narrativa da história do pobre Beppi.

POVERO BEPPI[61]

Erina, o terceiro filho dos imigrantes Giuseppe e Catterina Benefatti, nasceu na Itália no ano de 1887, tendo sido batizada com o nome de Maria. Tinha 4 anos quando a família emigrou para o Brasil. Casou-se com Antonio Marzetto, também imigrante, que foi um dos mais prósperos colonos da região de Otávio Rocha, vindo a fazer parte do afamado grupo dos "coiúdos", expressão que naqueles tempos identificava "gente cheia do dinheiro".

De fato, a família de Antonio Marzetto tornou-se bastante abastada, junto à qual os colonos da região seguidamente acorriam para obter empréstimos de dinheiro a juros bastante módicos, por vezes inexistentes, para atender às suas necessidades financeiras. Dessa forma, Antonio Marzetto supria a carência de banqueiros, efetuando empréstimos informais, normalmente sem qualquer registro documental, apenas no valor da palavra ou na confiança dos fios de bigode de quem os tivesse.

A casa da Família Marzetto é uma obra grandiosa, que ainda se encontra em pé. Localizada na Linha Marquês do Herval,[62] foi concluída no ano de 1920, constituindo-se em notável exemplar da arquitetura colonial italiana. Foi uma das primeiras residências da região colonial a ser abastecida por energia elétrica, que era produzida por uma usina particular instalada num córrego represado na própria propriedade.

A residência é composta por dois pavilhões independentes. A casa grande é ampla e se constitui no ambiente social da família, onde eram recebidas as visitas para os filós ou as novenas e realizados atos importantes, como os casamentos e os velórios. É um pavilhão formado por três pavimen-

---

[61] Pobre José.
[62] Distrito de Otávio Rocha, município de Flores da Cunha (RS).

tos com amplas salas e numerosos quartos, interligados por uma escada de ferro e bronze importada da Itália.

Anexo a esse casarão foi construído um pavilhão menor para abrigar a cozinha e as demais dependências de serviços, isolado do edifício principal conforme o costume da época, para evitar que um incêndio de inopino destruísse toda a residência, deixando a família ao completo desabrigo.

O casal Antonio e Erina teve oito filhos: Francesco, Giuseppe, Rosina, Catarina, Humberto, Liberato, Josefina I e Josefina II. A filha Josephina I faleceu ainda criança, com 1 ano e 10 meses de vida. Giuseppe não se casou, vivendo os últimos anos de sua vida na solidão do velho casarão da família, como um eremita, onde faleceu no ano de 2001, quando contava com 85 anos de idade.

Mas não foi por escolha que Giuseppe não constituiu família. É que Beppi, como era chamado, era uma pessoa bastante rude e tímida, que não tinha delicadeza para fazer agrados a uma dama. No entanto – e apesar da sua absoluta falta de aptidão para cativar uma esposa –, mesmo quando se encontrava em idade bem avançada, Beppi nunca perdia a esperança de um dia encontrar *una donna*[63] para juntar as panelas e compartilhar cobertores.

E oportunidades não lhe faltaram. Quando avistava uma moça casadoira, logo se enchia de interesse, mas a inabilidade para o trato com os assuntos amorosos impedia que ele ao menos se credenciasse junto à rapariga. Cansadas de esperar pela iniciativa do moço, as candidatas acabavam por se acertar com outros pretendentes. E, assim, iam-se os anos e Beppi, cada vez mais solteirão, seguia vivendo macambúzio no grande casarão.

Porém houve ocasiões em que Giuseppe esteve a ponto de assumir compromisso matrimonial mais sério. Conta-se que um desses casos ocorreu quando uma mulher da vizinhança, ainda bastante jovem, enviuvou devido a um trágico acontecimento. Seu jovem marido faleceu quando trasvasava vinho no porão da família e uma queda ceifou-lhe prematuramente a vida. A jovem viúva, de nome Julieta, estava casada há poucos anos e repentinamente se viu abandonada no mundo para cuidar das propriedades do casal e de dois filhos pequenos. E o que ela menos conhecia era dos negócios e das dívidas deixadas pelo falecido.

---

[63] Uma mulher.

Isso era comum na cultura colonial italiana, quando à mulher eram reservadas as tarefas consideradas secundárias, como criar os filhos e cuidar da casa, sendo sempre a primeira a se levantar e a última a se deitar, enquanto o marido, na condição de cabeça do casal – *il capo* –, tratava dos negócios e das atividades lucrativas por sua conta e exclusiva vontade, dos quais a esposa muitas vezes nem tomava conhecimento. E na hora das refeições, o homem se postava altaneiro na cabeceira da mesa. Do alto de sua prerrogativa de "pátrio poder", derramava o seu olhar dominador sobre a numerosa prole perfilada cordata e submissa, enquanto a esposa solícita lhe servia o farto repasto.

Assim como seu pai, Giuseppe também era muito procurado pelos colonos das redondezas para obterem empréstimos de dinheiro. A maioria deles feita sem qualquer compromisso escrito, nem um recibo avulso ou testemunha, apenas fundada na confiança e no caráter das pessoas. Dentre esses devedores encontrava-se o falecido vizinho.

Após aguardar alguns meses em respeito ao luto e já se encontrando a dívida vencida, certo dia Beppi tomou a iniciativa de procurar a jovem viúva para se credenciar como credor e receber o valor devido. A princípio, a mulher mostrou-se muito arredia e recatada, o que pareceu normal devido à recente e traumática viuvez. Evidentemente, a viúva se mostrou surpresa pela dívida, alegando que o falecido nunca lhe falara a respeito, afinal, quem cuidava dos negócios da família era o marido e ela, como esposa devotada, limitava-se a concordar com as decisões dele, até porque, no mais das vezes, já estavam resolvidas quando delas tomava conhecimento.

A desolada mulher disse que soubera de outras dívidas contraídas pelo falecido, das quais estava tomando ciência só então, e que tudo importava numa grande soma. Ela disse também que não tinha condições de pagá-las todas de imediato, pois desde que haviam se casado tinham feito muitos investimentos para adquirir a sua colônia de terras e agora, sozinha e sem experiência para tratar de tantos negócios pendentes, ela estava enfrentando muitas dificuldades para satisfazer a tantos credores. Giuseppe saiu desse primeiro encontro de negócios muito preocupado, sentindo que seu capital corria grande risco.

Passado mais um mês, Beppi voltou a procurar a viúva. Precavido, dessa vez portava um papel escrito por um amigo mais letrado, com o qual pretendia obter o reconhecimento da dívida. Mas dessa vez a acolhida da mulher o surpreendeu. Bastante desembaraçada e falante, recebeu com agradável simpatia o visitante, convidando-o para entrar e logo lhe serviu um licor caseiro. Reconheceu a dívida sem qualquer objeção e fez promessa de pagamento. E a conversa foi fluindo mansa, cordial e cada vez mais envolvente. Mais alguns goles daquele licor macio e inebriante e Beppi começava a deixar escapar as palavras, embora um tanto titubeantes e desconexas.

E apesar do vestido de luto, a mulher lançava olhares insinuantes e palavras aveludadas, que confiscavam os olhos e os ouvidos de Giuseppe. Fazia-lhe confidências e dizia da triste vida que se tornara a sua existência, da solidão que sentia, da desventura que era estar só no mundo com parreirais para cuidar, com filhos pequenos para criar, sem o braço forte de um homem ao seu lado para enfrentar tantas vicissitudes.

Passava a mostrar interesse pela pessoa de Giuseppe, fazendo-lhe muitas perguntas e de tudo querendo saber. Tocava-lhe o braço repetidas vezes. Esbarrava na mão trêmula e suada de Giuseppe quando lhe alcançava mais um copinho de licor. Até bolachas caseiras ofereceu a ele.

Beppi sentia-se cada vez mais desconcertado, o coração palpitava, ele gaguejava muito e dava respostas vacilantes, porque nunca uma mulher falara com ele daquele jeito, com aquela maciez de voz e com tamanha intimidade. E aquele danado licor lhe afogueava as faces e lhe confundia as ideias.

Terminada a calorosa visita, Beppi tomou o caminho de retorno sentindo as pernas bambas, quiçá pelo licor, mas certamente por aquela conversa nunca dantes travada com uma mulher. Ainda sentia o calor daquele olhar a lhe queimar o rosto e a lhe produzir calafrios na espinha. Nos dias que se seguiram, a imagem da viúva não lhe fugia da retina. Parecia colada. E o que via era uma mulher bem apanhada, atraente e muito sedutora, que lhe arrebatara a atenção e os sentimentos.

E enquanto podava os longos ramos das parreiras nas tardes esfumaçadas de agosto, começava a vislumbrar uma vida promissora e agradável. Julieta seria uma esposa de segunda mão, é verdade, mas às favas seus sonhos de desposar uma donzela. Afinal, ele já era um cinquentão, já estava um tanto "passado" para tamanha exigência. E, depois, seus pais já estavam bastante idosos e sua mãe Erina já não dava conta de cuidar do grande casarão. E lá eles teriam espaço e conforto para acomodar uma penca de filhos.

Por outro lado, a viúva apresentava as suas vantagens: já tinha experiência para tomar conta de uma casa, conhecia os segredos de um lar e saberia cuidar bem de seus pais. Tinha as faces coradas de muita saúde e, sendo jovem, ainda podia lhe dar muitos filhos. Além disso, possuía um patrimônio razoável, que se somaria ao seu. Seria um casamento bom para os dois. E ele saberia cuidar bem dela e de seus filhos e dos filhos que sonhava ter. E numa noite solitária no grande casarão, sorvendo ruidosamente um generoso copo de vinho, Giuseppe decidiu procurar novamente a viúva para tratar dos "negócios". E as suas noites de solidão estariam cada vez mais próximas do fim.

Poucos dias depois, compareceu, ainda inseguro, na modesta residência da insinuante mulher. Mas a despeito de seus temores, a viúva acolheu-o ainda mais calorosa e desinibida. As mãos se tocaram várias vezes. A conversa seguiu fluente e o assunto do empréstimo jazeu esquecido.

Por outras vezes, a cena voltou a se repetir. Beppi já trilhava o caminho que conduzia à casa da cobiçada viuvinha, que o recebia sempre disposta e cheia de agrados. Depois do licor e das bolachas, seguiam-se regalos como bolinhos, *grostoli*,[64] uma tábua de frios e, por vezes, uma cuca ou um pedaço de bolo num filó mais demorado. E o assunto da dívida nunca mais foi lembrado. Beppi ficava cada vez mais eufórico, já fazendo planos, e até levara a sua pretendida para conhecer o casarão e seus pais. Estava decidido: a viúva de curvas generosas bem que daria uma boa dona de casa. E assim se passaram meses…

Num desses encontros idílicos, sentados ao redor do fogão à lenha enquanto saboreavam pinhões sapecados na chapa, eis que a mulher lançou um olhar grave e carregado de manha para Beppi, e lhe indagou, enfim, quais eram as suas intenções. E de pronto se justificou dizendo que era uma mulher séria e honesta e que temia por sua reputação, tendo em vista que ele a vinha visitando amiúde nos últimos meses. Afinal, a sua viuvez já completava um ano e embora disposta a um futuro compromisso, pretendia que isso ocorresse dentro de um clima de muito respeito e consideração. Beppi pestanejou, não pela surpresa da iniciativa, mas por ser esse justamente o seu maior desejo. E sentiu-se agradecido, em seu íntimo, por ela ter lhe

---

[64] Biscoito caseiro, muito apreciado na região de colonização italiana.

poupado de toda a coragem que lhe parecia faltar para propor compromisso mais sério entre ambos.

Então, ardilosamente, a mulher trouxe à tona, com voz lamuriosa de gueixa enamorada, o esquecido assunto da dívida, perguntando se ele ainda tinha intenções de cobrá-la. E argumentou dizendo que se, ao fim e ao cabo, pretendiam ter uma comunhão de vida e também de patrimônio, não havia mais qualquer sentido um dever ao outro. Perplexo e faltando palavras para contrapor, Beppi devolveu à astuta mulher o documento com a confissão da dívida, que de imediato fez bolinho e lançou-o às labaredas crepitantes do fogão. Remida a dívida e mal disfarçando um sorriso maroto, a mulher serviu mais alguns generosos copos de vinho tinto a Beppi, selando o ato de extinção da dívida.

Passavam-se os dias e sentindo-se um Romeu cada vez mais enamorado, Beppi não percebia a rápida mudança que ia se operando no comportamento da viúva, que então passava a se mostrar cada vez mais fria e desinteressada. Até que um dia, quando Beppi – aleluia! – tomou coragem para fazer o pedido formal que há tempo vinha ensaiando, obteve a resposta que jamais sonhara receber: a viúva atirou-lhe no rosto um retumbante não.

E assim, profundamente desiludido, o pobre Giuseppe recolheu-se novamente à sua solidão para ouvir o silêncio do grande casarão.

— Coitado desse Beppi! – limitou-se a exclamar Natália.

Nesse momento, foram surpreendidos pela chegada de Gabriela e Luana. Entretanto, avistando inicialmente apenas Luana na entrada do pequeno porão, Seu Lorenzo exclamou:

— Opa! Apareceu a Alemoa![65]

Saindo de trás de Luana, Gabriela se revelou ao saltar para o interior do porão, de onde dirigiu um convite açodado para Natália:

— Nati, vem lá em casa tomar banho de piscina com a gente que a água tá bem gostosa!

---

[65] Forma carinhosa como Seu Lorenzo chamava a neta Luana.

Seu Lorenzo não dispensou a oportunidade para observar em tom de reprovação:

— Ah! Mas não podia faltar esse Mosquito Elétrico...[66]

Vendo a indecisão de Natália, Gabriela insistiu com mais ênfase:

— Vamos, Nati! A Júlia já tá esperando!

Natália hesitou mais um pouco e, por fim, declarou:

— Não, Gabi, deixa pra amanhã. Hoje eu prometi ajudar o Nono...

Satisfeito com a decisão da neta, Seu Lorenzo limitou-se a aprovar com um discreto sorriso no canto da boca, enquanto Luana e Gabriela tomaram, um tanto contrariadas, o rumo da piscina.

Em silêncio, retomaram a tarefa de faxina, concentrando-se nas atividades de exame, classificação e descarte de velhas quinquilharias. Mas passados alguns minutos e ouvindo os gritos de quem se divertia na piscina, Seu Lorenzo apiedou-se da neta Natália, propondo-lhe:

— Nena, se você quiser, pode ir tomar banho de piscina que eu termino o serviço sozinho...

— Não, Nono. Eu disse que hoje ia ajudar o senhor... e vou.

— *Va bene*[67] – limitou-se a consentir Seu Lorenzo.

Então, revirando o fundo do velho baú, Natália descobriu um álbum antigo. Folheou-o por alguns minutos até se deter em mais uma fotografia que lhe despertou curiosidade. Era um retrato pintado, como se fazia antigamente, de um casal de jovens. Mostrando-o para Seu Lorenzo, indagou:

— Quem são esses, Nono?

Lançando rápido olhar para o retrato, Seu Lorenzo iniciou nova e detalhada explicação:

— Nena, esses aí são os meus pais, Felício Benefatti e Amélia Riva, que no caso são os teus bisnonos. A minha mãe era de Guaporé. Foi lá que eles se conheceram e se casaram.

— Ah! Eu conheci essa cidade quando a gente morava em Casca. Meu pai sempre dizia que tinha uns parentes por lá – comentou Natália.

---

[66] Forma como Seu Lorenzo chamava a neta Gabriela dada à sua compleição mirrada e à sua conhecida hiperatividade.

[67] *"Está bem".*

— Sim, temos parentes lá dos dois lados da família.

— Como assim, Nono?

— Bom, na região de Guaporé ainda temos alguns parentes pelo lado da família Riva, que é da minha mãe – iniciou esclarecendo Seu Lorenzo. – E também do lado dos Benefatti. É porque o irmão mais velho do meu pai, o Zio Nato, foi morar lá quando se casou. E hoje em dia ainda tem descendentes dele morando por lá.

— Ih… Que história mais complicada… – observou Natália.

Recorrendo à sua habitual paciência, Seu Lorenzo sentou-se novamente no velho baú.

— Escuta, Nena, que vou te contar essa história tintim por tintim.

A ESCOLHA
DA NOIVA

Quando ainda era moço, Felício Benefatti havia se mudado para a Linha Moreira César, em Guaporé, para auxiliar o seu irmão mais velho, Fortunatto, que andava adoentado, nos trabalhos das lavouras e da serraria que ele tinha em sociedade com o vizinho Antonio Maccari. Era o ano de 1914 e Felício contava, na época, com 18 anos.

Seu irmão Fortunatto se casou em 02/05/1908, residindo por cerca de dois anos no povoado de Nossa Senhora da Saúde, próximo à cidade de Caxias do Sul. No ano de 1910, Fortunatto comprou terras nas novas colônias que se formavam ao norte de Guaporé e vinham sendo ocupadas principalmente pelos filhos dos imigrantes que haviam se estabelecido em outras colônias quando chegaram ao Brasil, num processo em que os filhos dos imigrantes se convertiam em migrantes para povoar as terras sul-riograndenses. À medida que esses filhos se casavam, muitos deles deixavam as suas famílias nas colônias de Caxias, Conde d'Eu[68] e Dona Isabel,[69] para se estabelecerem nas novas frentes de colonização que se abriam na região de Guaporé.

Fortunatto Benefatti foi um dos primeiros colonizadores a se estabelecer na Linha Moreira César,[70] propriedade que até hoje permanece em mãos de descendentes da família. Logo que chegou, abriu roçados e formou as primeiras lavouras de milho, feijão e trigo. Devido à abundância de pinheiros, Fortunatto instalou uma serraria para atender à demanda dos novos colonos que chegavam, além de comerciar os excedentes de tábuas e barrotes no pequeno porto fluvial localizado em Encantado.

---

[68] Atual município de Garibaldi (RS).

[69] Atual município de Bento Gonçalves (RS).

[70] Também chamada de Linha Nona, na época pertencente ao município de Guaporé (RS) e, hoje, ao município de Serafina Correa (RS).

Quando caiu enfermo, seu pai Giuseppe enviou Felício para cuidar da serraria e das lavouras. Passaram-se alguns meses e Fortunatto recuperou a saúde, retomando o comando dos negócios. O jovem Felício tornou-se, então, sócio da serraria, e se juntou aos lendários carreteiros que desciam e subiam a serra em comitiva, transportando madeira e produtos agropecuários para comerciar em Encantado, de lá trazendo provisões e víveres essenciais para a subsistência das famílias de colonos da região.

Eram viagens longas e muito cansativas, na lentidão das carroças puxadas por ternos de mulas. Mas aquele trabalho era vital para os novos colonos vender os excedentes da sua produção e adquirir os produtos indispensáveis para sua sobrevivência, como vestuários, mantimentos e insumos.

Felício era jovem e cheio de energia, e o ofício de carreteiro lhe agradava bem mais do que o trabalho na roça. E quando retornava das excursões até Encantado, auxiliava nos trabalhos da serraria transportando grandes toras de pinheiros centenários para serem retalhadas em tábuas. Aos domingos se integrava às modestas atividades religiosas e sociais do lugarejo, que se resumiam na reza do terço e no jogo de bocha ou da mora. Raramente aconteciam festividades um pouco mais animadas, como era o caso das datas dedicadas a algum padroeiro das comunidades da região. Nessas festas, após generosos *bicchieri di vino*[71] e de muita cantoria saudosa da Itália, as tardes de domingo eram preenchidas por pequenas bailantas.

Nessas ocasiões, Felício começou a sentir especial atração por *una ragazza*[72] risonha que residia na Linha Oitava.[73] A moçoila era muito alegre e animada, uma verdadeira "pé de valsa". Não refugava marchinha, valsa ou xote. Era a música soar e a moça saía a dançar, a rodopiar e a rodar o comprido vestido de festa. E rodava, rodava e rodava o vestido, que se elevava no embalo da música e deixava à mostra o tornozelo e cerca de um palmo de canela gordinha e torneada.

Escorado a um canto do salão, o jovem Felício sentia-se enfeitiçado por aquele rodopiar estonteante que lhe permitia vislumbrar, num lampejo, um naco de pernas, que a imaginação, alimentada por um bom vinho, permitia concluir serem bem roliças. Tímido e de cintura dura, o jovem não

---

[71] Copos de vinho.

[72] Uma moça.

[73] Linha Marechal Floriano, pertencente ao município de Guaporé (RS).

se animava a abordar a *ballerina*[74] para convidá-la para uma marca, mas se sentia inebriado por aquele bailar alegre e contagiante, contentando-se em admirar a leveza e a graciosidade de seus passos.

Vez em quando algum rapaz afoito tirava a moça para dançar algumas peças. O jovem Felício ficava irrequieto e sentia calafrios pelo corpo. Como se atreviam a bailar com a sua admirada?! A cena provocava grande ciúme ao jovem, mas lhe faltavam coragem e inspiração para cortejar a moça. Foram-se tempos de uma admiração silenciosa e distante. E nos pequenos bailes festivos, o jovem Felício tornava a ver e a admirar aquela bela e alegre *ragazza*, que bailava e sorria com a graça da sua juventude, alheia à veneração platônica do admirador enrustido.

Mas Felício tonara-se homem feito. Sonhava em se casar e constituir família. E tinha que ser com aquela moça dos tornozelos sedutores. Certa noite, encheu-se de vinho e de coragem e pediu a intervenção de seu irmão, homem sério e respeitado no lugarejo. Como irmão mais velho, Fortunatto assumiu o encargo de pedir formalmente, em nome do enamorado retraído, a mão da moça em casamento. E numa noite de filó na casa de Martino e Reggina Riva, os pais da moça, os jovens Felício e Amélia selaram o compromisso nupcial.

— E foi assim que começou o namoro deles. Bem diferente dos tempos atuais – comentou Seu Lorenzo.

— Que engraçado! – falou Natália.

— Mas engraçado mesmo – disse o Nono – foi o casamento dos meus pais…

— Conta, Nono… Como foi isso?

E Seu Lorenzo logo providenciou para atender o apelo da neta.

---

74 Bailarina.

A NOITE
DE NÚPCIAS

Felício Benefatti e Amélia Riva se casaram na Linha Oitava, em Guaporé, na data de 22/05/1920. As bodas foram realizadas com festejos simples, de singeleza e rusticidade próprias daquela época: missa pela manhã na Capela Santo Antonio e almoço na residência da família da noiva. Os únicos familiares do noivo presentes ao cerimonial foram o irmão Fortunatto e sua família.

Pela meia-tarde daquele sábado festivo, os noivos despediram-se dos convivas e iniciaram a sua viagem de núpcias. Partiram cavalgando em mulas, rumo a Caxias do Sul, para participarem das bodas do irmão mais novo, Enrico, marcadas para o sábado seguinte, dia 29/05/1920. Era a oportunidade para a noiva Amélia ser apresentada à Família Benefatti: sogro, sogra, cunhados, cunhadas e sobrinhos, que já se criavam às pencas.

A viagem prometia ser longa e árdua. Consigo, o jovem casal levava muitas provisões para uma longa jornada percorrendo caminhos pedregosos e tortuosos, que cortavam vales e escalavam morros. Mas não seguiam sozinhos. Viajavam acompanhados pela sobrinha Gesuina,[75] que contava, então, com 11 anos.

Ao anoitecer, alcançaram a residência de um parente da Família Riva. Aproveitaram para fazer uma visita e desfrutar do fraterno pouso. Jantaram e o filó seguiu animado até tarde da noite. Trocaram notícias sobre parentes distantes e que há tanto tempo não viam, e anunciaram os novos rebentos que surgiam na família.

Quando os bocejos já se faziam abundantes, iniciaram os preparativos para o descanso noturno. Os noivos mal disfarçavam o nervosismo, apreensivos com o inédito momento de intimidade que os aguardava. O noivo mantinha um olhar grave, sentindo sob a pele o calor e a responsabilidade

---

[75] Filha mais velha de Fortunatto Benefatti.

de quem assumia o posto de chefe de família. A noiva estava preocupada com a estranha conversa que sua mãe iniciara naquela manhã, enquanto a ajudava a vestir o modesto vestido de noiva. Eram palavras estranhas, que falavam de submissão, de concordância, de aceitação de seu destino de mulher e mãe.

Dona Reggina, sua mãe, com seu olhar severo, aconselhou a filha a atender às vontades de seu marido e a ter fé na Virgem Maria, que seriam abençoados com uma prole de filhos fortes e saudáveis. A jovem Amélia compreendeu que esses eram os desígnios de Deus, mas não conseguia esconder a sua apreensão com aquela desconhecida missão.

Enquanto improvisavam camas e estendiam lençóis de riscado, a dona da casa perguntou ao jovem casal há quanto tempo, afinal, eram casados. Felício apenas pigarreou. Amélia, cada vez mais embaraçada com a perspectiva daquele misterioso momento, respondeu nervosamente a meia-voz, mal disfarçando um rubor que lhe queimava as faces:

— *Ah! Già è stato tanti mesi.*[76]

— *Bene, allora siete già stufi di dormire insieme*[77] – redarguiu a dona da casa, fazendo um gesto de mesura com a mão.

E foram preparadas camas em quartos separados para os jovens recém-casados. A noite nupcial teve de ser adiada. Foi noite sem mel…

— Ah, muito engraçado, Nono! E depois seus pais vieram morar em Três de Maio? – questionou Natália, ainda fazendo grande esforço para compreender a história da família.

— Sim, mas isso foi só mais tarde.

— Como assim, Nono?

— Bem, essa é mais uma longa história – prosseguiu Seu Lorenzo. – Voltando da viagem de núpcias, meus pais foram morar na mesma casa do Tio Natto, lá na Linha Nona, em Guaporé. Trabalhou em sociedade na serraria com

---

o Tio Nato e um vizinho, chamado Antonio Maccari, por cerca de seis anos. Eu nasci lá. Eu e meus irmãos mais velhos: a Vittória, o Remíggio e a Aídes.

— E quando foi, então, que a família veio para Três de Maio?

Procurando melhor acomodar-se no improvisado assento do velho baú, Seu Lorenzo começou a narrar mais uma história.

A COALHADA

Passados alguns anos, a sociedade da serraria entre Nono Felício, seu irmão Fortunatto e o vizinho Antonio Maccari passou a enfrentar alguns problemas na gestão do negócio. Os sócios não estavam mais se entendendo, e na falta de melhor solução para o impasse com o vizinho, a sociedade ameaçava ruir. Então Nono Felício vendeu a sua cota ao seu irmão Fortunatto e aceitou o convite do irmão mais novo, Enrico, que na ocasião se encontrava visitando os familiares em Guaporé, para também se mudar para a região de Santa Rosa.

Enrico Benefatti se mudou para a região de Santa Rosa em 1921, juntamente a diversos filhos de imigrantes da região da Linha Sessenta – entre eles, Osório Salavieri, Pedro Tivoli e Fioravante Citton –, onde adquiriu colônias de terras e instalou a família. Residiu na Vila Buricá[78] durante o ano de 1921, e no lugar denominado Lajeado Bordado[79] entre os anos de 1922 e 1925, quando transferiu a residência definitivamente para a localidade de Rocinha.[80]

Osório Salavieri era casado com uma prima de Loreta Giulian, esposa de Enrico. Havia enviuvado no ano de 1926, ficando só, com três crianças pequeninas, naquele rincão ermo. Tal situação deixou o pobre homem em estado de desespero, levando-o a colocar à venda a sua propriedade para retornar ao convívio dos seus familiares na Linha Sessenta. Nono Enrico apiedou-se do desolado homem e intermediou as negociações. Nono Felício adquiriu a propriedade de 71,5 hectares do Senhor Salavieri pela fabulosa quantia de M$ 18,000 (dezoito contos de réis), preço que incluía a terra, o galpão e toda a rústica mobília, os utensílios domésticos, as ferramentas e alguns animais de criação.

Os primeiros tempos de vida do Nono Felício e sua família na nova terra foram muito duros. As instalações que serviam de residência para a família eram extremamente rústicas. Tratava-se de um grande galpão de

---

[78] Atual cidade de Três de Maio (RS).
[79] Pertencente atualmente ao município de Tucunduva (RS).
[80] Pertencente atualmente ao município de Três de Maio (RS).

madeira com dimensões de 13 por 10 metros, construído com *tole de spaco*.[81] A cobertura também era rudimentar, feita com *scandole*.[82] Ao centro ficava o grande corpo, avarandado pelos dois lados. Uma das varandas era aberta e de chão batido, servindo de abrigo para a carroça e os utensílios de trabalho.

A outra varanda era dividida em dois quartos, destinados às crianças. O corpo também era dividido em duas peças: uma delas servia de quarto para o casal e a outra tinha a função de cozinha e sala. Os móveis e utensílios domésticos também eram bastante rústicos. Não havia fogão. Em um dos cantos da ampla sala com assoalho de tábuas irregulares encontrava-se o *fogolare*,[83] que consistia num caixote de forma quadrangular feito de tábuas e preenchido com terra socada, sobre o qual era feito o fogo. Do teto enegrecido pendia a *catena*[84], na qual eram penduradas as chaleiras e as panelas levadas ao fogo para aquecer a água do chimarrão e preparar a comida. Não havia banheiro. A latrina ficava afastada do galpão, a algumas dezenas de metros.

À noite, a iluminação no interior da rústica residência era feita pelo *lumin*,[85] um simples e tosco lampião cuja chama era alimentada com banha, azeite ou querosene. Durante as caminhadas noturnas, para fazer algum filó ou atender a algum chamado na vizinhança, usava-se o *feral*,[86] que nada mais era do que um *lumin* com a chama protegida por um tubo de vidro. Mas nas noites de ventania o uso do *feral* era impossível, pois não havia quem conseguisse manter a chama acesa.

Numa certa noite chuvosa, enquanto todos dormiam extenuados da árdua jornada de trabalho, Remiggio viu-se acometido de súbita dor de barriga. Alguma coisa que comera não lhe caíra bem. Fortes convulsões intestinais provocavam-lhe dores lancinantes. O desarranjo foi sucedido por uma incontrolável diarreia. Desesperado, desceu de seu rústico quarto à procura da latrina. Mas a noite era como breu e a chuva caía copiosa e açoitada pelo vento.

Remiggio procurou alucinado por algum agasalho para se proteger do vento e da chuva, correu de um lado a outro, mas não encontrou nada.

---

[81] Tábuas rústicas recortadas a machado, utilizadas para fechar as paredes das casas.

[82] Tabuinhas de madeira recortadas a machado, utilizadas na cobertura das casas.

[83] Fogão rústico, muito utilizado nos primórdios da colonização italiana.

[84] Corrente.

[85] Pequeno lampião, utilizado para iluminar o interior das rústicas casas.

[86] Adaptação do *lumin* para incursões noturnas ao exterior das casas.

As entranhas estavam num rebuliço só e deixavam clara a iminência de uma erupção violenta e descontrolada. Lançou mais um olhar de desespero em volta e aquela força interior parecia explodir a qualquer momento. Já não era mais possível controlar a fúria da natureza. A chuva, o vento e as suas entranhas pareciam ter se unido em conluio. Mais um olhar de desespero… e não havia mais como segurar. Agachou-se junto a um canto do galpão e liberou a incontinência das suas entranhas.

Alguns minutos rendidos àquele ímpeto e Remiggio foi relaxando os músculos e recobrando a tonalidade das faces. Aos poucos foi se deixando tomar de uma agradável sensação de alívio. Permaneceu mais algum tempo naquela posição de arrebatamento. Sentindo-se desafogado do impetuoso acometimento, Remiggio foi se recompondo lentamente. Antes de retornar ao seu leito, contemplou horrorizado o resultado de seus esforços e percebeu que alguma coisa tinha de ser feita. Ainda um tanto atabalhoado, avistou a velha gamela[87] escorada num largo cepo de angico. Apanhou a peça e a deitou sobre aquela mancha aquosa como uma coalhada, que se espraiava no chão batido do galpão.

Passada a tempestade daquela noite, a manhã amanheceu radiosa e quente. Nona Amélia corria de um lado a outro do grande galpão para dar conta de tantos afazeres domésticos e toda vez que passava pela varanda do galpão sentia um odor forte e repugnante. Por mais que tentasse não conseguia atinar a respeito da causa daquele cheiro nauseabundo. Até que avistou a familiar gamela em local não habitual. Ao removê-la para recolocá--la em seu lugar de costume, descobriu enojada a fonte daquela fedentina.

Fácil foi identificar o autor da façanha. Compungido diante da sua obra, Remiggio viu-se forçado a confessar. E por mais que demonstrasse o justo motivo do ato desesperado que praticara naquela noite tempestuosa, não conseguiu evitar a gozada de seus irmãos Achyle e Lorenzo. E desde então, quando resolviam atazanar a vida de Remiggio ou responder suas provocações, os irmãos lançavam-lhe zombeteiros a infamante imprecação, que o deixava furioso:

— Coalha gamela… Coalha gamela…

---

[87] Rústica bacia entalhada à mão em tronco de madeira, muito utilizada nas residências dos colonos italianos.

— Eu tinha um aninho de idade quando nossa família veio para Três de Maio, em 1926 – explicou Seu Lorenzo ao final da sua narrativa.

— Coitado desse seu irmão, Nono! – comentou Natália.

— E o Remiggio virava uma fera toda vez que a gente o provocava com essa história de "coalha gamela".

Então eles retornaram às suas tarefas de organizar o porão. Mas isso foi por breve instante, pois Natália logo voltou a perquirir Seu Lorenzo:

— E aí, Nono? Como foi a vida depois que a família chegou aqui em Três de Maio?

— Olha, foram anos muito difíceis – começou Nono Lorenzo. – Era uma vida toda pra começar. Derrubar mato, fazer roça. Faltava tudo. A família já era grande. Quando viemos para cá, minha mãe estava grávida e poucos meses depois que chegamos nasceu o Achyle.

Seu Lorenzo fez uma pausa para buscar na memória fatos de tempos tão distantes. Soltou um suspiro e prosseguiu:

— Por sorte tínhamos o Tio Enrico, que já estava aqui fazia cinco anos. Isso ajudou muito. Meu pai e ele montaram até uma sociedade.

— Que sociedade era essa, Nono?

— Era uma casa de comércio, a primeira de toda a região.

— E o que era vendido? – perguntou Natália.

— Bom, de tudo um pouco. A gente comprava a produção dos colonos da região e vendia para eles os produtos básicos, como sal, açúcar, querosene, tecidos e coisa e tal. Tem até uma história engraçada por conta dessa sociedade…

— Conta, Nono… – falou a neta, buscando acomodação no velho baú ao lado de Seu Lorenzo.

O CHÁ

Entre os anos de 1930 e 1938, Enrico e Felício Benefatti se associaram para abrir uma casa comercial[88] no povoado de Rocinha, onde residiam. Já havia muitas famílias de colonos estabelecidos na localidade e as dificuldades de acesso a centros comerciais eram enormes. Comerciavam produtos básicos e de primeira necessidade. A "bodega" – como a chamava o Nono Felício – funcionava no porão do casarão que Nono Enrico construíra no ano de 1930.

Felício tinha a tarefa de transportar a produção agropecuária produzida pela população local (milho, feijão, banha, salame, queijo etc.) para comerciar na cidade de Santa Rosa e nas vilas Buricá e Tucunduva. Desses centros trazia gêneros essenciais à vida precária e austera que as famílias locais levavam: sal, açúcar, querosene, tecido de riscado, fumo em corda, purgante, ferramentas e outras quinquilharias.

Para essa atividade, Nono Festivo se valia da grande experiência de carreteiro que adquirira carroceando entre Guaporé e Encantado quando era solteiro. Fazia as suas viagens com a sua bem equipada carroça puxada por três ternos de mulas, seguindo por picadas e estradas ainda mal delineadas. Seu filho Lorenzo sempre o acompanhava com a função específica de manejar o "breque".

A bodega era cuidada por Nono Enrico. Seus filhos o ajudavam… e sucumbiam facilmente às tentações oferecidas por caramelos, biscoitos e outras gulodices. Pudera! Diante de tantas privações, como resistir àquelas delícias tão provocativas? Muitas vezes, quando Nono Enrico ia abrir algum fardo de bolacha ou de chocolate para expor à freguesia, já o encontrava vazio. Embora muito se esforçasse para evitar a rapinagem da gurizada, especialmente dos seus filhos Antonio, Germino e Genaro, os desfalques eram inevitáveis. Mas quando Nono Enrico conseguia pegar alguém em flagrante, a cinta cantava impiedosamente.

---

[88] Foi a primeira casa comercial do povoado.

Germino, com seu jeito ladino, logo descobriu uma forma infalível de escapar da mão pesada do pai. Valia-se do amor e da superproteção materna de Nona Loreta. Sempre que seus ataques às tuias da bodega eram descobertos por Nono Enrico, com muita artimanha e dissimulação invocava a ingênua proteção da mãe, queixando-se chorosamente de algum mal-estar:

— *Mamma! Mi fa male la testa!*[89]

Ou então:

— *Mi fa male la pancia!*[90] – E se contorcia simulando insuportável dor.

Nona Loreta logo se apiedava do coitadinho e o acolhia amorosamente:

— *Vieni qui, povereto!*[91] – Pegando o choroso pela mão e levando-o ao quarto, onde o acomodava cuidadosamente na cama de colchão forrado com palha de milho desfiada à mão, enquanto anunciava:

— *Aspetta una stancia che suito te porto un chià di macela.*[92]

E lá ia Nona Loreta até a cozinha para preparar rapidamente um miraculoso chá de marcela. Enquanto isso, acomodado confortavelmente em sua cama, Germino aguardava o miraculoso chá que sua mãe preparava, mal disfarçando o alívio que sentia em escapar da impiedosa surra de Nono Enrico.

Nona Loreta retornava ao quarto com o chá de marcela de aroma inconfundível e o oferecia a Germino:

— *Beve, figlio mio, che ti fa bene!*[93]

Mas o chá de marcela era muito amargo, ainda mais que as nonas daquela época costumavam economizar muito o açúcar, produto tão caro e escasso naqueles tempos. Então chegava o momento crucial do estratagema ardiloso engendrado por Germino: como se livrar daquele chá horrivelmente amargo já que dele não necessitava? Ao seu lado, Nona Loreta falava piedosamente:

— *Beve, figlio! Beve!*

E Germino, olhando com indisfarçável repugnância para aquela xávena fumegante, apelava para o golpe final:

---

[89] *"Mãe! Me dói a cabeça!".*
[90] *"Me dói a barriga!".*
[91] *"Vem cá, pobrezinho!".*
[92] *"Espera só um pouquinho que já te trago um chá de marcela".*
[93] *"Bebe, meu filho, que de faz bem!".*

— *Mamma, solo bevo si ti vá via.*[94]

E Nona Loreta atendia pronta e ingenuamente, dirigindo-se para a porta, enquanto Germino gritava recomendando:

— *Sara la porta!*[95]

Após se certificar de estar livre do olhar zeloso de sua mãe, Germino corria até a janela e jogava fora o conteúdo da xícara. Retornava rapidamente à cama, onde se punha com aquele seu olhar marotamente inocente. Passados alguns minutos, Nona Loreta retornava ao quarto e se comprazia de alegria ao ver o bem-estar estampado no rosto do filho:

— *E adesso, figlio, come stéo.*[96]

— *Oh, mamma, bene, bene…* – respondia santamente Germino.

A essas horas, a cólera de Nono Enrico já havia se dissipado.

— Ha ha ha! Como era esperto esse Ger… Geromino – riu-se Natália, com dificuldade em pronunciar o nome de Germino.

— Germino – corrigiu Seu Lorenzo. – Ele era o terceiro filho do Zio Enrico, o segundo dos homens. Mas ele era, de fato, muito esperto. E era conhecido por um apelido…

— Qual, Nono? – indagou Natália apressadamente.

— Lebrão.

— Mas por quê?

— Bom – prosseguiu Nono Lorenzo –, porque ele era muito matreiro, danado de esperto. Vivia sempre aprontando das suas, mas ninguém conseguia pegá-lo. Tem até uma história dele que ficou muito famosa…

E antes que Natália tivesse tempo para questionar, Seu Lorenzo se pôs a narrar mais uma das histórias de Germino Benefatti.

---

94 *"Mãe, só bebo se você for embora".*

95 *"Fecha a porta!".*

96 *"E agora, filho? como está?".*

LA SCIOPA[97]

Corria o ano de 1935. O cenário político andava muito agitado no Brasil da nascente "Era Vargas". O país ainda não havia sossegado das recentes revoluções que o tinham sacudido de norte a sul: a Revolução de 1930, quando Getúlio Vargas levantou tropas no Rio Grande do Sul e cavalgou até amarrar os cavalos no obelisco da capital federal daquela época – Rio de Janeiro – para tomar o poder, colocando fim à política do café com leite estabelecida entre paulistas e mineiros; e a Revolução Constitucionalista de 1932, travada principalmente em solo paulistano, quando os paulistas se insurgiram contra a política centrista do presidente Vargas, exigindo eleições para presidente da República e respeito à Constituição Federal.

Tendo abafado a revolta liderada pelos paulistas, Getúlio Vargas implantou uma política de segurança bastante severa, proibindo o porte de armas pela população civil. Somente em situações muito especiais e mediante autorização oficial, os cidadãos podiam manter armas em suas residências. O objetivo do Governo Vargas era desarmar a população e pacificar o país, evitando-se o risco de novas insurreições.

Naquela época, a colonização da região do grande município de Santa Rosa[98] prosseguia febril, com novas levas de colonos chegando a cada dia, abrindo picadas, derrubando mato e fazendo roças, construindo novos povoados, edificando casas, igrejas e escolas. Mas havia também muita insegurança. Muitas eram as histórias contadas de boca em boca sobre ataques de grupos de bandoleiros, que nem sempre se contentavam em saquear as escassas colheitas conseguidas a muito labor e a muito suor, por vezes cometendo barbáries contra a vida dos pacatos e indefesos colonos. E na região missioneira corriam soltas as histórias de escaramuças do lendário fora da lei Artur Arão.[99]

---

[97] A Espingarda.
[98] Que antes se chamava Vila 14 de Julho, mudando para Santa Rosa quando se emancipou no ano de 1930.
[99] Bandoleiro que se tornou um fora da lei por vingança pela morte de seu pai, o coronel Pedro Arão (antigo chefe maragato), trucidado pelos "provisórios" da Brigada Militar.

Germino não se conformava com a proibição de portar armas e usou da sua engenhosidade para fabricar a sua própria espingarda, utilizando-se do cabo de um velho e imprestável guarda-chuva. A arma era bastante rudimentar, feita de improviso, mas engendrada com muita habilidade. O mecanismo de detonação era formado por uma pequena mola, uma tira de borracha e um prego de caibro retorcido. Não tinha projétil e a munição era constituída apenas por espoleta e muita pólvora. Com cerca de 11 anos, Germino sentia-se muito valente e bastante homem andando com a sua arma de fogo sempre presa na cintura. Dela não se desgrudava e quando detonava um tiro produzia um forte estampido e muita fumaça.

Certa manhã, Germino seguia para a aula na escola improvisada, que funcionava na casa de Cornélia Corsini, a primeira professora do povoado. Seguia corajoso pelo caminho tortuoso que cortava as matas ainda virgens, portando a sua *sciopetta*[100] na cintura. Quando tomou o atalho que conduzia à residência da professora Cornélia, voltando-se para trás, avistou Lorenzo Andreatta,[101] que vinha assobiando, alegre e fagueiro, a algumas centenas de metros de distância. Matreiro, Germino encontrou um barranco atrás do qual se atocaiou à espreita do distraído aluno, que granjeava a fama de medroso.

Alguns minutos depois, Lorenzo tomou impulso para galgar o grande barranco e retomar a estrada que o conduziria para a escola, quando Germino puxou o gatilho e a sua *sciopa* produziu um surdo estrugido e levantou uma grande nuvem de fumaça. Tomado de grande susto, Lorenzo Andreatta disparou em desabalada correria na direção da escola, em ofegante gritaria, alardeando que um bandido lhe havia dado um tiro. Enquanto isso, envolto numa fedentina de pólvora queimada, Germino tentava nervosamente dissipar a grande fumaceira abanando o seu chapéu de palha de trigo.

Dona Cornélia acorreu solícita a acudir o aluno espaventado, que lhe narrava o susto entrecortando soluços espasmódicos. De imediato, chamou pelo seu esposo Vittorio Corsini, que diante da dramática narrativa do aluno espavorido, julgou tratar-se de um caso sério de banditismo. Apanhou a sua espingarda – que guardava camuflado em seu paiol –, convocou aos gritos os vizinhos e a assobios a cachorrada, e se dirigiu rumo ao local do suposto atentado.

---

[100] Espingardinha.

[101] Filho de Pedro Andreatta, um dos primeiros colonizadores do povoado.

Ao ouvir o alarido, Germino se deu conta da gravidade da situação e disparou lépido para casa, tomando o especial cuidado de esconder a sua famosa espingarda e, principalmente, de não ser visto pelo seu pai, Enrico. Quando tentava abrir solerte a porta do grande casarão da família foi surpreendido por sua mãe, a Nona Loreta, que lhe indagou o motivo do súbito retorno à casa. Valendo-se de sua dissimulada astúcia, Germino respondeu num queixume choroso:

— *Mamma, Mamma*, tô morrendo de dor de barriga… – levando às mãos ao abdômen numa expressão caricata de dor.

Zelosa e sem perceber a malandragem do filho, Nona Loreta prontamente o conduziu para um dos quartos situados no sótão da casa, que era ocupado pelos meninos, onde acomodou Germino com o habitual desvelo de mãe. Em seguida, correu até a cozinha onde se pôs a preparar rapidamente uma xícara de chá de palhano, detestado pela criançada devido ao seu gosto extremamente amargo.

Enquanto isso, Vittorio Corsini havia reunido uma patrulha de respeitáveis homens do lugarejo, todos armados com as espingardas que se recusavam a entregar às autoridades. A patrulha dirigiu-se à casa de Nono Enrico, que desempenhava o papel de quarteirão (uma espécie de autoridade administrativa e policial, com poderes de dar voz de prisão a qualquer cidadão), a fim de organizar uma caçada ao perigoso bandoleiro que deveria estar escondido nas matas das cercanias.

O momento era de dramática agitação. Na ampla sala do casarão, os homens discutiam nervosos acerca das providências que deveriam tomar para caçar o imaginário bandido, enquanto Germino ouvia quieto e apreensivo embaixo das cobertas.

Com a xícara de chá fumegante nas mãos, Nona Loreta subiu a estreita escada que dava acesso ao sótão para oferecer o lenitivo ao seu *ragazzino*[102] enfermo. Foi recebida pelo filho com uma careta de repulsa. Nona Loreta insistiu em oferecer o chá, mas Germino rejeitou com gestos de insuperável náusea. Prestes a sucumbir diante da persistência da mãe, Germino recorreu ao seu costumeiro golpe de chantagem, dizendo para sua mãe que só tomaria o chá se ela se retirasse do quarto. Tomada de zelo pelo filho, que parecia

---

[102] Garotinho.

padecer de terrível mal, Nona Loreta atendeu de imediato e inocentemente o pedido, retirando-se do quarto e deixando o chá horripilante no rústico criado-mudo. Mal sua mãe bateu a porta atrás de si, de um salto Germino alcançou a janela do sótão, por onde jogou fora o conteúdo intragável.

Debruçado na pequena janela, avistava ao longe a patrulha de homens e cães que vasculhava, com grande alarde, matas e campinas à caça ao temível bandido.

— Mas esse Germino era mesmo muito danado – disse Natália, enquanto Seu Lorenzo deixava o assento do velho baú para retomar a tarefa de organizar o porão.

E mais caixas foram abertas e revistas e velhos cadernos foram juntadas ao monte para descarte. Até que Natália estancasse novamente diante de uma foto familiar no álbum que folheava.

— Que foto é essa, Nono?

Seu Lorenzo largou um punhado de revistas sobre o velho baú e fitou a fotografia que a neta apontava com o indicador. Espremeu os olhos e, franzindo a testa, iniciou a explicação:

— Essa foto é da família do meu pai. Aqui estão apenas os seis filhos mais velhos.

Seu Lorenzo examinou a fotografia por mais alguns segundos e apontou o dedo, indagando:

— Nena, você sabe quem é esse aqui?

Natália focou o olhar na figura de um menino magrinho num dos cantos da fotografia e exclamou indagando:

— Esse?

— Sim, esse aqui de cabelo claro.

— Ah, parece o meu pai.

— Não, Nena, esse aqui sou eu – corrigiu o avô com um riso no canto da boca.

— Mas, Nono, parece mesmo o meu pai!

— Sim, filha – concordou Nono Lorenzo. – É que dos meus filhos, o seu pai é o mais parecido comigo.

— É mesmo, Nono... – assentiu Natália. – E esse aqui, em cima da mesinha, quem é?

Nono Lorenzo retomou a foto e após analisá-la, completou:

— Esse é o Martino, o mais novo dos filhos homens dos meus pais. Ele tinha um ano quando essa fotografia foi tirada.

— Ah... – balbuciou Natália.

E Seu Lorenzo logo tratou de continuar:

— Certa vez ele escapou da morte por milagre...

— É mesmo? – falou Natália. – E como foi isso, Nono?

O TIRO

A tarde de um domingo do ano de 1936 se consumia lenta e melancólica sob um céu esfumaçado de agosto. A reza do terço se arrastou pachorrenta na Capela de Nossa Senhora da Saúde em Rocinha. Depois, as mulheres reuniram-se na casa de alguma comadre para *chiacchierare*[103] pacienciosas, os homens dedicaram-se ao jogo de bocha ou ao quatrilho na "bodega" da comunidade e a gurizada ocupou-se com divertimentos e folguedos simplórios. Ao entardecer, a piazada tomou o rumo de suas residências.

Uma dessas turmas reunia os Benefatti, os Tirolla, os Galanti, os Turrani e os Fiorenzi, que desciam a ladeira em meio a peraltices, fazendo pilhérias uns aos outros, numa algazarra despreocupada. Entre a turba estava Martino Benefatti, que estava prestes a completar 7 anos de idade, guri muito espevitado, dono de uma vivacidade incomum.

Logo adiante encontraram os amigos Manlio Compagnollo e Alziro Heldermeier com suas espingardas de caça, acompanhados de Antonio Benefatti.[104] Os dois pretendiam aproveitar o final de tarde para caçar sabiás e rolinhas nas campinas das cercanias. A gurizada curiosa logo cercou os caçadores. Manlio testava a mira da sua espingarda fazendo pontaria e disparando contra um tabuleiro suspenso no aramado das cercas. Detonou um tiro e dirigiu-se ao alvo para checar o resultado alcançado, deixando sua arma nas mãos de Antonio. Porém ninguém percebeu quando Manlio introduziu novo cartucho na espingarda enquanto a pequena nuvem de fumaça se dissipava lentamente.

Martino, dando vazão para a sua inquietante curiosidade, xeretava tudo e provocava brejeiramente Antonio, dizendo que ele nem sabia mexer com aquela arma. Sentindo-se desafiado e ignorando que estava recarregada, Antonio apontou a arma para Martino na intenção de lhe provocar um pequeno susto, asseverando:

---

[103] Conversar.
[104] Filho mais velho do Nono Enrico Benefatti.

— Olha, guri, que te dou um tiro! – E acionou o gatilho irrefletidamente.

Um estampido seco retumbou pela campina até se multiplicar em ecos junto à mata imponente que circundava os roçados. Quedaram-se todos aturdidos por alguns instantes em meio a uma fumarola que rescendia a pólvora e a chumaços de papel queimado. Passado um átimo, perceberam, então, Martino jazendo por terra a se debater em meio a chamas que lhe cobriam todo o corpo.

Seus irmãos Remiggio e Lorenzo lançaram-se sobre ele abafando as labaredas a tapas de maneira atabalhoada. A custo sufocaram as chamas que consumiam as roupas e provocavam queimaduras no corpo do menino. Apavoraram-se quando avistaram um grande rombo no abdômen do garoto, que lhe expunha algumas vísceras. Atordoados, recolheram o corpo da vítima e carregaram-na nos braços até a casa de Nono Enrico, num pranto entrecortado por gritos de desespero. Sentiam o sangue borbotante e quente do irmão a empapar as suas roupas, enquanto um séquito agitado os seguia, produzindo um clamor lamurioso. Nona Loreta – que já se encontrava em casa – acorreu para acudir o alvoroço e acomodou o ferido em sua cama. Espavorida, começou a ministrar os primeiros socorros, que se limitaram a tentativas de estancamento do sangue e limpeza da região afetada pelo chamusco.

No local do incidente, Antonio permaneceu por longo tempo inerte, petrificado, com o cano da espingarda tocando a poça de sangue que manchava o chão, incrédulo do acontecimento trágico e fortuito. Alguns guris correram até a "bodega" para chamar por socorro. Encontraram Nono Enrico jogando bocha. Vários homens foram até o local do incidente e recolheram as armas. Providenciaram para que alguém fosse chamar a Nona Amélia, que fazia rápida visita à comadre Cornélia Corsini. Nono Felício encontrava-se caçando codornas com o amigo Pietro Turrani nas campinas dos Navegantes, a alguns quilômetros de distância.

Titubeantes diante da gravidade do ferimento, os homens formaram conselho para deliberar acerca das providências a adotar. Estavam alarmados com as dimensões da chaga aberta no abdômen do menino e hesitavam em tomar qualquer iniciativa. Acreditavam que o garoto não escaparia com vida. A ferida era muito braba, provocava uma sangria muito intensa e deixava exposta a ponta queimada do pulmão e mais algumas vísceras. Havia várias queimaduras espalhadas pelo corpo, o que agravava muito o grave quadro clínico.

Além disso, Martino tinha uma compleição um tanto mirrada e tudo indicava que não resistiria aos ferimentos e não sobreviveria àquele acidente. Por fim, diante da gravidade da situação, decidiram por se abster de qualquer providência até que o pai do infante chegasse. Limitaram-se a despachar o crioulo Fidélis a cavalo em busca do Nono Felício.

Enquanto isso, Nona Amélia chegava à casa da cunhada numa desabalada e agoniosa correria. Desesperou-se quando se prostrou em prantos convulsivos junto ao leito em que jazia seu filho e viu as roupas encharcadas de sangue, ouviu seus gemidos e sentiu o cheiro forte de carne chamuscada. Beijava as pálidas faces do menino molhadas por um suor gelado. Com o coração dilacerado, Nona Amélia debulhou-se em choro, bradando com extrema aflição:

— *Toni, cosa ghetto fatto? Ghetto copato il mio bambino!*[105]

Nona Loreta abraçava compungida a desesperada mãe, tentando confortá-la com pesar profundo. Preparou chás para acalmar a cunhada e para baixar a febre que já se anunciava no paciente. Nona Amélia interrompia o copioso pranto para exclamar entre soluços:

— *Poverello del mio bambino! L'é drio morire, figlio mio!*[106]

Mesmo em estado febril, Martino resistia bravamente ao ferimento, que ainda teimava em borbotar filetes de sangue. Apesar da dor lancinante que lhe ardia nas entranhas, mantinha a consciência viva, talvez mais lúcida do que os senhores do conselho, que ainda titubeavam a respeito do que deveria ser feito. Contendo gemidos de dor com supremo esforço, conclamava os homens, incutindo-lhes coragem e incitando-os a tomar alguma providência:

— Mas o que estão esperando? Não veem que estou mal? Chamem o doutor depressa! Chamem o doutor!

Um tanto embasbacados com a própria falta de iniciativa, Nono Enrico e seu compadre Luchino Tirolla encilharam, então, os seus cavalos, e seguiram até o povoado de Buricá em busca de algum socorro médico, percorrendo

---

[105] *"Antonio, o que você fez? Matou o meu menino!".*
[106] *"Pobrezinho do meu menino! Está morrendo, meu filho!".*

na escuridão da noite, que já se fazia realidade, em lombo de cavalgadura, pouco mais de 20 quilômetros de picadas e estradas ainda mal traçadas.

Nesse meio-tempo, nada podendo fazer para remediar a situação, familiares e vizinhos reuniram-se em torno do leito em que agonizava o ferido, em fervorosa oração pelo salvamento da vida daquela frágil criatura. Chegaram a ponto de encomendar a alma do menino. Nono Felício estava, enfim, também presente. E, assim, seguiu a dolorosa vigília enquanto a noite crescia escura e tenebrosa.

Martino alternava transes de grande torpor, quando uma sombria mortalha parecia envolver as suas faces empalidecidas, com momentos de angustiosa consciência, ocasiões em que implorava aflitivamente aos seus assistentes de agonia:

— Vão chamar o doutor! Chamem o doutor!

Os presentes tentavam acalmá-lo, explicando-lhe que já haviam tomado as providências para a vinda do médico, mas que iria demorar porque era longe. Lágrimas quentes da Nona Amélia aqueciam as faces do ferido, enquanto Nona Loreta lhe servia mais algumas chávenas de chá.

Nono Enrico e Luchino Tirolla consumiram ainda algum tempo para localizar o doutor Bernini, único médico da Vila Buricá. Aproveitaram para contatar as autoridades do distrito: o senhor Cláudio Santoro, subprefeito – que por esse motivo também exercia as funções de delegado de polícia –, e o oficial do Cartório do Registro das Pessoas Naturais, senhor Tommaso Albini (é que diante da gravidade dos ferimentos, a sua presença se fazia necessária para lavrar a certidão de óbito na eventualidade de o menino não sobreviver). Faltava chamar só o vigário. Enquanto Luchino Tirolla regressava conduzindo os cavalos, Nono Enrico, acompanhado do doutor Bernini e das autoridades distritais, retornava a Rocinha no automóvel de praça Ford-29, dirigido pelo senhor Raul Fortes.

Chegaram à casa de Nono Enrico quando a madrugada já se anunciava fria e estrelada. O médico examinou rapidamente o ferimento à luz opaca da lamparina, tomou providências emergenciais e determinou a imediata remoção do ferido para o hospital da Vila Buricá, alertando de imediato sobre a gravidade das lesões. Disse-lhes que havia alguma chance de o menino sobreviver, mas não garantia nada.

Nono Felício tomou lugar no assento do automóvel e acomodou o ferido no colo, enquanto o doutor Bernini seguia controlando o pulso do garoto. Nona Amélia consumia-se em pranto e exclamações de desamparo e dor. Uma multidão aflita e calada viu um facho de luz desaparecer por um caminho tortuoso, engolido rapidamente pela mata sombria.

A comitiva chegou na alta madrugada no precário hospital da Vila Buricá, que tinha fornecimento de energia elétrica somente até as primeiras horas da noite. Enquanto acomodavam o ferido e o doutor Bernini preparava os apetrechos cirúrgicos, Nono Felício e seus companheiros bateram à porta da residência do senhor Resche, responsável pela manutenção da pequena usina termoelétrica que abastecia a vila de energia. O maquinista, sem disfarçar direito o aborrecimento pelo brusco despertar, a princípio recusou-se em acionar as caldeiras da velha locomotiva, alegando que as ordens eram claras: energia elétrica só das 7h às 22h.

Nono Festivo sapateava nervoso, explicando que a situação era de emergência, que uma vida estava em risco, apelando para a caridade e para o bom senso do senhor Resche. O impasse só se resolveu com a intervenção do subprefeito, que assumiu pessoalmente a responsabilidade pelo ato e autorizou o acionamento da máquina a vapor, viabilizando a intervenção cirúrgica.

Algumas horas depois, quando um clarão crescia no levante, o doutor Bernini deixou a sala de cirurgia e anunciou a um pai aflito, com um largo sorriso, o sucesso da operação. Explicou que havia retirado metade do pulmão esquerdo e alertou que os primeiros dias do pós-operatório seriam decisivos, período em que o paciente corria sério risco de vida pela possibilidade de vir a sofrer graves hemorragias caso não se mantivesse imóvel e em absoluto repouso.

Na segunda-feira, Nono Felício retornou a Rocinha para conduzir Nona Amélia para cuidar do filho no hospital. Encontrou-a costurando uma roupinha para Martino, ainda em copioso pranto. Sem notícias do filho, a Nona aguardava esperançosa por um milagre, tendo na memória a chocante imagem do menino ensanguentado e com as carnes queimadas quando partiu, enrolado num lençol, no colo do Nono Felício.

Martino ainda permaneceu internado no hospital por cerca de um mês, quando foi alvo de delicado tratamento médico e sofreu mais algumas intervenções cirúrgicas. O período de convalescença foi penoso e longo, mas aos poucos o menino franzino foi recobrando as energias e a viveza das faces graças a sua teimosa determinação em viver e à devotada fé da família e dos amigos.

As despesas médicas e hospitalares importaram na quantia de $ 1,600 (um conto e seiscentos mil-réis), assim suportados: seiscentos mil-réis pelo Nono Felício e o restante, em partes iguais, por Nono Enrico e por João Compagnollo (pai do dono da arma).

Após a alta hospitalar, Martino e Nono Felício foram conduzidos até Rocinha de charrete pelo amigo João Solani, sendo recepcionados pelos familiares e amigos em calorosa festa. Chegaram em casa ao anoitecer. Com grande alarido, todos abraçavam saudosos o irmão, que já insinuava um leve ar de entonação.

A narrativa foi seguida por curto período de silêncio, como reflexo da trágica história, tempo em que cada um se voltou para as suas ocupações. Seu Lorenzo seguiu abrindo caixas, ordenando o seu conteúdo, expurgando material supérfluo. Natália entreteu-se folheando e admirando as fotos do velho álbum, até quebrar a quietude com nova pergunta dirigida ao avô:

— Nono, que tipo de diversão vocês tinham naquele tempo?

— Ah, Nena, não tinha muita coisa. Era bem diferente de hoje em dia. Durante a semana se trabalhava muito. Diversão mesmo se tinha um pouco somente aos domingos.

— E o que vocês faziam para se divertir?

— Bem, se você quer mesmo saber, então escuta mais essa história…

DOMINGO DE CHUVA

Corriam os tórridos dias de fevereiro. A semana arrastava-se lenta, trabalho extenuante nas lavouras, mormaço insuportável, sol insistente e implacável a causticar os abnegados trabalhadores. Enfim chegara o domingo, oportunidade de repouso para recuperar as forças para a semana seguinte, certamente de dias tão sufocantes e tão monótonos quanto os passados. E, de quebra, esperança de se aproveitar algum lazer, algum folguedo para aliviar a dureza do trabalho. Mas aquele domingo amanheceu macambúzio, céu encoberto por espessas nuvens escuras, ventos a anunciar muita chuva. Ainda pela manhã ela chegou torrencial, acompanhada de muitos relâmpagos e trovões que ecoavam sorumbáticos.

Naquela manhã pouca coisa foi possível fazer na residência do Nono Felício. Deu tempo apenas de cuidar da bicharada, pois a chuva chegara forte, quebrando a rotina. Veio o almoço, modesto, poucas falas, todos sonolentos. A chuva caindo a cântaros, ininterruptamente. A tarde mostrava-se sem atrativos, e com aquela tromba d'água era improvável que alguém se animasse a ir até a "bodega" da comunidade de Rocinha para se encontrar com os amigos. A habitual reza do terço de domingo estava cancelada definitivamente, nem precisava anunciar; e com ela também os divertimentos que tradicionalmente só ocorriam após a reza: o jogo da mora, do quatrilho ou de bochas.

Logo após o almoço chegaram Germino e Genaro,[107] corajosos, enfrentando o aguaceiro, com a intenção de convidar os primos para pescar logo que a chuva acalmasse. Separaram os caniços, cataram minhocas atrás dos galpões e fizeram outros preparativos. Mas a chuva não dava tréguas. Parecia cada vez mais forte. Aguardaram mais um pouco. Nono Felício, vendo

---

107 Filhos de Nono Enrico Benefatti.

que seu predileto jogo de quatrilho estava prejudicado, aproveitava a tarde modorrenta para tirar uma soneca. Sua esposa – a Nona Amélia – e as filhas dedicavam-se às atividades femininas típicas dos dias chuvosos: arrumar a casa, tricotar, coser, remendar as roupas da família.

Os primos desceram ao porão. Procuravam algo para fazer naquela tarde chuvosa de domingo. Após alguma tagarelice, decidiram improvisar um jogo de futebol. Dividiram-se em dois times: de um lado, os irmãos Remmigio, Lorenzo e Achyle; Martino, o caçula, juntou-se a Germino e a Genaro para formar o trio desafiante. O jogo começou muito animado, disputadíssimo, ninguém querendo perder. Afinal, na hora da divisão dos times, as provocações e as apostas haviam sido muitas. Genaro era muito rápido, elétrico, e alguém tinha que marcá-lo de cima; Lorenzo foi encarregado dessa tarefa. Achyle era muito habilidoso com a perna esquerda, era o jogador mais perigoso do time dos irmãos e precisava ser bem marcado. Martino foi destacado para essa missão. Sobravam Remiggio, de um lado, e Germino do outro, os mais velhos, que se marcavam à distância e comandavam as suas equipes. As goleiras eram formadas pelo vão formado entre duas pipas.

O entusiasmo rapidamente incendiou a disputa. Logo se exaltaram os ânimos e a gritaria se somava ao som surdo dos repiques da bola contra as paredes. A cada lance, a cada drible, a cada encontrão, o duelo se tornava mais renhido. Os gritos de Martino sobressaíam-se com grande destaque na algazarra. O placar alternava-se com rapidez e cada gol marcado era comemorado com desmedida euforia, com abraços esfuziantes, como se fosse final de campeonato.

No andar de cima, Nono Felício dormia. Até já roncava! Mas o alvoroço do porão acordou-o de sobressalto. Tentou recuperar o sono. Trocou de lado, deitou de costas, de bruços. Tudo em vão. A gritaria da gurizada era muito forte, perturbadora. Rapidamente, Nono Felício passou do estado de sossego para o de irritação, coisa nada estranha tratando-se dele. De início, gritou para a gurizada, mas todos estavam tão empenhados no jogo que nada ouviram. Gritou de novo. Tornou a gritar, mas a algazarra continuava intensa. Na verdade, parecia até que aumentava. Nono Felício, cada vez mais alterado, colérico, levantou-se da cama e foi até a janela. A chuva continuava torrencial. Da janela, gritou mais uma vez. Nenhum dos guris lhe deu ouvidos. Vestiu a capa preta, apanhou a cinta e desceu.

Postou-se à porta. Ninguém o percebeu, tomados que estavam pela disputa da bola. Esbravejou como um trovão, o olhar faiscando relâmpagos:

— *Fermi!*[108]

Então lhe ouviram. Não só ouviram, mas pararam estáticos, petrificados. Fez-se grande silêncio, apenas cortado pelo repenique das goteiras. As pernas dos guris tremiam. Os olhos de Nono Felício dardejavam raios fulminantes. Todos logo entenderam. Lorenzo, que se encontrava mais próximo da porta, foi o primeiro. Nono Felício pegou-o pelo braço e a cinta cantou raivosa. E assim foi com os demais, que se enfileiraram submissos à iracúndia: o Remiggio, o Genaro, o Martino – que gritou muito, embora apanhasse pouco, já que Nono Felício sempre o poupava por ser o menor –, e veio o próximo. Era a vez do Achyle, o "Negrão", como o chamavam, que lançou um olhar maroto para Nono Felício. Tentou uma jogada de ponta esquerda: ameaçou por um lado, negaceou pelo outro. Nono Felício, como um beque esbravejante, fechava a passagem balançando o corpo de um lado a outro da porta. Nono Felício o chamava, gesticulando freneticamente com a mão esquerda: "Vem... Vem...". A outra mantinha a cinta ameaçadoramente ao alto, pronta para deferir o golpe.

Mais uma vez Achyle tentou driblá-lo, sem sucesso. Recuou e observou Nono Felício postado à porta, bufando encolerizado com o corpo arqueado, pernas abertas, sedento para agarrar o Negrão, que teimava em não se entregar. Deu uma última investida, ameaçando saltar por um lado, mas jogando-se de peixinho por entre as pernas de Nono Felício, que num rápido reflexo juntou os joelhos, prendendo Achyle pela cintura. Então tudo se ajeitou para Nono Felício: com as pernas encaixando o tronco do garoto, tinha à sua frente, bem à feição, as nádegas de Achyle para aplicar a implacável surra que, devido à resistência oferecida, foi maior que a dos outros. Achyle debatia-se inutilmente, enquanto Nono Felício descarregava nele todo o seu furor.

Mas faltava ainda o Germino, que espertamente se posicionava à distância, espiando por trás de uma coluna de angico esquadrinhada a golpes de machado, com um metro de diâmetro. Nono Felício fitou-o. Germino foi saindo devagarzinho detrás da colossal coluna, lançando timidamente um

---

[108] *"Parados!".*

sorriso amarelo na tentativa de acalmar Nono Felício. Este, empunhando a cinta, bradava para Germino:

— *E ti? E ti? Cosa faccio?!*[109]

— *Calma, Zio! Calma, Zio!*[110]

Nono Felício repetia ofegante, ameaçador, mas hesitante em aplicar o corretivo no sobrinho predileto:

— *E ti? E ti?*

Ainda ficaram alguns minutos fitando um ao outro: Germino trêmulo, Nono Felício ainda empunhando a cinta. Aos poucos, a zanga do Nono foi diminuindo, boa parte dela já estava marcada nas nádegas de Achyle. Baixou o braço e encarou demoradamente cada um dos guris. Deu meia--volta e retornou para o andar de cima. No porão, permaneceu silêncio constrangedor por longo tempo. Achyle enxugando as lágrimas, os demais massageando as partes doloridas. Depois, começaram a conversar, dessa vez apenas por meio de cochichos. A bola ficou esquecida num canto, ninguém mais ousando tocá-la.

Em sua cama, Nono Felício roncava concorrendo com as trovoadas que não desistiam de ecoar no horizonte.

— Ha ha ha! Imagino a cena desse Achyle preso nas pernas do Nono Felício! – completou Natália.

— O Negrão era muito medonho – observou Seu Lorenzo. – Ele e o Genaro juntos, então, era sempre caso de confusão… Como a história da reza do terço.

— Conta, Nono! Conta! – apressou-se Natália, fechando o álbum que tinha em mãos e colando os olhos na figura do Nono, que, sem mais delongas, iniciou a narrativa.

---

109   *"E você? E você? O que faço?!".*

110   *"Calma, Tio! Calma, Tio!".*

A REZA DO TERÇO

Naqueles idos tempos, na época em que os nonos Felício e Enrico desbravavam mata virgem, abriam roça e criavam as suas famílias na comunidade de Rocinha, os divertimentos eram coisa muita escassa. Trabalhava-se muito, arduamente. Penosamente, de sol a sol, da segunda-feira ao sábado. O trabalho nas lavouras era interrompido apenas aos domingos, nem tanto para satisfazer as necessidades de descanso e lazer do corpo, mas principalmente para respeitar o sagrado mandamento da Santa Madre Igreja: "Guardar domingos e dias santos".

Raramente – ou nunca! – havia algum baile, reunião-dançante ou outro festejo. Aliás, a única festa que havia era a da padroeira. O futebol apenas timidamente começava a se difundir entre os jovens. Os mais idosos divertiam-se com mais regularidade no jogo de bocha, do quatrilho e da mora. Mas essas diversões somente eram permitidas depois de cumprida a obrigação dominical de ir à Igreja. De acordo com o que preconizavam os severos ensinamentos religiosos, primeiro vinham as obrigações da alma, depois os prazeres do corpo.

Devido às grandes dificuldades de locomoção pela precariedade das estradas e pela escassez de meios de transporte, raramente as comunidades católicas recebiam a visita de algum padre. A reza do terço, então, substituía a missa. O puxador do terço era escolhido entre os líderes da comunidade. Em Rocinha, naquela época, a tarefa estava confiada a Vittorio Corsini, que entoava as orações com sua voz tonitruante.

A rotina dominical era monotonamente sempre a mesma: acordava-se mais tarde, tratava-se a bicharada e aguardava-se o almoço. Depois, todos se dirigiam à capela consagrada à Nossa Senhora da Saúde, onde era rezado o terço. Homens de um lado da igreja, mulheres do outro, separados diante do

Senhor. O puxador rezava, monocórdio, deslizando entre os dedos as contas já sebosas do seu rosário:

— Pai Nosso, que estais no céu...

E todos respondiam num coro lento e arrastado:

— O pão nosso de cada dia...

E o puxador prosseguia cadenciado:

— Ave-Maria, cheia de graça...

O coro seguia sonolento:

— Santa Maria, Mãe de Deus...

E assim ia prosseguindo a reza do terço, o puxador entoando a primeira parte das orações seguindo as contas do rosário, mistério após mistério, e o coro respondendo a uma só voz. Uma só voz? Não, quase em uníssono, porque no fundo da Igreja costumavam se postar duas vozes que, deliberadamente, se atrasavam nas respostas às orações entoadas pelo puxador: eram Achyle e Genaro.

E lá vinha o Vittorio, entoando pausadamente:

— Ave-Maria, cheia de graça, o Senhor...

O coro respondendo:

— Santa Maria, Mãe de Deus, rogai por nós...

Quando o coro alcançava o "por nós", Achyle e Genaro, voz tonante, pausada e ostensivamente arrastada, começavam, então, a sua resposta:

— Santa Maria, Mãe de Deus, rogai... – de forma que quando o coro já tinha concluído a oração, a dupla de devotos retardatários ainda prosseguia em sua reza: – ... agora e na hora de nossa morte, Amméééémmmm! – E o "Amém" deles ecoava sonoramente pela capela.

No interior da Igreja era difícil alguém conseguir manter a seriedade que o ato exigia. Especialmente a criançada, que se sacudia em risos sufocados. Vittorio, por dever de ofício, mantinha-se compenetrado, puxando a reza e elevando o tom da voz tentando, em vão, abafar os risos mal disfarçados:

— Ave-Maria, cheia de graça, o Senhor...

O coro esforçava-se em se recompor e responder sem perder o ritmo:

— Santa Maria, Mãe de Deus, rogai por nós...

E Achyle e Genaro, cada vez mais devotados, mantinham o atraso de suas respostas:

— … Santa Maria, Mãe de Deus… – E pipocavam risos cada vez mais incontidos entre o público da cerimônia.

Nono Felício e Nono Enrico, postados nos primeiros bancos, coléricos, enfurecidos – contendo os nervos a muito custo, pois, afinal, encontravam-se na Casa do Senhor –, voltavam os seus olhares fulminantes para aqueles dois que, de forma tão séria e compenetrada, insistiam em se atrasar na resposta às contas do rosário. Gesticulavam ameaçadoramente com as mãos espalmadas.

E depois vinham as ladainhas. Evocava o puxador:

— Santíssima Trindade.

Respondia o coro:

— Rogai por nós!

Quando o coro concluía a resposta, os dois devotos dos últimos bancos da Igreja entoavam a sua resposta intempestiva:

— Rogai por nós! – falando beatamente sérios.

Nono Felício e Nono Enrico suavam, sapateavam, pisavam em nervos e se voltavam para trás, dardejando olhares furiosos…

— Imagino só a cara de fúria dos nonos! – observou Natália.

— Era muito engraçado, ninguém conseguia segurar as risadas – comentou Seu Lorenzo.

Nesse instante, foram interrompidos pela chegada de Dona Idalina, que desceu ao porão para fiscalizar o andamento dos trabalhos. De cara desaprovou o que viu:

— Mas desse jeito o serviço não vai pra frente!

Constrangido diante do pito, Seu Lorenzo voltou-se logo para as suas atividades. Mas Natália saiu em defesa do Nono, contra-argumentando:

— Ah, Nona! O Nono está me contando umas histórias muito legais sobre a nossa família!

— Isso ele sabe fazer muito bem... – ponderou Nona Idalina. – Só precisa usar essa energia também para o serviço.

Um constrangedor silêncio caiu sobre todos. Dona Idalina se pôs também a ajudar na tarefa de organizar o porão. Passados alguns longos minutos, foi ela quem quebrou o silêncio, questionando Natália:

— E o Nono já te contou a história do revólver?

— Não! – animou-se Natália com a pergunta.

Então, sentindo-se encorajado, Seu Lorenzo voltou o olhar silencioso para a esposa, como a pedir permissão para iniciar a narrativa do caso do revólver.

RIVÔLVER OU RESÓLVER

Aconteceu na época do Estado Novo. O presidente Getúlio Vargas decretou o desarmamento da população, numa tentativa de apaziguar a nação. O intendente de Tucunduva, município lindeiro com Três de Maio, cumpria a ordem à risca e recolheu um grande número de armas de fogo que estavam em poder da população. Entre as armas confiscadas encontrava-se um revólver de propriedade de Vittorio Corsini, grande amigo e companheiro dos nonos Felício e Enrico. Todos viviam na comunidade de Rocinha, que abrangia terras e moradores nos dois limites desses municípios, na época distritos do município-mãe Santa Rosa.

Em virtude das suas atividades de carreteiro afamado que percorria toda a região, naqueles dias Nono Felício estivera em Tucunduva entregando produtos agropecuários comerciados em sociedade com seu irmão Enrico. Por sua vez, naqueles tempos Enrico também exercia o cargo de Quarteirão, sendo a autoridade mais importante do lugarejo.

Na mesma época, Nono Felício estava em tratativas com o compadre para a venda de meia colônia de terras. A negociação encontrava-se ainda na fase inicial, estando o Senhor Vittorio por confirmar o interesse no negócio.

No domingo, encontraram-se os amigos na Capela de Nossa Senhora da Saúde, em Rocinha, para a reza do terço. Após, seguiu-se o tradicional "trago de purinha" e o jogo de quatrilho. Ao entardecer, despediram-se. Foi aí que Nono Felício sugeriu para o amigo Vittorio:

— *Bene, si ti vuoi rivôlver,*[111] *vieni catarmi a casa mia.*[112]

Vittorio animou-se e confirmou o filó para aquela mesma noite, crente que Nono Felício se referia ao seu revólver. Acreditava ele que Nono Felício,

---

[111] Resolver. Maneira como o Nono Festivo conjugava o verbo "resolver".

[112] *"Bem, se tu queres resolver, vem lá em casa".*

sendo irmão da maior autoridade daquelas colônias, desfrutava de "certas facilidades" junto aos órgãos públicos e tivesse se valido delas para recuperar o seu revólver. Então, no seu entender, era só ir apanhá-lo na casa do compadre. Entretanto Nono Felício estava se referindo a "resolver" o negócio das terras, já que para ele a arma se chamava "resólver".[113]

À noite, iniciou-se o filó, um crendo que havia falado com clareza e o outro acreditando que entendera tudo perfeitamente. A prosa foi longa à luz do *chiaretto*.[114] Tantos "causos" foram contados! *Tante sfrottole*[115] foram lembradas! Muitos *bicchieri di vino* foram esvaziados. A conversa correu solta e animada noite adentro, até que os bocejos se fizeram frequentes. O galo até já cantava! *E parla, e parla, e parla…*[116] E nada de alguém dar início à conversa propriamente dita. Nem de longe se tocava no assunto que motivara o filó.

Por fim, a madrugada feita em estrelas, o visitante tomou a iniciativa de se despedir. Já de pé, junto à escada que dava acesso ao grande casarão de madeira, Vittorio finalmente foi ao ponto:

— *Ció, mi volevo il rivólver*[117] – referindo-se à arma que acreditava estar em posse do amigo e compadre.

Nono Felício contestou prontamente:

— *No, mi cato che ti che bisogna di rivôlver*[118] – falou pensando em fechar de vez o negócio das terras.

E continuaram, cada um se referindo ao assunto a seu modo:

— *Mah… Ti che ghá il rivólver!*[119]

— *No! Ti che bisogna di rivôlver!*[120]

E assim prosseguiram por mais algum tempo sem se entenderem, até que um deles tomou uma resolução definitiva:

— *Bene, bene! Si è cosi, ci parliamo domani.*[121]

---

[113] Revólver. Forma peculiar como Nono Festivo designava a arma.

[114] Pequena lamparina, alimentada a querosene.

[115] Tantos causos, anedotas.

[116] *E conversa, e conversa, e conversa…*

[117] *"Bom, eu queria o revólver".*

[118] *"Não, acho que é você que tem que resolver".*

[119] *"Mas você que tem o revólver!".*

[120] *"Não! Você que tem que resolver!".*

[121] *"Bem, bem! Se é assim, conversamos amanhã".*

Meses depois, o negócio das terras foi resolvido entre os dois compadres – na verdade, "rivolvido" na forma de dizer do Nono Felício. A colônia de terras foi vendida ao amigo Vittorio em troca de um par de mulas jovens para formar nova composição para as carretas de Nono Felício.

Quanto ao revólver – o "resólver" – do Vittorio, esse demorou mais algum tempo até que fosse liberado pelo intendente de Tucunduva.

— Muito engraçada essa história do resólver e do rivôlver – comentou, rindo-se, Natália.

— O Nono Felício tinha uma maneira muito particular de falar – observou Dona Idalina.

— É verdade – emendou Seu Lorenzo. – Macaco era "bacaco", bispo era "vespo", burro era "vurro" e revólver era "risólver".

Após pequena pausa, Seu Lorenzo acrescentou:

— Mas tem mais uma história do "risólver"...

— Conta, Nono – desafiou Natália, instigando o avô a narrar a história.

PREPARATIVOS DE VIAGEM

No final dos anos quarenta não havia mais terras a desbravar na região da Grande Santa Rosa. As colônias estavam todas ocupadas pelas copiosas famílias de colonizadores italianos, alemães e poloneses. Os filhos cresciam, casavam e constituíam novas famílias, demandando por mais terras para sustentar as proles que se multiplicavam. A fronteira agrícola gaúcha havia esgotado o seu ciclo expansivo e o preço das terras encarecera demais. Por outro lado, dividir as colônias com as novas gerações que se sucediam fatalmente iria provocar grande empobrecimento às numerosas descendências. A solução encontrada foi expandir a colonização para o oeste catarinense, região de terras ainda inexploradas.

Diversos colonos rocinhenses engajaram-se no incipiente movimento migratório para as terras do planalto catarinense. Para assentar seus filhos que se casavam, as famílias passaram a adquirir novas colônias na região de Maravilha, onde havia muitas terras baratas e férteis, semelhantes às colônias em que viviam. Os pais juntavam as suas economias, organizavam caravanas e partiam com os filhos que se achavam prestes a constituir novas famílias.

Na primavera de 1949, nova comitiva estava sendo organizada por Nono Felício. Ele pretendia adquirir terras no novo eldorado para colocar seu filho Achyle, que já fazia planos de se casar. Os viajantes armaram barraca na carroceria de um caminhão, onde se aboletaram para sacolejar durante uma longa e cansativa viagem que consumia três dias de ida e outro tanto de regresso, trafegando por estradas e picadas de terra batida que se embrenhavam tortuosas pela mata espessa, enfrentando muita poeira e muita lama, superando grandes e desafiadores atoleiros.

Nono Felício, por ser o chefe da expedição, desfrutava o privilégio de se acomodar na cabine do caminhão Ford F-600, ao lado do genro Vicenzo Cazzoli, o motorista. Os demais se acomodaram na boleia, onde estenderam pelegos e alguns cobertores, ao lado de espingardas, muitas mantas de charque, grande quantidade de varas de salame, diversas peças de queijo, sacas de farinha de milho, uma tuia de erva-mate, talheres, algumas panelas e chaleiras, uma pipa de vinho tinto e um barril de cachaça. Na alma, carregavam muita esperança.

Na hora e no local combinados para a partida, reuniram-se os integrantes da comitiva. Era o início da tarde e os expedicionários conversavam agitados, mal disfarçando a ansiedade. Pitavam nervosamente seus crioulos, cuspindo os seus catarros no chão de terra vermelha. Vários amigos e familiares assistiam aos preparativos da comitiva para a longa jornada. Enquanto espicaçava um toco de fumo dourado com a sua *brístola,*[122] Nono Felício conferia o número de viajantes: estavam em 21. Parecia que faltava alguém. Vicenzo checava as condições do caminhão e tomava as últimas providências quando se dirigiu a Nono Felício, indagando:

— E aí, Chefretta? – Era assim que chamava o sogro. – Tudo pronto para a viagem?

Nono Felício respondeu hesitante, cofiando ensimesmado a barba do queixo:

— *Mah! Non lo só! Joanin Borsan è arrivato fin mezzodi di rivôlver!*[123]

Hugo Lorenzini, um rapazinho magrelo que assistia com uma ponta de inveja o alvoroço do embarque, exclamou num gracejo:

— Opa! A coisa tá feia!

Nono Felício redarguiu contrariado, enquanto espalmava, já impaciente, o fumo picado no côncavo das mãos:

— *Cosa ghetto detto, baúco?*[124]

O rapaz replicou sem conter uma insolente gargalhada:

— Se até agora tá de revólver é porque a coisa tá preta!

Nono Festivo limitou-se a retorquir repreensivo, enquanto esparramava o fumo picado e amassado numa palha de milho cuidadosamente aparada e alisada:

---

[122] Instrumento cortante com lâmina encurvada, muito utilizado pelos colonos italianos para picar fumo.

[123] *"Mas eu não sei! João Borsan ficou de decidir até o meio-dia!".*

[124] *"O quê disse, bobo?".*

— *Humpf! Vavá, baccaco d'un vurro…*[125]

Hugo calou-se sob o olhar dardejante de Nono Felício e todos os passageiros se acomodaram animados na boleia do caminhão dispostos a enfrentar a longa jornada.

— Vocês querem beber alguma coisa, fazer um lanche? – indagou Dona Idalina, mal terminada a narrativa da história.

— Um refresco iria bem – conjecturou Seu Lorenzo.

— E você, Natália? O que gostaria de comer ou beber?

— Um refresco, como o Nono.

— Tá bem, então vou preparar uma limonada.

Assim que Dona Idalina subiu as escadas que conduziam para a cozinha, Natália tratou logo de reatar a conversa:

— Nono, o senhor sabe de tantas coisas daqueles tempos!

E diante do silêncio de Seu Lorenzo, continuou a indagar:

— E que outras histórias o senhor ainda tem para contar?

Seu Lorenzo voltou a acomodar-se no velho baú, coçou o queixo e começou:

— Bem, tem aquelas do Pedro Bomba…

— Pedro Bomba? – questionou admirada Natália.

— Escuta só essa, Nena… – observou Seu Lorenzo, principiando a narrativa.

---

[125] *"Deixa estar, macaco de um burro…".*

O CONTADOR
DE CAUSOS

Pedro Andreatta foi um dos primeiros colonizadores italianos que se aventuraram a desbravar a região da localidade de Rocinha. Na verdade, os pioneiros moradores haviam sido os irmãos Giácomo e Luciano Paduani, que adentraram aquelas terras virgens abrindo picadas na mata espessa no ano de 1918. Quando tomaram posse das suas colônias encontraram um pequeno roçado com alguns pés de mandioca e milho, talvez preparado por algum bugre dos Carapevas, tribo de nativos que na época habitavam aquelas paragens ermas. Por isso, os primeiros colonizadores batizaram o local com o nome de "Rocinha".

Pedro era irmão de Antonio Andreatta, que havia esposado Constanza Benefatti, filha dos imigrantes Giuseppe e Catterina Benefatti. Era um grande contador de causos, mas pecava muito no vício de sempre contar vantagem, aumentando em demasia as dimensões dos seus relatos e impingindo-lhes uma áurea exageradamente fantasiosa. Gostava muito de fazer patuscadas. Suas prosaicas lorotas logo ganharam notoriedade entre os moradores do lugarejo e todos sabiam dar-lhe os devidos descontos. Essa fama propiciou--lhe o apelido de "Pedro Bomba", pois a tudo exagerava nos gestos ou nas maneiras de dizer. Quando lhe perguntavam a respeito de alguém, de fulano ou de sicrano, ou de qualquer *puttelo*,[126] respondia invariavelmente:

— Ô! *Piú grando di me!*[127] – E se erguia para demonstrar o porte avantajado da pessoa a quem se referia, denunciando a mentira com o gesto de marcar a estatura do sujeito com a mão espalmada em continência na altura do próprio peito.

---

[126] Garoto.
[127] "Ô! Maior do que eu!".

E quando interpelado acerca da lavoura de feijão que cultivava na roça nova, Pedro pintava um cenário vistoso, fazendo previsões mirabolantes de uma safra colossal:

— Ah! Não dou por menos de trezentas arrobas...

E todos compreendiam que certamente não passaria de 30 ou 40.

Mas Pedro tinha um gosto muito especial pela caça e pela pesca, muito abundantes nas matas e nos riachos da região naqueles tempos. Até levava jeito para essas atividades. O problema eram os exageros na quantidade e no tamanho das presas que abatia ou fisgava. Se noticiava que havia abatido 15 ou 20 perdizes, era até possível crer que ele realmente estivera caçando e que efetivamente havia derrubado algumas aves, mas desde já se poderia ter a convicção de que o produto da caçada não passava de duas ou três.

Quando visitava os parentes em Caxias do Sul, entusiástico, narrava a fartura piscosa dos riachos que banhavam as suas terras. Indagava aos parentes se desejavam que lhes remetesse barricadas de peixes, que ele apanhava com a maior facilidade, pois aos finais de tarde, cardumes de traíras e jundiás saltavam para as margens dos riachos que cortavam as suas terras para saborearem as guavirovas maduras caídas das árvores, que pintalgavam o chão de amarelo.

Os seus exageros em relatar prodigiosas pescarias logo ganharam fama, cujas "balotes"[128] a respeito eram muito apreciadas pela rapaziada fulera. Aos domingos, quando se reuniam na bodega após a reza do terço, instigavam Pedro Andreatta a contar os seus hilários causos de pescador enquanto aglomeravam-se formando círculo ao seu redor.

Pedro Bomba sentia-se encorajado pelos generosos "lisos" de caninha que a plateia lhe ofertava e caprichava na inspiração. A mente fervilhava em criativos relatos de aventuras pesqueiras fabulosas. E sob o olhar malicioso dos espectadores fiéis que se acotovelavam em seu derredor, Pedro abria os braços para demonstrar o tamanho do peixe que havia fisgado, declarando entre baforadas de seu crioulo fedorento:

— Era um dourado deste tamanho! – E estendia os braços até o ponto em que tocavam os atentos ouvintes.

---

[128] Mentiras.

Achyle e Genaro, muito gaiatos, acorriam para afastar as pessoas mais próximas do contador de causos, para que ele tivesse mais espaço para melhor aquilatar o tamanho do peixe na máxima envergadura dos seus braços. Assim, quanto mais espaço Pedro Bomba tivesse para abrir os braços, tanto maior seria o peixe fisgado...

— Ha ha ha! Que grande mentiroso era esse Pedro Bomba – observou Natália.

— Sim, as balotes dele eram muito famosas – assentiu Lorenzo. – Mas ninguém levava ele a sério, era só para se divertir.

— O senhor ainda tem outras histórias daqueles tempos, Nono?

— Você quer ouvir mais uma? – indagou Nono Lorenzo, aproveitando que Nona Idalina ainda não retornara com o refresco.

— Sim!

— Então senta e escuta mais essa.

O FILÓ

As quentes noites de verão arrastavam-se modorrentas e tediosas. Após o jantar, os homens reuniam-se nos degraus dos casarões assobradados a espreitar o frescor da noite e a preparar os seus crioulos de fumo em corda picado com a *brístola*, amassado delicadamente nas mãos espalmadas em concha e, depois, deitado no côncavo de uma palha de milho. Enrolavam cuidadosamente a palha previamente aparada e amaciada com o fio cego da *brístola*, para selarem o crioulo com saliva espalhada com a língua. Então ateavam fogo com seus isqueiros fedendo a querosene e se quedavam a puxar longas tragadas, soltando a fumaça pachorrentamente pelas narinas em baforadas, que se dissipavam rapidamente nas brumas da noite.

Às vezes, aproveitavam as noites cálidas do verão para fazer filó na casa de alguma família, quando contavam causos, entoavam rezas e cantigas, jogavam baralho e até resolviam alguns negócios.

Naquela noite estrelada e tépida de início de janeiro, os irmãos Germino e Genaro juntaram-se aos irmãos Remiggio, Lorenzo e Achyle, e mais o amigo Marco Fiorenzi, para fazerem um filó na casa da família De Nardi. Atravessaram potreiros e seguiram por atalhos sob a luz candente da lua cheia, fazendo ruidosa algazarra e atiçando a vigia noturna da cachorrada, que latia toda alvorotada. Chegaram em meio à reza do terço, puxada em voz arrastada e monocórdia pelo Seu Osório, o dono da casa. Prostraram-se de joelhos na soleira da porta e acompanharam, compenetrados, o terço até o seu final.

Depois, iniciaram animado filó com os rapazes e o patriarca da casa. Alguns proseavam na varanda com Seu Osório, sugando um mate amargo e comprido como xingamento de gago, preparado com erva-mate crioula. Outros se divertiam jogando baralho na grande mesa de jantar sob a luz do *chiaretto*, soltando ruidosas gargalhadas a cada rodada de mão.

Horas da noite avançando, os rapazes começaram a sentir fome. Postado diante do gavetão de centro da mesa, Genaro expiou o seu interior. Seus olhos brilharam. Num impulso surpreendente, peças de salame e de queijo saltaram da grande gaveta. Achyle partia-as em grandes pedaços, que mãos vorazes rapidamente davam sumiço. Um dos rapazes da casa apanhou um grande e protuberante pão desenfornado ainda naquela tarde e lançou-o no centro da mesa. Mãos ágeis arrancaram nacos generosos, fazendo-os desaparecer num piscar de olhos. Riram e fartaram-se estrepitosamente. Achyle e Genaro lançavam fatias de queijo e salame no ar, uma a uma, para ver o felizardo que conseguiria apanhá-las. Vez em quando, negaceavam os arremessos só para rirem das afoitas mãos que se debatiam sobre o fosco tabuado da mesa.

Saciaram a fome e se fartaram da brincadeira. Por volta da meia-noite, lua brilhando majestosa no firmamento, despediram-se e partiram assobiando cantigas populares. Passavam em frente à residência do vizinho Pedro Andreatta quando uma leve brisa trouxe até eles uma fragrância irresistível de uva madura. Trocaram rápidos olhares e, sem dizer qualquer palavra, esgueiraram-se por trás dos galpões para escapar da vigilância sempre atenta dos cachorros. Embrenharam-se no breu do grande parreiral, na posição mais afastada do casario. Tateavam silenciosamente os cachos maduros e deliciavam-se com a doçura de seus tenros grânulos.

Entregues àquele saboroso banquetear, foram surpreendidos pelo ruído de um arrastar de chinelos, que denunciava o conhecido caminhar de Pedro Andreatta, vindo da direção da casa, entrecortado por tossidos e pigarros, que também soavam familiares. Não havia dúvidas, era o dono da casa, conhecidíssimo dos rapazes pela sua impaciência e por sua intolerância com os vândalos que assaltavam as uvas de suas cuidadas parreiras.

Pedro Andreatta tinha prestígio de caçador de razoável pontaria e fama de atirar primeiro para só depois conhecer o alvo. Todos também conheciam a ferocidade de seus cães. Assustados com o inesperado flagrante, os assaltantes deram partida numa desesperada correria ladeira abaixo, cortando atalhos para ganhar a estrada. Mas no meio do caminho, havia uma vala profunda cavada fazia poucos dias pelo proprietário das terras. Em sua fuga espavorida, os rapazes não perceberam o valo mal iluminado pelo clarão da lua e foram tombando em seu interior, empilhando-se uns sobre os outros. Apenas o esperto Germino escapou ileso do monumental tombo, percebendo a tempo de saltar o ignoto buraco.

Reagruparam-se na estrada, quando se deram conta da ausência do amigo Marco Fiorenzi. Regressaram, então, até a fossa, e vasculharam o seu interior. Nada. Deram buscas nos arredores. Exploraram as bordas do parreiral, soltando discretos assobios. Nenhum sinal do companheiro extraviado. Reuniram-se novamente junto à estrada e decidiram retornar na direção do casario à procura do parceiro perdido.

Tinham alcançado a metade da ladeira quando avistaram um vulto apontando na curva da estrada. Era o Marco, que se desgarrara do grupo quando invadiam o parreiral, dera volta e caminhara na direção dos invasores, imitando o andar arrastado do dono da casa. Contorcia-se em risos escancarados do cagaço[129] que acabara de aplicar em seus companheiros... que saltaram como lobos sobre ele, aplicaram-lhe cascudos e safanões e o arrastaram até o fosso, jogando-o em seu interior.

— Mas que susto, hein, Nono?

— Sim, foi um susto muito grande – concordou Seu Lorenzo.

Dona Idalina adentrou o porão portando uma grande bandeja abarrotada de biscoitos, bolachas, copos e uma jarra de limonada.

— Nona, adoro essas bolachas pintadas! – exclamou Natália ao ver o farto repasto, servindo-se logo daqueles biscoitos que Dona Idalina costumava preparar em todo o Natal, cobrindo-os com merengue e salpicando com açúcar colorido. Era a "bolacha da Nona pintada", como costumava dizer Natália.

Dona Idalina encheu os copos de refresco e os distribuiu. Todos se serviram das bolachas pintadas, enquanto Natália continuava a folhear o velho álbum de fotografias. Num momento estancou diante de uma imagem de duas religiosas, questionando ao Seu Lorenzo:

— E essas aqui, Nono, quem são?

Seu Lorenzo lançou o olhar sobre o álbum em mãos da neta e de pronto iniciou a sua detalhada explicação:

---

[129] Susto.

— São minhas irmãs, que são religiosas. A de hábito branco é a Marieta, que passou a se chamar Irmã Aurélia quando se tornou freira.

— E essa outra? – insistiu Natália, enquanto Seu Lorenzo fazia uma pausa para sorver mais um gole da refrescante limonada.

— A freira de hábito cinza é a Irmã Catarina. Mas o nome de batismo dela era Nicoletta. Era a "nenê" da casa, a caçula – continuou Seu Lorenzo. – Ela era temporona…

— E o que é temporona, Nono? – atalhou Natália.

— Bem, é que meus pais tinham nove filhos quando a Nicoletta nasceu. A última era a Catarina, que já tinha 7 anos de idade. Na verdade, meus pais não esperavam mais ter filhos… e aí apareceu a Nicoletta – finalizou Nono Lorenzo.

Natália franziu o senho, levantando outra questão para a sua compreensão da intrincada árvore genealógica da família:

— Mas, Nono, não entendi uma coisa: Catarina não é a freira?

— Sim, Medonha, a freira também se chama Catarina. Na verdade, agora eu tenho duas irmãs com o mesmo nome. Uma delas é a penúltima filha dos meus pais, que recebeu esse nome no batismo em homenagem à nossa Nona Catterina. E a minha irmã caçula é a Nicoletta, que passou a se chamar Irmã Catarina quando foi ordenada religiosa.

— Ah! – fez Natália, dando por esclarecida a questão.

— Tem até uma história sobre a Nicoletta… – anunciou Nono Lorenzo, passando à narrativa antes mesmo que a neta lhe implorasse.

BUTTARE VIA[130]

Nos primeiros tempos da colonização, a sexualidade era um mito entre as famílias de imigrantes italianos. Era vergonhoso, pecaminoso por assim dizer, falar em sexo. Os princípios religiosos e morais rigorosos da época proibiam qualquer conversa entre pais e filhos sobre o tema. Em decorrência disso, era comum os jovens chegarem ao casamento na mais absoluta ignorância a respeito do relacionamento sexual humano.

Na falta sistemática de informações sobre o tema dentro da família e na escola, a Igreja era quem assumia o papel de orientadora sexual na sociedade colonial. E a pregação religiosa era severa e extremamente repressiva. A Igreja controlava a vida amorosa e sexual dos colonos. Qualquer manifestação de afeto ou contato físico entre homem e mulher era reprimida. Na hora da missa, os homens se postavam de um lado do corredor, com as suas fatiotas de brim ou riscado, e as mulheres do outro lado, com os seus vestidos compridos, de mangas longas e fechados até o pescoço, e com o véu a encobrir a cabeça.

Nas vestes e nas atitudes uma moça deveria ser extremamente recatada, pois o corpo da mulher era visto como "fonte de pecado". As moças honradas não deveriam ser *piene di prosia*;[131] ao contrário, deveriam valorizar o trabalho no lar, a resignação à função procriadora e a submissão ao homem. A prática sexual era admitida apenas com a função reprodutora e qualquer desvio desse princípio constituía uma imoralidade, um pecado grave ante os olhos da Igreja.

Por trás desse discurso pró-natalista havia a conjugação de vários interesses. Para o Estado, interessava as famílias numerosas, que logo iam formando novas frentes de trabalho, derrubando a mata, abrindo clareiras e organizando plantações, ocupando o território e dando grande impulso à economia colonial.

---

130 Jogar fora, lançar fora.
131 Cheias de conversa, desinibidas, tagarelas.

Para as famílias, uma prole grande era a certeza de muitos braços no manejo agrícola das culturas de inverno e de verão e no trabalho com os animais de criação. Na época, era corrente a ideia de que uma boa quantidade de filhos, especialmente varões, era garantia de prosperidade.

E para a Igreja, famílias numerosas eram vitais para aumentar o seu rebanho, sobre o qual exercia o seu rígido controle moral, social, cultural e religioso. A multiplicação de famílias conferia à Igreja a certeza da perpetuação institucional e da sua sustentabilidade econômica, que se operava mediante generosos donativos ofertados pelos fiéis após cada colheita. Por isso, na época a Igreja prometia uma premiação especial às mulheres que gerassem mais de 10 filhos, o que contribuía para que passassem grávidas praticamente toda a juventude e a fase adulta fértil.

A dura condição da mulher no contexto colonial era o assunto de uma conversa entre a Nona Amélia e a sua comadre Rosalina Turrani, num final de tarde mormacenta de domingo no verão de 1941, após a reza do terço na capela do vilarejo. As duas comadres percorriam a pé a estrada poeirenta em retorno às suas residências, enquanto *chiacchieravam*[132] animadamente.

Nona Amélia mostrava-se inconformada com o grande sacrifício que se exigia da mulher, submissa ao marido, sem poder opinar sobre os negócios da família e obrigada a gerar, parir, amamentar, educar os filhos, cuidar dos afazeres domésticos e, ainda, auxiliar o marido na labuta agrícola nas épocas de colheita. Era uma vida só de doação e de dor, sem nada receber em troca. A comadre Rosalina tentava consolar a amiga, lembrando o sermão do padre missionário, que orientava os *mísere coloni*[133] a receber com alegria todos os filhos, que eram dádivas mandadas por Deus, e evitar o pecado mortal de "matar" (evitar) os filhos.

Nona Amélia lembrou-se, então, de que havia casado sem nada saber da vida de mulher e de mãe, e que desde então passara a parir um filho a cada ano e meio. Estava cansada de ter filhos. Afinal, já tinha nove e estava preocupada com o futuro deles. Eram muitas bocas para alimentar, vestir, educar e encaminhar na vida. Vivia-se uma época muito difícil, uma terrível guerra devastava a Europa e se espalhava pelo mundo, e eles, na condição

---

[132] Conversavam.
[133] Pobres colonos.

de descendentes de imigrantes italianos já sentiam os efeitos de uma perseguição velada devido à sua origem.

A certa altura da conversa, Nona Amélia segredou à comadre que havia descoberto uma maneira de atender ao marido sem correr o risco de engravidar, já que a filha mais nova, a Catarina, contava então com 6 anos de idade e Nona Amélia não pretendia mais ter filhos. A comadre Rosalina espantou-se com a revelação e quis logo saber como ela conseguia, que método anticoncepcional era aquele. Bastante encabulada e explicando em cochichos, Nona Amélia contou que ouvira falar da técnica antinatalista em conversas de comadres. Consistia na prática do *buttare via*, isto é, no coito interrompido. Incrédula, Rosalina exclamou:

— *Mah! E la predica della Chiesa?*[134]

Foi, então, que Nona Amélia revelou à comadre o sermão que havia recebido do padre capuchinho que conduzira as missões no lugarejo meses antes. Ao comparecer ao confessionário, o missionário havia lhe perguntado qual a idade do filho mais novo. Após ouvir a resposta, o sacerdote quis saber de Nona Amélia se tinha passado por algum problema de saúde desde o último parto. Diante da negativa, o clérigo, já desconfiado, indagou à confidente se suas relações com o esposo eram normais. Trêmula e sem jeito, Nona Amélia disse que sim, mas que na hora "h" seu marido *buttava via*. E apressou-se a justificar que eles já tinham muitos filhos.

O missionário deu um murro na treliça do confessionário e verberou uma tremenda carraspana à assustada Nona Amélia. O que ela e o marido estavam fazendo era um terrível pecado. Não era digno de autênticos cristãos. Deus certamente não estava se agradando da vida conjugal "maliciosa" que eles estavam levando. Evitar a gravidez era uma prática demoníaca, pois evitar filhos era violar uma lei divina. Ela tinha, sim, a obrigação de se sujeitar aos desejos do marido. E na hora do ato, deveriam fazer tudo bem direitinho, terminar dentro do lugar e não tirar fora e derramar a semente no lençol. E completou a pregação terrorista dizendo que a mulher deveria aceitar a morte antes de negar-se a parir. O uso da malícia para impedir a gravidez era motivo de terrível condenação. Ela deveria resignar-se e ter os filhos. Só Deus tinha o poder de decidir quantos filhos cada mulher poderia

---

[134] *"Mas! E a pregação da Igreja!?".*

ter. E encerrou o ato confessional passando dura penitência a Nona Amélia, asseverando antes que se ela e seu esposo não abandonassem aquela prática diabólica iria negar-lhes a comunhão (e isso era algo terrível para um católico apostólico romano piedoso!).

— *Fin'ancoi sto a pregare il Rosário!*[135] – suspirou Nona Amélia.

Um súbito silêncio caiu sobre as duas comadres, somente quebrado pelo roçar das tamancas no chão batido.

Mas a quietude passageira das comadres foi interrompida bruscamente por um tremendo susto. Uma enorme jararaca aguardava as viandantes distraídas, enroscada sorrateiramente entre torrões do leito da pequena estrada, a encará-las em atitude ameaçadora. Comadre Rosalina, com a sua compleição magricela, num inopino saltou lépida sobre a temível serpente. Mas Nona Amélia, com seu corpo mais roliço, sapateava diante do assustador obstáculo, gritando:

— *Aiuto! Aiuto! Una bissa! Una bissa!*[136]

Escondido atrás de algumas moitas do matagal que ladeava a estrada, Lorenzo contorcia-se em gargalhadas diante do susto que acabara de pregar às duas senhoras. Havia encontrado a víbora já abatida por algum transeunte que o precedera no caminho. Examinara detalhadamente a serpente e, ao perceber a aproximação das duas comadres, preparou habilidosamente a peçonhenta, como se ela estivesse pronta para dar o bote. O susto foi inevitável.

Meses depois, em outubro de 1942, nasceu Nicolleta, o último rebento do casal de nonos Felício e Amélia Benefatti, fruto abençoado do sermão passado pelo padre missionário.

— Mas você não tem vergonha de contar uma coisa dessas! – repreendeu Dona Idalina tão logo Seu Lorenzo finalizou a narrativa. – Não deveria falar esses assuntos na frente das crianças.

---

[135] *"Até hoje estou rezando o terço!".*
[136] *"Socorro! Socorro! Uma cobra! Uma cobra!".*

— Não tem problema, Nona – falou Natália para socorrer o avô – Na escola dão aula sobre educação sexual pra gente. Já explicaram tudo pra *nós*.

Os nonos entreolharam-se com indisfarçável cara de espanto. Como o mundo estava mudado! As crianças de então sabiam mais de assuntos que eles só foram compreender quando adultos, quando já eram casados. Esse mundo está mesmo perdido, pensou Seu Lorenzo chacoalhando a cabeça. De fato, no seu tempo uma coisa dessas era algo impensável.

Nesse momento, Pirulito invadiu o porão abanando o rabo de alegria, indo direto se aninhar entre as pernas de Natália.

— Olha só quem chegou! – exclamou Dona Idalina.

Enquanto dividia uma bolacha pintada com o pequeno e irrequieto *cão* – que a cada pouco pousava uma pata na sua perna para pedir mais – Natália novamente questionou Seu Lorenzo:

— Nono, como foi que o senhor ficou com a casa lá do Rocinha, que era do seu pai Felício?

— Nena, escuta essa história que daí você vai compreender tudo.

E Nono Lorenzo deu início à narrativa de mais um causo familiar, descrevendo tudo com impressionantes detalhes.

NA CALADA
DA NOITE

Nono Felício havia encaminhado todos os filhos, conforme era a tradição entre as famílias de origem italiana. Remiggio, Lorenzo e Achyle estavam casados e tinham cada qual a sua colônia de terras, da qual tirariam o sustento e a prosperidade para as famílias que começavam a criar. Martino recebeu seu quinhão na forma de cotas na participação societária da firma Tecidos Buricá Ltda. As filhas Vittória Itália, Aídes e Reggina receberam *la dotta*[137] quando se casaram, que era uma espécie de enxoval formado por roupas pessoais, peças de cama e mesa, utensílios de cozinha e uma máquina de costura, que toda esposa deveria ter para coser e remendar as roupas da família. Marieta, Catarina e Nicoletta seguiram a vida religiosa. O casal de nonos restara só no grande casarão assobradado, com porão de alvenaria e corpo de madeira, telhado feito com *las scàndoles*,[138] que haviam construído em Rocinha no ano de 1932. A idade se adiantava, as forças minguavam e os cabelos ficavam grisalhos, lembrando uma manhã de geada perene.

Era o ano de 1954, e sentindo sua missão cumprida e a saúde enfraquecida, Nono Felício havia posto as suas terras à venda. Seu filho Lorenzo vendeu, então, a sua colônia, localizada em Lajeado Bordado, município de Tucunduva, para o seu irmão Remiggio – que por lá já residia – e o dinheiro obtido deu como entrada para adquirir boa parte daquele pedaço de chão generoso que os acolhera quando migraram para aquelas terras de matas virgens. O filho Achyle comprou o restante.

Com o produto da venda, Nono Felício adquiriu uma chácara nas vizinhanças, onde formou o seu parreiral e passou a cultivar pequena roça, criar galinhas, alguns porcos e uma vaquinha de leite. O restante investiu na forma

---

137 O dote.
138 Pequenas tábuas esquartejadas a machado, utilizadas na cobertura das casas.

de poupança. Não tinha mais necessidade de trabalhar duro como outrora; apenas manteria atividades que lhe garantissem a subsistência. Naquele pequeno pedaço de terra intencionava passar os seus últimos anos de vida.

Certa madrugada de inverno fazia tremendo frio. Na calada da noite caíra farto orvalho, que cristalizou ao amanhecer, formando espesso tapete de geada. Nono Felício e Nona Amélia dormiam encolhidos no rústico conforto da sua casa, tentando aprisionar o calor de seus corpos cansados. O vizinho Argemiro de Nardi percorria as estradas desertas naquela gélida madrugada em busca de socorro. Sua esposa entrara em trabalho de parto, daquele que seria o primeiro rebento do jovem casal. Necessitava de uma parteira. Nervoso, Argemiro dirigiu-se à casa de Nono Felício com a intenção de conseguir emprestada uma das suas mulas adestradas para sair em busca da parteira, que morava a grande distância.

Um silêncio gelado o acolheu. O cachorro – sentinela do casario –, aninhado embaixo do galpão, apenas espiou o intrépido visitante, com preguiça de latir e deixar escapar o hálito quente de suas entranhas. Argemiro postou-se diante da janela do quarto, que supunha ser o do casal de nonos, e saudou:

— Ó de casa!

Ninguém respondeu. O cachorro continuou a espiar, sem vontade de soar o alarme. Argemiro repetiu mais forte:

— Ó de casa!

Nona Amélia remexeu-se na cama de *paion*[139] e sussurrou:

— Sestilho,[140] *c'è gente che chiama!*[141]

Nono Felício permaneceu silente. Lá fora, tiritando de frio, o vizinho Argemiro repetia:

— Ó de casa!

Percebendo que o marido continuava a ressonar estrepitosamente debaixo da quentura do cobertor de penas de ganso, Nona Amélia cutucou-o com o cotovelo, advertindo-o novamente:

— Sestilho, *c'è gente che chiama!*

---

[139] Espécie de colchão rústico, forrado com palha de milho desfiada à mão.

[140] Forma como Nona Amélia chamava seu esposo Felício.

[141] *"... tem gente que chama!".*

Nono Felício resmungou de forma mal inteligível:

— *Sito mal Mélia*[142]*?*[143]

Sentindo a umidade congelante do orvalho da madrugada infiltrando-se até os ossos, Argemiro repetia a chamada gritando cada vez mais forte, já quase se estrebuchando:

— Ó de casa!

Nona Amélia, cutucando seu esposo, disse:

— Sestilho, *c'è gente che chiama!*

E Nono Felício, sonolento, sem ânimo de abrir os olhos e sentindo o ar gélido daquela madrugada penetrando até os pulmões, falou:

— *Sito mal Mélia?*

A cena se repetindo:

— Ó de casa!

— Sestilho, *c'è gente che chiama!*

— *Sito mal Mélia?*

...

Com muito custo, Nona Amélia conseguiu, enfim, fazer Nono Felício despertar e atender o chamado. E ele não somente emprestou uma das suas mulas, como também encilhou a outra, vestiu a sua capa preta e acompanhou o vizinho em busca do providencial socorro. O vento frio da madrugada estrelada congelava os viandantes. Nono Felício solidarizava-se com o jovem pai, sem saber ao certo se ele tremia de frio ou de nervosismo pelo primeiro bambino que chegava.

— Muito engraçado! – complementou Natália, com Pirulito aos seus pés ainda implorando pelas migalhas de bolacha. – E depois, Nono, os teus pais moraram sempre nessa outra casa?

---

[142] Forma como Nono Felício chamava sua esposa Amélia.

[143] *"Está passando mal, Amélia?".*

— Não, Nena, mais tarde meu pai vendeu a chácara e comprou uma casa na Vila de Rocinha, onde eles viveram até minha mãe falecer, no ano de 1976.

Após pequeno intervalo, Seu Lorenzo prosseguiu duvidoso:

— Só não me lembro direito em que ano eles se mudaram para a vila.

— Isso foi no ano de 1960. – Apressou-se em falar Dona Idalina. – Lembro-me bem porque eu tinha a Marina de colo.

— E como foi que sua mãe morreu, Nono? – interpelou Natália, após alguns minutos de silêncio.

Para responder essa questão, Seu Lorenzo iniciou a narrativa de mais uma história, sob os ouvidos atentos da neta.

IL PARADISO[144]

Nona Amélia tinha ido passar uns dias na cidade, na casa da filha Reggina. Certa tarde – era o dia 13/03/1976 –, atravessou a rua com seu caminhar vagaroso e já claudicante para visitar a sua comadre, a Nona Cazzoli,[145] sogra da sua filha Reggina, que morava em frente.

As duas comadres passaram toda a tarde *chiacchierando,*[146] recordando suas vidas, os tempos idos e sofridos. A infância distante, que se perdia nas brumas do passado. A juventude de escassos divertimentos e de nenhum esclarecimento. O casamento sem escolha. A migração para Três de Maio – que na época se chamava Buricá e pertencia ao vasto município de Santo Ângelo –, uma viagem para o desconhecido, a esperança de que aquela terra inóspita os acolhesse e propiciasse prosperidade para as suas famílias. Os filhos que vinham conforme a vontade de Deus, enfileirados como as contas de um rosário. Enfim, uma vida de tantos sofrimentos, de tanta doação, de cega obediência – primeiro aos pais, depois ao marido –, de obstinada fé e crença nos princípios religiosos, de muito trabalho árduo e de tantas renúncias. Tempos tão diferentes e difíceis aqueles!

Nona Amélia recordou, com um aperto no coração, do ano de 1926, quando se despediram de seus familiares na Linha Nona em Guaporé e seguiram de carroça até Passo Fundo, sacolejando durante dias em estradas poeirentas e esburacadas. Estava casada há poucos anos, mas já carregava consigo quatro filhos – a Vittória Itália, o Remiggio, a Aídes e o Lorenzo, este com apenas um ano de vida –, e um quinto (o Achyle) na barriga à espera da nova terra.

Lembrou-se com melancolia da longa viagem de trem, que desenhava atrás de si uma negra estrada de fumaça, e os conduziu até a cidade de Ijuí, de onde partiram cedo na manhã do dia 05/10/1926 rumo à Vila Buricá,

---

144   O paraíso.
145   Giustina de Boni, casada com Maximiliano Cazzoli.
146   Conversando.

acomodados num pequeno caminhão Ford-1924, tipo pau de arara, dirigido pelo Senhor Viegler. A mudança da família estava toda aconchegada num rústico baú de madeira.

Era início daquela tarde quando chegaram à acanhada vila e desembarcaram na hospedaria da Família Veronesi. Nono Felício imediatamente contratou os serviços de um pequeno caminhão para transportá-los até o lugar chamado Rocinha, onde já residia o seu irmão Enrico. Junto seguia um senhor chamado Fiorindo Altivo, que residia alhures, no Lajeado Guerrilha.[147]

Nono Felício viajava confiante e altivo para tomar posse das duas colônias de terras que adquirira no recém-fundado povoado de Rocinha. Exausta da longa viagem, Nona Amélia seguia calada e apreensiva quando se embrenharam por uma estradinha que pouco a pouco ia sendo engolida pela mata fechada e vigorosa. Na altura do Povoado de Caravágio, uma frondosa árvore encontrava-se tombada no caminho. O motorista viu-se forçado a manobrar e retornar para a Vila Buricá. O senhor Altivo não se deu por vencido e resolveu seguir viagem, percorrendo a pé os cerca de 30 km que o distanciava da sua residência. Nono Felício aproveitou, então, para encarregar o intrépido peregrino de avisar seu irmão Enrico da chegada da família.

Pernoitaram na hospedaria da Família Veronesi. Na manhã seguinte, ao se avizinhar o meio-dia, Remiggio brincava com outras crianças no pátio da hospedaria quando ouviu um tropear estrepitoso que se aproximava. Imediatamente reconheceu o condutor da carruagem e adentrou a hospedaria alardeando aos gritos a chegada do Tio Enrico. Logo após o almoço, partiram da Vila Buricá acomodados na carroça puxada por duas mulas, chegando no seu destino ao anoitecer. Tinham uma vida toda para construir.

Como foram difíceis aqueles primeiros anos, perdidos naquela vastidão de mato, sem recursos, sem o mínimo conforto, vivendo como "béstias" naquele rude rincão esquecido por Deus. Vieram mais filhos, as mãos calejadas foram deitando mato e abrindo roçados e o suor de seus rostos regou as sementes com fé e perseverança. E os seus esforços foram recompensados com a fartura das colheitas, domando a terra bravia e sustentando uma prole grande e sadia. E agora, quando o outono da vida lhes alcançava, as duas senhoras conversavam sossegadas, com o sentimento dos deveres de esposa e mãe cumpridos.

---

[147] Atualmente pertencente ao município de Tucunduva (RS).

Transcorridas horas em reminiscências, as duas comadres encerraram a agradável conversa nestes termos:

— *Varda, Comare, che doppo de tanti dolori, si non si guadagna il paradiso… ah! che chiavada!*[148]

Dito isso, e após *baci e abracci*[149] calorosos, despediram-se. Chegando à casa da filha Reggina, Nona Amélia resolveu tomar um banho para se refrescar do calor pegajoso daquele final de verão. Minutos depois, com uma parada cardíaca fulminante, partiu em busca do seu *Paradiso*.

— O baú dessa história é esse mesmo aí que você está sentada em cima – disse Seu Lorenzo, apontando o baú para Natália com o olhar.

— Que legal! – exclamou Natália. E após breve silêncio, indagou:

— E o seu pai, o Bisnono Felício, quando morreu?

— Bem… – principiou a explicar Seu Lorenzo – Depois que minha mãe faleceu, meu pai foi morar na casa da minha irmã Aídes. Ele e a Catarina, minha outra irmã, que era quem cuidava dos meus pais. Mas isso durou pouco tempo, porque logo depois ele morreu, no ano de 1977.

— Por conta disso, ele conviveu muito com a família dos Cazzoli –[150] observou Dona Idalina, interferindo na conversa que até então só observava.

— É verdade! – concordou Seu Lorenzo. – Tem até muitas histórias do Nono Felício com os filhos da Aídes.

Natália recolocou o copo de limonada vazio na bandeja, preparando-se para ouvir mais uma história contada pelo Nono.

---

[148] *"Olha, Comadre, que depois de tantos sofrimentos, se não se ganha o céu… Ah! que roubada!".*
[149] Beijos e abraços.
[150] Referência à família de Vicenzo Cazzoli e Aídes Benefatti.

OS ENTREGADORES DE LEITE

Nono Felício e Nona Amélia já moravam em sua pequena chácara, adquirida no ano de 1954. Ocorreu que em determinada época a sua vaquinha de leite secou e eles ficaram privados do leite gordo que fornecia abundante nata e possibilitava o fabrico de queijo. Então a filha Aídes, que residia na sede do povoado de Rocinha e tinha um belíssimo rebanho de vacas leiteiras, passou a fornecer o ingrediente. Para tanto, seus filhos Vitor e Emílio eram encarregados, todos os finais de tarde, de levar um litro de leite ao casal de nonos. Em troca, vez em quando recebiam de Nona Amélia um punhado de bolachas recém-assadas no velho forno de barro.

Certa tarde, a gurizada do vilarejo havia programado um jogo de futebol. Quando estavam formando as equipes, ouviram o chamado de Dona Aídes. Muito a contragosto, Emílio e Vitor (os donos da bola) retiraram-se do grupo para cumprir a tarefa diária. Sob protestos inúteis, apanharam o litro de leite e partiram em desabalada correria para se desvencilhar depressa do inoportuno mister. Antes, volveram um último olhar para o campinho em que os companheiros já disputavam a pelota animadamente, engolindo em seco o amargo gosto da frustração. Nono Felício residia a um quilômetro de distância e, naquelas circunstâncias, era um caminho demasiado longo para percorrer. Mas o olhar severo de Dona Aídes deixava claro aos meninos que não havia outro jeito.

Tinham percorrido poucas centenas de metros quando um dos garotos estancou em meio à ladeira, segurando o irmão pelo braço. Espreitaram o percurso percorrido para certificarem-se de que ninguém os observava. Com ansiedade, sacaram a rolha que vedava o recipiente e jogaram o seu conteúdo na sarjeta. Em rápidas passadas já se encontravam entre os companheiros, entregando-se de corpo e alma ao jogo da bola.

Quando a noite estendia seu manto negro sobre as coxilhas, Emílio e Vitor apresentaram-se à mãe, devolvendo-lhe o recipiente ainda com respingos de leite. Dona Aídes estranhou que Nona Amélia não tivesse lavado o vasilhame, como por hábito fazia. Mas os guris logo se apressaram em explicar que não haviam deixado a Nona lavar o litro porque estavam com pressa.

No domingo seguinte, após a reza do terço na capela do lugarejo, Nona Amélia e a filha Aídes encontraram-se para a costumeira prosa. Foi, então, que Nona Amélia indagou à filha o que havia acontecido que tal dia não havia enviado o leite.

— *Ghetto dimenticato?*[151] – perguntou Nona Amélia.

Num lampejo, a cena do litro ainda lambuzado de leite descortinou-se na memória de Dona Aídes. "Mas então foi isso que aqueles dois espertinhos aprontaram!", pensou. Eles que se preparassem para uma boa conversa…

— *Ma varda che ancoi ciappo quei due…*[152] – respondeu Dona Aídes, com a mão agitando-se no ar num prenúncio de castigo exemplar.

À noite, na hora do jantar, pesado silêncio se abatia sobre a grande mesa ao redor da qual se assentava a numerosa prole, tendo o Seu Vicenzo – o patriarca – na cabeceira a medir o comportamento de cada filho. Foi, então, que Dona Aídes relatou a história do litro de leite que havia se perdido pelo caminho.

Vitor e Emílio sentiram as pernas tremerem, um rubor lhes queimou as faces. Seu Vicenzo ouviu tudo em silêncio, inclusive quando os dois malandréus, sem outra saída, sentiram-se compelidos a confessar o delito. Sorveu o último gole de café, rompendo o quebranto do momento com seu ruidoso sugar. Pigarreou mais uma, duas, três vezes. Nervosa eletricidade faiscava no ar. E então, com voz grave e enérgica, passou dura reprimenda aos guris, sentenciando-lhes um castigo severo para que o fato nunca mais se repetisse e servisse de exemplo aos demais.

---

[151] *"Esqueceste?"*.

[152] *"Olha, que ainda hoje pego aqueles dois…"*.

— Já diz o ditado que a mentira tem pernas curtas – comentou Dona Idalina.

— É, aqueles dois se achavam muito espertos – emendou Nono Lorenzo. – Mas daquela vez se deram mal.

— Que coisa, Nono! – exclamou Natália. – E que outras histórias o senhor ainda tem sobre deles?

— Ah, tem a história das pescarias…

— Que pescarias, Nono? – indagou curiosa a neta, compelindo Seu Lorenzo a iniciar a narrativa de mais uma história.

SEGREDOS DE PESCADOR

A pescaria sempre foi uma grande paixão de Nono Felício. Nos dias chuvosos, quando as águas dos riachos e sangas da região se tingiam daquele vermelho cor de tijolo, Nono Felício catava minhocas, apanhava seu caniço de vara de bambu e seguia assobiando uma cantiga do Vêneto em busca de algum de seus pesqueiros favoritos no Lajeado Rocinha ou nas sangas da redondeza. Mas saía dissimulado, escondendo-se dos netos, que também gostavam das pescarias nas monótonas tardes de chuva. É que para Nono Felício, o segredo de uma boa pescaria era o silêncio e a paciência. Já para a gurizada, as pescarias eram motivo de muita festa, ocasiões em que promoviam amiúde grande algazarra, que acabava por afugentar os ariscos lambaris. Para Nono Felício, isso acabava com o prazer da pesca.

E quando os netos o convidavam para pescar, ele sempre arranjava alguma desculpa. E assim foi numa certa tarde chuvosa de verão, quando se reuniram Leomar, Emílio e Vitor para irem pescar no Lajeado Rocinha. E nem adiantou convidarem Nono Felício, pois ele logo se esquivou em evasivas. Resolutos, seguiram os três a percorrer os poços e pesqueiros do pequeno riacho de águas turvas. Durante horas insistiram em lançar seus anzóis nas águas corredias do arroio, promovendo grande alvoroço. Fartaram-se da brincadeira ao final da tarde, sem terem pescado sequer um minguado lambari. Desolados, recolheram os seus caniços e, mudos, tomaram o rumo de casa. No meio do caminho encontraram Nono Felício que descia a ladeira em direção ao riacho, assobiando uma velha cantiga e portando o seu conhecido caniço. Sem ânimo, alertaram:

— Não adianta, Nono. Hoje não tá pra peixe…

— *Furbi!*[153] – limitou-se a responder o avô com um riso de desdém.

---

[153] *"Espertos".*

Paralisados, os três netos viram-no seguir fagueiro em direção ao regato, até desaparecer na mata rasa que guarnecia o pequeno riacho. Um deles vaticinou:

— Só vai lavar as minhocas…

À noite, quando Dona Aídes ultimava os preparativos do jantar, Nono Felício bateu à porta. Sorria triunfante, oferecendo um prato esmaltado abarrotado de lambaris. A gurizada agitou-se toda alvorotada. Mas como é que Nono Felício conseguira, em tão pouco tempo, pegar tantos peixes, se eles tinham passado a tarde toda tentando e não haviam pegado nada! Que segredo tinha o Nono para pegar tantos lambaris? Seriam eles pescadores tão amadores e inábeis assim? Entre enciumados e curiosos, questionaram Nono Felício acerca das suas invejáveis habilidades de pescador.

Nono Felício lançou um olhar enigmático, sorriu e, gesticulando muito, demonstrou a sua técnica de pescaria. Disse aos meninos que costumava chegar silenciosamente à margem do rio, aproximar devagarzinho o prato até a água e chamar, esfregando os dedos da mão junto à superfície da água:

— *Pesse, pesse, pesse…*[154]

E os peixes saltavam, um atrás do outro, para dentro do prato…

— Mas o seu pai era muito engraçado, Nono! – observou Natália ao final da narrativa.

— Nem tanto – comentou Seu Lorenzo. – Ele era mesmo é bastante brabo.

— Nervoso como só ele – acrescentou Dona Idalina. – Se estivesse de *luna storta*[155] era bom nem chegar perto.

— Mas tinha quem disputasse a preferência do Nono Felício para fazer a barba – comentou Nono Lorenzo.

— Que história é essa, Nono? – perquiriu Natália.

— Você quer mesmo saber? Então escuta também essa – respondeu Seu Lorenzo.

[154] *"Peixe, peixe, peixe…".*
[155] Dia ruim.

OFÍCIO DE BARBEIRO

Nono Felício havia se mudado e passara a residir no povoado de Rocinha. A idade já avançava e os chumaços de cabelos brancos tornavam-se fartos. A barba cerrada também se agrisalhava. Nono Felício sentia dificuldades para se barbear, pois a mão perdera a firmeza dos tempos de antanho e o olho já se turvava num prenúncio de catarata. Por isso, aos sábados, logo após o almoço, acomodava-se numa cadeira de palha trançada na grande varanda da sua casa, enquanto pitava com vagar um crioulo cheiroso, aguardando que algum neto viesse lhe fazer a barba espinhenta e aparar os fios de piaçaba do seu bigode.

Rotineiramente, eram os filhos da Aídes que se encarregavam da tarefa. Nos primeiros tempos, Emílio dispunha-se diligente para exercer as funções de barbeiro. Por isso, Nono Felício logo passou a proclamar a sua gratidão pelo zelo do neto. Aos seus olhos, Emílio conquistava especial admiração e era alvo de seu reconhecimento.

— *Mitcho*[156] *si che laora! Laora.*[157]

E complementava:

— *Vido*[158]? *L'è un baccaco. Magna raticoni e ribalta caminhoni...*[159]

Passou-se algum tempo e Vitor também começou a desempenhar as tarefas de barbeiro para Nono Felício. Esmerava-se no mister, aparando cuidadosamente os fios do bigode. Escanhoneava as faces do Nono com jeito e precisão. E arrematava o ofício massageando o rosto com algum creme que conseguia na loja da família. Nono Felício gostava de sentir as faces

---

[156] Forma como Nono Felício chamava o neto Emílio.

[157] *"Emílio sim que trabalha! Trabalha...".*

[158] Forma como o Nono Felício chamava o neto Vitor.

[159] *"Vitor? É um macaco. Come raticun e tomba caminhão...".*

macias e cheirosas e logo passou a admirar o trato especial que esse neto lhe dedicava. Então a sua preferência para o ofício de barbeiro passou para Vitor. E anunciava sem cerimônia:

— *Vido ciappa il caminhon e va che bruzza... Mitcho? Hmpf... l'è un aleman roverso...*[160]

Depois de ouvir a tradução das falas e as explicações detalhadas de Seu Lorenzo sobre o significado de cada uma das expressões, Natália lançou mais um desafio:

— Nono, o senhor tem mais alguma história desses primos?

— Ah, sim, Nena! Tem muitas histórias... Como aquela do Leomar e do roubo de fumo do armazém.

E Seu Lorenzo começou narrar mais uma história, estimulado pela curiosidade da neta, a despeito do olhar de desaprovação da esposa Idalina, que via a tarefa de organização do porão da casa cada vez mais relegada ao esquecimento.

---

[160] *"O Vitor pega o caminhão e vai rápido... Emílio? Hmpf... É um alemão ao contrário...".*

EMBRULHO SUSPEITO

Leomar cursava o curso ginasial em Três de Maio. Durante as férias escolares, sendo o primogênito e o mais adiantado dos guris nos estudos, desfrutava da regalia de auxiliar o seu tio Agostino Cazzoli[161] e o empregado João Corsini no atendimento à clientela da loja da família. Por esse motivo, gozava de livre acesso a todas as dependências da casa comercial e ficava livre de outras atividades menos nobres, como a limpeza das pocilgas ou dos estábulos.

Findavam as férias. Naquela manhã Leomar andava inquieto. Pouco ajudou nos serviços da loja, ficando mais a observar sua mãe, que se dedicava à preparação da sua mala com muito zelo. Para o meio-dia era esperada a infalível inspeção do maleiro, a ser levada a cabo por seu pai Vicenzo Cazzoli.

Quando se dirigia para sua casa para o almoço, Tio Agostino viu Leomar esgueirando-se matreiro para o velho armazém de madeira em atitude muito suspeita. Escondeu-se atrás de um largo tronco de cinamomo e ficou a observar o comportamento despropositado do sobrinho. Portava ele um estranho volume escondido sob a camisa, que se denunciava por uma protuberância que deixava saliente a região abdominal. Leomar deslizava sorrateiramente junto às paredes do armazém, lançando olhares furtivos em todas as direções. Num instante, agachou-se junto a um pilar do armazém e após lançar mais um olhar disfarçado em torno, enfiou um embrulho de tonalidade amarela por baixo do assoalho. Deu uma última olhadela em volta e correu lépido em direção às casas.

Tio Agostino assistiu entre curioso e desconfiado aquela inquietante cena. Rodou sobre os calcanhares e se dirigiu para a sua residência. Durante o almoço pouco falou – pronunciou apenas escassos monossílabos –, matutando absorto sobre o conteúdo daquele esquisito pacote. "O que será que aquele guri anda aprontando?", indagava-se.

---

161 Irmão de Vicenzo, casado com Reggina, também filha de Felício Benefatti.

Retornou à loja mais cedo do que de costume, dirigindo-se diretamente para o armazém. Rapidamente localizou o esconderijo da mercadoria suspeita. Ajoelhou-se e enfiou a mão por baixo do assoalho do armazém, tateando de um lado a outro. No vão entre dois barrotes encontrou um estranho invólucro enrolado em papel celofane de cor dourada. Abriu-o e admirou-se ao ver o seu conteúdo: era um maço formado por vários pedaços de fumo em corda, com um palmo de tamanho cada um, de cor amarelo escuro. "Olha só o espertinho!", exclamou a si mesmo o boquiaberto Tio Agostino.

Dirigiu-se ao depósito da loja onde catou cascas e bagaços de cachos de bananas já demasiado maduras, substituindo os pedaços de fumo em corda. Refez o embrulho com os refugos de banana, que apresentavam a mesma consistência e a mesma coloração do cobiçado fumo amarelinho, marca Sobradinho. Habilmente, disfarçou vestígios que pudessem denunciar a violação do pacote. Em seguida, recolocou o embrulho no local em que Leomar escondera. Retornou à loja para dar início ao atendimento vespertino sem fazer qualquer comentário, mas rindo silenciosamente.

À tarde, Vicenzo iria transportar mais uma carga de produtos agropecuários para a matriz da empresa da família, em Três de Maio, no velho caminhão Ford F-600. Também aproveitaria a viagem para conduzir o filho Leomar até o internato do Colégio Pio XII. Realizada a inspeção oficial da bagagem e enquanto seu pai ultimava os preparativos para a viagem, Leomar correu para o armazém. Apanhou o embrulho e, sem abri-lo, camuflou-o por entre as roupas cuidadosamente dobradas por sua mãe.

Fim da tarde, Leomar foi deixado no internato. Logo reencontrou os velhos colegas de estudos. Cumprimentaram-se efusivamente com abraços e tapinhas nas costas, carregados de saudades. Contaram eufóricos cada qual as suas novidades, atropelando relatos e histórias vivenciadas em suas férias.

Leomar sentia-se o centro das atenções, pois de imediato confidenciara aos seus amigos, estufando o peito, que já tragava feito homem, soltando a fumaça em círculos que se entrelaçavam no ar. Todos o rodeavam, questionando-o acerca das extasiantes sensações que por certo deveria sentir em cada baforada. Alguém duvidava? Pois tinha como demonstrar as suas habilidades tabagísticas. Todo pachola, solicitou a um dos companheiros que apanhasse um pacote que trazia escondido em sua mala, comentando esnobe para a plateia que o escutava:

— Olha, eu trouxe um fuminho que é daqui, ó! – pegando a ponta da orelha com os dedos polegar e indicador como a melhor aquilatar a preciosidade do tabaco. – É um fumo especial, o "amarelinho de Sobradinho" – arrematou solene.

Então Lauro Pasini, um dos colegas, dirigiu-se até a mala indicada por Leomar e apanhou o pacote amarelado, que exalava um estranho odor agridoce. Aglomeraram-se ansiosos os rapazes, mal contendo desejos de provar o famoso tabaco. Cerimonioso, Leomar foi desenrolando o papel celofane até estacar petrificado. Olhares estupefatos se procuraram. Então ruidosa gargalhada retumbou pelos aposentos do internato. Riam-se zombeteiros do malogro do colega. Um gaiato logo anunciou:

— Veja, que fumo especial de primeira!

Ainda incrédulo, Leomar sacudia a cabeça mirando embasbacado aquele extravagante conteúdo de cascas e bagaços de bananas, meio amareladas, meio já enegrecidas.

— É coisa do meu padrinho... Só pode ser... – mal balbuciou inconformado.

Passaram-se anos sem que ninguém ousasse comentar o episódio. Mas, numa festa da família anos mais tarde, Leomar teve, enfim, confirmada a sua suspeita acerca da autoria da façanha. Tio Agostino, dessa vez, ria-se escancaradamente.

— Por que esse Leomar queria tanto levar o fumo para o internato, Nono? – indagou Natália ao final da narrativa.

— Porque naquele tempo, Nena, era diferente de agora – respondeu Seu Lorenzo. – Fumar não era uma coisa tão feia como hoje se fala. Praticamente todo o mundo fumava quando se tornava adulto.

— Fumar era um sinal de importância, dava respeito – complementou Dona Idalina.

— Para você entender melhor – prosseguiu Seu Lorenzo diante do olhar de incompreensão da neta –, escuta mais esta história que vou te contar.

A FUMAÇA

Os irmãos Vicenzo e Agostino Cazzoli eram sócios da firma Tecidos Buricá Ltda., com sede em Três de Maio. Residiam no povoado de Rocinha, onde administravam a filial da empresa da família e comerciavam com as numerosas famílias de colonos da região, comprando-lhes a colheita das safras e a criação de suínos, e fornecendo-lhes em troca açúcar, sal, tecidos de riscado, calçados, querosene, fumo em corda, sementes e insumos, instrumentos agrícolas, bolachas, remédios, produtos veterinários, enfim, uma sortida gama de produtos essenciais à sobrevivência e à produção agropecuária dos patrícios.

Agostino tinha a tarefa de cuidar da loja, enquanto Vicenzo dedicava-se mais ao armazém e aos negócios com os produtores rurais, adquirindo-lhes os seus produtos e os transportando para Três de Maio ou Santa Rosa. Por isso viajava bastante no velho caminhão Ford F-600, ausentando-se de casa com frequência. Quando retornava de alguma viagem, reunido com a numerosa prole ao redor da grande mesa de jantar, indagava em tom grave a sua esposa, Aídes, a respeito do comportamento de cada um dos filhos durante as suas ausências, situação que produzia desconfortáveis calafrios no estômago da gurizada, muito propensa a praticar artes e peraltices.

Leomar desfrutava de alguns privilégios junto ao pai, decorrentes da sua condição de primeiro rebento do sexo masculino. Quando iniciou os estudos ginasiais, conquistou a prerrogativa de trabalhar na loja da família, enquanto aos seus irmãos Emílio e Vitor eram reservadas tarefas menos distintas, como capinar o pomar, dar trato aos animais ou limpar os estábulos e pocilgas, fato que os fazia se sentirem discriminados. Mas Leomar compensava-lhes a diferenciação de atividades trazendo-lhes cigarros que se abastecia às ocultas na loja da família.

Certa tarde, encontravam-se os três irmãos escondidos atrás do velho armazém de madeira a fumar pachorrentos alguns cigarros, marca Belmonte, obtidos de forma clandestina. Sufocavam-se com a fumaça aspirada às escondidelas, ardiam-lhe as mucosas das narinas, mas aquilo lhes proporcionava uma indescritível sensação de empoderamento e maturidade. Sentiam-se homens. Mas não conseguiam tragar a fumaça. Isso os deixava frustrados. E Leomar se lamentava:

— Não sei como é que o pai consegue. Ah! como eu gostaria de tragar como ele!

E insistia, sem sucesso, em mais uma tentativa. Puxava corajosamente a fumaça para imediatamente soltá-la em longas baforadas, engasgando-se num tossido convulsivo que o sacudia todo. Marejavam os olhos.

Emílio e Vitor acompanhavam-no, tentando também tragar a fumaça que aspiravam dos seus cigarros, mas se sufocavam, deixando-a escapar numa tosse seca. Os piás tornavam a tragar os seus cigarros puxando a fumaça com bastante força para, depois, expeli-la pelas narinas tossindo e engasgando-se muito. E assim prosseguiam, obstinados em conquistar o honorável *status* de tragadores de cigarro.

Naquela tarde, Tio Agostino passava ocasionalmente pela área do armazém quando avistou uma fumaceira acinzentada que se projetava junto a um canto do grande depósito. "Será que o armazém tá pegando fogo?", perguntou-se preocupado, correndo na direção da fumarola. No meio do caminho reconheceu as vozes de seus sobrinhos. Logo entendeu o que se passava, permanecendo estático por alguns instantes a matutar qual atitude tomar. Então, esgueirando-se junto às paredes caiadas, pé ante pé, foi se aproximando sorrateiramente do foco incendiário e, num assalto surpreendente, despencou sobre os pacíficos fumantes. Conseguiu agarrar Leomar e Emílio, arrastando-os até a presença de Vicenzo, que, incontinente, aplicou-lhes severa reprimenda e sentenciou duro castigo.

Vitor, por ser o menor, escapuliu ligeiro, desaparecendo entre o arvoredo. Até o anoitecer ninguém teve notícias suas. Vicenzo esperava paciencioso. Tio Agostino não se cansava de recontar o flagrante, repetindo incansavelmente:

— Era aquela fumaça que saía detrás do armazém… Aquela fumaça… – imitando com o gesto das mãos a fumarola que se diluía no ar, não deixando de carregar de entonação a palavra "fumaça".

Na hora do jantar, Vitor se rendeu. Aproximou-se hesitante da casa, avançou trêmulo em direção à sala onde a família já saboreava o jantar que sua mãe, Aídes, preparara. Reinava um silêncio inquietante. Ouvia-se apenas o tilintar dos talheres. Ninguém ousava falar. Vitor parou junto à porta, sem saber onde colocar as mãos. Então Vicenzo levantou os olhos e perquiriu sisudo:

— Me explica essa história de fumaça!

O sermão foi longo e o castigo maior ainda, aplicado exemplarmente. E daí por diante, Vitor passou a carregar o apelido de "Fumaça", que o deixava deveras injuriado.

— E até hoje o Vitor vira uma fera quando o chamam de "Fumaça" – arrematou Dona Idalina.

— Coitado dele! – comentou Natália.

— Mas teve uma ocasião que o Fumaça levou um grande susto – observou Nono Lorenzo passados alguns instantes.

— Como foi isso, Nono? – apressou-se Natália a perquirir, compelindo Nono Lorenzo a iniciar mais uma narrativa.

O ACIDENTE

Vitor contava com 15 anos. Era bastante desenvolto e já se achava bom motorista. Também continuava a se abastecer clandestinamente de cigarros na loja da família para, depois, fumá-los com a gurizada do vilarejo, bem escondidinhos, é lógico. Esse seu hábito logo ganhou fama, consolidando o apelido de "Fumaça".

Certa ocasião, Achyle Benefatti estava com toda a sua produção de fumo enfardada, pronta para o comércio. Vicenzo estava completando uma carga para levar a Santa Cruz do Sul com seu caminhão F-600 e encarregou seu filho Vitor de buscar a produção do cunhado com o pequeno caminhão F-350. Informou-lhe que o bloco Modelo-15 de Achyle encontrava-se com ele e lhe recomendou que a carga fosse levada diretamente até a localidade de Santo Antonio, onde estavam esperando para completar o carregamento daquele.

Vitor tomou do pequeno caminhão da firma e partiu em busca da produção de fumo de Tio Achyle, aproveitando-se do trajeto para fumar um daqueles famosos cigarros surrupiados às escondidas. Ocorre que pouco antes da residência de Achyle havia um atoleiro na estrada de chão batido e Vitor enfrentou grande dificuldade para conseguir ultrapassá-lo.

Efetuada a carga, Achyle informou que o bloco Modelo-15 não estava em sua residência, mas no escritório da loja. Por esse motivo, ao invés de se dirigir diretamente a Santo Antonio, conforme ordenado por Seu Vicenzo, Vitor teve de retornar à vila de Rocinha para apanhar o dito documento, sendo acompanhado por Achyle. Logo na saída encontraram Benildo Turrani, que seguia a pé até a vila para tomar o ônibus da Empresa Pratos, que fazia a linha para Três de Maio.

Benildo portava um saquinho repleto de raticuns bem maduros. Vitor ofereceu carona a Benildo, que de imediato retribuiu com uma apetitosa fruta. E seguiram caminho desfrutando as saborosas frutinhas amarelas. Vitor não podia perder tempo e dirigia apenas com uma das mãos, ocupando a outra com a fruta. Tudo transcorria bem, até chegarem ao atoleiro. Então Vitor falou:

— Vou embalar bem o caminhão para passar firme pelo atoleiro.

Achyle apenas advertiu:

— Vai com cuidado!

Tarde demais. O pequeno caminhão derrapou e Vitor, uma mão ao volante e outra segurando um raticun, não conseguiu manter o controle. O veículo saiu da estrada, rompeu cerca e projetou-se ribanceira abaixo. Por sorte havia uma pequena árvore no caminho. Embora o caminhão balançasse ameaçadoramente, cai-não-cai, a pequena árvore resistiu bravamente e nenhum fardo da carga se desprendeu. Todos saíram rapidamente da cabine do caminhão tombado, sem, é claro, Vitor se esquecer do saquinho de raticun.

Uma vez a salvos, tinham que providenciar a remoção do caminhão. Mas Vitor se desesperava e tentava fugir:

— Meu pai vai me matar! Vai me encher de laço!

Achyle tentou acalmá-lo, estufando o peito:

— Deixa que eu enfrento o Castelo.[162] Ninguém vai te bater, guri!

Embora não largasse o seu raticun por nada, Vitor, enfim, acalmou-se. Mas ninguém tinha coragem de mexer no caminhão tombado. Todos aguardavam a chegada e as ordens de Seu Vicenzo, que após muitas tentativas finalmente foi avisado pelo telefone a manivela. As horas passavam numa dolorosa agonia e os curiosos aglomeravam-se no local do acidente.

Todos especulavam sobre a reação do Seu Castelo ao verificar o acidente e sobre a surra que Vitor certamente levaria do pai. A expectativa era grande, nervosa. Benildo ainda estava com o saquinho na mão, poucas frutas restando dentro. Vitor comia raticun, mordendo nervosamente os minúsculos caroços. A pequena árvore, já bastante arqueada, dava a impressão de que não suportaria mais o peso do pequeno caminhão e sua carga.

Enfim, Seu Vicenzo chegou ao local do acidente. Nem bem colocou os pés no chão esbravejou:

— Mas que burra volta você foi fazer, piá? Não te falei para ir direto a Santo Antonio?

Vitor, trêmulo, mas num ímpeto de coragem, redarguiu, entremeando soluços:

---

[162] Apelido pelo qual era conhecido Vicenzo Cazzoli.

— Mas também pai, o senhor me disse que o bloco Modelo-15 estava com o Tio Achyle… Mas ele está lá no escritório! O que o senhor queria que eu fizesse?

— Bem, se é assim, você ganhou a parada. E não se fala mais no assunto. Vamos retirar o caminhão.

Dito isso, e sempre sob o comando do Seu Castelo, as providências para a remoção do caminhão foram imediatamente tomadas. Dois tratores, marca Zetor Super-50, de propriedade da firma, foram acionados, e após algum esforço o pequeno caminhão e a sua carga foram resgatados. Apesar do grande susto, os danos materiais foram de pequena monta.

A multidão curiosa se dispersou rapidamente. O caminhão foi conduzido até a sede da firma por Vicenzo, acompanhado por Achyle, por Vitor (que já não comia mais raticuns) e por Benildo (que providencialmente havia sumido com o saquinho de frutas). Na vila, outra multidão aguardava ansiosamente pela comitiva. Nono Felício encontrava-se entre eles. Mal desembarcaram, ralhou:

— *Vido, magna raticoni, ribalta caminhoni!*[163]

E repetia em tom de reprimenda:

— *Vido, magna raticoni, ribalta caminhoni!*

E repetia de novo…

— Nono Felício sempre com as broncas dele – observou Natália.

— É verdade – concordou Dona Idalina. – E quando ele ficava nervoso, então, era bom nem chegar perto. Eu nunca me esqueço daquela vez que ele ficou brabo com a junta de bois do Lorenzo.

— E como foi isso, Nona? – Logo se alvorotou Natália.

— Quando eu e o Nono casamos – prosseguiu Dona Idalina –, ficamos morando uns tempos com os pais do Lorenzo, na casa que depois compramos deles. Numa ocasião, tínhamos ido todos à roça com a carroça do Lorenzo. Mas

---

[163] *"Vitor, come riticun e tomba caminhão…".*

Nono Felício queria comandar a junta de bois *("quà comando io"*,[164] sempre dizia ele). Só que os bois, que eram bem mansos, estavam acostumados com a voz do Lorenzo e não obedeciam aos comandos de outros. Nono Felício ficou furioso, blasfemava, gritava e chicoteava os bois que dava dó, mas os bois não obedeciam aos berros dele. Pior, eles ficaram desorientados com tanta gritaria e tanto laço. Nono Felício pegou o facão e passou a dar pranchaços no lombo dos coitados, que sapateavam sem sair do lugar. Por fim, vendo que os bois não lhe obedeciam, Nono Felício atacou a carroça com o facão para descarregar a sua fúria, distribuindo faconadas por todas as laterais da carroça, que ficou toda marcada com grandes sulcos.

— Coitados dos bichinhos! – exclamou Natália.

— E ninguém ousou sequer dar um pio – finalizou Dona Idalina.

— Que coisa! – concluiu Natália.

Então interveio Seu Lorenzo, que se mantivera calado durante a narrativa da esposa:

— Essa história me faz recordar daquela outra com as mulas...

— Conta como foi isso, Nono – precipitou-se Natália.

— Bem... – começou Seu Lorenzo pela manifesta curiosidade da neta – ... isso aconteceu quando meu pai era carreteiro.

— Mas, Nono, carreteiro não é uma comida? – interrompeu Natália. – Meu pai faz uns carreteiros muito bons...

Rindo da confusão da neta, Seu Lorenzo fez pequena pausa, como a procurar as melhores palavras para explicar:

— Sim, Nena, também é o nome de uma comida. Mas naqueles tempos havia os carreteiros, que eram as pessoas que transportavam os produtos produzidos pelos colonos para vender nos povoados e nas cidades, onde tinha comerciantes maiores. Eles faziam o percurso com carroças puxadas por parelhas de mulas, duas ou três, conforme o tamanho da carroça. Pois bem, no retorno eles traziam os produtos básicos que os colonos necessitavam para sobreviver, como sal, açúcar, querosene, tecidos, fumo em corda, ferramentas e utensílios domésticos, e outros mantimentos.

— Ah! Entendi Nono.

---

[164] *"Aqui mando eu".*

Vendo que a neta compreendera a explicação, Seu Lorenzo tratou logo de prosseguir:

— Naquele tempo, Nena, estavam construindo o quartel do exército em Santa Rosa e meu pai era fornecedor de mantimentos para os militares e operários envolvidos nas obras. Numa madrugada de tempo firme, partimos com a carroça abarrotada de abóbora, farinha de milho, vinho, vinagre, banha e carne de porco defumada, salame, queijo, mandioca e outros mantimentos. Eu sempre ia junto porque o meu serviço era acionar o breque da carroça.

Outra pequena pausa para mais uma bocada de bolacha pintada e Seu Lorenzo continuou:

— Lá pelas tantas bateu a fome. Nós nos defendemos com um pedaço de pão, queijo e salame… e uns goles de vinho. Mas e as mulas? Elas também tinham fome. E mesmo bem adestradas, não resistiam ao capim verde e viçoso das beiradas da estradinha de chão. Então se desviavam do caminho para pastarem nos barrancos da estrada. Meu pai, Felício, ficava furioso, gritava e enchia de laço as pobres béstias, que mesmo com tantas bordoadas continuavam a se banquetear com o capim fresco. Vendo que seus gritos e açoites não adiantavam com a teimosia das mulas, meu pai pediu para eu lhe alcançar os bornais que estavam no fundo da carroça.

— E o que é bornal? – interrompeu novamente Natália.

— Bornal, Nena, é uma espécie de focinheira que se colocava nos animais para impedir que eles comessem. As mulas podiam, então, fazer de tudo, inclusive beber água, menos comer. Depois de colocar os bornais – prosseguiu Seu Lorenzo –, meu pai, para se vingar das coitadas das mulas, arrancava maços de capim e esfregava nos focinhos delas gritando: *"Adesso, magna, magna, magna…"*.[165] E as coitadas não podiam comer. Mas Nono Felício continuava: *"Magna, magna, magna…"*, até se cansar e aliviar a sua fúria.

— Coitadinhas das mulas – observou Natália.

— As coitadas ficavam somente com o cheiro do capim – finalizou Seu Lorenzo.

Após apanhar mais uma bolacha pintada (e dar um pedaço a Pirulito), Natália indagou ao Seu Lorenzo:

— O seu pai, o Nono Felício, então era tão brabo assim?

---

[165] *"Agora, come, come, come…".*

— Nem sempre, Nena. O problema era que ele passava da alegria para a fúria muito rápido, mudava do vinho para o vinagre num piscar de olhos. Um olhar atravessado dele e já sabíamos que era para ficar longe... e bem quietos. Mas quando estava de bem com a vida ele era muito brincalhão, gostava de prosear. O que não se podia fazer era contrariá-lo. Mesmo que a gente tivesse razão, era melhor fazer de conta que ele é quem sabia das coisas.

— Como aquela vez da viagem para Caxias do Sul – interveio Dona Idalina.

— Sim – anuiu Seu Lorenzo, passando de imediato para a narrativa do causo antes que a neta o compelisse a tal.

A VIAGEM

Corria o mês de fevereiro do ano de 1969. Ricieri Cazzoli, sua esposa Costanza[166] e seu filho Valmor, o Nono Felício, seu filho Lorenzo e sua nora Idalina, mais Humberto,[167] partiram de Três de Maio, numa certa madrugada, para visitarem os parentes de Flores da Cunha e Caxias do Sul e também conhecerem a Festa da Uva. Viajaram socados dentro de um automóvel Aerowillys dirigido por Ricieri, motorista experiente e bastante viajado. Como de costume, o guia, o prático para desbravar os caminhos das velhas colônias era o Nono Felício.

Era época de muito calor. A viagem foi uma epopeia. À exceção do trecho entre Passo Fundo e Marau, todo o restante do trajeto, até Veranópolis, era feito por estrada de chão. Muita poeira também. Não havia a BR-285 e tinha que se passar por Cruz Alta, aumentando muito o percurso em relação aos tempos atuais. Muitos foram os caminhos tomados por engano, muitos foram os momentos de dúvida e desorientação. Mas os corajosos viajantes seguiam em frente, obstinadamente. E toda a vez que se deparavam com uma encruzilhada, com uma bifurcação, Ricieri indagava a Nono Felício sobre qual rumo seguir. E ele respondia invariavelmente:

— Reto! Sempre reto, *baccaco*![168]

Ao final da tarde, encontravam-se os peregrinos em Veranópolis. Uma parada para uma prece à Nossa Senhora de Lurdes na gruta da Igreja Matriz da cidade e uma rápida caminhada para esticar as canelas e procurar oportunamente por um banheiro. Mas ainda tinham muita estrada pela frente. Havia a Serra do Rio das Antas, depois vinha Bento Gonçalves, Farroupilha, Caxias do Sul. Tudo era desconhecido. O destino era a residência do Nono Humberto – o Zio Berto –, na Linha Sessenta, em Flores da Cunha. Ainda estavam distantes e não havia tempo a perder.

---

[166]   A quarta filha de Nono Enrico Benefatti.
[167]   O sétimo filho de Nono Enrico Benefatti.
[168]   Macaco, no sentido de bobo.

Reembarcaram no flamante Aerowillys, preparando-se para enfrentar a serra. Mas não conseguiam achar a saída da cidade rumo a Bento Gonçalves. Dobravam à direita, entravam na rua à esquerda, seguiam em frente – sempre reto!, como dizia Nono Felício –, e nada de achar a saída da cidade. Bastante cansados e completamente desorientados, começaram a se preocupar... E também a perder a calma. O motorista suava em bicas, alguns davam opiniões desencontradas, outros rezavam. Somente Nono Felício se mantinha calado e sereno, alheio à perturbação que atingia os demais. Ricieri, já desesperado, então questionou Nono Felício:

— *E adesso, Zio? Dove andiamo?*[169]

E Nono Felício, sem demonstrar qualquer preocupação com o infortúnio, respondeu pacífico:

— *Lí, nella bodega!*[170] – Apontando para um bolicho convidativo na esquina à sua frente, já sedento por um bom liso de caninha.

— Que viagem, hein, Nono! – comentou Natália ao final da narrativa. – Em quantos mesmo vocês viajaram no carro?

Dona Idalina adiantou-se a fazer a conta:

— Estávamos em sete, mais a bagagem. Viajamos mais apertados do que sardinha em lata. Mas o pior era suportar o calor e a poeira.

— Mas o engraçado mesmo foi a história do "churrio".

— Como foi isso, Nono? – perguntou apressadamente Natália.

— Bom – começou Seu Lorenzo –, já era noite quando chegamos em Caxias do Sul. Fomos direto na casa do Zio Berto, na Linha Sessenta, que é a nossa casa paterna. Sucedeu, então, que após terem nos acomodado e servido um jantar simples, estávamos todos na sala conversando, contando as notícias daqui e ouvindo as de lá. A certa altura, Zio Berto ligou o rádio de mesa e sintonizou uma emissora de Caxias do Sul, perguntando para o Nono Felício: "Vocês ouvem essa rádio lá em Santa Rosa?". Não conseguindo

---

[169] *"E agora, Tio? Vamos pra onde?"*.
[170] *"Ali no bolicho!"*.

mais disfarçar o cansaço da viagem, Nono Felício respondeu bocejando: *"Si, ma fá un surrio!!!"*.[171] Na verdade, ele queria dizer que a sintonia da emissora produzia muito chiado.

— Ah, mas o Nono Felício era também muito engraçado mesmo! – observou Natália.

— Sim, às vezes ele era engraçado – confirmou Seu Lorenzo. – Ele era muito procurado por aqueles que planejavam viajar para as colônias velhas, para se informarem sobre endereços e caminhos a percorrer. Como aquela vez que o Humberto foi pedir informações para ir até Guaporé.

— E como foi isso, Nono?

---

[171] *"Sim, mas faz um churrio!!!".*

O MAPA

Humberto, filho de Enrico Benefatti, havia comprado o seu primeiro carro: um automóvel Aerowillys, "zero" quilômetro. Tinha muito orgulho e cuidava dele com extremo zelo. Afinal, costumava dizer esfregando as mãos como a lamentar o quanto lhe custara: "Ma tu vê, rapaiz, me custô tantos sacos de choja[172]!". Para inaugurar o carrão novo, fruto de anos e anos de sacrifícios e trabalho penoso nas lavouras de milho e soja, estava programando viagem para visitar os parentes em Guaporé, Caxias do Sul e Flores da Cunha.

Como sempre, o prático para essas viagens, aquele que conhecia todos os caminhos da região de colonização italiana da Serra Gaúcha, era o Nono Felício. Afinal, antes de se mudar para Três de Maio fora carreteiro muito experiente, principalmente na região de Guaporé.

Numa manhã de domingo, após a reza do terço, Humberto e Nono Felício encontraram-se junto ao automóvel. Humberto aproveitou para solicitar orientações a Nono Felício e tinha algumas dificuldades para entender os caminhos indicados pelo guia. Nono Felício corrigia as partes não compreendidas pelo seu sobrinho. E com o dedo polegar pressionando o capô do automóvel novo em folha, unha enrijecida por anos e anos de árduo trabalho, traçava todo o mapa dos caminhos que conduziam à Serra Gaúcha, do início ao fim da pretendida viagem, repetindo e repetindo:

— *Prima si vá a Ijuí. Banda di quà viene Cruz Alta. Doppo, dritto a Carazinho e Passo Fundo. Adesso è Marau. Qui, in Casca, vá dritto a Vaporé. Capisce?*[173]

E Humberto, mãos à cabeça, vendo todo o itinerário sendo traçado em sulcos de forma indelével sobre o capô de seu flamante automóvel novinho, exclamava desesperado:

— *Ho capito, Zio! E ho capito troppo bene!*[174]

---

[172] Soja.

[173] *"Primeiro, se vai a Ijuí. Por aqui, vem Cruz Alta. Depois, direto a Carazinho e Passo Fundo. Agora vem Marau. Aqui em Casca segue direto a Guaporé. Compreendes".*

[174] *"Compreendi, Tio! E compreendi muito bem!".*

Nono Felício, para não deixar qualquer dúvida, repetia com mais energia, refazendo os traçados sobre o capô do automóvel:

— *Vurro,*[175] *d'un baccaco! Quà l'è Vaporé. E ecco qui la Nona.*[176]

E, assim, Nono Felício foi desenhando sobre o capô do automóvel do sobrinho todo o mapa, não apenas até Guaporé, mas de lá até Caxias do Sul e toda a região circundante. Conta-se que seu sobrinho Humberto fez uma viagem tranquila, sem se perder em momento algum. Afinal, postando-se ao volante, era só seguir o mapa traçado a sulcos no capô à sua frente.

— Imagina só a cara do Humberto, pão-duro como só ele, vendo Nono Felício riscar todo o capô do carro – emendou Dona Idalina.

— É, discutir com meu pai era pura perda de tempo – observou Seu Lorenzo. – Imagina que até com o rádio ele discutia!

— Que história é essa, Nono? – perguntou Natália, pronta para ouvir mais uma narrativa de Seu Lorenzo.

---

[175] Burro. Outra expressão muito utilizada por Nono Felício.

[176] *"Burro, de um macaco! Aqui é Guaporé. E eis aqui a Nona"* (Linha Nona, hoje pertencente ao Município de Serafina Correa).

PROGRAMA POLÍTICO

Era o ano de 1972, ano de eleições municipais. Em Três de Maio, a disputa estava muito apertada entre os únicos partidos da época: a Arena (situacionista) e o MDB (oposicionista). À medida que se aproximava a data do sufrágio universal, os ânimos se acirravam muito. Ambos os lados atacavam, os discursos baixavam de nível, lançavam-se provocações, apresentavam acusações nem sempre verdadeiras ou fundamentadas, e denúncias por vezes falsas ou distorcidas.

O horário da propaganda eleitoral, veiculado pelas ondas da Rádio Colonial, era acompanhado atentamente pelos eleitores e pela população em geral. Isso porque nele se digladiavam dois proeminentes advogados do município: do lado situacionista estava Albano Livanowski,[177] que exaltava os feitos da gestão terminal e a cujo partido se alinhava seu sogro, Vicenzo Cazzoli, na condição de vereador; e pelo lado oposicionista achava-se Vanius Magalhães, que usava dos mais diversos recursos e argumentos para atacar a gestão em fim de mandato. E para culminar, naquela semana o embate recrudescera e os ataques haviam sido pesados e recíprocos.

Era a véspera das eleições e Nono Felício acompanhava o debate político com ouvidos atentos. Na primeira metade do programa daquele dia falou o doutor Albano, empenhando-se em rebater, com seu discurso eloquente, as sérias acusações que seu oponente lançara no programa político do dia anterior. Depois veio a vez da tréplica do Doutor Vanius, que com sua oratória veemente aproveitava para reforçar as denúncias e lançar novas acusações, ainda mais graves.

Naquele início de tarde, Achyle Benefatti tinha alguns negócios a resolver e aproveitou a passagem pelo povoado de Rocinha para fazer uma

---

[177] Casado com Maria Tereza Cazzoli, neta de Nono Felício.

breve visita aos pais. Ao girar o portão de acesso para o terreiro da casa, foi recepcionado por alguns gritos e locuções exaltadas de alguém que estava a discutir. Parou alguns instantes para identificar as vozes e entender o que estava acontecendo e logo reconheceu a voz dominante de seu pai, Felício:

— *Vurro! Non è vero, maledetto!*[178]

Mas com quem ele estaria discutindo? Havia uma voz de fundo, com som metálico, que não parava de falar. Mas a voz e os gritos de Nono Felício se sobressaíam. Foi-se aproximando lentamente, pé ante pé. A discussão era séria e ficava cada vez mais acirrada, a exaltação de seu pai bem denunciava:

— *Baccaco, non è stato cosi, mascalzone!*[179]

Da cozinha vinha a voz de Nona Amélia, que à distância tentava acalmar o marido

— *Lascialo stare, Sestilho. Lui non sa niente.*[180]

E Nono Felício insistia, cada vez mais exaltado:

— *Baccaco d'un vurro! Non è vero! Solo dici bugie!*[181]

Achyle chegou ao umbral da grande varanda da casa e ficou admirando a cena que se descortinava à sua frente: sentado na cadeira de palha trançada, com um cotovelo apoiado no tampo lenhoso da mesa e a outra mão a levar repetidas vezes o palheiro à boca, Nono Felício mantinha o ouvido literalmente colado ao aparelho radiofônico, apesar de ser possível ouvir de longe dado o volume exagerado. E insistia em discutir com o rádio:

— *Vurro! Non sai niente, imbecile. Tu sei proprio um gran bugiardo!*[182]

E Nona Amélia, da cozinha, continuava tentando acalmá-lo:

— *Lascialo stare, Sestilho…*

178 *"Burro! Não é verdade, maldito!".*
179 *"Estúpido, não foi assim, canalha!".*
180 *"Deixe-o estar, Felício. Ele não sabe nada".*
181 *"Idiota de um burro! Não é verdade. Você só diz mentiras!".*
182 *"Burro! Não sabes nada, imbecil. Tu é mesmo um grande mentiroso!".*

A narrativa foi interrompida bruscamente com a chegada tempestuosa de Gabriela, Luana e Júlia, que irromperam no porão como um vendaval, sendo acolhidas festivamente por Pirulito saltitando ao redor das meninas. Atacaram, de imediato, a bandeja de bolachas pintadas, devorando com frenesi as últimas que restavam. Seu Lorenzo apressou-se a expressar a sua contrariedade:

— E chegou a tormenta!

Dona Idalina apanhou a bandeja vazia e convidou as meninas para a seguirem, pois a providência de afastá-las do porão lhe pareceu ser a última esperança de ver o trabalho de organização do porão progredir um pouco,

— Se estão com fome, vamos lá em cima na cozinha que eu preparo um lanche para vocês. – E voltando-se para Lorenzo, já na porta do porão, recomendou: – E você, vê se faz esse serviço render um pouco!

Seu Lorenzo acolheu a advertência com um silêncio constrangido. Antes de seguir Dona Idalina, Júlia ainda insistiu com Natália:

— Nati, vem com a gente na piscina… A água tá uma delícia!

Natália procurou o olhar de cumplicidade do avô como a pedir consentimento. Após pequena hesitação, respondeu:

— Não, Júlia, eu prometi ajudar o Nono. Vou ficar.

Seu Lorenzo acolheu a decisão da neta com leve sorriso. Não pela importância da ajuda – pois a companhia e a curiosidade da neta acabavam por retardar o andamento do serviço –, mas particularmente pela possibilidade de continuar a conversa com ela. E se tinha algo que ele prezava muito era uma boa conversa. Natália tinha uma paciência toda especial em ouvi-lo, motivo que a tornava a sua predileta. Era um dom que Seu Lorenzo valorizava muito numa pessoa.

Estavam novamente a sós no porão, pois até Pirulito se afastara seguindo a algazarra das outras meninas. Então Seu Lorenzo incitou:

— Bom, Medonha, então mãos à obra!

Retomaram os trabalhos de análise, classificação e expurgo do grande conteúdo acumulado no porão. E assim permaneceram por algum tempo, até Natália apontar para a fotografia de um menino e uma menina no velho álbum que ainda portava em mãos:

— Quem são esses, Nono?

Seu Lorenzo apanhou o álbum, contemplou rapidamente a fotografia e devolveu-o à neta:

— São meus sobrinhos. A menina é a Ione e o guri é o Darci, que é meu afilhado. São filhos do meu irmão mais velho, o Remiggio. – Após alguns segundos, prosseguiu: – O Darci estava junto naquela vez da disparada dos bois…

— E como foi isso, Nono? – alvorotou-se Natália, já se colocando na posição de ouvinte para mais uma história narrada com fartos detalhes por Seu Lorenzo.

A DISPARADA

Corria o ano de 1960. Naquela manhã de final de primavera, Lorenzo uniu os bois da raça zebu – de nomes Gaúcho e Mineiro – por uma corda presa às suas cabeças e os atrelou à velha carroça. Levando consigo o filho Valter, tomou a estrada poeirenta rumo à Vila Consolata, carregando na carroça produtos colhidos em sua propriedade: uma saca de trigo e outra de milho debulhado à mão para entregar no moinho colonial do irmão Remiggio. Também levava uma encomenda de vinagre para a casa comercial de seu sogro Orlando de Boni.

Seguia pela estrada de chão batido, percorrendo com paciência uma distância de cerca de 10 km. Passou primeiro pelo moinho, onde deixou o milho e o trigo, dos quais seria extraída a farinha para fazer a polenta e o pão, alimentos essenciais àquelas colônias. Depois seguiu com a carroça até a Vila Consolata, cerca de 1 km mais adiante, para entregar o vinagre ao sogro. No moinho, Darci, filho de Remiggio, havia se juntado a eles.

Feita a entrega da encomenda de vinagre, Lorenzo retornou para o moinho para apanhar a farinha. Descia a longa e suave colina conduzindo pachorrentamente a junta de bois e assobiando modinhas da época, enquanto os meninos, ambos com cerca de 8 anos, brincavam distraídos no assoalho da carroça. No meio do caminho, junto a um barranco, encontrava-se Valério Cazzoli, cunhado de Remiggio, cavando os buracos para a instalação dos postes que levariam a linha telefônica até o moinho, um avanço tecnológico extraordinário para aquela época.

Ao ver a carroça se aproximando e reconhecendo de longe o seu condutor, Valério escondeu-se atrás de grandes touceiras de capim elefante que ladeavam a estrada. Então, alçou ao alto o seu chapéu de palha de abas largas, que rodopiou freneticamente no ar. O vento impetuoso do norte encarregou-se de jogar o chapéu sibilante sobre os bois. Assustados com aquele vulto estranho e zumbente que açoitava os seus lombos, os bois desandaram a correr pela estrada, enquanto Lorenzo tentava contê-los pelas ligeiras, gritando-lhes comandos para parar, e os meninos agarravam-se às tampas laterais da carroça.

Assustado com o resultado de sua brincadeira inconsequente, Valério saltou de trás da moita de capim, projetando-se sobre a junta de bois com a intenção de pará-los. Mas a sua ação só fez agravar o estado de espanto dos bois que, mais espavoridos ainda, desviaram-se do curso da estrada e se projetaram em desabalada disparada para uma roça recém-arada. Ao saltar a sarjeta da estrada, a carroça chocou-se contra o barranco, produzindo grande solavanco. Em consequência do choque, a carroça iniciou uma série de tombos e começou a se desintegrar, perdendo as suas tampas e espalhando a sua carga pelo caminho. Valter e Derci foram arrastados por dezenas de metros, rolando pelo lavrado e se embolando com as peças que se soltavam da carroça que se desintegrava e com garrafas vazias que se distribuíam pelo caminho.

Lorenzo mantinha-se desesperadamente firme às ligeiras tentando, em vão, conter a correria dos bois, sendo arrastado com o joelho fincado qual arado no lavrado, produzindo extenso sulco na terra fofa. Na frenética disparada, a carroça capotou diversas vezes, desfacelou-se, restando inteiro apenas o chassi. Centenas de metros adiante, os bois estancaram a corrida, após serem sufocados pela canga, que invertera a posição em seus pescoços em consequência dos sucessivos tombos da carreta. Cautelosamente, Lorenzo foi se aproximando dos animais e lhes transmitiu confiança e sossego. Recompôs com cuidado a canga nos bois, que ainda se mantinham ofegantes.

Olhando para trás, visualizou uma cena dantesca, com peças de madeira, os meninos e diversas garrafas, todas ainda inteiras, espalhados ao longo de um sulco no lavrado com centenas de metros de extensão. Os meninos logo se recompuseram, batendo a terra das suas roupas. Lorenzo tinha a calça dilacerada. Com o auxílio dos meninos, recompôs a carroça e recolheu os objetos esparramados pelo lavrado. Valério mantinha-se estaqueado no barranco da estrada. E antes que ele tentasse outra ação desastrada, Lorenzo gritou ordenando-lhe que não se aproximasse.

— Mas que susto, hein, Nono? – comentou Natália.

— É, foi um cagaço daqueles. Eu nunca esqueço… Aquele Valério era um maluco.

Dito isso, retomaram o trabalho. Havia ainda muitas caixas abertas e o seu conteúdo estava esparramado pelo chão, como as peças da carroça e as garrafas do causo que o Nono Lorenzo acabara de narrar. O cenário do porão estava pior do que antes do início da arrumação. Propuseram-se, então, a acelerar os trabalhos. Mas mais uma vez esse empenho durou pouco tempo, pois Natália insistia em folhear o velho álbum. Apontou para uma pequena foto com três crianças, indagando:

— Quem são esses?

Após um rápido olhar, Seu Lorenzo lançou uma pergunta desafiadora à neta:

— Você não reconhece ninguém nessa foto?

Diante da negativa da neta, iniciou a explicação:

— Bem, esse aqui da ponta – e indicou com o dedo – é o Valter, o meu filho mais velho. Essa daqui é a Maria Helena…

— E esse do meio, com o brinquedo na mão, quem é? – indagou Natália.

— Você não reconheceu mesmo quem é? – desafiou o Nono.

— Não!

— É o Pinguinho…[183] O teu pai! – exclamou Seu Lorenzo.

— Mas, assim, gordinho? – perguntou Natália. – Que fofo!

— De bem pequenino ele até era meio gordinho – falou Seu Lorenzo. – Mas depois ele ficou magrinho… miudinho…

— E por que ele tinha esse apelido… de Pinguinho?

— Bom – prosseguiu Seu Lorenzo –, quem deu esse apelido foi o Padre Antonio Spinaci,[184] porque naquele tempo tinha um programa na Rádio Farroupilha, de Porto Alegre, que era apresentada por dois humoristas que faziam grande sucesso: um se chamava Valter Broda e o outro era o Pinguinho. Por causa do nome, o meu filho mais velho foi apelidado de Valter Broda… e o Ernani, que já era miudinho mesmo, ficou como Pinguinho.

---

[183] Apelido de infância de Ernani Benefatti.

[184] Sacerdote da Congregação da Consolata, proveniente da Itália, que atuou muitos anos na Paróquia de Três de Maio.

— Ah, entendi! – disse Natália.

E após alguns minutos, instigou novamente o avô:

— E o senhor tem alguma história do meu pai, o Pinguinho, para contar?

— Sim, claro que tenho… Muitas! – confirmou Seu Lorenzo. – Como aquela vez da colheita do trigo.

— Ah, mas essa do meu pai eu preciso saber!

A COLHEITA

Iniciava o mês de novembro de 1964. Naqueles tempos não havia maquinário para os trabalhos da lavoura, ou os que havia eram bastante rudimentares. Tampouco havia automotriz. As principais fontes motoras eram os braços dos colonos e a tração animal. O trigo era cultivado sem fins comerciais, apenas como meio de subsistência. Era semeado e colhido à mão. Após a colheita, o produto era levado para o fabrico da farinha nos moinhos coloniais, fundamental no sustento de famílias tão numerosas.

Era a época da colheita. Formavam-se grandes mutirões entre os vizinhos e todos, foicinhas à mão, colhiam o trigo revezando-se de propriedade em propriedade. Chegara a vez da colheita na lavoura de Seu Lorenzo. Cedo da manhã, café tomado, reuniram-se os ceifadores para se dirigirem à plantação. Juntos iam também os filhos maiores de 7 anos, idade de referência a partir da qual a gurizada era alçada ao *status* de mão de obra efetiva. Alcançada essa idade, os meninos recebiam ferramentas próprias e passavam a acompanhar os adultos, de sol a sol, nas lides agrícolas.

Dona Idalina observava o cortejo de ceifadores que se dirigia ao trigal quando se deu conta da ausência do Ernani entre eles. Procurou pelas redondezas da residência. Encontrando-o escondido no galpão, indagou:

— Por que você não foi junto cortar trigo?

Seu filho respondeu:

— O Valter enche muito o saco, não aguento mais. Não vou mais na roça com ele.

Valter, o filho mais velho, valia-se dessa prerrogativa para atazanar a vida de seus irmãos menores. Não lhes dava sossego. Sabia que, sendo maior, os irmãos pequenos não iriam enfrentá-lo. Deleitava-se em provocá-los, em intrometer-se em seus assuntos, em pregar-lhes peças, em tirar proveito do fato de ser o primogênito, aquele que supre as ausências da figura paterna. Sabia como poucos da importância que se atribuía à primogenia na cultura italiana. E disso se aproveitava como poucos. Tais fatos renderam-lhe "certo" apelido que alcançou notoriedade entre os familiares e amigos. E naqueles dias, Valter efetivamente havia ultrapassado todos os limites de tolerância.

Foi, então, que Dona Idalina teve um lampejo conciliador. Em tom maternal, aconselhou:

— Filho, você não vai mais cortar trigo. Vai para roça e te apresenta pro pai e diz que a mãe te mandou *taiar formento*.[185]

Ernani prontamente aquiesceu. Apanhou a sua foicinha – que já se encontrava bem amolada – e lá se foi cantarolando para a lavoura, satisfeito por se imaginar livre dos importunos de seu irmão. Ao se aproximar do trigal, todos já ceifavam a grandes braçadas. Valter era o mais próximo da estrada de acesso e foi o primeiro a avistá-lo. Não perdeu tempo e de imediato passou a provocá-lo.

— Milagre! O Pinguinho resolveu aparecer!

Ernani, dirigindo-se ao pai – que se encontrava em posição mais adiantada na lavoura –, cabeça erguida em sua santa inocência, ao passar por Valter declarou com ares de maior importância:

— Ah, seu bobo. Você fica aí cortando trigo que eu vou *taiar formento*!

Todos pararam e grande silêncio se fez sentir. Confiante e altivo, Ernani caminhou na direção do pai, declarando ingenuamente:

— A mãe disse pra eu não trabalhar com o Valter. É para eu *taiar formento*.

Seu Lorenzo, então, fazendo um gesto largo, apontou para o trigal à frente e convidou:

— Muito bem. É só começar.

— Não, pai – insistiu resoluto Ernani. – Não vou cortar trigo. A mãe disse pra eu *taiar formento*!

Foi, então, que estrondosa gargalhada ecoou pelo trigal que ondulava ao sabor da brisa fresca da manhã. E, assim, Ernani gravou na memória, de forma indelével, o significado da expressão coloquial *taiar formento*.

---

[185] *Cortar trigo*, no dialeto *talian*.

— Muito engraçada essa história do *taiar formento* – comentou Natália ao final da narrativa.

— É, depois dessa o Pinguinho nunca mais esqueceu o que queria dizer *taiar formento* – anuiu Seu Lorenzo.

— E o senhor tem mais histórias sobre o meu pai?

— Sim… Escuta mais essa – falou Seu Lorenzo, iniciando nova narrativa.

A MORTE
DO BEZERRO

Era um sábado de primavera. Findo o almoço, Lorenzo distribuiu as tarefas para os seus filhos como era de costume. A Maria Helena recebeu a incumbência de limpar a casa; a Marina e o Marcelo ficaram responsáveis pela faxina nos pátios que circundavam a moradia; e Ernani recebeu dupla tarefa: primeiro tinha de ir até o povoado de Rocinha, distante 1 km, para comprar carne no açougue comunitário; depois deveria ir até a residência de Antonio Tirolla, distante cerca de 3 km (tudo a pé, naturalmente), buscar erva-mate. Enquanto isso, Lorenzo e a esposa Idalina iriam com o trator até as roças buscar trato para dar aos animais no final de semana.

Mãos à obra, todos deram início aos seus afazeres. Ernani deu cabo de sua primeira tarefa e partiu para a segunda. Os demais foram cumprindo as suas na quietude bucólica daquela tarde. Tudo transcorria na santa paz de um monótono sábado à tarde.

Mas havia na propriedade um pequeno bezerro. Nascido prematuramente, todos acreditavam que não sobreviveria. Entretanto, graças aos cuidados empreendidos zelosamente por Ernani, o bezerro vingou miraculosamente. Recebeu o nome de Nino, ao qual todos logo se afeiçoaram e o tratavam com a máxima atenção. Era, de fato, um bezerro de muita estimação. Era *troppo piccolo*[186] aquele bezerro, de forma que passava sem dificuldades por baixo do aramado das cercas. Por isso, Nino não se limitava a viver junto a sua mãe, perambulando por toda a propriedade, especialmente pelos pátios da residência, onde todos lhe distribuíam farto carinho e abundante alimentação.

A tarde daquele sábado adiantava-se e todos iam concluindo as suas tarefas. O bezerro Nino, leve e solto, pastava fora do cercado, junto à estrada,

---

[186] Muito pequeno.

cerca de uma centena de metros da residência. Fez pequena pausa e verificou que o pasto do outro lado da estrada era mais apetitoso. Não resistiu. Estava atravessando a estrada quando foi atropelado por uma camioneta pick-up Aerowillys, conduzida por um vizinho, que trafegava por ali naquele exato instante. O corpo do bezerro foi lançado junto à sarjeta, onde jazeu inerte.

Do pátio da casa, Marina e Marcelo assistiram a tudo estarrecidos. Correram para acudir o bezerro. Chegando lá, verificaram que o estado de Nino era muito grave. Também avistaram os pais, Lorenzo e Idalina, no outro lado da propriedade, que retornavam das roças com o pasto para os animais. Partiram em desabalada corrida ao encontro deles, gritando:

— O Pio atropelou o terneiro do Ernani! O Pio atropelou o terneiro do Ernani!

Devido ao ronco do trator, Lorenzo e Idalina não compreendiam bem o que as crianças estavam gritando. Olharam-se rapidamente e lembraram-se de que, naquele exato momento, Ernani – o Pinguinho – encontrava-se pelas estradas. Entenderam apenas: "O Pio... atropelou... Ernani".

Dona Idalina saltou do trator e, seguida pelas crianças, iniciou desesperada corrida rasa de cerca de 300 metros, intercalando indagações aos gritos:

— Onde ele está?

Ao que respondeu Marcelo:

— Lá no canto do potreiro...

O tempo do percurso não foi cronometrado, mas certamente foram batidos todos os recordes em distância. As tamancas de Dona Idalina perderam-se pelo caminho e, estáticas, viradas de solado para cima, ficaram a demarcar a trajetória percorrida. O chapéu desprendeu-se da cabeça e foi levado pelo vento à grande distância. Seu Lorenzo acelerou o trator em toda a sua potência, engatou a marcha mais veloz, mas não conseguia acompanhar o pelotão atônito que tomava a frente, puxado por Dona Idalina, sendo seguida com supremo esforço pelas crianças.

A meio-caminho, Idalina tomou fôlego e indagou novamente:

— Ele ainda fala?

Marina, que em vão tentava segui-la mais de perto, respondeu:

— Não. Ele só baba!

Coração saltando pela boca, Dona Idalina acelerou ainda mais (e isso ainda era possível?). Alcançaram a estrada, cerca de 50 metros do local do acidente. Por coincidência, naquele dia Ernani trajava roupa com a mesma coloração da pelugem do bezerro. Tudo isso projetou-se como o faiscar de um relâmpago na mente de Dona Idalina e seus olhos enxergaram o corpo de seu filho. Àquela distância mal se avistava um vulto inerte junto à sarjeta. Penosa distância! Dilacerante corrida! De onde Dona Idalina tirou forças para percorrê-la ninguém sabe, nem ela. Coisas que só o amor de mãe consegue!

Enfim, chegaram ao local. Grande torpor atingiu Dona Idalina, as pernas falsearam, o chão sumiu sob seus pés, o mundo girou, girou… e o corpo desfaleceu. Não foi pelo que via, mas pelo que Dona Idalina não via mais. O cadáver estendido era do Nino; seu filho Ernani estava vivo!

Lorenzo também chegou ao local fatídico. Ainda tinha seu chapéu à cabeça, embora tapeado para trás pelo vento. Com esse chapéu abanaram Dona Idalina e, com grande esforço, ajudaram-na a recobrar as forças e a lucidez.

Enquanto isso, Ernani retornava assobiando para casa, portando às costas a tradicional mala de tecido riscado, carregada de erva-mate para o chimarrão da família. De longe, descendo a colina a cerca de 800 metros na direção do poente, visualizou aquela louca correria. Mas nada entendeu.

Chegando em casa, encontrou todos sentados à sombra, sem falas, grande silêncio no ar, a mãe pálida como vela. De imediato perguntou:

— O que aconteceu?

Dona Idalina, ainda trêmula, respondeu:

— Você não imagina o susto que me deu!

— Eu?! – exclamou Ernani, sem entender menos ainda.

— Pobre do Nino! – exclamou Natália, sem conseguir esconder a sua piedade pela sorte do bezerro. – E ele morreu, Nono?

— Sim. Na verdade, já estava morto quando chegamos no local onde ele foi atropelado.

— Coitadinho! – limitou-se a aquiescer Natália. E por alguns instantes ficou a olhar o vazio. Uma discreta lágrima desceu-lhe pelas faces, que mesmo disfarçada foi percebida por Seu Lorenzo.

Permaneceram em silêncio por algum tempo, ínterim em que o serviço rendeu um pouco. Seu Lorenzo organizou várias caixas. Natália permanecia com o olhar perdido, em reverente silêncio pelo desafortunado fim do bezerro Nino. O avô observava a quietude da neta, concluindo com seus botões: essa, sim, é apaixonada por bichos!

Num repente, Natália voltou à realidade, indagando:

— E do Tio Valter, o senhor também tem histórias para contar?

— Claro que sim. Ainda mais que ele se aproveitava dos irmãos mais novos –, respondeu Seu Lorenzo, enquanto Natália franzia a sobrancelha à espera de mais uma narrativa do Nono.

O CHOCOLATE
DO FRADE

Aqueles eram tempos bicudos, de muitas privações, de pouco conforto e de muita escassez material. A carestia era a tônica daquelas vidas de hábitos quase espartanos. Não se passava fome, é verdade, mas se comia apenas o trivial, o básico. As guloseimas eram uma raridade. Refrigerante? Só em dias de festa, que não iam além do Natal, da Páscoa e do dia dedicado à padroeira. As crianças ansiavam, sonhavam com chocolates, pirulitos, bombons, picolés, chicletes, que nunca recebiam. Tinham que se contentar com os biscoitos e os bolos caseiros, coisas muito modestas, mas preparadas com grande amor e devoradas com grande ardor.

Havia igual carência de diversões e folguedos. A criançada contentava-se, em geral, com divertimentos prosaicos e acanhados. Os meninos distraíam-se com o jogo de futebol, com as corridas de carrinho de lomba ou com as pescarias e banhos nos riachos da redondeza e as caçadas de sabiás e rolinhas com os seus bodoques de fabricação rústica. As meninas contentavam-se com o jogo de caçador, com o esconde-esconde, com as brincadeiras de roda ou de casinha, num ingênuo "faz de conta" em que se transformavam em madamas ricas, com filhos garbosos e um sem número de serviçais.

Nos almoços dominicais na casa de Seu Lorenzo dava-se o direito a alguma regalia inusitada: a sobremesa. Via de regra, consistia em compotas de fabricação caseira, de agradável sabor, feitas com pêssego, ameixa, maçã ou pera, ou, então, saladas preparadas com frutas cultivadas no pomar da família. Às vezes, Dona Idalina preparava bolos de laranja ou de chocolate, que eram avidamente devorados pela criançada.

Aos finais das tardes domingueiras, os filhos de Lorenzo aguardavam com incontida ansiedade o retorno do pai, que passava o dia de descanso a jogar quatrilho com os amigos na bodega da capela. Se tivesse sorte naquele domingo, chegaria com os bolsos abarrotados de balas. E quando entrava em casa, com a noite já se fazendo, e anunciava sorridente que ganhara algumas talhas no quatrilho, a criançada logo o rodeava toda alvorotada, esperando que ele retirasse generosos punhados dos bolsos fundos da calça de domingo. E se atiravam como pintos sobre as balas esparramadas na mesa, numa alegre algazarra. Lorenzo se comprazia a observar aquelas cenas, soltando uma risada de contentamento diante de toda aquela balbúrdia. Mas se a sorte lhe fora madrasta naquele dia, as crianças tinham que se resignar e esperar pelo domingo seguinte.

A família tinha poucos recursos. Por isso Dona Idalina conservava com esmerado zelo as suas coisas, cuidando para que nada fosse desperdiçado. Não gostava que as crianças mexericassem em suas coisas, que guardava em esconderijos que julgava invioláveis. Mas as crianças davam um jeito de descobrir e de violar aqueles escondedouros secretos. Num desses *bunkers*, Dona Idalina costumava esconder o chocolate em pó que usava para preparar os seus bolos, para escapar da gula das crianças: era uma sopeira de porcelana, presente de casamento, que costumava guardar no alto da velha cristaleira da sala. No seu interior depositava o pacote de "Chocolate do Frade", que além do nome tinha a figura de um frade risonho e de bochechas rosadas estampada num dos lados da caixa de papelão de coloração dourada.

Quando se ausentava da casa para tomar conta da sua horta, seus filhos Valter e Maria Helena esgueiravam-se solertes pela casa até se postarem diante daquele alvo inexpugnável. À guisa de escada, escoravam uma cadeira de palha trançada e Valter habilmente iniciava a escalada da fortaleza. Removia com incomum destreza a tampa da sopeira e retirava o cobiçado pacote. Enquanto Maria Helena fazia de calço para a cadeira não deslizar, Valter rapidamente introduzia uma colher de sopa no pacote, retirando dele grande colherada do cobiçado pó, que levava à boca, fechando os olhos em doce entrega àquela delícia inebriante. Saltitando impaciente, Maria Helena estendeu a mão para que o irmão lhe alcançasse o objeto do insaciável desejo. E assim que ela introduziu a colher no pacote para apanhar o seu quinhão, Valter cochichou marotamente num alvoroço frenético:

— Rápido, rápido... que a mãe tá vindo!

Apanhada de sobressalto, Maria Helena levou afoitamente a colherada à boca, espalhando chocolate em pó, que polvilhou de castanho o assoalho da sala. Enquanto devolvia o pacote a Valter, tentou deglutir rapidamente aquele conteúdo seco e pulverulento. Na agitação desenfreada produzida pela iminência do flagrante, Maria Helena engasgou-se, sufocou-se com grandes espasmos, faltando-lhe o ar. Com os olhos marejados de lágrimas viscosas, baforadas de chocolate saltavam-lhes pelas narinas. Enquanto ria brejeiramente da irmã que se debatia naquele angustiante sufocamento, Valter aproveitou a ocasião para se fartar com mais colheradas de chocolate em pó antes de repor o pacote em seu depositório habitual.

— Mas o Tio Valter era muito sacana – observou Natália. – Coitada da Tia Mari!

— É, ele aprontava muitas. Se aproveitava dos irmãos menores para pregar peças – concordou Nono Lorenzo. – Ou, então, dos peões que trabalhavam lá em casa… Como foi o caso do negro João.

— Conta como foi isso, Nono – entusiasmou-se a menina, já se acomodando no velho baú para ouvir mais uma história.

MORTE TRÁGICA

João era um mestiço de meia-idade, estatura baixa, de cor acobreada, cabelos lisos e zigomas salientes, trabalhador e de índole muito amistosa. Apareceu no povoado de Rocinha no início do mês de julho de 1962, à procura de terras para cultivar e ganhar o sustento da numerosa família que se aboletava num casebre paupérrimo na Vila Cruzeiro, em Santa Rosa.

Abriu roça na propriedade de Lorenzo, que possuía muitas terras férteis e poucos braços para cultivá-las. O forasteiro tornou-se agregado e ajustaram uma parceria: Lorenzo fornecia as terras, as sementes, as ferramentas e os animais de serviço, enquanto o lavrador entrava com a força dos seus braços. A colheita seria dividida em partes iguais. Quando a lavoura estivesse toda formada, João intencionava erguer um barraco e trazer a família.

O caboclo havia se instalado provisoriamente no grande galpão de madeira da propriedade de Lorenzo Benefatti quando chegou a época dos serviços de preparo da terra para o plantio do milho. Fez cozinha da varanda e quarto do oitão, onde dividia espaço com sacas de feijão, fardos de feno, tuias abarrotadas de sementes e grande quantidade de milho em espiga e restolho. Aproveitou o feno macio para montar a sua cama, deitando sobre ele os seus pelegos. Na varanda do galpão armou seu fogo de chão em torno de três pedras-ferro reunidas em triângulo, sobre as quais preparava as suas refeições e aquentava a água para o chimarrão.

Tinha minguados utensílios: duas panelas enegrecidas, uma chaleira de ferro, uma caneca de alumínio toda amassada, um prato com esmalte corroído nas bordas, um conjunto de talheres retorcidos, uma xícara com a alça quebrada, um velho lampião a querosene e uma bomba de chimarrão com biqueira já bastante desgastada. Por não ter cuia, usava da xícara com alça quebrada para preparar os seus mates bem amargos.

O caboclo trabalhava de sol a sol, arando a terra com a junta de bois de Lorenzo, formada por animais de pelugem retinta como carvão, de onde veio a inspiração para os seus nomes: Retinto e Parelha. Eram bois de porte avantajado, muito fortes, mansos e bem-adestrados, que até as crianças animavam-se em manejá-los. Ao meio-dia preparava às pressas o seu almoço de feijão, charque e arroz, para depois se entregar a uma sesta curta e pesada na rede de trapos de estopa armada entre os esteios da varanda do galpão. À tarde regressava das roças com o repique da Ave-Maria, dava trato aos bois e se acomodava contemplativo num cepo de angico enquanto sugava pachorrentamente a sua improvisada cuia de chimarrão. Seguidas vezes, Lorenzo fazia-lhe companhia para cevar um amargo e prosear sob o clarão do fogo de chão que lhes afogueava as faces.

Negro João tinha boa prosa. Era paciencioso e falava pausadamente, como a refletir entre uma frase e outra para bem aquilatar o efeito das suas palavras enquanto puxava grandes tragadas de seu palheiro cheiroso. Gostava muito de contar causos. Conhecia muitos contos folclóricos, que logo despertaram a atenção e a curiosidade da criançada.

Os filhos pequenos de Lorenzo – o Pinguinho e a Marina – logo simpatizaram com o velho caboclo e quando a mãe, Dona Idalina, descuidava na vigilância, achegavam-se com avidez ao rústico galpão para ouvir as histórias do Negrinho do Pastoreio, da Mula sem Cabeça, do Boitatá, do Saci-Pererê, do Pedro Malasarte, da Lagartixa de Fogo, do Boi Barroso e outros contos narrados em riqueza de detalhes e com fértil imaginação pelo cabiroba. Sob a luz tremeluzente da velha lamparina, as crianças acomodavam-se boquiabertas em pequenos mochos, olhos vidrados, todas a escutar até tarde da noite aquelas narrativas envolventes, até que os gritos de Dona Idalina as chamassem para se recolherem.

Lorenzo apiedava-se das precárias condições de sobrevivência do caboclo. Muitas vezes, enchia um generoso prato com a comida caseira preparada por sua esposa e mandava o filho Valter oferecer ao crioulo. Valter, muito maroto, aproveitava para polvilhar o prato com grandes pitadas de sal antes de entregar ao destinatário. Outras vezes, Lorenzo preparava uma cuia de mate e mandava Ernani ou Marina levar ao caboclo, para que ele pudesse sorver um chimarrão mais decente. Então Valter despejava sorrateiramente algumas pitadas de pimenta, só para ver o negro marejar os olhos com lágrimas viscosas. O caboclo tudo aceitava sem nada reclamar, expressando educadamente o seu agradecimento.

Aquele 29 de agosto foi um dia marcante e tragicamente agitado na residência de Lorenzo. Na noite anterior foi necessário chamar às pressas o cunhado Vicenzo Cazzoli para conduzir de caminhão a esposa Idalina, que entrara em trabalho de parto, até o Hospital São Vicente de Paula, em Três de Maio. Naquela madrugada nasceu Marcelo, o quinto rebento da prole. A cunhada Lucélia, irmã de Idalina, ficou na casa tomando conta das crianças pequenas.

Naquela manhã, João cevou o seu mate com cara amarrada e tez contraída. Atrelou os bois à canga e tomou o rumo das roças num andar inquieto e acabrunhado. Ardia um sol temporão que causticava impiedoso. Um vento norte agitava ruidosamente o arvoredo e formava grandes redemoinhos, que alçavam ao alto grande nuvem de poeira e tufos de capim. A natureza debatia-se desassossegada.

Da cidade, Lorenzo pegou carona com Padre Spinaci,[187] que se dirigia à Rocinha para fazer uma visita espiritual e ouvir a confissão dos paroquianos. Próximo ao meio-dia, Lucélia preparava o almoço enquanto Maria Helena esmerava-se em limpar o piso da grande varanda da casa. Do lado de fora, Valter e Ernani faziam as suas travessuras, lançando torrões na varanda e pintalgando de manchas lamacentas o piso vermelho. Maria Helena esbravejava furiosa diante das matraquices dos irmãos, que se deleitavam com aquelas picardias. Mal limpava uma área da varanda e lá vinha aquela chuva de torrões, que se esborralhavam no piso e emporcalhavam tudo de novo.

Entregues prazerosamente àquele infantil buliço, os guris não viram o caboclo João passar por eles com semblante azedo e carrancudo. Tocava os bois com gritos histéricos, impaciente e contrariado, o chapéu de abas largas furiosamente virado para trás. Conduziu a junta de bois até ao galpão, retirou a canga e abriu a porteira da mangueira, em que os animais costumeiramente recebiam trato e descansavam para a próxima jornada.

Antes de retirar o ajoujo – a corda que ligava os animais pelas suas cabeças –, e com as ligeiras ainda enlaçadas ao pescoço, posicionou-se atrás deles. Esbravejava novamente quando uma rajada de vento arrancou o grande chapéu de palha e o lançou sibilante na direção dos animais. O chapéu agitou-se no ar e se abateu em torvelino sobre o lombo dos bois, que, assustados, dispararam algumas dezenas de metros para o interior do curral.

---

[187] Reverendo Antonio Spinaci, já referido antes.

Os meninos estacaram de chofre quando avistaram, num relance, um vulto sendo arrastado violentamente na direção da mangueira. Largaram os torrões que tinham em mãos e correram espavoridos ao velho galpão, em cuja quina logo encontraram três dentes humanos encravados e alguns fios de cabelo colados à madeira. Cerca de 50 m em frente, no interior da mangueira, Retinto e Parelha encontravam-se imóveis, ainda unidos pelo ajoujo, a velar respeitosamente um corpo estendido de borco no chão, enlaçado às cordas que o atrelava aos animais.

Valter e Ernani assustaram-se com a cena trágica que encontraram. Apavorados, correram até a residência do Tio Achyile em busca de socorro. Retornaram esbaforidos até o local do funesto acontecimento, acompanhados pelo tio. Após rápido exame do cenário, Achyle pegou da sua faca para cortar a corda que marcava grande sulco vermelho no corpo lastimado do caboclo. Assistiram, então, um último suspiro.

Minutos depois chegou Lorenzo, acompanhado de seu compadre Orestes Tousseau. A notícia espalhou-se rapidamente, levadas pelo vento norte que soprava impetuoso. Grande número de curiosos ajuntou-se em torno da grande tragédia. À meia-tarde chegou a autoridade policial para fazer o registro da ocorrência e a perícia. Até a liberação do corpo, ao anoitecer, Retinto e Parelha permaneceram estáticos ao lado do cadáver, imóveis e pacientes, cabeças baixas, em pesar profundo por aquele corpo sem vida, prostrados em reverência, como a pedir perdão pelo involuntário e estúpido acontecimento.

O término da narrativa foi seguido por um breve silêncio, ocasião em que Seu Lorenzo aproveitou para empilhar algumas caixas já vasculhadas. Natália continuava a folhear o álbum e não demorou muito para encontrar algo que lhe chamasse a atenção.

— Nono, que foto é essa?

O avô fitou a fotografia por alguns instantes e, então, comentou:

— Essa foto é bem antiga. É da escola de Rocinha… Um desfile da Semana da Pátria.

— Nossa, quanta gente! – observou Natália.

— Sim, naquele tempo a escola tinha muitos alunos. Reunia gente de Rocinha e dos povoados vizinhos. Dava um gosto assistir ao desfile do Sete de Setembro… E da Semana Farroupilha também. Tudo bem organizado.

Seu Lorenzo deu mais uma olhada na foto e apontou:

— Esse é o professor Felicio Eurico Benefatti, meu primo, filho do Zio Enrico. E esse é o professor Gentile, que na época era o diretor da escola. Ele é primo da minha mulher. Olha como os alunos usavam uniforme… Todos.

— Que legal! – exclamou Natália.

— Naquela época, os professores eram bastante severos e respeitados – disse Seu Lorenzo. – Não eram frouxos como hoje. Deus me livre faltar com o respeito. Tudo era "Sim, senhor", "Sim, senhora". Ai de quem fosse malcriado ou respondão. Qualquer desvio e o corretivo era pesado… Como o castigo que o professor deu para a Maria Helena certa feita…

— Que história é essa, Nono? – perguntou ansiosa Natália.

— Você quer mesmo saber? Bom, então presta atenção nessa história que vou te contar agora.

O CASTIGO

O Grupo Escolar Rural Pedro Múcio Compagnoni, do povoado de Rocinha, atendia a um grande número de alunos da localidade e dos arredores, cerca de uma centena e meia. Tinha bons professores e oferecia boa qualidade de ensino, o que se comprovava com o sucesso que seus egressos alunos alcançavam quando seguiam os estudos nos níveis escolares superiores.

Os professores José Filippo Gentile e Felício Eurico Benefatti[188] foram pioneiros na região a incentivar os jovens a prosseguirem os estudos e a buscarem uma profissão fora da agricultura. Alertavam os pais de que não poderiam dividir as suas terras para colocarem seus numerosos filhos sob pena de caírem todos na pobreza, e que a aquisição de novas terras estava ficando inviável devido à sua grande valorização. A solução era encaminhar os filhos para outras profissões e o estudo era o caminho para isso.

E foi assim que daquele singelo lugarejo foi surgindo um grande número de novos professores, engenheiros, agrônomos e técnicos agrícolas, médicos, contadores, bioquímicos, administradores, dentistas, religiosos, geólogos, advogados, militares, funcionários públicos de todo quilate e outros tantos profissionais de níveis médio e superior.

Naquele novembro, os frutos dos pessegueiros do pomar da escola começavam a tingir as suas cascas de vermelho, despertando a cobiça da criançada. Os alunos rodeavam o cercado do pomar para espreitar aquelas frutas que se tornavam mais apetitosas a cada dia. Ainda não estavam amadurecidas, mas a gula era muito grande.

Na hora do recreio, os primos Maria Helena Benefatti e Volmir Cazzoli,[189] mais os colegas Mário de Palma e Marina Corsini, burlaram a vigilância dos professores e se esgueiraram por trás do pomar, até saltarem a cerca de tela. Atacaram os pessegueiros que ostentavam galhos arqueados com volumosas cachopas de frutos ainda meio verdes.

---

[188] Filho de Nono Enrico Benefatti.
[189] Filho de Aídes Benefatti e Vicenzo Cazzoli.

Volmir rebaixava os galhos para que as meninas apanhassem os frutos mais apetitosos. Mário mantinha-se à distância, apenas observando. Com cara de santinho, já denunciando certo ar clerical, o garoto não criava coragem para participar daquele repasto voluptuoso. Sabia do rigoroso zelo que o professor Gentile dedicava ao pomar, uma espécie de menina dos olhos do diretor. Volmir e as meninas ofereciam pêssegos ao colega indeciso, tentando cooptar a sua cumplicidade, mas ele resistia bravamente àquelas tentações diabólicas. Sem sucesso, os três continuaram a devorar esfaimados os frutos, mastigando sofregamente a polpa ainda bastante rija, enquanto lançavam ameaças ao colega: "Ai de ti se abrir o bico!",

Na manhã seguinte, o professor Gentile entrou na sala de aula com jeito de poucos amigos. Cara fechada, semblante contraído, dirigiu a prece e fez a chamada sem levantar os olhos do caderno. Ergueu-se da cadeira e percorreu calado e em ritmo marcial o corredor entre as carteiras, como a procurar pelas palavras, até retornar ao quadro negro. Num silêncio estarrecedor, os alunos acompanhavam com olhos apreensivos o estranho comportamento do mestre.

Com a mão esquerda a segurar o cotovelo direito, os dedos polegar e indicador em forquilha a apoiar o queixo, olhos voltados para o teto, o professor Gentile soltou a voz firme e repreensiva, fazendo os alunos desatentos saltarem das suas carteiras. Iniciou seu sermão falando dos sete pecados capitais, detendo-se num deles em particular: a gula. Prosseguiu citando passagens da Bíblia que condenavam o furto. Os alunos entreolhavam-se irrequietos, tomados de um inquietante estupor, sem compreenderem direito aquele inesperado discurso.

O professor Gentile seguia a sua fala grave, reprovando a ação furtiva dos "amigos do alheio", aquelas pessoas que não respeitavam as coisas dos outros. Comentou que naquela turma havia alguns larápios, apressando-se logo a esclarecer que se referia aos gatunos que no dia anterior haviam assaltado o pomar da escola. Três pares de olhos procuraram-se apreensivos, sem disfarçar um rubor desconfortável que começava a lhes queimar as faces.

Professor Gentile fez pequena pausa para lançar seu olhar inquiridor sobre os olhos amedrontados dos educandos. Relatou o fato, detendo-se em pormenores, como os frutos mal mordiscados e abandonados pela metade, os caroços esparramados pelo chão e os galhos e folhas desbastados dos pessegueiros. Para terror dos alunos, lançou, enfim, a pergunta fatal a respeito da autoria do ato delituoso. Um silêncio sepulcral tomou conta da sala de aula. Três olhares lançaram-se desesperados na direção de Mário, que apenas abaixou os olhos discretamente.

O professor percorreu a classe com semblante ameaçador. Os alunos estremeciam ao sentirem aquele olhar penetrante e inquiridor. Mas ninguém se manifestou. Então Gentile ameaçou autoritário:

— Muito bem! Se ninguém vai se acusar, então todos pagarão juntos...

Mas o professor não teve tempo para sentenciar o castigo coletivo. Foi interrompido por três dedos tremelicos que se revelaram timidamente. Eram Maria Helena, Marina e Volmir, que se denunciaram num misto de medo e vergonha. Os colegas suspiraram aliviados. Mário espiou por baixo dos olhos, mantendo a sua atitude discreta e séria de sacerdote.

O professor Gentile jogou triunfante o toco de giz ao chão. Deu alguns passos na direção dos réus confessos e anunciou a punição para o ato reprovável: escrever 50 vezes a frase "Não devo comer pêssegos verdes" no caderno de temas, na hora do intervalo da aula. E aquilo que não conseguissem escrever durante o recreio, teriam de realizar como tema de casa. Na manhã seguinte deveriam apresentar a tarefa concluída. E a aula teve, enfim, o seu início.

Quando soou a campainha anunciando o recreio, a criançada disparou toda alvorotada porta afora atrás dos seus folguedos e de suas merendas. Três alunos permaneceram em sala de aula, enciumados dos colegas que debandavam. Começaram a reproduzir a frase no caderno de temas, resignando-se amargamente com o seu triste infortúnio.

Alegre gritaria penetrava pelas janelas, denunciando a algazarra que a criançada produzia no recreio. A mão logo começou a ficar dolorida e dormente. Volmir choramingava, pingando gotas salobras sobre as frases que se empilhavam monotonamente, as últimas já se desgarrando do alinhamento demarcado pela pauta simples do caderno. Não era a mão que lhe doía, mas os ouvidos golpeados pelos gritos que vinham do campinho de futebol da escola e lhe atormentavam os tímpanos.

Lamentava-se choroso de estar perdendo o jogo de futebol, logo aquele que a gurizada vinha se provocando há dias. Era um grenal e Volmir não se conformava por ser impedido de jogar o clássico. Ainda mais que já fazia vários jogos que o seu time não era derrotado. Provavelmente, a sua equipe sentiria muita falta da potência da sua canhota e poderia até perder o jogo. Pela gritaria que agora vinha do campinho, parecia que o Colorado tinha marcado um gol. E aquilo era mais insuportável do que qualquer dor. Um tormento maior do que qualquer castigo!

Maria Helena e Marina dividiam a escrivaninha dupla, deixando a cabeça tombar sobre o tampo riscado, enquanto iam reproduzindo aquelas frases extenuantes. Sentindo dolorosa cãibra a paralisar a sua mão, Maria Helena fez pausa e espichou os olhos para espiar o caderno da colega e medir o quanto da tarefa ela já havia concluído. Percebeu, então, um erro ortográfico no trabalho da colega e tentou corrigi-la num sussurro:

— Marina, não é "pesco". O certo é pêssego... Pêssego!

— É "pesco", sim... – retrucou Marina convicta, interrompendo de chofre a execução da tarefa.

E se quedaram a debater as duas colegas. Maria Helena insistia que o correto era pêssego. E repetia soletrando pausadamente para bem marcar cada sílaba: pês-se-go. Marina, resoluta, batia o pé e teimava que o certo era "pesco".

— É pêssego! – dizia uma.

— É "pesco"! – retrucava a outra.

— Pêssego!

— "Pesco"!

Até que Marina, largando o lápis sobre o tampo da mesa, apoiou as mãos na cintura e pôs um ponto final na discussão, declarando categoricamente:

— O quê nóis comemo foi "pesco" e pronto! – E retomou a escrita das suas frases: Não devo comer "pescos" verdes.

No dia seguinte, o professor Gentile deu início à aula com a tradicional prece, fez a chamada rapidamente e chamou os três penitentes para tomar o tema de casa. O primeiro a se apresentar foi Volmir que, todo queixoso, apresentou o seu caderno reclamando da severidade do castigo e do fato de não ter podido participar do desafio futebolístico do dia anterior. Ainda por cima, lamuriou-se ele, o seu Grêmio havia perdido o clássico, coisa que não acontecia há bastante tempo. Sem levantar os olhos do caderno de pauta simples, o mestre respondeu seca e didaticamente, enquanto cotejava o número de frases:

— Para o futebol não faltarão oportunidades de revanche. Quem não pode esperar é a educação!

Chegou a vez da Maria Helena, que exibiu o seu caderno de temas numa apreensão nervosa. Conferida a quantidade de frases, a tarefa foi dada por concluída. Em sua vez, Marina fez mostra do seu caderno com ar confiante. O professor Gentile estacou logo na primeira linha, fazendo um muxoxo de surpresa. E percorreu as demais páginas, torcendo o nariz em tom de reprovação. Devolveu-lhe o caderno sentenciando nova tarefa:

— Agora a senhora vai corrigir todas essas frases aqui e fazer outras 50 para aprender a escrever corretamente a palavra "pêssego". PÊS-SE-GO!!! – berrou para bem se fazer entender.

Um vermelhão acalorou as faces da aluna. Trêmula, apanhou o caderno e retornou ao seu banco, onde se entregou a um copioso pranto, que tentava sufocar com a cabeça enfiada por baixo dos braços cruzados sobre a escrivaninha escolar.

O professor Gentile deu sequência à aula como se nada estivesse acontecendo. No recreio, Marina não se animou a sair da sala de aula. Em solidariedade à desafortunada colega, Maria Helena se pôs a passar a borracha para apagar as palavras "pescos" enquanto lhe dirigia palavras de encorajamento.

— Mais 50 vezes não! – exclamava lamuriosa a Marina. – Vou ficar nona escrevendo!

— É, aquela vez a Marina Corsini pagou caro para aprender a escrever certo comentou Seu Lorenzo.

— É verdade – assentiu Natália. E após alguns instantes, continuou: – Mas as crianças também aprontavam das suas, né, Nono?

— Sim, quando os professores ou os pais descuidavam, eles aprontavam as suas peraltices. Porque naquela época não tinha muita diversão, não tinha televisão, computador nem se sonhava… As brincadeiras de criança eram diferentes. – E após pequena pausa, complementou: – Aprontavam cada uma! Mas briguinhas, encrencas, sempre teve, tanto hoje como naqueles tempos. Como aquela vez em que mandei os quatro filhos mais velhos para a roça sozinhos…

— Conta mais essa, Nono – falou Natália, ávida por saber de mais uma história dos filhos do Nono Lorenzo.

AS RAPOSAS
E A UVA

Corriam tórridos dias, os primeiros de janeiro de 1968. Era época de capina nas lavouras de verão que já se impunham na região noroeste do estado. A família almoçou tranquila, uma refeição especialmente reforçada para suprir as energias gastas na estafante labuta diária. Terminado o almoço, Seu Lorenzo e a esposa Idalina vestiram roupas de domingo e aproveitaram a carona do cunhado Vicenzo Cazzoli para irem a Três de Maio para fazer compras no mercado e tratar de outros assuntos.

Ao despedir-se, Seu Lorenzo passou as instruções aos filhos sobre as tarefas daquela tarde, não se esquecendo de recomendar *giudizio*.[190] Os maiores – Valter, Maria Helena, Ernani e Marina – deveriam continuar os trabalhos da roça, enquanto os menores – Marcelo e Mariane – permaneceriam em casa sob os cuidados da empregada Nilva Godolli.

Chegada a hora de retomar a jornada de trabalho, estabeleceu-se a confusão. Valter, o primogênito, tirando proveito das tradições italianas, sentiu-se investido de poder de comando do pelotão de trabalhadores, passando a ditar, sobranceiro, as ordens. Sendo o filho mais velho, acreditava ser o sucessor natural nas ausências do pai e tentava, de todas as formas, impor a sua autoridade. E o fazia com indisfarçável prazer e orgulho, sentindo-se superior e fazendo questão de ressaltar a sua supremacia sobre os irmãos menores. Mas o seu domínio não era aceito de forma pacífica.

Maria Helena e Ernani procuravam contestar de modo moderado o comando do irmão mais velho, mas adotavam a política da boa convivência, valendo-se do axioma de que se o inimigo é mais forte e insuperável o melhor é tê-lo como aliado. Opunham-se à liderança impositiva do irmão apenas no campo ideológico, mas quedavam-se resignados perante os argumentos da

---

[190] *"Juízo".*

força e da idade. Sabiam que caso não se submetessem àquela dominação, Valter faria relato incriminador no retorno do pai e a cinta cantaria alto. Era uma opressão indigesta, mas não havia como resistir. O jeito era conformar-se.

Mas Marina insurgia-se bravamente contra o mando autoritário do irmão. Batia pé, fazia birra e enfrentava resoluta aquela dominação, que julgava absurda. Valia-se, é claro, da condição de ser a menor, a mais vulnerável. Por esse motivo contava em ser poupada da rigorosa reprimenda do pai e afrontava o comando de Valter cada vez mais determinada, sentindo-se fortificada em sua teimosia. Ele não tinha autoridade para mandar nela. Onde já se viu! E quando queria afrontá-lo, fazia-o com pertinácia exacerbada, batendo o pé e provocando-o ostensivamente:

— Você não é meu pai para mandar em mim!

Valter não admitia ver a sua autoridade contestada. Sabia que não poderia relevar qualquer insubordinação de seus "comandados", pois isso enfraqueceria o poder que exerce sobre eles. Isso seria perigoso, seria ridicularizá-lo. Deitava ordens mais enérgicas, apelando para a força. E, então, a barafunda estava instalada.

Naquela tarde, na hora de partir para a roça, Maria Helena e Ernani esquivaram-se com desculpas, relutaram ao extremo e ganharam algum tempo. Mas, por fim, aquiesceram e apanharam resignados as suas enxadas. Já Marina armou suas barricadas. Deu muito trabalho a Valter encontrá-la entrincheirada embaixo de um galpão. Apanhando-a por um braço e ameaçando-a energicamente, conseguiu colocá-la no caminho da roça. A custo, entre soluços e soltando impropérios contra o seu opressor, Marina caminhava rumo à lavoura, que distava cerca de 700 metros da casa. Valter, atento, atrás dela, instigava-a a apressar o passo. Marina utilizava qualquer pretexto para retardar a caminhada para desviar o caminho. Tudo inútil. Impassível, Valter exercia severo comando.

Quando tinham percorrido algumas centenas de metros, já no alto da colina, Valter descuidou-se por uma fração de segundos. Zás! Marina disparou lépida ladeira abaixo rumo ao casario. De imediato, Valter se pôs em desabalada correria atrás dela, tentando em vão alcançá-la. A estrada era entrecortada por grandes valetas produzidas pela erosão das enxurradas, e quando Valter se aproximava o suficiente para dar o bote e agarrar a presa, Marina saltava ágil de um lado a outro das voçorocas e conquistava parcos centímetros de vantagem na vertiginosa fuga. E assim seguiram, ofegantes, Valter tentando em vão apanhar a fugitiva, Marina saltando sobre os valos da estrada cada vez que sentia o bote iminente do algoz perseguidor, desgarrando-se dele por ínfima, mas salvadora, distância. Valter vociferava vitupérios, espumando de raiva. Os dois descendo a ladeira naquele rítmico "já-te-pego, já-te-escapo, já-te-pego, já-te-escapo".

No alto da colina, Maria Helena e Ernani sentaram-se à beira da rústica estrada, espectadores privilegiados daquela alucinante carreira. Riam-se fartamente do espetáculo inusitado (no fundo, torciam para que Marina lograsse êxito em sua fuga). Cerca de uma centena de metros abaixo, Valter conseguiu, enfim, agarrar o braço da fugidia. Sentindo-se presa, Marina jogou-se ao solo, esperneando alardemente. Valter tentou inutilmente fazê-la levantar e retomar o caminho da roça. E diante da pertinaz resistência, não hesitou: suspendeu-a nos braços e carregou-a arquejando ribanceira acima. Chegou à roça exausto, mas se sentia vitorioso; tinha feito prevalecer o seu domínio sobre a irmã rebelde. Aquela fera estava domada, contemplou-se triunfante.

Iniciaram os trabalhos, cada qual seguindo a sua dupla fileira na lavoura de soja. Valter, sério e altivo, controlava com um olhar oblíquo os demais irmãos em ameaçadora vigilância. Marina ainda se debatia com soluços incontidos. Maria Helena e Ernani reprimiam risos a muito custo. Uma espessa poeira cor de tijolo perseguia silenciosamente o quarteto.

Atingiram o final dos carreiros quando sentiram o inebriante aroma que o vento morno da tarde ensolarada arrastava desde o parreiral que Tio Achyle tinha próximo à divisa das terras. Valter declarou autoritário que precisava fazer umas necessidades e tomou o rumo de um bosque de eucaliptos, antes determinando aos três irmãos que prosseguissem na capina.

Demorou-se algum tempo e retornou com ares de satisfeito. Do alto da sua autoridade, julgava ter privilégios especiais e exclusivos. Mas Ernani observou que as pontas dos dedos da mão do irmão estavam tingidas de uma cor sugestiva e declarou que também estava "apertado". Valter tentou negar-lhe autorização, sugerindo que esperasse mais um pouco, mas Ernani alegou convicto de que a situação era de emergência.

Verificando que Ernani percebera o seu estratagema, Valter aquiesceu contrafeito. Afinal, o seu frágil ardil poderia ser desmascarado pelo astuto irmão e, principalmente, a sua autoridade ficaria totalmente desmoralizada.

Não, aquele era um momento de fazer uma pequena concessão e conquistar a cumplicidade do irmão desafiador. Então Ernani disfarçou tomar o rumo do capão de eucaliptos, contornou-o e alcançou o parreiral, fartando-se com as deliciosas uvas. Demorou longo tempo, retornando saciado e satisfeito à frente de trabalho.

Maria Helena percebeu a artimanha dos irmãos e, logo em seguida, também se declarou necessitada. Valter não teve outro remédio senão concordar a contragosto. Mas antes recomendou:

— Mas vê se não demora como o Ernani!

Valter começava a ficar perplexo. A situação, que há pouco estava totalmente controlada, agora perigava escapar-lhe das mãos. A sua autoridade de irmão mais velho estava ameaçada. Aqueles dois, sem fazerem qualquer oposição explícita, estavam minando a sua autoridade. Não o contestavam, faziam-se de cordeiros, mas se valiam da sua própria astúcia para obterem vantagem. Agiam como raposas. Daqui a pouco ninguém mais atenderia ao seu comando. E isso era muito preocupante! Era necessário retomar as rédeas, exercer o controle da situação e restabelecer a autoridade, fazer ver quem, de fato, dava as ordens. Gritou para Maria Helena, ameaçando ir atrás dela, que se apressou em retornar ao trabalho.

Marina, que parara de soluçar, observava quieta aquele vaivém para o dito matagal. Aos poucos também compreendeu o vil artifício utilizado pelos irmãos. Achava que também tinha aquele direito, mas não tomava coragem depois dos incidentes da caminhada para a roça. Valter estava furioso com ela, nem precisava lembrar. Ele já lhe dera uns safanões quando a carregara nos braços até a lavoura. Se ela aprontasse mais uma a surra seria implacável, já avisara ele, nem esperaria o retorno do pai. Como enfrentar aquele tiranete impiedoso? Deixou-se vagar em pensamentos. Tinha que arranjar uma forma de vencer aquela vigilância implacável.

Seguiam as fileiras de soja, indo e vindo, capinando e levantando atrás de si uma nuvem de poeira. Passou-se longo tempo, a Marina louca para degustar as uvas apetitosas que se anunciavam num aroma irresistível trazido pelo vento norte. Valter sempre vigiando de perto, sem dar sossego. De repente, teve um assomo de coragem; "É agora ou nunca, pensou". Largou da enxada e disparou na direção do parreiral. Valter ameaçou correr em seu encalço, mas ela se virou e declarou afrontosamente, mãos postadas em alça na cintura, na posição de açucareiro:

— Pensa que eu também não tenho necessidades?

E partiu decidida. Valter parou embasbacado a meio-caminho, estaqueado, apenas balbuciando vagamente:

— Mas vê se não demora…

Ainda ofegante, Marina se deliciou à sombra do parreiral, nem tanto com a provação das apetitosas uvas, mas pelo especial prazer que sentia por, finalmente, ter rompido o inflexível domínio de seu irmão. Enfim, triunfara sobre aquele jugo cruel! Sentia-se liberta daqueles grilhões.

— Ah! Mas a minha Dinda foi muito esperta! – comentou Natália soltando uma gargalhada.

— Ela sempre foi muito curiosa, muito determinada. Se queria uma coisa, batia o pé, insistia, não desistia nunca – falou o Nono.

— É, mas meu pai também não era nada bobo…

— De bobo ele não tinha nada. Era muito estudioso. Mas a roça não era o seu forte. Não que não acompanhasse o serviço. Mas quando encontrava algumas pedrinhas, ficava horas parado, admirando… Não sei o que ele via nelas. Acho que foi por isso que depois virou geólogo.

— E ele era briguento, Nono?

— Não, o Pinguinho não era mandão como o Valter – respondeu Seu Lorenzo. – Mas também aprontava das suas… Como aquela vez em que ele se vingou do irmão mais velho.

— Essa o senhor tem que me contar! – alvorotou-se logo a menina.

— Então tenha paciência e escuta mais essa, Nena – anunciou Nono Lorenzo para saciar a curiosidade da neta.

A VENDETA

Nas tradicionais famílias italianas eram comuns as intrigas e as briguinhas entre os irmãos. Os pais faziam de tudo para manter a ordem, a paz e o bom comportamento das proles numerosas. Mas as encrencas eram inevitáveis; quanto maiores as famílias tanto mais abundantes eram os mexericos. No mais das vezes não havia maldade ou perfídia; era uma forma de distração inconsequente e até ingênua, em geral utilizada para preencher o tempo na falta de outra diversão melhor. No fundo, todos se amavam muito, não viviam um sem o outro. Em verdade, todos aqueles miúdos conflitos domésticos eram o sal que conferia sabor àquela vida simplória e precária.

Na família de Lorenzo Benefatti não era diferente. Os irmãos instigavam-se mutuamente, lançavam-se apelidos – muitas vezes pejorativos –, provocavam-se com frequência. Seu Lorenzo seguidamente intervinha com energia para restabelecer a ordem, às vezes chegando às vias de fato. Assim, Valter era o Bicudo, pois gostava de intrometer-se nos assuntos alheios e mandar em todos. Maria Helena era a Gata Amarela, apelido que tem sua origem perdida nas brumas do tempo. Ernani era o Pinguinho, apelido tomado emprestado da história dos humoristas. Marina era a Coa, cuja tradução do dialeto *talian* lembra o fato de estar sempre atrasada. E Marcelo era o Zebra, apelido de origem híbrida: a primeira sílaba fazia referência ao seu segundo prenome (José) e a palavra inteira recordava uma camiseta de listras horizontais que certa época gostava de usar.

As travessuras eram frequentes. Os guris geralmente se uniam para aprontar traquinices contra as gurias e vice-versa. Valter sempre assumia ares de capitão: arquitetava as molecagens e induzia Ernani a praticá-las, valendo-se do seu tamanho como argumento de convencimento. Às vezes, Ernani ameaçava resistir ao assédio moral do irmão, mas a diferença de idade e de tamanho era grande e o desequilíbrio de forças entre eles era muito saliente.

Evidentemente, quando Seu Lorenzo descobria as pilhérias, a cinta entrava em ação impiedosamente, sem preconceito de idade. Mas era preferível praticar as travessuras, pois sempre havia a perspectiva de não serem descobertas pelo pai. E se fossem, a sova seria solidária, igual, nenhum deles ficaria de fora, em injusta vantagem. Porém, não praticando as traquinagens, era certo que Valter descontaria em seu irmão mais novo.

E uma manhã escaldante de dezembro, o trabalho na lavoura de milho de Seu Lorenzo havia sido fatigante. Valter estava impossível. Passara a manhã inteira a atazanar seu irmão Ernani, que tentava rebater as provocações, mas a sua desvantagem era flagrante. Valter tinha um dom especial para azucrinar como poucos. A rusga intensificava-se, sem tréguas. Ernani já não suportava mais aquele flagelo. Às vezes, aquietava-se tentando vislumbrar uma forma de se vingar da zombaria infligida pelo irmão mais velho. Vez em quando Seu Lorenzo intervinha, ralhando com os dois. Sossegavam por poucos minutos, mas logo a desavença entre eles ressurgia revigorada. Às vezes, nem palavras se diziam; bastava um pequeno gesto ou um olhar de soslaio. Eram atitudes que feriam com mais eloquência do que quaisquer gestos ou palavras. Interromperam a capina quando o sino da Capela de Nossa Senhora da Saúde contou as 12 badaladas.

Chegaram em casa e se lavaram rapidamente, aguardando que Dona Idalina terminasse de pôr o almoço à mesa, que foi servido na varanda da casa devido ao calor. Quando ela deu o sinal, Ernani avançou ligeiro e tratou de almoçar quieto, compenetrado e solerte. A refeição era singela, mas farta, extremamente apetitosa, quase toda feita com produtos colhidos nas terras da família e preparada com muito zelo pela dona da casa: sopa de feijão, milho verde, galinha de panela, salada de tomate regada a vinagre caseiro, moranga nova, polenta brustolada,[191] *formaggio*,[192] salame e arroz para acompanhar. Valter ainda tentou provocar o irmão sem sucesso, cutucando-o zombeteiro por debaixo da mesa, mas Ernani conteve os impulsos reativos e tratou de finalizar a sua refeição rapidamente. Maquinava a sua vingança em surdina.

Postou-se, então, atrás de Valter, próximo ao pequeno portão da varanda, como quem não quisesse nada, e ficou a observar disfarçadamente os demais, que devoravam avidamente a refeição. Antes, tratou de deixar o portãozinho estrategicamente entreaberto.

---

[191] Polenta sapecada na chapa do fogão à lenha.
[192] Queijo.

O silêncio era grande, apenas quebrado pelo tilintar dos talheres. Ninguém dizia uma palavra, ocupados que estavam em se fartar. Ernani espreitava matreiro. De repente, Valter soergueu-se da cadeira para servir-se novamente da deliciosa sopa de feijão, pela qual tinha especial predileção. Era a oportunidade que Ernani tanto aguardava, a chance da vendeta.

Sorrateiramente, removeu do lugar a cadeira do Valter e ficou aguardando, em posição de espectador privilegiado da cena dantesca que começava a se descortinar. Valter, com o prato de sopa fumegante a transbordar, foi lentamente largando o corpo em busca do assento seguro da sua cadeira… que lhe foi faltando, faltando… ele desesperado perdendo o equilíbrio… as pernas já dobradas, o tronco arqueado – não havia mais como se recompor. A queda foi cinematográfica. Valter estatelou-se no chão, com o prato emborcado, a sopa de feijão derramada cobrindo-lhe todo o peito.

Houve um segundo de quietude pasmódica. Então estrondosas risadas pipocaram pela varanda. Seu Lorenzo esboçou uma repreensão, mas seu pito foi afogado por convulsiva gargalhada. Valter, vencendo o torpor daquele tombo inusitado, levantou-se bruscamente, com as faces ruborizadas e o peito a arder-lhe de quentura. Tentou agarrar seu contendor para aplicar-lhe a desforra, mas Ernani, que deixara o portãozinho propositadamente entreaberto, já sumia pelo arvoredo, lépido e faqueiro, exultando de alegria. Como é doce a vingança!

— Ah, mas dessa vez meu pai se deu bem! – exultou Natália.

— Olha, não tive nem como castigar o Pinguinho – comentou Seu Lorenzo. – Tive que admitir que aquela vingança "è stata *bene trovata*".

— O que quer dizer isso, Nono?

— Que a vingança do Pinguinho foi bem aplicada, que foi bem merecida pelo Valter…

O diálogo foi interrompido bruscamente por um grande alarido. Era Pirulito no andar superior da residência, latindo e fazendo festa para alguma visita que chegava. Seu Lorenzo logo observou:

— Aposto que é o seu pai.

Alguns minutos depois, Ernani chegava ao porão, confirmando a previsão. Junto à esposa, Neila, retornava de Santa Rosa, onde estivera em visita ao sogro. Natália foi ao encontro do pai, provocativa:

— E aí, Pinguinho? Vamos taiar formento?

Ernani parou na entrada do porão com uma grande interrogação no olhar. Natália insistiu:

— E daí, pai? Como é taiar formento?

Seu Lorenzo disfarçou com um leve sorriso o olhar perquiridor do filho. Então Ernani compreendeu tudo:

— O Nono te contou essa história?

— Sim, pai. O Nono me contou muitas histórias legais da nossa família. Desde o tempo em que a família veio para o Brasil – falou Natália –, até as travessuras. – E concluiu: – E vocês aprontavam bastante, hein, pai?

— Nem tanto, filha – tratou de se defender Ernani. – Eram tempos muito complicados, de muitas dificuldades. Não tinha televisão, telefone, internet… Nem luz elétrica. Eu me lembro de que quando ia à escola lá no povoado de Rocinha, eu tinha sempre as pontas do cabelo queimadas porque de noite, quando ia fazer os temas, a gente usava o lampião. E para poder enxergar, eu tinha que chegar muito perto do lampião, porque a luz era fraca. Mas às vezes chegava tão perto que as pontas do cabelo encostavam no lampião e queimavam.

— E por que vocês não faziam o tema durante o dia? – questionou Natália.

— Ora, por que! Porque a gente tinha que trabalhar duro. De manhã, a gente ia à escola e à tarde na roça para ajudar o Nono – respondeu Ernani rindo.

Natália respondeu com um olhar incrédulo. Mas como eram diferentes aqueles tempos! Seu Lorenzo, que a tudo acompanhava atento, interveio no diálogo:

— É verdade, Nena. Era muito diferente de hoje em dia. O trabalho nas lavouras era tudo braçal, feito a muque. A gente precisava de muitos braços. Os peões eram caros. Então o jeito era todo o mundo ajudar.

— Não tínhamos trator – emendou Ernani.

— Também é verdade – completou Nono Lorenzo. – Lembro-me de que meu primeiro trator foi aquele Tobata. E isso foi um avanço extraordinário para aquela época.

— Aquele do susto no padre Spinaci – observou, rindo, Ernani.

— Como foi isso, Nono? – empolgou-se Natália, cutucando o braço do Nono Lorenzo, que se acomodou numa caixa de livros para narrar.

O TOMBO
DO VIGÁRIO

Era janeiro, época de férias. O Padre Antonio Spinaci, da Congregação da Consolata, aproveitava as suas férias para visitar a Paróquia de Três de Maio e o grande número de amigos paroquianos que fizera quando lá prestara o seu ofício sacerdotal no período de 1956 a 1963. Das tantas capelas que integravam a Paróquia de Nossa Senhora da Imaculada Conceição, havia uma que desfrutava de singular predileção e ocupava lugar especial no coração daquele clérigo: era a comunidade de Rocinha.

Padre Antonio Spinaci – um italiano de Bérgamo – era pessoa dotada de muita energia, de um raro carisma, de um espírito empreendedor incomum. Além das suas tradicionais atividades sacras, cultivava especial dom para realizar obras. Era um arquiteto por ofício, sem diploma, mas detentor de muitos conhecimentos práticos na área da engenharia. Muitas foram as igrejas construídas no interior de Três de Maio sob a sua batuta.

Em razão de sua forte atuação nas comunidades interioranas e na defesa dos interesses dos trabalhadores rurais, era conhecido como "o Vigário da Roça". Ao lado de lideranças rurais – em que também se destacou a atuação de Lorenzo Benefatti – liderou a implantação no município da Associação Sulina de Crédito e Assistência Rural (Ascar) e a criação do Sindicato dos Trabalhadores Rurais de Três de Maio.

Mas os dons do afamado padre iam muito além. Ele era dotado de liderança nata, uma rara capacidade de agregar personalidades díspares e opostas em torno de uma causa comum. Tinha muita habilidade política, que utilizava magistralmente para mover obstáculos, convencer paroquianos resistentes e cooptar-lhes a colaboração e o comprometimento.

Era hábil na utilização da diplomacia e da dialética, mas não se acanhava em se valer da persuasão e, por vezes, da imposição, para fazer prevalecer as suas ideias. Porém não era um caudilho. Admitia adversários, mas não cultivava inimigos. Respeitava com venerável admiração aqueles – e não eram poucos – que a ele se opunham. Por isso desfrutava trânsito livre entre todos os paroquianos, seguidores ou opositores, de tal sorte que até desses últimos granjeava admiração e respeito.

Quando visitou a comunidade de Rocinha pela primeira vez, de imediato percebeu quem eram os líderes mais respeitados no lugarejo. Não se demorou em fazer aliança com os chefes políticos que se alinhavam com as suas ideias. Entre eles se destacavam Nono Felício Benefatti e seu genro Vicenzo Cazzoli, Vittorio Corsini, João Compagnolli, Giacomin Turrani, Pietro Lorenzini, Luciano Paduani e mais alguns chefes de família. A esses se desdobrava em atenções, agrados e honrarias, frequentando amiúde os seus lares. Porém, astuto, cuidou para não fechar as portas àqueles que assumiam posições antagônicas, sempre disposto a um gesto cordial ou a uma atitude conciliatória.

E, assim, valendo-se de todas essas habilidades, padre Antonio Spinaci marcou época na comunidade de Rocinha, cultivando profundas amizades e realizando incontáveis obras, dentre as quais se destacam a igreja dedicada a Nossa Senhora da Saúde, inaugurada no ano de 1957, e o prédio da Frente Agrária Gaúcha (FAG).

Por esse motivo, naquele verão de 1967, padre Spinaci retornava à comunidade de Rocinha para rever os muitos amigos que cultivara no seio das famílias Benefatti, Cazzoli, Corsini, Turrani, Compagnolli etc. Chegara a vez de o padre visitar a casa de Lorenzo. Encontrava-se na residência de Roviglio Turrani, presidente da comunidade, e aguardava que o anfitrião de ocasião o buscasse.

Lorenzo sentia-se orgulhoso em acolher o religioso, parceiro de muitas lutas em defesa da causa dos colonos. Afinal, juntos haviam fundado o Sindicato dos Trabalhadores Rurais de Três de Maio, no ano de 1962. Pegou o seu microtrator Tobata, atrelou a ele a carretinha e se dirigiu à Vila de Rocinha, distante cerca de 1 km, para buscar o ilustre visitante.

O conforto oferecido ao clérigo era bastante rudimentar, da mesma rudeza que marcava aqueles tempos. Lorenzo não tinha automóvel; praticamente ninguém tinha naquela modesta comunidade. O acanhado tratorzinho – de múltiplas utilidades nas atividades agrícolas – também desempenhava a função de "veículo de passeio", pois quando a família saía a passeio, era nas rústicas e ásperas banquetas improvisadas na versátil carretinha que todos se acomodavam. E iam felizes, embalados pelo incansável "toc toc" do simpático tratorzinho, três marchas a frente, uma a ré. Inclusive nas noites de lua cheia, quando a generosa luminosidade do majestoso astro supria a ausência de luz própria do rústico veículo.

Passando pela loja da família Cazzoli, Lorenzo comprou algumas cervejas Malzbier para regar o almoço especial que sua esposa Idalina se esmerava em preparar aos comensais, cujo prato principal era polenta com lambari frito, uma iguaria muito apreciada pelo sacerdote. Depois, acomodou o padre e seu amigo Roviglio na carretinha, cuidando para que se instalassem, dessa vez, em cadeiras de assento de palha trançada, e iniciou o caminho de retorno, conduzindo cuidadosamente o tratorzinho barulhento pelas estradas esburacadas e poeirentas.

O treme-treme do pequeno trator, somado aos solavancos provocados pelo piso irregular do terreno, fazia as cadeiras deslizarem no assoalho da minúscula carreta. Padre Spinaci, mais a frente, agarrava-se firmemente às laterais da carretinha; Roviglio, com as mãos ocupadas em segurar as garrafas de cerveja, tentava bravamente manter o equilíbrio da sua cadeira.

Naquele tempo, as estradas da região se encontravam em lastimável estado de conservação. Ninguém mais lembrava da última vez em que uma patrola passara por aquelas paragens para nivelar o leito das estradas de chão batido. Para culminar, aquele verão mostrava-se muito chuvoso e as frequentes enxurradas deixavam as estradas intrafegáveis.

Lorenzo conduzia habilmente o pequeno trator, vencendo buracos e valetas. A trepidação persistente da carretinha teimava em fazer as cadeiras deslizarem, ora para os lados, ora para frente ou para trás, deixando os caroneiros inseguros. E apesar do ronco ensurdecedor do pequeno trator e da espessa fumarola negra que lançava ao ar, Lorenzo insistia em manter a prosa acesa, tagarelando alegremente, enquanto os seus convidados respondiam por monossílabos, preocupados que estavam em se manter sentados em seus precários assentos.

Em certo ponto do caminho, próximo à residência de Humberto Benefatti, havia uma ladeira bastante acentuada, entrecortada por profundas voçorocas. Lorenzo iniciou a subida com cuidados redobrados, engatando segunda marcha. Silenciaram as conversas devido aos graves obstáculos que se anunciavam. Lorenzo manejou com destreza os comandos do tratorzinho, venceu o primeiro valo, galgou a segunda valeta. Mas não passou do terceiro obstáculo.

Apreensivos com a robustez dos sulcos escavados pelas torrentes pluviais no leito da rudimentar estrada, os caroneiros descuidaram-se de controlar o equilíbrio de seus improvisados assentos. Penderam todos para o mesmo lado, provocando a capotagem do conjunto trator e carretinha. Inutilmente, o condutor tentou manter o controle do tratorzinho, saltando de seu assento quando a capotagem se mostrou inevitável. Rolaram os caronas ladeira abaixo, mergulhando em espesso manto de poeira ocre.

Lorenzo correu imediatamente até o veículo tombado, que ainda roncava o seu "toc toc", as rodas girando em falso no ar. Rapidamente desligou o motor. Então grande silêncio se fez sentir. Ninguém falava. Espessa nuvem de poeira ofuscava a visão. Lorenzo vasculhava aflitivamente por baixo da carretinha. De repente, exclamou com incontida alegria:

— Mah, que sorte! Não quebrou nenhuma garrafa!

Padre Spinaci e Roviglio entreolharam-se incrédulos, batendo o pó das suas roupas.

— Mas o importante é que não quebrou nenhuma garrafa de cerveja, né, Nono? – observou, rindo, Natália.

— Sim. O cômico da história é que parece que o fato de não ter quebrado nenhuma garrafa foi mais importante do que nenhuma pessoa ter se machucado – complementou Ernani.

— Não é isso – retrucou Seu Lorenzo. – É que eu já tinha visto que as pessoas estavam bem.

— Mas o senhor tinha vocação para tombar trator – falou Ernani ao pai. – E aquela vez que o senhor virou o trator grande, lembra?

— Ah, sim! Dá pra dizer que naquela vez eu nasci de novo.

— Mas como foi isso, Nono? – questionou já aflita Natália.

— Você quer mesmo saber, Medonha?

— Mas claro, Nono! – respondeu de pronto a neta.

— Bem – principiou Seu Lorenzo –, aquele sim foi um susto danado. Eu e a Idalina estávamos limpando uma roça nova, com o Joãozinho Corsini. A Idalina marcava as árvores para serem serradas pelo Joãozinho com a sua motosserra. E eu, com o trator, puxava as toras para fora da roça nova.

Depois de pequena pausa, Seu Lorenzo prosseguiu:

— Só que as pontas das toras enroscavam nas raízes e nos tocos da roça quando eram arrastadas. E isso atrapalhava muito. Então eu mudei o engate da espia de puxar toras para uma posição bem alta no trator. Com isso, a ponta ficava levantada e as toras deslizavam que era uma beleza. Ocorreu que, quando eu fui dar a volta com o trator para puxar uma tora bem comprida, ela rolou e a sua ponta traseira ficou presa entre dois tocos. Aí eu fui forçando o trator aos pouquinhos. O toco menor parecia que ia ceder. Só que eu só olhava para trás para ver se a tora ficava livre. E a tora ia se arqueando e o toco ia cedendo. De repente, notei algo estranho com o trator. Virei-me para frente e foi aí que notei o trator empinado, já bem em pé. Pisei na embreagem e tentei jogar o corpo para frente para fazer o trator voltar, mas não deu mais tempo. A tora funcionou como uma alavanca e o bicho veio. Nem deu tempo de saltar fora. Enquanto o trator ia caindo de costas, só consegui me acomodar entre o assento e o guidão. O trator ficou de barriga para cima e eu prensado naquele minúsculo espaço. E ainda tinha o galho de uma árvore me apertando as costelas.

— Nossa, Nono! E como o senhor saiu desse aperto? – indagou Natália, impressionada com o relato.

— Olha, parte do guidão e do assento do trator ficaram enterrados na terra. Logo que o trator acabou de tombar o motor apagou, mas o óleo da caixa de mudanças começou a vazar e correr pelas minhas pernas. O óleo estava quente e eu fiquei com medo de que pegasse fogo. Então tentei gritar, pedindo socorro. Mas eu tinha o peito prensado contra o guidão e não conseguiu puxar o fôlego. Meus gritos saíam abafados, fraquinhos. Lá pelas tantas, notando que eu demorava para passar com o trator, a Idalina começou a me procurar. E de longe estranhou a posição do trator. Voltou correndo até onde estava o Joãozinho com a motosserra, gritando: "Olha, acho que o Lorenzo virou o trator! Tá com as rodas pra cima!". Mas ele não levou a sério e ainda caçoou: "Claro! Com as rodas pra cima do chão!". E ligou de novo a motosserra. E eu continuava preso embaixo do trator, sem conseguir sair, nem sequer conseguia me mexer.

— E quem acabou te socorrendo? – questionou Ernani.

— Ali perto, a uns 400 metros – continuou Seu Lorenzo –, o vizinho Ignácio Compagnolli estava trabalhando na roça dele. Ele ouviu o som do baque do trator no solo e meus gritos sufocados pedindo socorro e veio correndo. Eu não conseguia sair debaixo do trator e não tinha uma ferramenta para cavar o chão. Então o Ignácio cavou um buraco com as mãos, à unha, para me puxar debaixo do trator. Graças a Deus saí daí sem sequer um osso fraturado, apenas com um arranhão nas costas.

E Seu Lorenzo arrematou:

— Pelo menos uma vez na vida tive vantagem de ser pequeno. Se eu fosse um pouquinho maior teria sido esmagado pelo trator.

— E eu só fiquei sabendo desse acidente vários dias depois, pois eu estava no internato do Seminário – observou Ernani.

— Foi quase um milagre! – concluiu Seu Lorenzo.

— Pai, eu só não me lembro se aquele trator era o da sociedade com o Tio Achyle ou se já era o novo – comentou Ernani.

— Já era o nosso. Foi no ano que encerramos aquela sociedade do primeiro trator.

— Tá certo – aquiesceu Ernani. – E isso me faz lembrar das histórias do Cardeal.

— Que Cardeal é esse? – apressou-se em questionar Natália.

— Medonha, se quer mesmo saber, então escuta mais essa – respondeu Seu Lorenzo, iniciando mais uma narrativa.

O CARDEAL

Achyle Benefatti era um grande contador de causos e histórias. Por maiores que fossem as dificuldades, por mais revezes que a vida lhe trouxesse, sempre tinha uma brincadeira a fazer, uma piada para contar. Era como se estivesse sempre a desafiar os percalços e as vicissitudes da vida, respondendo a cada desventura com uma piada ou um causo hilário. O seu bom humor, mesmo nos momentos mais difíceis, logo criou fama entre os familiares e amigos, de sorte que em cada vez que o encontravam ficavam todos na expectativa de saber "a última do Cardeal". Aliás, famoso também era o seu apelido, que se originou de um chapéu-coco de cor vermelha que costumava usar aos domingos para ir à igreja, onde costumava se sentar no último banco.

Corriam os tórridos dias de janeiro de 1971. Os irmãos Achyle e Lorenzo, cada qual acompanhado da sua prole de filhos, capinavam as lavouras de soja que já dominavam as coxilhas de terra vermelha do noroeste gaúcho. A gurizada seguia calada as fileiras monótonas, engolindo a poeira seca e avermelhada, atenta à perspectiva de se encontrarem, ao final delas, junto à rústica estrada de chão batido que servia de divisa entre as propriedades. É que sempre havia a possibilidade de o Tio Achyle contar um causo ou uma piada nova enquanto sorviam ruidosos goles de água para aplacar a sede impiedosa.

Eram os primórdios da era da mecanização das lavouras, quando a força e a lerdeza das juntas de bois estavam sendo substituídas pelo ronco e pela potência dos tratores agrícolas. Dois anos antes, Achyle e Lorenzo haviam formado sociedade para adquirir um trator Valmet 60-ID, mas a expansão das suas lavouras demandava mais máquinas. O pequeno trator não dava mais conta de tanto serviço e os irmãos estavam negociando a aquisição de outro. Enfim, encontraram-se os capinadores junto à pequena estrada. E enquanto recuperavam o fôlego e saciavam a sede, o negócio foi outra vez discutido.

Aproveitando o assunto, Achyle começou a narrar o causo do vizinho que havia recebido trator e implementos agrícolas novos naqueles dias. Tinha sido um alvoroço na casa do cidadão. Mal a máquina fora entregue e a família toda se alvorotou para testar a novidade. Ainda desajeitado no manejo, o vizinho atrelou uma grade de arrasto ao trator e se pôs todo pachola a gradear uma área próxima do casario, enquanto a mulher e a penca de filhos assistiam curiosos a performance dos equipamentos novos. E o marido dava voltas e voltas, revolvendo a terra fofa e levantando uma nuvem de poeira cor de tijolo atrás de si. As crianças abanavam e soltavam gritos eufóricos cada vez que o trator desfilava à sua frente com o seu ronco ensurdecedor.

Numa dessas voltas, o pino de engate no trator se soltou, deixando a grade imóvel no meio do lavrado. Mesmo assim, alheio à algazarra, o tratorista continuava entusiasmado a dar voltas e mais voltas concêntricas com o estupendo maquinário, sem perceber a soltura do implemento. A mulher, desesperada, tentava sinalizar ao desatento marido a perda do equipamento. E toda a vez que o tratorista passava em frente do grupo de curiosos, a mulher lhe fazia gestos sugestivos unindo o indicador e o polegar de uma das mãos, em cuja rodela introduzia e retirava insistente e freneticamente o indicador da outra mão. Aquele gestual atiçava os brios do deslumbrado homem, que respondia aos gritos para a mulher, jogando uma das mãos para trás:

— Deixa pra de noite mulher! Agora tenho que aproveitar o trator novo!

— O Tio Achyle sempre tinha uma piada pronta ou um causo novo para contar – completou Ernani. – Como aquela vez que ele se fez de vendedor de santos lá nos parentes de Caxias do Sul.

— Sim, aquela vez ele aprontou uma boa para o Amadeo, lá no Zio Berto – concordou Seu Lorenzo.

E antes que a neta pedisse, Seu Lorenzo se antecipou e se pôs a narrar mais uma das histórias do Cardeal.

O VENDEDOR DE SANTOS

Iniciava-se o mês de dezembro e as culturas de verão começavam a verdejar as coxilhas. O milho já pendoava. A soja acabara de ser semeada. O feijão já estava quase pronto para a colheita. Como em toda a região da Grande Santa Rosa, havia bastante trabalho nas lavouras de Achyle. A capina exigia muita mão de obra, que se mostrava escassa na região. Os filhos ainda eram pequenos e embora sempre auxiliassem nas lides agrícolas, a família não dava conta de tanto *lavoro*.[193]

Achyle ouvira falar que na região de Antonio Prado havia disponibilidade de mão de obra, pessoas acostumadas com outras culturas – como a uva –, mas com índole trabalhadora, já que eram de origem italiana e, portanto, com *voia di laorar*.[194] Seus cunhados José Turrani e Angelin Bottoni estavam em situação semelhante e compartilhavam as discussões sobre a necessidade de trazer mão de obra de outros lugares.

Também fazia muito tempo que Achyle não visitava os parentes de Caxias do Sul e região. Daí surgiu a ideia da viagem para a região da Serra Gaúcha com dupla missão: contratar os peões que ele e seus cunhados tanto necessitavam e, de quebra, visitar os parentes.

Ocorreu, entretanto, que dias antes da viagem, trabalhando na roça nova que iniciara no fundo das suas terras, Achyle havia pisado num graveto traiçoeiro, abrindo profundo corte na sola do pé. Lavara bem a ferida com água e sabão caseiro e enfaixara o pé, antes deitando sobre o ferimento uma generosa fatia de toucinho para "puxar a infecção", como lhe ensinara a sua mãe, a Nona Amélia. Chegando o dia da viagem, o ferimento havia melhorado bastante, mas o sapato ainda lhe apertava um pouco o pé. Após

---

[193] Trabalho.
[194] Vontade de trabalhar.

o almoço, foi a Três de Maio, onde tomaria o ônibus que o levaria até Porto Alegre, que partia somente à noite.

Enquanto aguardava o horário do embarque, aproveitou para resolver diversos assuntos, tendo em vista que raras eram as ocasiões em que dispunha de tempo para tal mister. Passando pela casa comercial Tecidos Buricá Ltda. – onde eram sócios seus cunhados Vicenzo e Agostino Cazzoli –, encontrou um par de sandálias do tipo franciscano, que lhe pareceu muito confortável ao pé lesionado. Comprou-o e dispensou os sapatos que lhe faziam claudicar, pois além de apertar o ferimento já estavam produzindo bolhas em seus pés.

Ao atravessar a avenida central da cidade, já calçando as suas novas "sandálias franciscanas", encontrou o seu cunhado José Turrani e o seu concunhado Angelin Bottoni. Ao vê-lo de pisante novo, eles exclamaram admirados:

— Olha! O Cardeal foi rebaixado a Franciscano!

. . .

À noite, Achyle tomou o ônibus da empresa Ouro e Prata, chegando em Porto Alegre pela manhã, de onde fez a baldeação rumo a Caxias do Sul. Na estação rodoviária daquela cidade tomou um táxi que o levou até a Linha Sessenta, onde residia o Zio Berto. Chegando com sua maleta de mão na casa paterna da Família Benefatti, foi recepcionado no pátio da residência pela Nona Santina e por sua nora Alzira.[195] Zio Berto, acomodado em sua cadeira de balanço, contava pacientemente as batidas do relógio de pêndulo da sala.

Achyle apresentou-se como vendedor de santos e não foi reconhecido de imediato pelas duas mulheres. Após insistentes e tentadoras propostas para a venda de quadros, santinhos, escapulários, terços e outros tantos objetos que assegurava serem bentos e santificados, e das resolutas recusas pelas duas senhoras, e já não mais contendo o riso, Achyle perguntou:

— *Saveo chi sono io?*[196]

Enquanto Nona Santina virava as costas e se dirigia à casa, a nora Alzira respondeu secamente, não vendo a hora de se livrar de tão inoportuno comerciante:

— *Tu sei un mato d'un mascate!*[197]

---

[195] Esposa de Amadeo Benefatti, filho do Zio Berto.

[196] *"Sabem quem eu sou?".*

[197] *"Você é um doido de um mascate!".*

Ao que retrucou Achyile:

— *Mato sì, ma la della Santa Rosa.*[198]

Nona Santina, que já se achava junto à porta da cozinha, voltou-se e exclamou:

— *Madonna mia! Ma sei proprio un parente della Santa Rosa!*[199]

Então Achyle se apresentou e se abraçaram calorosamente. Convidaram-no a entrar e o levaram até o Zio Berto, que o recebeu com grande afeto. Enquanto tio e sobrinho trocavam as primeiras novidades, Alzira mandou a filha Suzana chamar Amadeo, que se encontrava passando verderame nas parreiras a algumas centenas de metros da residência, mandando-lhe dizer que havia um vendedor querendo falar com ele.

Amadeo não atendeu prontamente ao chamado. Primeiro, porque estava decidido a terminar a empreitada da manhã a qualquer custo. Depois, já estava *stufo*[200] de tantos vendedores. Para culminar, seu humor encontrava-se bastante alterado naquela manhã, pois fora atacado por alguns marimbondos que haviam resolvido construir a sua casa justamente em local onde a sua cabeça alcançava, de sorte – ou azar – que já se encontrava com um olho totalmente fechado pelo inchaço provocado por muitas picadas daqueles vespídeos inconvenientes.

Demorou mais de meia hora até Amadeo concluir a tarefa. Como o meio-dia já se aproximava, dispensou os empregados e retornou para casa, cara fechada, pouca disposição para conversas. No caminho foi se preparando para dispensar logo o picareta da hora. Afinal, o dinheiro andava escasso e não podia se dar ao luxo de gastar com banalidades.

Ao chegar em casa, encontrou o forasteiro à porta, acompanhado por Zio Berto, que se apoiava em sua inseparável bengala. As mulheres ultimavam o almoço, caprichando nos preparativos, enquanto espiavam pela janela da cozinha. Amadeo atirou um *buon giorno*[201] seco e foi logo indagando o que o visitante desejava. Esse se pôs a anunciar, de imediato, a sua gama de produtos, destacando que trazia em sua maleta quadros de vários tamanhos, de diversos santos.

---

[198] *"Doido sim, mas lá de Santa Rosa".*

[199] *"Nossa Senhora! Mas você é mesmo um parente lá de Santa Rosa!".*

[200] Cheio, entediado.

[201] Bom-dia.

Amadeo logo procurou dispensar o vendedor inoportuno, responden-do-lhe que a casa já estava cheia de santos, que nas paredes não havia mais lugar para pendurar tantos quadros. Vendo que o vendedor insistia e não sabendo o que dizer para se livrar dele, declarou contrariado, entrando na casa:

— *Santi sì?! Se la chiesa ha revocato il mandato di tutti i santi!*[202] – Fazendo referência ao fato de que, naqueles tempos, o Vaticano havia determinado a redução drástica da exposição de imagens de santos nas igrejas.

Sempre seguindo o Amadeo e fazendo grande esforço para se manter sério, Achyle ainda tentou esclarecer:

— *Ma questi santi qua sono tutti gioveneti, pena santificati per il Papa.*[203] – E ameaçava abrir a maleta para expor o grande sortilégio de objetos bea-tificados que dizia ter.

Sem mais paciência, Amadeo esbravejou:

— *Non credo mia più nei santi!*[204] – E seguiu para a sala de jantar, tendo um cortejo atrás de si, que se contorcia em riso silencioso. Até que Alzira aproximou-se de Amadeo e lhe perguntou:

— *Non lo riconosce mia?*[205]

Então, virando-se para o vendedor inoportuno, Amadeo exclamou:

— *Candelostrega!*[206] *Ma sito il "Negròn"!*[207]

E as gargalhadas pipocaram pela sala…

— Mas esse Tio Cardeal era mesmo muito engraçado! – exclamou Natália.

— Sim, o *Negròn*[208] sempre tinha uma piada pronta. Onde ele ia logo se formava uma roda para ouvir os seus causos – esclareceu Seu Lorenzo.

---

202 *"Santos, sim! Se a Igreja cassou o mandato de todos os santos!".*

203 *"Mas esses santos aqui são todos jovens, recém-santificados pelo Papa".*

204 *"Não acredito mais em santos!".*

205 *"Não o reconheces mais?".*

206 Expressão muito usada nas colônias italianas, sem tradução para o português.

207 *"Mas você é o Negrão!".*

208 Apelido familiar de Achyle Benefatti, em referência a sua tez morena.

— De fato, ele tinha um espírito muito divertido – acrescentou Ernani. – E quem herdou esse espírito brincalhão dele foi a Mara Helena.[209] Lembram-se daquela história das garrafas de vinho?

— Que história é essa, pai?

— Umas garrafas que ela comprou aquela vez na primeira festa da Família Benefatti.

— Ah, sim! – exclamou Seu Lorenzo. – No dia depois da festa, lá na Linha Sessenta, fomos até a casa paterna da família para conhecer a cantina. Então todo mundo aproveitou para comprar vinhos da marca Benefatti – salientou Seu Lorenzo –, e a Mara Helena comprou três garrafas, uma para cada irmão que morava em Goiás. A ideia dela era mandar as garrafas por alguém que viajasse para lá. Só que o tempo ia passando e não surgia oportunidade para mandar as garrafas aos irmãos em Goiás.

— E daí? – interveio Ernani, vendo que o pai interrompera a narrativa.

— Bom, o tempo foi passando, o inverno chegou... E as garrafas continuavam lá, guardadas na estante da sala. O frio apertava, tinha noites que as cobertas não davam conta... E as garrafas lá na sala. A Mara Helena olhava para as garrafas, as garrafas olhavam para a Mara Helena, e o frio apertando... Certa noite, o frio estava insuportável. Mara Helena não resistiu e apelou para o vinho que comprara para mandar aos irmãos. Abriu uma garrafa e o vinho era muito bom. Claro, era vinho da marca Benefatti – frisou novamente Seu Lorenzo.

— Passaram-se mais algumas noites e novamente o frio apertou. Mara Helena olhou para as garrafas, as garrafas olharam para a Mara Helena. E outra garrafa foi aberta. Já estava quase no final do inverno, ninguém programando viagem para Goiás, não surgia oportunidade para Mara Helena mandar o vinho para os irmãos. E mais uma onda de frio, Mara Helena olhando para a garrafa (agora havia só uma cheia!), a garrafa olhando para a Mara Helena. E adivinhem! A Mara Helena sacrificou também essa última garrafa, mas guardou os vasilhames vazios. Depois de algum tempo, um familiar viajou para Goiás e Mara Helena empacotou as três garrafas e mandou para os irmãos para eles saberem que tinha um vinho com o nome da família. Junto, seguiu uma cartinha: "As garrafas estavam vazias, mas ela podia atestar que o vinho era bom. Era vinho Benefatti!".

---

[209] Filha mais velha de Achyle Benefatti, cuja semelhança com o nome de Maria Helena, filha de Lorenzo Benefatti, gerava muita confusão.

Gargalhadas ecoaram pelo porão. Ernani, então, comentou:

— Eu tive a oportunidade de comprovar a veracidade dessa história. Alguns anos mais tarde desse fato fui visitar os primos em Goiás e levei uma caixa do vinho dos Benefatti. Quando entreguei para os primos falei: "A irmã de vocês mandou as garrafas vazias, mas eu as trouxe cheias!". Então o Lúcio Roberto me mostrou as três garrafas de vinho que a Mara Helena havia mandado para eles… vazias! Eu falei pra ele: "Agora você pode provar se o Vinho Benefatti é mesmo bom!".

A essa altura, Seu Lorenzo havia retomado o trabalho de organização do porão. Ernani e Natália o seguiram. Por algum tempo o serviço avançou um pouco. Até Natália encontrar outro motivo para interromper as atividades. Do fundo do baú retirou uma fotografia de um rapaz magrelo, vestindo farda militar. Passou-a ao avô, indagando:

— E esse aqui? Quem é, Nono?

— Você não reconhece ele, Medonha?

— Não faço a menor ideia de quem seja…

Por instantes, Seu Lorenzo hesitou em responder, porém vendo que Ernani ria silenciosamente e não se animava a fazê-lo, esclareceu:

— Esse aqui é o Pinguinho, seu pai!

Natália apanhou de volta a fotografia que se encontrava nas mãos de Seu Lorenzo e a admirou por alguns minutos. Então se voltou para Ernani, perguntando:

— Mas pai, eu não sabia que o senhor tinha sido militar.

— Sim, mas isso foi só durante o serviço militar obrigatório – manifestou-se, enfim, Ernani.

— Foi o único filho meu que foi para o quartel – disse Seu Lorenzo. – O único que serviu o Exército como eu… Tem até umas boas histórias sobre isso…

— Conta, Nono! – precipitou-se a garota a cutucar o avô.

MEMÓRIAS DA CASERNA

Dos filhos de Lorenzo Benefatti apenas Ernani prestou o serviço militar obrigatório. E não foi por opção, pois, assim como seus irmãos, de tudo fez para se livrar da obrigação imposta aos rapazes ao completarem 18 anos.

Era o mês de agosto de 1975 e embora residisse em Três de Maio, resolveu contrariar as regras estabelecidas, efetuando o alistamento no vizinho município de Tucunduva, cujos jovens vinham sendo costumeiramente dispensados do serviço militar. Resolveu mudar a estratégia utilizada por seu irmão mais velho, o Valter, que só conseguiu se safar do serviço militar após desfalcar seriamente o plantel de leitões de seu pai.

Ernani achara-se esperto o suficiente por escolher uma estratégia gratuita como aquela, mas, para seu azar, naquele ano a tradição foi quebrada e os alistados em Tucunduva também foram chamados a servir o Exército. E como desgraça nunca vem só, ao se apresentar à junta militar que fazia a inspeção seletiva, o cabo da recepção, admirado, logo lhe indagou ao analisar os seus documentos:

— Você é parente do tenente Alberto?

— Que tenente? – retrucou Ernani, sem disfarçar o seu espanto.

— O comandante da junta de alistamento – esclareceu o militar.

Ernani correu demoradamente o olhar pela plateia, mal escondendo o seu aborrecimento com a patética encenação que, em sua opinião, resumia-se à obrigação do alistamento militar. Acomodados nas cadeiras de palha trançada dispostas no entorno da ampla sala de espera, centena de rapazolas amedrontados, muitos ainda recendendo a cueiros, outros atemorizados com a sombria perspectiva de se verem forçados a sair do conforto das saias de suas mães, assistiam mudos aquele diálogo estranho. Tomando ar, Ernani respondeu laconicamente:

— Nunca ouvi falar nesse tal tenente.

Com um discreto aceno de cabeça, o cabo expediu uma ordem silenciosa ao soldado ao seu lado. Instantes depois, um oficial moreno, sisudo, com um farto bigode e um corpanzil avantajado, adentrou a sala de espera. Caminhou na direção de Ernani e se apresentou. Seu nome completo era Alberto Benefatti Brandt, natural de Garibaldi. Sua mãe nascera na Linha Garibaldina, interior de Bento Gonçalves, onde haviam se estabelecido algumas famílias de nome Benefatti, que tinham vindo de um local desconhecido da Itália.

Conversaram por longo tempo. Checaram nomes e genealogias, conferiram datas e citaram dados geográficos. Numerosos pares de olhos curiosos acompanhavam com atenção a conversa dos dois. Ao fim, restavam muitas dúvidas acerca de um possível parentesco entre os interlocutores. Na verdade, tudo indicava serem muito remotas tais possibilidades. E se havia alguma chance, a resposta havia de ser buscada em tempos longínquos na distante Itália. Porém o tenente não se rendia à falta de evidências plausíveis, passando a chamar Ernani de parente e a tratá-lo com grande familiaridade. E finalizou aquele colóquio inicial dizendo da sua alegria em receber um parente para servir o Exército, e logo na sua unidade militar.

— É uma grande honra! – arrematou, mantendo a pose altiva.

Ernani sentiu um calafrio percorrer a espinha, fazendo-o engolir em seco o nefasto presságio. Era só o que faltava. Toda aquela estratégia de se alistar em outro município para se livrar da insensatez e do desperdício que lhe parecia o serviço militar estava indo por água abaixo. Ainda mais por aparecer um tenente bigodudo, sabe-se lá saído de onde, que se dizia parente e já se anunciava feliz em tê-lo como comandado. Logo ele, o Ernani, que já naquele tempo começava a desenvolver uma absoluta aversão aos assuntos do Exército e achava o serviço militar o maior desperdício de tempo.

Além disso, seus projetos de estudo estavam seriamente ameaçados. Seus professores de Química – o Bento e o Wilsinho – já lhe estavam arranjando uma vaga no concorrido Colégio Medianeira, de Santa Maria. O plano era concluir o 2º grau no conceituado instituto educacional e se preparar para o concurso vestibular, possivelmente para o curso de Engenharia Química, conforme era a orientação de seus professores. O quartel arruinaria todos esses planos. Irresignado, procurou uma cadeira, onde se sentou cabisbaixo, qual um sentenciado, à espera da sua hora na inspeção militar, tentando matutar uma saída para a desventura que se anunciava.

Mas seus esforços foram em vão. Meses depois foi divulgada a lista dos convocados para o serviço militar e entre eles estava o nome de Ernani Benefatti. Em 04/01/1976, um contingente de jovens apreensivos aboletou-se nos velhos ônibus fretados pelo Exército e tomou rumo à distante e desconhecida cidade de Itaqui, nas barrancas rasas do Rio Uruguai. Na partida, um mar de lenços brancos agitava-se em vagas de dor e tristeza. Corações sufocados em lágrimas espremiam-se nas janelas dos coletivos, lançando acenos angustiados.

A viagem foi longa e fastidiosa, sob o calor insuportável de um janeiro em brasas. Tarde da noite, o comboio adentrou os portões do recinto militar. Passos hesitantes e temerosos pisaram o pavimento ladrilhado do 1º Regimento de Cavalaria Mecanizada de Itaqui e, sob ordens soltadas aos berros, foram separados em pelotões e conduzidos em formação para os seus respectivos esquadrões. Dormiram ainda atônitos naquela noite, gotejando de lágrimas e suor na sauna do alojamento. Uma numerosa esquadrilha de pernilongos sobrevoava os corpos dormentes, excitados com a fartura de sangue novo.

Despertaram sobressaltados com o toque do clarim. As primeiras luzes da manhã foram revelando aos poucos os limites sufocantes do reduto militar e a consciência daquela privação de liberdade. A caserna mais parecia um campo de concentração, ladeada por muros caiados e aramados de ferpas, e guarnecida por sentinelas atentas quais ferozes cães de guarda.

Naqueles primeiros dias os jovens foram se ambientando à dura realidade, assimilando as suas regras espartanas e provando enojados a culinária precária e insossa. Ernani percorria as instalações militares, entabulava conversas e formava amizades. Mas, cauteloso, esquivava-se de qualquer encontro, casual ou não, com o tenente Alberto, pois estava convicto de que a sua convocação para o serviço militar era obra exclusiva dele.

Entretanto umbehavia alguns excedentes de recrutas e os jovens que tivessem algum motivo justo para serem liberados do serviço militar foram chamados para uma entrevista. Grande número de rapazes chorosos perfilou-se diante do comandante de cada esquadrão, apresentando um rosário de lamúrias e dissimulações: uns eram filhos únicos, outros arrimos da família, alguns alegavam ter o pai ou a mãe (ou ambos) gravemente enfermos, fulanos apresentavam repentinos e incorrigíveis defeitos físicos, beltranos revelavam-se sofredores dos mais variados achaques e males incuráveis – havia até os que sofriam de ataques epiléticos e de hemorroidas! – e sicranos não encontravam coturnos em que coubessem seus grandes pés achatados, mancando dias a fio pelos labirintos da caserna.

Ernani também se apresentou para a entrevista. Indagado pelo tenente Aureliano – comandante do 3º Esquadrão – acerca das suas justificativas para a dispensa, respondeu francamente não ter, a princípio, nenhum motivo físico, econômico, familiar ou de saúde que o impedisse de prestar o serviço militar. E puxando do bolso uma carta de recomendação assinada por alguns professores do colégio onde cursava o 2º grau em Três de Maio, expôs detalhadamente os seus planos de estudo. E reforçou os seus argumentos com o comprovante de pré-matrícula no Colégio Medianeira de Santa Maria. O tenente ouviu atentamente as explicações do jovem estudante e examinou detalhadamente a documentação. Ao fim, disse-lhe que ficasse tranquilo e que tudo faria para a sua liberação, pois ele tinha sido o primeiro a não tentar engambelá-lo com subterfúgios e mentiras deslavadas.

O dia 9 de janeiro daquele ano amanheceu ensolarado e risonho. Na ordem do dia daquela manhã os jovens excedentes em seus esquadrões foram chamados a levar as suas malas ao ônibus estacionado em frente ao quartel. Depois foram conduzidos à presença do Oficial S-2, o tenente Bandeira, que foi chamando um a um para a entrega do almejado Certificado de Reservista. Quando chegou a vez de Ernani, o militar perguntou-lhe em tom de provocação:

— Então você é o tal estudioso? Diga-me: qual é a raiz quadrada de 10?

— Tenente, não dá um número exato – principiou a responder Ernani, enquanto calculava mentalmente. – Mas, é... 3... vírgula 1... 6... 2...

— Basta! Já vi que você sabe – falou o S-2, entregando-lhe o cobiçado diploma de dispensa.

Em seguida, o pelotão de dispensados deu meia-volta e foi conduzido em formação por um sargento rumo ao portão do regimento. A meio-caminho, quando passavam em frente à sala de comando do 1º Esquadrão, um vulto de fartos bigodes assomou à porta para observar o grupo dos felizardos enjeitados. Um rapaz franzino destacava-se no meio do pelotão graças ao seu longo cabelo liso, que se agitava sobre os ombros. E o vulto da porta bradou um comando:

— Alto!

Todos estancaram surpresos. Então o vulto revelou-se sob os raios do sol e foi se aproximando para identificar o rapaz que destoava das cabeças raspadas. De nada adiantaram as tentativas de se esconder por trás dos companheiros; Ernani foi alcançado pela manopla implacável de tenente Alberto, que o puxou para fora do pelotão, exclamando:

— Mas o que é isso? Parente meu não pode ser tratado como refugo. Ele fica!

E arrastando Ernani pelo braço, conduziu-o para o seu esquadrão, deitando ordem para o sargento aguardar. Incrédulo, sem encontrar palavras para protestar, Ernani via seus passos se distanciarem inexoravelmente do tão desejado portal da liberdade. À entrada do alojamento do esquadrão encontraram um recruta magricela, que andava arqueado sob o peso da farda espinhenta e se aprontava para assistir a primeira sessão de instrução militar. O tenente Alberto ordenou que o jovem arrumasse rapidamente as suas malas e passasse o seu fardamento e demais apetrechos militares a Ernani, pois estava dispensado do serviço militar.

Ernani, que até então nada dissera, entre atônito e incrédulo, viu-se forçado a vestir a farda verde-oliva, sentindo um peso de armadura sobre os ombros, e foi imediatamente conduzido à barbearia, onde as suas madeixas se juntaram a fartos tufos de várias texturas que atapetavam o chão. Discreta lágrima escorreu pela face, selando a desventura do seu "Dia do Fico".

Sentindo o desconfortante espinhar dos cabelos raspados, Ernani foi conduzido às pressas ao auditório do quartel, onde todo o regimento aguardava a sua chegada para ser iniciada a sessão inaugural de instrução para os novatos. Com passos indecisos, penetrou a penumbra do vasto salão e se acomodou num banco de madeira, compartilhado com outros recrutas.

O tenente Castro Bins, um carioca de olhos estrábicos e com fama de durão – e que, por ironia, era o comandante do pelotão destinado a Ernani –, de imediato deu início à instrução, discorrendo a respeito das regras da vida na caserna. Com o estado de espírito profundamente abalado pelos absurdos acontecimentos daquela manhã e sentindo o desconforto daquele assento tosco, Ernani não conseguia prender a atenção no carioquês monocórdio do instrutor. Uma dor lancinante sufocava-lhe a garganta. E o discurso prosseguia chato, sonolento. A certa altura, o instrutor fez uma pausa e lançou seu olhar vesgo a alguém da plateia silenciosa:

— Você aí…

Ninguém se moveu e um silêncio congelou-se no ar. O tenente repetiu com mais energia:

— Você aí, levanta-te!

Novamente a plateia permaneceu inerte. Cabeças irrequietas voltavam-se para os lados para tentar localizar o alvo daquele olhar torto. Ernani, tolhido pela inquirição enérgica do tenente Castro Bins, mal continha o riso, gracejando silenciosamente do babaca dorminhoco que não atendia ao chamado. De repente, sentiu o toque de uma baqueta em seu ombro. Volveu o olhar e percebeu, então, ser ele o alvo daquele olhar canhestro, que lhe bradava já impaciente:

— Você mesmo, recruta! Levante e me responda: o que ocorre após a hora da revista?

De um salto, Ernani pôs-se em pé e iniciou uma resposta gaguejante e desconcertada, carente de objetividade:

— Após a hora da revista?… Bem… Aí… vem um período para… os soldados…

— Está tudo errado, recruta! – esbravejou o instrutor, atalhando a resposta do interlocutor. E berrou: – É a hora do silêncio! Mal começaram as instruções e você já está dormindo. O soldado deve estar sempre alerta, sempre pronto a responder ao comando do seu superior. Você está começando muito mal a sua vida na caserna. É bom ficar atento, pois isto aqui não é colégio de freiras! – E prosseguiu passando severa descompostura, enquanto Ernani sentia um rubor a lhe queimar as faces.

Finda a sessão de instrução, Ernani recolheu-se a um canto acometido de grande pejo. Alguns colegas recrutas tentavam consolá-lo, enquanto soldados veteranos teciam alertas tenebrosos sobre as dificuldades que ele enfrentaria no quartel por conta daquele episódio, reforçando em seus vaticínios:

— Você ainda não conhece esse tenente. Ele é fogo! Se pega no pé de alguém, esse cara tá ferrado…

As instruções seguintes e as ordens unidas passaram a ser ministradas nos respectivos pelotões. Na primeira oportunidade, antes de iniciar a sessão, o tenente Castro Bins lançou um olhar gélido – e vesgo – na direção de Ernani, que aguardava, disposto a mostrar ao oficial que definitivamente não era nenhum babaca. O tenente passava as instruções e logo pedia para Ernani repeti-las, e ele fazia com grande perfeição e acertividade. Demonstrava como se desmonta e remonta uma arma, e Ernani imediatamente repetia o procedimento com muita desenvoltura, enquanto os demais recrutas se perdiam na sequência de atos. O tenente dava as ordens de comando e Ernani as assimilava com rapidez e precisão, enquanto os demais se atrapalhavam constantemente com tantos "direita, volver", "meia-volta, volver", "apresentar armas" etc. e tal.

Passadas as primeiras sessões, o tenente continuava a questionar os recrutas, mas, antes, asseverava a Ernani para que se abstivesse de responder, somente permitindo que o fizesse se nenhum dos outros soubesse dar a resposta correta. E quando isso acontecia, enaltecia a inteligência e a aptidão de Ernani, enquanto qualificava os outros de "corja de analfabetos".

Nos primeiros meses, na hora da formação para distribuição das tarefas de rotina à porta da sala de comando do esquadrão, o tenente Alberto assistia à formação dos pelotões de serviço ziguezagueando por entre os soldados, com as mãos às costas, a examinar o alinhamento da farda ou o brilho dos coturnos. E quando o sargento chamava voluntários para a limpeza das baias e cavalariças do regimento ou da pocilga do quartel, Ernani logo se apresentava, ainda que houvesse voluntários em excesso. De nada adiantava não se oferecer, pois se assim não fizesse, sabia que o tenente Alberto o convocaria de qualquer forma como "voluntário".

E assim se passaram os primeiros tempos e Ernani foi granjeando a admiração de seus comandantes. Surgiu, então, a oportunidade para o Curso de Formação de Cabos do Exército, cujo coordenador era o próprio tenente Castro Bins, com seu olhar zarolho. Ernani destacou-se já na prova seletiva, vindo a confirmar o desempenho ao longo de todo o curso. E entre os instrutores havia dois sargentos muito temidos na tropa: Porto e Eroni. Esse último tinha, ainda, a fama de "traíra".

Após as provas, os dois sargentos costumavam perfilar os cursandos para a divulgação das notas. Antes, ordenavam fora de forma para Ernani, chamando-o à frente do grupamento. Então ordenavam ao pelotão centenas alternadas de flexões, polichinelos, abdominais e outros exercícios exaustivos, que deixavam os cursandos prostrados por terra, extenuados, enquanto berravam em seus ouvidos: "Bando de preguiçosos! Mexam esses traseiros!", "Como podem tirar notas tão ruins e ele tão boas? Seus incompetentes!", "Por que não fizeram como ele e aproveitaram a folga do final de semana para estudar?", "Rebanho de maricas!".

Essas cenas deixavam Ernani muito constrangido, pois também não estudava nas folgas aos finais de semana. Na verdade, passava o tempo divertindo-se com os colegas, que agora penavam um castigo absurdo e desumano. Mas quem era capaz de compreender a lógica militar? Decididamente, pensava ele, não havia como entender as razões do Exército, tampouco afrontar a hierarquia militar e a sua rígida disciplina.

Concluiu o curso com o melhor desempenho entre a turma, tanto na parte teórica quanto na parte prática, tendo alcançado especial destaque no concurso de voz de comando. Na cerimônia de entrega das divisas aos novéis cabos, estando todo o regimento perfilado em formação solene, o tenente Castro Bins, que presidia o ato, prestou honras ao agora cabo Ernani, dizendo-se orgulhoso de ser o seu comandante imediato. E em meio aos cumprimentos do oficialato, surgiu o corpanzil do tenente Alberto, que exclamava, risonho (raridade!) e em alta voz, ser o primeiro classificado da turma de formandos um "parente seu".

E nos dias que se seguiram à formatura dos novos cabos, o tenente Alberto procurava por Ernani, agora cabo do Exército, para lhe mostrar as vantagens e o futuro promissor de uma carreira militar brilhante. Primeiro, sugeriu ao jovem fazer o Curso de Formação de Sargentos do Exército; depois, o tenente Alberto tentou persuadi-lo a se inscrever no concurso para a Academia Militar de Agulhas Negras. Ernani respondia as indicações, a princípio, com evasivas, mas diante da persistência do tenente, passou a fazer de menos e a desdenhar da carreira militar, dizendo que o Exército era refúgio de pessoas pouco afeitas ao raciocínio, e que o que mais desejava do Exército era distância. Já se dava por satisfeito em não ser mais soldado raso e de se ver livre da faxina das pocilgas e das baias dos cavalos dos oficiais.

Porém o tenente Alberto insistia em dizer que o seu parente tinha todas as qualidades e habilidades necessárias para uma carreira militar exitosa. E assim permaneciam os dois, comandante e comandado, a travar longos debates sobre diversos aspectos da vida militar. Por vezes, aventuravam-se em longas discussões políticas, ocasiões em que Ernani aproveitava para dar asas às suas convicções e atacar a retórica militar, criticando a ditadura que governava o país e dizendo que lugar de milico era a caserna. O tenente Alberto ficava contrariado, mas não desistia da sua catequese.

Num certo domingo, Ernani acompanhou um grupo de recrutas ao centro da cidade em busca de diversão. Após examinar os cartazes das salas de cinema, o grupo acabou por optar por uma comédia em exibição no Cine São Marcos, apesar dos protestos de Ernani, que se interessara por um filme inspirado na vida de certo revolucionário, em cartaz no Cinema Cinquentenário. Ficou sozinho, mas assistiu encantado ao filme, que narrava a história de Che Guevara, personalidade que até então lhe era ainda obscura. E no regresso ao quartel, passou a recomendar o filme a todos os seus amigos.

No dia seguinte, na hora do almoço, foi surpreendido por um comentário reticente e pouco audível do sargento Eroni, com quem cruzara ocasionalmente a caminho do rancho:

— Então o cabo anda recomendando filmes aos coleguinhas...

À tarde, enquanto comandava um destacamento de soldados que faziam capina numa área da granja do quartel, cabo Ernani foi chamado a comparecer ao comando do seu esquadrão. Surpreso, indagava-se acerca dos motivos daquele chamado repentino. Lembrou-se, então, do convite que recebera do sargento Padilha, administrador do Armazém do Exército – uma espécie de supermercado destinado exclusivamente aos militares –, para trabalhar no escritório.

O tenente Alberto não concordava em liberá-lo, pois achava ser um desperdício utilizar em serviços burocráticos alguém que, em sua opinião, tinha talento militar. Embora Ernani tentasse convencê-lo, o oficial negava categoricamente a sua liberação. E enquanto se dirigia para a sala de comando do 1º Esquadrão, Ernani pensou: "Vai ver que o tenente resolveu me liberar...". Seu rosto se iluminou: "Tomara que sim!". Era a oportunidade de se livrar da insensatez que lhe parecia a vida no quartel, de se ver livre da ordem unida, das manobras e operações de campo, dos serviços de guarda e de plantão e, especialmente, da implicante marcação pessoal do tenente Alberto.

Animado, bateu à porta da sala de comando. Uma voz seca e áspera ordenou que entrasse. Abriu lentamente a porta e se deparou com três olhares agudos que lhe penetraram a pele. Caminhou indeciso em direção a uma linha de três mesas justapostas, ocupadas ao centro pelo capitão Morais, o temido

S-4 do regimento – que na tropa era o representante do Serviço Nacional da Informação, o braço mais saliente da repressão da ditadura militar –, sendo ladeado pelo tenente Alberto (comandante do 1º Esquadrão) e pelo tenente Castro Bins (comandante do 1º Pelotão), seus superiores mais imediatos.

A fumaça expelida pelo charuto do capitão Morais formava uma tênue cortina que ofuscava a silhueta dos oficiais perfilados. A situação era muito grave, a presença do Oficial S-4 denunciava isso. Mas o que teria acontecido? Sentindo as pernas falsearem, Ernani estaqueou em frente aos oficiais. E com voz embaraçada bateu continência:

— Cabo 464, Ernani, apresentando-se! – E desceu a mão espalmada e ruidosa sobre a coxa, num movimento teatralmente enérgico que mal disfarçava grande nervosismo.

O tenente Alberto apontou mecanicamente a cadeira solitária que se encontrava ao lado, ordenando que o subalterno se sentasse. Ao voltar-se para apanhar a cadeira, Ernani reconheceu na penumbra o vulto do sargento Eroni recostado num assento ao fundo da sala. Sentiu um golpe seco na boca do estômago. Então era isso! Lá estava a figura do delator, o dedo-duro. Não havia mais dúvidas. Uma frase antes quase não audível agora ribombava estridente e maliciosa em seus tímpanos. Tudo se aclarava: o alcoviteiro infame o havia alcaguetado.

Sentou-se na cadeira soltando pesadamente o corpo. As pernas tremiam a ponto de o solado dos coturnos produzir ruídos pelo atrito contra o piso frio. As mãos não achavam lugar para se aquietar e uma gota de suor gélido descia pela espinha, produzindo horrendo calafrio. Aqueles três olhares inertes pareciam agora perpassar a sua alma.

O tenente Castro Bins parecia olhar a paisagem pela janela, mas Ernani bem sabia que aquele olhar canhestro estava fixo nele, como a desnudá-lo. Balanceou a situação e conscientizou-se de que era bastante complicada. Vivia-se em tempos duros, a repressão e a tortura campeavam soltas pelos rincões do Brasil. A ditadura militar via inimigos em toda a parte e não media esforços para estraçalhá-los. E ele, ingenuamente, fizera apologia justamente a quem a ditadura classificava como a pior espécie de inimigo. De fato, encontrava-se numa grande sinuca. Atrás de si pressentia o riso silencioso e zombeteiro do alcaguete de ocasião.

Rompendo o silêncio, o capitão Morais deu início à inquisição com sua voz rouca e chiada:

— Cabo, pode nos informar onde esteve na tarde de ontem?

Pronto! Estava desferido o golpe de misericórdia, pensou Ernani. Com voz embargada, respondeu:

— Fui ao cinema, senhor...

— E pode nos dizer que filme assistiu? – prosseguiu o oficial.

— Bem... Era um... filme so... sobre... um... revolucionário... – respondeu vacilante o cabo Ernani, encolhendo o corpo e afundando na madeira dura da cadeira. Grilhões pareciam prendê-lo ao chão. E o capitão Morais prosseguiu com a inquisição:

— E como era o nome desse revolucionário?

— Acho que... era... Che Guevara. Um revolucionário que lutou em vários países da América e África.

— Muito bem! E é verdade que depois o senhor fez recomendações desse filme aos seus companheiros no quartel? – indagou o capitão, enquanto os tenentes ao seu lado permaneciam mudos qual estátuas.

— S... Sim... – balbuciou uma resposta frágil e trêmula. "Agora estou ralado", pensou Ernani, já se imaginando recolhido à prisão, sofrendo sessões de tortura ou, até mesmo, sendo expulso do Exército, uma desonra terrível.

— E pode nos dizer por que o senhor recomendou o filme aos seus colegas? – arrematou com voz já alterada o Oficial S-4.

Ernani volveu os olhos atônitos, como a implorar misericórdia. Nesse instante, um assomo de inspiração pareceu penetrar pela janela junto aos raios de luz que desenhavam um mosaico azulado na nuvem de fumaça dos charutos. Respirando fundo, inflou o peito, fixou corajosamente o olhar no capitão Morais e vaticinou:

— Capitão, a melhor maneira de se combater o inimigo é conhecendo-o bem!

Então prendeu a respiração e se aprontou para receber um bombardeio de moral, de dever cívico, de compostura militar e toda aquela cantilena militar.

Um longo silêncio surpreendeu a todos. Recobrando-se do espasmo, o capitão Morais encerrou a sessão inquisitória ordenando:

— Cabo, o senhor está dispensado… Mas tome cuidado para não ser mal interpretado por aí.

Ernani levantou-se solícito e aliviado. Reverenciou continência aos oficiais, deu meia-volta volver batendo energicamente os calcanhares dos coturnos e tomou o rumo da porta. Ao passar pelo sargento Eroni, fulminou-o com um olhar de superior desprezo.

Dias depois, o tenente Alberto cedeu e liberou o cabo Ernani para trabalhar no escritório do Armazém do Exército.

— Se safou bem dessa, hein, pai? – falou Natália.

— É… A esperteza do Pinguinho foi a salvação dele – acrescentou Seu Lorenzo num tom de voz que denunciava desaprovação.

— Essa é a única foto que tenho da minha breve carreira de milico – comentou Ernani, pegando a fotografia das mãos de Natália.

Nem houve tempo para uma tentativa de retomar o serviço de organização do porão, pois Natália logo desentranhou outro documento do fundo do baú. Era um boletim escolar. Após observá-lo por alguns segundos, exclamou:

— Pai, olha! Isso é teu!

Após pedir para conferir, Ernani explicou:

— Esse é meu boletim escolar do 2º ano ginasial. Olha aqui, filha, as minhas notas de Geografia. Naquele ano eu bati todos os recordes. Tirei nota dez em todas as provas. Somei 60 pontos. Isso nunca tinha acontecido no colégio.

— Nossa, pai, mas então você era muito inteligente!

— Sim, o Pinguinho sempre se deu bem nos estudos – comentou Seu Lorenzo. – Era sempre o primeiro da turma. Teve uma vez que ele até ganhou um prêmio de redação.

— E como foi que você ganhou esse prêmio, pai? – perquiriu, curiosa, Natália.

— Bem, acho melhor você mesmo explicar isso – falou Seu Lorenzo, apontando o filho com o olhar.

— Isso aconteceu no meu último ano de ginásio no Cardeal Pacelli.[210] – Começou explicando Ernani. – A Secretaria de Educação do Estado promoveu um concurso estadual de redação sobre o Sesquicentenário do Parlamento Brasileiro. Ou seja, os 150 anos. Eu fui o campeão do curso ginasial e uma moça de Nova Prata foi a campeã do 2º grau. Ganhamos uma viagem para Brasília, Belo Horizonte e Rio de Janeiro.

— Que legal, pai! Eu não sabia disso.

— Foi um grande orgulho para todos nós – falou Nono Lorenzo. – O Pinguinho era um exemplo no colégio. Às vezes, eu passava no colégio sem ele saber, como fazia também com os outros filhos, só para saber como ele estava indo nos estudos, se ele se comportava bem. Olha, só recebia elogios dos professores. – E após alguns segundos, acrescentou: – E tem muitas histórias sobre ele no colégio.

E diante do olhar perquiridor de Natália, Seu Lorenzo tratou logo de iniciar a narração das histórias dos tempos estudantis do filho Ernani, não sem deixar de se admirar que mesmo após ter contado tantas histórias e causos familiares, a neta ainda continuava tão interessada neles.

---

[210] Colégio Estadual Cardeal Pacelli, de Três de Maio.

REMINISCÊNCIAS ESTUDANTIS

Os primos Ernani Benefatti e Volnei Fiorenzi[211] tiveram a infância, a adolescência, a juventude e, de certo modo, também a vida adulta, em comum. Tinham quase a mesma idade; na verdade, exatos seis meses de diferença. Só não eram do mesmo ano porque Volnei não teve paciência para esperar o Ano Novo e resolveu nascer num 31 de dezembro. Por causa desse pequeno detalhe, cursaram a maior parte do ensino primário em séries distintas. Estiveram juntos apenas na quinta série porque Volnei foi forçado a repeti-la por ordem de seu pai, que o julgava ainda muito moço para iniciar o curso ginasial.

Foram sempre muito unidos, grandes companheiros, um servindo de arrimo ao outro quando necessário. Trocavam confidências com frequência, aconselhavam-se mutuamente. Eram o que se poderia chamar "verdadeiros irmãos". Tinham grandes afinidades no agir e no pensar. Raramente divergiam, e quando o faziam não ultrapassavam o campo metafísico das ideias.

Eram dois alunos bastante estudiosos e concluíram a quinta série do primário exatamente com a mesma média final, algo inédito na tradicional escola do Grupo Escolar Rural Pedro Múncio Compagnoni, do povoado de Rocinha. No final daquele ano de 1969, foram levados para o Seminário da Consolata, em Três de Maio. Junto a outros 30 garotos realizaram os exames pré-admissionais para o curso ginasial no Colégio Estadual Cardeal Pacelli. Foram os únicos candidatos seminaristas a lograrem aprovação na primeira etapa de provas. E o fizeram com grande louvor: Ernani classificou-se em 2º lugar e Volnei em 5º, entre as centenas de garotos que aspiravam ingresso no concorrido colégio.

---

[211] Filho de Vittoria Itália Benefatti e Pedro Fiorenzi.

Iniciaram o curso ginasial com os seminaristas que conseguiram classificação em segunda etapa. Nas primeiras aulas de História, o professor Nilson Matzen dissertava tediosamente sobre um tema já bastante conhecido por Ernani, que por isso se mostrava desatento ao sonolento discurso do professor. Dias antes, esse tedioso silêncio só fora quebrado quando o colega Joel Correia enfiara um pedaço de arame nos dois orifícios da tomada de parede, chamuscando os dedos e acordando a sala de aula com um grande estrondo.

Percebendo, então, a distração do aluno novato, o professor passou-lhe severa carraspana, alertando-o de que caso não se emendasse urgentemente poderia se considerar desde então reprovado. Ernani ouviu calado e cabisbaixo a reprimenda, engolindo em seco aquela descompostura. Ao final da aula, Volnei acorreu solidário, confortando o primo e dizendo que o professor tinha dito aquilo porque ainda não o conhecia.

E chegou o dia da primeira sabatina de História. Foi uma ralada geral, como se costumava dizer na gíria estudantil. Para começar, o professor fazia cara de mau e logo flagrou o aluno Deoclécio Schöes colando, denunciado que fora por um persistente piscar de olhos do colega Cláudio Bettin. Arrancou a prova com grande alarde e deu zero ao colador, reverberando tremendo sermão à turma assustada, que soçobrava num suor gelado.

Durante as provas, o professor Nilson tinha o hábito de se assentar folgadamente em sua cadeira, abrir um exemplar do Correio do Povo e se quedar dissimulado numa leitura descontraída do popular jornal. O que os alunos demoraram a se dar conta era de que no centro do jornal o professor costumava abrir um pequeno buraco com a brasa do seu cigarro, por onde volta e meia espiava a conduta dos seus alunos.

Na aula seguinte, o professor Nilson entrou na sala com ares de indisfarçada satisfação. Era como se quisesse dizer: "Eu bem que avisei!". De imediato, fez grave comentário acerca das notas, dizendo-se profundamente decepcionado com o péssimo desempenho da turma, pois à exceção de dois alunos, todos os demais tinham tirado nota vermelha. As gratas exceções eram Volnei, com nota sete, e Ernani, que tirara nota dez. A propósito, o professor entregou-lhe a prova sem tecer qualquer comentário.

Esse episódio logo proporcionou a Ernani grande respeito e admiração perante alunos e professores. Mas também lhe trouxe um grande problema. É que os colegas começaram a lhe pedir e a exigir cola. Na véspera das sabatinas, acorriam até ele e imploravam para que lhes passasse a salvadora cola. Em geral, faziam-lhe pequenos agrados, mostravam-se seus melhores amigos, disputavam os assentos mais próximos da sua carteira. Outras vezes, distribuíam-lhe mimos na tentativa de obter o privilégio da cola, num velado processo de subornação. E, assim, Ernani ia se fartando com chocolates, balas, pirulitos, picolés e outras guloseimas.

Mas havia ocasiões em que algum colega usava de chantagem para conseguir a preciosa cola, alardeando que ele era um egoísta, que só queria notas boas para si. Com tudo isso, Ernani se via diante de um grande dilema: sabia, em sua consciência, que a cola era um meio ilícito, deplorável, para se conseguir boas notas, pura empulhação (pois quem cola engana antes a si próprio); de outro lado, como negar cola aos seus colegas, seus amigos, que penavam dolorosamente toda vez que enfrentavam uma prova de Matemática, de Ciências ou de História? O que fazer? A cola era um ato de desespero, concluía ele. Então, a solução encontrada por ele foi um meio-termo: não negava cola a quem lhe pedisse, desde que isso não o comprometesse diante dos professores, mas se prontificava a estudar junto com os amigos para auxiliá-los em suas dúvidas e dificuldades.

Surgiram, então, os mais variados e criativos métodos de transmissão da cola. Na disciplina de Inglês, cujas questões normalmente eram de preencher, Ernani respondia a três ou quatro provas em cada ocasião. Enquanto havia tempo, os colegas iam passando as suas provas em branco para que ele as preenchesse, cuidando para preencher também o nome do colega para que professor Victor Möhlz não percebesse a diferença na caligrafia.

Para as provas de Geografia, geralmente no estilo objetivo, havia um jogo de sinais apropriados: um toque com a ponta da caneta numa determinada posição da carteira. Os alunos estabeleceram uma convenção em que cada canto da mesa significava uma alternativa, de "a" a "d", enquanto a alternativa "e" era assinalada com um toque no centro da mesa. Já nas provas de Matemática, a disputa para a obtenção da cola era muito maior. O método preferido consistia em Ernani resolver as questões em seu rascunho e depois de passado a limpo em sua folha de respostas, fragmentá-lo em duas ou três partes, que eram, então, despachadas na forma de aviõezinhos em várias direções. Sorte de quem conseguisse capturá-los.

Havia outras disciplinas nas quais os métodos de cola exigiam improvisações ao sabor das circunstâncias. Um dos cuidados maiores devia sempre ser tomado nas provas de História, pois o professor Nilson poderia espiar, a qualquer momento, através do orifício de seu jornal, e apanhar algum colador incauto. Nesses casos, Ernani costumava escrever nomes ou datas em pequenos papeizinhos que, após cuidadosamente dobrados, eram disparados na forma de pequenos torpedos.

Na segunda série ginasial já havia, no tradicional colégio, um consenso bem firmado a respeito da inteligência invulgar dos primos Ernani e Volnei. Tinham bom raciocínio, boa lógica e grande facilidade para absorver os conteúdos escolares. Volnei, influenciado por seus irmãos mais velhos que estudavam em São Paulo, já desenvolvia forte hábito de leitura. Aos poucos foi contagiando o primo pelo gosto a bons livros. Entretanto, enquanto Ernani detinha-se a uma leitura mais tradicional e conservadora, iniciando pelas obras de José de Alencar para só mais tarde aventurar-se pela introspecção de um Machado de Assis, Volnei alçava voos mais audaciosos em busca de leituras mais picantes. Vagava entre as obras de José Mauro de Vasconcelos, Mário de Andrade e Érico Veríssimo, até atrever-se em incursões por *Capitães da areia*, de Jorge Amado.

Outra diferença que se percebia entre os primos em seus hábitos de leitura era que Volnei, nas horas dedicadas aos estudos no seminário, mal realizava os seus trabalhos escolares, relegando a um segundo plano os temas e a preparação para as provas, para se entregar de corpo e alma aos seus livros. Já Ernani somente se dedicava às suas leituras depois de cumprir integralmente as suas tarefas escolares e de se preparar adequadamente para as provas.

O resultado desse comportamento diverso era que Ernani, via de regra, chegava às provas melhor preparado. Então, Volnei buscava socorrer-se da boa e conhecida "cola" que obtinha junto ao primo, que normalmente sentava na carteira ao seu lado. Por isso Volnei logo foi granjeando a fama de colador. A essa altura, os meios de cola desenvolvidos por eles eram os mais sofisticados e imaginativos, a depender da matéria, do estilo do professor e, principalmente, do tipo de prova.

Mas o mais marcante – e folclórico – foi o método utilizado na disciplina de Biologia. A professora Élida Kunzler era uma mulher alta e magrela, de olhar severo e postura marcial, que já ultrapassava a barreira dos 30 anos. A matéria era bastante chata, uma "decoreba" medonha, fastidiosa, por ter que gravar todos aqueles nomes e partes de células e de organismos. E a professora tinha a fama de ser muito exigente, uma "raladora" na opinião da estudantada.

As suas provas eram muito temidas e os alunos sentiam um frio na barriga só de lembrarem delas. A esperança era conseguir a benevolência de Ernani, este, sim, sempre tirando notas boas, como se aquilo tudo fosse mera brincadeira. Não entendiam como ele conseguia guardar todos aqueles nomes esdrúxulos. Afinal, por mais que se esforçassem, na hora da prova sempre batia um branco e eles se esqueciam de tudo que haviam decorado.

As famigeradas provas da professora Élida eram compostas, costumeiramente, por 10 frases cuidadosa e ardilosamente elaboradas. E o diacho é que aquelas assertivas todas eram muito confusas, pareciam tão sutilmente verdadeiras e falsas ao mesmo tempo. Para esse tipo de prova, o método consagrado entre os alunos era o jogo de sinais de dedos. Os colegas indicavam a questão e Ernani dava o sinal: se fosse positivo, a frase era verdadeira; se negativo, era falsa. E, assim, os alunos iam assinalando V ou F de acordo com a indicação recebida.

Entretanto, com o seu olhar de rapina, aos poucos a professora Élida foi percebendo aquele jogo de sinais e passou a alertar os alunos acerca das penalidades severas para quem fosse apanhado colando, passando ou recebendo cola. E logo tratou de estreitar a vigilância sobre Ernani, sabidamente o epicentro daquele processo todo. As notas da turma, então, despencaram assustadoramente.

Desesperados, os alunos buscavam descobrir novo método capaz de burlar a vigilância canina da professora, mas sem sucesso. Do jeito que as coisas andavam, grande parcela acabaria irremediavelmente reprovada. A professora Élida mostrava-se cada vez mais segura com a eficiência da sua vigília. Até Volnei já se encontrava em situação de risco. Apenas Ernani mantinha a média de suas boas notas.

Em certa ocasião, estando a responder a outra terrível prova de Biologia, os alunos suavam nervosamente diante de assertivas elaboradas de uma forma tão intrincada. Ernani apiedava-se com o desespero explícito dos colegas e tentava encontrar um artifício para escapar ao olhar perpassante da professora. Tudo em vão; sentia o calor daquela vigilância ferina que não dava tréguas.

Volnei sinalizava-lhe desesperadamente, implorando que lhe passasse a resposta de uma questão. A professora Élida não desgrudava os olhos dos dois, e percebendo o olhar de desespero de Volnei a fazer sinais para o primo, em certo momento asseverou em tom de picardia e desdém:

— Não adianta insistir! Eu estou vendo tudo...

Um rasgo de luz pareceu iluminar a mente de Ernani naquele instante. Fazendo de conta brincar com o desespero do primo, olhou para ele com um riso dissimulado e observou com tom de disfarce:

— É, Volnei, a professora tá de olho...

Percebendo que o primo não entendera a deixa, repetiu uma, duas vezes a frase, até ver Volnei sinalizar num discreto piscar de olhos, confirmando que captara a mensagem cifrada: a frase era verdadeira. Em seguida, Volnei foi indicando outras questões, que Ernani ia sucessivamente respondendo com frases jogadas ao léu, como se fossem destituídas de qualquer sentido, ora evocando por Volnei, ora por Fiorenzi, dependendo se a frase questionada era respectivamente verdadeira ou falsa. E a cada vez Ernani dava a entender que fazia troça das investidas do colega. A professora Élida mantinha-se altiva em sua mesa, lançando um olhar de completo domínio sobre a classe.

Na prova seguinte, a última de Biologia naquele ano, a fórmula se repetiu: Volnei sinalizava a questão e Ernani, sob o olhar vigilante da professora, formulava aquelas frases aparentemente inocentes e sem sentido, como a dizer, em tom jocoso, da impossibilidade de lhe passar cola, altercando o nome Volnei ou Fiorenzi conforme a necessidade da resposta.

A diferença era que, a essas horas, toda a classe já estava devidamente informada do significado daquelas frases largadas aparentemente ao acaso. O resultado disso foi o espanto produzido na professora Élida quando se pôs a corrigir as provas: as notas estavam sendo, em geral, muito boas, incomparavelmente melhores do que nas provas anteriores. Então algumas frases bobas começaram a soar estridentes como um guizo em seus tímpanos:

— É, Volnei, a professora tá de olho...

— Fiorenzi, a professora não tá brincando...

— Volnei, a prova tá difícil, né!...

— É, Fiorenzi, desista. Hoje não vai dar pra passar cola...

Um rubor furioso foi tomando conta rapidamente das faces da severa professora. No dia seguinte, entrou bufando como um vendaval na sala dos professores. E antes que lhe indagassem que bicho a havia mordido, lascou com fúria indomável:

— São uns pilantras! Eles me enganaram com aquelas caras de papa-hóstia… E o culpado de tudo isso é o Volnei. Me enrolaram direitinho aqueles santinhos! Vou entregá-los ao diretor do Seminário…

A um canto, bebericando o seu cafezinho, o professor Lenzi assistiu perplexo àquele inesperado desabafo, e logo pediu explicações à professora a respeito do que a deixara tão furiosa. Era parte interessada no assunto, pois, afinal, dali a pouco teria prova de Língua Portuguesa com a mesma turma e tinha que estar preparado, principalmente por causa do Volnei, um colador inveterado. Quando soou a sirene, saiu da sala dos professores matutando uma forma de apanhar os atrevidos coladores. Enquanto subia as escadas de mansinho, confabulava com os seus botões: "Ah! mas comigo será diferente. Se eles pensam que vão me engambelar estão muito enganados. Se vierem buscar lã, sairão tosquiados!".

Adentrou a sala de aula com ar confiante. Rapidamente ditou ordens para que os alunos tomassem os preparativos. E já que tinha grande afeição a discursos moralistas, foi logo soltando o verbo num sermão a respeito do mau vício da cola enquanto distribuía as provas para os alunos assombrados. Condenava veementemente o insidioso recurso, para ele um meio imoral, indigno e pernicioso. Eles que não se metessem a bestas, pois conhecia muito bem aqueles métodos abomináveis. E apontava o dedo ameaçador para os alunos, que se encolhiam apreensivos:

— E se pensam que estão enganando o professor, estão é redondamente equivocados. Enganam-se a si mesmos! A cola é o salva-vidas do aluno preguiçoso, vadio! – bravateava energicamente. E prosseguia: – Portanto não se metam a espertalhões. A prova é individual e ao menor sussurro, ao menor gesto suspeito, recolho a prova e dou nota zero!

A prova foi iniciada num silêncio sepulcral. Apresentava considerável grau de dificuldade. Os alunos debruçavam-se mudos sobre as suas provas, tremelicando indecisos diante das questões, e espichavam os olhos para os lados num desesperado pedido de socorro.

Naquele dia, Volnei postou-se casualmente atrás da carteira do Ernani. Passados alguns minutos, o professor Lenzi acercou-se da carteira de Volnei e assentou uma das pernas numa de suas bordas, deixando as costas voltadas para Ernani. Divertia-se vendo Volnei se debater com aquelas questões bem articuladas, sem conseguir achar as respostas adequadas. E o provocou sarcasticamente:

— E aí, bichão! Por que não tenta colar agora? Vamos! Quero ver se você é tão bom colador como dizem por aí! – E lhe desferia tapinhas desafiadores nos ombros.

Volnei continha-se com um sorriso amarelo de resignação. E o professor Lenzi insistia, provocativo:

— Então, comé que é? É Volnei ou é Fiorenzi? – E ria convulsivamente com as próprias bravatas.

Alguns alunos soltavam tímidos risos, que mais pareciam pios de desespero. O professor Lenzi achava uma graça aquela sua provocação, já que a prova não tinha nenhuma questão do tipo verdadeiro ou falso.

Mas enquanto o professor prosseguia com as suas provocações deliberadas, Ernani ia passando discretamente algumas respostas aos alunos situados mais à frente. E num dado instante, com o braço direito dobrado sobre a borda da sua carteira, foi deslizando lentamente a sua prova por baixo do braço, à semelhança de um filme que se projetava bem diante do olhar de águia de Volnei, que logo entendeu o artifício e espremeu os seus olhinhos de japonês para copiar sucessivamente as respostas enquanto dava asas à patética provocação do professor.

Na terceira série ginasial, os primos desistiram do seminário. A direção do colégio sentiu-se, então, desobrigada em mantê-los na mesma turma e resolveu separá-los. Com essa medida, contava resolver, ou pelo menos amenizar, o problema da cola. Daí por diante, os primos seguiram seus estudos do curso ginasial sempre em turmas distintas. Porém a questão da cola não estava resolvida. Ao contrário, continuava infestando as turmas como praga invencível, por mais artifícios e precauções que os professores tomassem.

Nas temíveis provas de Matemática que o padre Graziano Orlandi – o diretor do colégio – ministrava, depois de determinar "order" à turma, procurava mudar Ernani de lugar para evitar que seus companheiros tivessem acesso aos seus cobiçados rascunhos. Instalava-o numa carteira vazia na outra extremidade da sala, longe de seus amigos mais chegados.

Então os colegas Antonio Scholz, Lúcio Oliveira e Euclides Schreiber, que penavam sob as labaredas da Álgebra e da Trigonometria, logo vislumbraram uma forma de tirar proveito das precauções tomadas pelo sacerdote-professor, e nos dias de prova, providenciavam uma carteira vazia próxima às suas para acolher Ernani. Passaram a ser os grandes beneficiados dos rascunhos do colega estudioso, melhorando expressivamente as suas notas.

Houve ocasião em que chegaram a tirar nota superior ao próprio Ernani, embora tivessem copiado literalmente os seus rascunhos. Isso porque no ato de passar a prova a limpo, às vezes Ernani esquecia de algum sinal numa questão, errando-a por mera distração, transformando em positivo um número real negativo. Tais situações deixavam o padre Orlandi perplexo, pois não compreendia como era possível Ernani passar cola se eram os colegas que tiravam nota melhor. Isso não lhe entrava na cabeça...

No segundo grau, a transmissão da cola continuou a produzir situações bizarras. Embora não utilizasse livros nem cadernos durante as aulas – com exceção da apostila de Química –, Ernani continuava a tirar boas notas e a distribuir fartamente cola aos seus colegas, a despeito das advertências e dos apelos dos professores.

No primeiro dia de aula, as carteiras ao redor de Ernani eram disputadas ferrenhamente. Um belo dia, às vésperas de se iniciar o ano letivo de 1975, Ernani foi chamado pelo irmão Valter para uma conversa séria. Na verdade, tinha um pedido muito especial a lhe fazer: ajudar a sua namorada Vânia nos trabalhos e, principalmente, nas provas. Por trás desse singelo pedido havia um recado velado para que Ernani desse um jeito de passar cola à namorada do irmão.

A princípio, Ernani relutou um pouco, pois já tinha a sua patota de estudo, companheiros de longa data. Mas Valter foi veemente e praticamente o coagiu àquele compromisso. Na primeira aula da 2ª série do 2º grau, lá estava a Vânia ocupando a carteira localizada estrategicamente à direita de Ernani. Logo à frente dela, a amiga Mirtes. À esquerda de Ernani encontrava-se o primo Volmir Cazzoli e, à frente dele, a prima Maria Lúcia.[212] Todos de olho na cola. E na carteira à frente de Ernani, para sua alegria, estava a Maria Letícia, morena simpática e muito bela, a quem ele fazia questão de passar cola. Por esse motivo, caíra nas graças das colegas, que o chamavam carinhosamente de "Bambino Querido". E atrás desse grupo situavam-se os parceiros de priscas eras, completando o lanço mais privilegiado do circo da cola.

---

[212] Ambos filhos de Aídes Benefatti e Vicenzo Cazzoli.

O professor de Língua Inglesa, Ovídio Dreft, tinha a fama de durão. Também tinha um apelido, que julgava infame: "Beco". E ai de quem se atrevesse a chamá-lo pelo renegado codinome ou fizesse qualquer menção a ele, como um balido discreto. O professor virava uma fera, não necessariamente um bode. Todos temiam muito as suas loucas provas.

Naquele ano, as notas da disciplina estavam muito ruins. Havia muitos alunos correndo sério risco de reprovação e o professor Ovídio não dava o menor sinal de aliviar na sabatina final. Os alunos imploravam-lhe uma chance, mas ele se mantinha impassível. Parecia querer se vingar de todas as vezes que os alunos o chamaram de "Beco" pelas costas.

Ernani, ao contrário da turma, estava tranquilo, pois ao longo do ano tirara notas boas e já era considerado aprovado. Mas com a Vânia a situação era bem diferente. Suas notas na disciplina haviam sido ruins o tempo todo. Estava a um passo da recuperação terapêutica, com poucas chances de conseguir o conceito mínimo para aprovação. A solução era Ernani municiá-la com cola e garantir-lhe a aprovação na última prova parcial. Se ficasse em recuperação, aí é que a coisa ficaria preta.

Mas que nota precisava ela tirar? Fizeram as contas: precisava no mínimo de oito. Ia ser duro. Ernani teria que resolver praticamente toda a prova para ela. E como fazer isso? Na aula anterior, o professor havia comentado como seria a prova: 20 questões em português, que os alunos deveriam verter para o inglês. Vânia lançou um olhar de desespero para Ernani e confabulou aterrorizada:

— Se depender só de mim já posso me considerar reprovada!

Ernani tranquilizou-a dizendo que iria pensar num jeito. Na véspera, combinaram uma estratégia para a cola. Como o professor costumava pedir que os alunos entregassem apenas as respostas numa folha de papel pautado, Ernani faria duas provas: uma entregaria ao professor e a outra passaria para Vânia, para que ela transcrevesse com a letra dela.

E para que as provas não ficassem exatamente iguais e levantassem suspeitas, Ernani deixaria marcadas as questões sobre as quais não tivesse certeza. Essas a Vânia teria a liberdade de modificá-las. Ela também deveria modificar mais uma ou outra resposta para que as provas de ambos ficassem um pouco diferentes. Isso desde que sobrassem questões consideradas certas o suficiente para lhe garantir a nota necessária.

Chegado o dia da funesta avaliação, Vânia compareceu à aula trajando pesada capa de chuva. Era verdade que o dia se mostrava um pouco chuvoso, mas toda aquela roupagem era um despropósito para aqueles dias calorentos de início de dezembro. Ao ser indagada, simplesmente respondeu que se encontrava um pouco resfriada.

O professor Ovídio mandou os alunos apanharem uma folha de caderno, enquanto voltava as costas para a turma e passava as frases em português no quadro negro. Ernani recebeu várias folhas dos colegas e foi prontamente vertendo as frases diretamente para o inglês. Ao final, restaram duas frases de cuja correção não tinha certeza, entre as quais, verificou-se mais tarde, uma delas estava correta.

Quando o professor Ovídio findou de passar as frases na lousa, Ernani também terminava a primeira versão da prova. Num descuido fugaz do professor, a folha já escrita saltou agilmente para a carteira da Vânia, que a apanhou num relance e a camuflou embaixo da volumosa capa, passando a transcrever as frases já vertidas para o inglês.

Verificando que havia duas frases sobre as quais Ernani não assegurava correção, Vânia ficou indecisa sobre quais modificar para disfarçar a seme-lhança. Por fim, resolveu copiar todas, com uma única alteração, retirando apenas um "s" que achara engraçado no final de um verbo. Raciocinava da seguinte forma: se o Ernani está indicando não ter certeza sobre duas ques-tões e se eu modificar uma que ele considera certa, estou garantindo nota oito e meio; portanto estarei aprovada com folga.

A seu tempo, Ernani concluiu a sua prova. Sobrando-lhe ainda tempo, apanhou uma folha em branco que os colegas lhe haviam entregado antes de iniciarem a prova e passou a elaborar uma terceira versão de prova. Ao terminá-la, partiu o papel em várias partes, dobrou-as cuidadosamente e as lançou na forma de bólidos aos colegas que lhe suplicavam socorro com ares de sentido desespero. Levantou-se da cadeira e entregou a prova ao professor, que a recebeu achando que tudo transcorria na santa e regular paz.

Na aula seguinte, a última do ano letivo, o professor Ovídio adentrou a sala com cara amarrada. "Xiii", fez a turma, temendo pelo que estava por vir. Ele fez a chamada num clima de mal dissimulada tensão. Os alunos entreo-lhavam-se apreensivos. Sem fazer qualquer comentário, passou a entregar as provas, chamando um a um os alunos. À medida que recebiam as suas provas, os alunos iam conferindo e comparando as suas notas com grande alvoroço.

Ernani tirou nota nove. Acabou errando a questão que Vânia resolvera modificar; é que colocara corretamente o "s" no verbo auxiliar da terceira pessoa do singular, mas, distraído, esquecera de cortar o "s" do verbo principal. Parecia que as notas diminuíam gradativamente à medida que se afastavam da carteira de Ernani. O professor chamou o último aluno, entregou-lhe a prova e anunciou que a relação dos aprovados e dos que estavam em recuperação seria fixada no quadro mural do colégio no dia seguinte. Alguns alunos ainda acorreram até ele para reclamar de alguma questão.

Mas uma aluna encontrava-se ausente; era a Vânia, que do corredor espreitava ansiosa a sala de aula com receio de entrar. Enquanto o professor Ovídio dava as devidas explicações aos alunos queixosos, o colega José Paulo – o "Bambuca" – retirou-se apressadamente da sala para dar o alerta à colega:

— Te esconde! O professor tá furioso contigo. Ele disse que você colou tudo e quer te reprovar...

Apavorada, Vânia entrincheirou-se no banheiro feminino, onde permaneceu trancada por horas.

Resolvida a agitação das reclamações e dando por falta da aluna, o professor Ovídio anunciou que Vânia estava em recuperação por ter colado na prova. E, incontinente, começou a se retirar da sala, sendo seguido por um reboliço de alunos que tentava, em vão, dissuadi-lo.

— Mas como, professor? – perquiriu um aluno enquanto uma roda se estreitava em torno dele, tentando bloquear o seu caminho.

— Tá na cara que ela colou do Ernani. Sua prova não tem valor nenhum! – contrapôs contrariado o professor.

— Professor, isso é um absurdo! Que provas o senhor tem contra ela?

O professor Ovídio limitou-se a responder com um olhar severo dirigido ao novo interlocutor e retomou o seu caminhar na direção da secretaria. Um séquito alvoroçado seguiu-o, implorando-lhe compaixão. Ernani, que no meio daquele agito conseguira espiar a nota (9,5) da prova da Vânia, que o professor mantinha dobrada embaixo do braço, interveio em favor da colega, argumentando todo cauteloso:

— Veja bem, professor: se houve cola, então foi a Vânia que passou para mim, já que ela tirou nota melhor do que eu...

O professor volveu-lhe o olhar, que denunciou um sentimento ressentido de traição mal digerida, e respondeu irredutível:

— Vocês podem dizer o que quiserem… Mas ninguém me convence do contrário! – E ingressou na sala da secretaria, batendo a porta atrás de si.

Uma balbúrdia de alunos aglomerou-se diante da secretaria. Alguns, mais exaltados, discutiam providências a tomar. Aquela situação era inadmissível. Imagina só! Se o professor não tinha flagrado a cola, como é que agora podia alegá-la? Acusar sem provas?

Aos poucos o tumulto foi-se dissolvendo. No dia seguinte, o pai de Vânia compareceu cedo no colégio para um particular com o professor Ovídio. Após um confabular prolongado e tenso, o professor deu-se por vencido e voltou atrás em sua resolução, capitulando diante dos argumentos exaltados de Seu Luciano.

. . .

Mas de todos os professores do Colégio Estadual Cardeal Pacelli, foi o professor Lauro Antonio Pasine a maior vítima dos métodos de cola utilizados por Ernani. Por dois motivos: primeiro porque foi o professor que mais tempo lhe ministrou aula durante o ginásio e todo o 2º grau; e, depois, porque foi justamente quem mais precauções tomou para combater os métodos de transmissão de cola empregados pelo aluno.

O Professor Pasine lecionava a disciplina de Ciências Físicas, um dos grandes tormentos da estudantada. Além da dificuldade natural da disciplina, Pasine era um professor bastante exigente e preocupado com a boa preparação dos seus alunos, que estimulava a desenvolverem um raciocínio científico e a buscarem algo mais do que o simples "beabá" do currículo escolar.

As suas provas costumavam provocar um *frisson* desconcertante nos alunos. Eram constituídas costumeiramente por duas partes: na primeira, o professor apresentava cinco questões objetivas, que garimpava em livros de cursinhos e em provas de vestibular; na outra parte, via de regra, formulava dois ou três problemas "cabeludos", no linguajar dos estudantes.

Precavido, nos dias de prova, o professor Pasine costumava deslocar Ernani de seu lugar de costume e isolá-lo em posições em que acreditava ser impossível passar qualquer espécie de cola. Era assim que, às vezes, acomodava-o em sua mesa de professor ou o fazia encostar a carteira no quadro negro, privando-o de qualquer contato com o restante da turma enquanto resolvia a prova. Ou, então, empurrava-o a um dos cantos da sala de aula que, se fosse próximo ao lixo, Ernani costumava observar ironicamente:

— Meu conceito deve ter caído muito!

Mas se era verdade que toda essa encenação dificultava a transmissão da cola, também era verdade que não a impedia por completo. Com o tempo, o professor começou desconfiar que o danado do aluno continuava a passar cola para a turma. Afinal, observava que normalmente os alunos sempre se davam bem nas questões objetivas. É claro que nem sempre acertavam todas as questões, mas, em geral, acertavam quase todas. Porém, quanto aos problemas, era um desastre. Pouquíssimos conseguiam resolvê-los. Mas como Ernani conseguia a proeza de passar cola estando isolado num ponto da sala e preso à sua vigilância atenta? Era inacreditável! E quando questionava o aluno sobre isso, o ladino esquivava-se, dizendo que isso era totalmente impossível. O professor não costumava separá-lo do resto da turma? Como ele iria passar cola?

É que os colegas haviam descoberto um jeito para viabilizar que Ernani, mesmo em seu isolamento, conseguisse lhes passar alguma espécie de cola. Aproveitavam-se do hábito que o professor tinha de ler detalhadamente todas as questões no início da prova. E enquanto fazia a leitura, os alunos permaneciam atentos ao comportamento de Ernani.

Na alternativa lida em que ele abaixasse a cabeça estava a resposta certa. E todos prontamente a assinalavam em suas provas. Se Ernani permanecesse imóvel, era porque ainda não tinha certeza da resposta. Para esse caso, sempre restava o recurso dos sinais a ser utilizado posteriormente, num momento de descuido passageiro do professor. Porém, quanto aos famigerados problemas, não havia outro jeito, cada qual que buscasse a solução à sua maneira. Resultado: as notas da turma tendiam curiosamente a cinco, com exceção de uma: a do Ernani.

Apesar das negativas dissimuladas do aluno, o professor Pasine não se convencia. Um dia haveria de descobrir a fórmula mágica. Haveria de tirar a desforra. E essa oportunidade surgiu na última etapa de provas do curso de 2º grau da turma de Ernani. Tendo já encerrado as provas da sua disciplina, o professor Pasine foi designado para substituir o professor de Matemática na aplicação da última prova parcial, tendo em vista motivo de força maior.

Ernani já estava aprovado, mas havia na turma a colega Lilian, que andava muito mal de notas na enfadonha disciplina, todas vermelhas até então. Somente uma nota excepcional poderia salvá-la da recuperação terapêutica. Desesperada, Lilian procurou Ernani e implorou por socorro, alegando que se não passasse graças à cola do colega, na recuperação é que não conseguiria. Combinaram, então, uma estratégia infalível.

No dia da derradeira prova, Lilian acomodou-se toda fagueira na carteira à frente de Ernani, na ansiosa espera pelos seus rascunhos. Para surpresa geral, o professor Pasine adentrou a sala de aula para aplicar a prova no lugar do titular. Acomodaram-se os alunos e as provas foram distribuídas. Eram constituídas por 10 problemas de polinômios, que poderiam ser resolvidos por meio de diferentes fórmulas. Ernani atirou-se decidido a resolvê-los no rascunho, que depois daria um jeito de passar para a colega.

O professor Pasine arrastou uma cadeira até a carteira de Ernani e sentou-se à sua frente, ficando ali, a observá-lo, num "tête-à-tête", enquanto ele ia resolvendo os tais polinômios. Pasine provocava o aluno, instigando-o a tentar passar cola. Ernani apenas sorria, sem contrariar a vigilância do professor. E assim permaneceram os dois a se desafiarem, numa brincadeira cordial e aparentemente inconsequente.

Havia entre eles uma admiração mútua. O aluno apreciava muito as aulas do mestre, que sempre desafiava o raciocínio e a construção de um aprendizado crítico que ia muito além da simples "decoreba" de fórmulas, conceitos, leis e princípios. O professor, de sua parte, admirava muito a inteligência e a capacidade de abstração do pupilo predileto, considerando-o um dos melhores alunos que já vira passar por aquele tradicional colégio. Respeitavam-se reciprocamente, como numa relação de pai e filho. E assim permaneceram os dois a digladiar e a se medir num jogo de recíproca e respeitosa provocação.

Quando percebeu que o aluno começava a passar a limpo as memórias de cálculo, o professor Pasine anunciou solenemente, para toda a classe bem ouvir, que iria exigir dele não só a prova, mas também o respectivo rascunho. Ernani olhou desconfiado para o professor, indagando o porquê daquela exigência estranha. Pasine respondeu soltando uma risada desafiadora:

— Quero ver esse baixinho passar cola!

À frente dos dois, Lilian remexia-se nervosamente, suando frio. Não conseguia resolver sequer um daqueles malditos polinômios, e o professor Pasine ainda vinha com essa de exigir também o rascunho do Ernani. Estava perdida! De sua parte, Ernani continuou a passar a limpo as questões, enquanto matutava uma forma de burlar a vigilância implacável do mestre.

De repente, surgiu-lhe a ideia salvadora. Dissimulando tirar prova das suas respostas, começou a elaborar novo rascunho, usando fórmula de resolução diferente. E continuou a alimentar aquele papo descontraído com o professor, que não arredava da sua frente. Regozijava-se em silêncio com a saída encontrada, que até apresentava grande vantagem por ninguém poder alegar depois a existência de duas provas iguais. Assim, resolveu nove das dez questões no novo rascunho, e percebendo que restava pouco tempo para o final da prova, parou por ali mesmo. Lilian poderia ficar sossegada, a nota necessária estava assegurada.

Todavia tinha que dar um jeito de distrair a tenaz vigilância do professor. Então anunciou ao professor Pasine que havia concluído a prova. Com ar triunfante, o professor dirigiu-se à sua mesa para receber formalmente a prova de Ernani. O aluno fez de conta esquecer o rascunho sobre a carteira, mas, atento, Pasine exigiu que o trouxesse junto. Resignado, Ernani deu um passo para trás para apanhá-lo, enquanto sinalizava discretamente para Lilian. Então dirigiu-se lentamente até a frente da classe, onde fez a entrega solene, simulando relutância em entregar também o rascunho. O professor Pasine apanhou-o como a um troféu e o exibiu gesticulando e perguntando à turma:

— Olha o rascunho do Ernani! Alguém vai querer?!

Enquanto o professor fazia as suas bravatas e tendo Ernani a bloquear estrategicamente sua ampla visão da classe, Lilian apanhou a segunda versão da prova num gesto ágil e nervoso, e rapidamente se pôs a transcrever as preciosas respostas.

Dias depois, Luiz Antonio – o professor titular, que era carinhosamente chamado de "Bobudo" pelos alunos – fez a entrega das provas. Estarrecida, Lilian não recebeu a sua. Questionou alvorotada ao professor, que lhe explicou o acontecido. Ao corrigir as provas, deparou-se com uma sem nome. Não sabia de quem era. Havia dois alunos sem nota: um era ela, que sempre tirava notas baixas, e o outro era o Ademar, que na verdade faltara à prova, mas costumava tirar boas notas. Concluiu, então, que aquela prova com nota nove só poderia ser dele. Lilian caiu em incontrolável desespero. Num desses assomos, exclamou inconsolável para o professor:

— E o senhor acha que foi fácil conseguir os rascunhos do Ernani?!

O professor voltou o olhar para a aluna, respondendo com um riso irônico:

— Se é assim, a nota não é sua mesmo...

A aluna resignou-se a contragosto com a sua absoluta falta de sorte e na semana seguinte compareceu à recuperação terapêutica, sem conseguir lograr aprovação.

Dias depois, na festa de conclusão do 2º grau, o professor Pasine puxou Ernani pelo braço e o conduziu até um canto do salão. Disse não acreditar naquela história. Era humanamente impossível que tivesse passado a cola para a colega. Afinal, tinha-o vigiado com ferocidade canina. E implorou que o aluno negasse aquela história absurda. Ernani principiou a responder, colocando afavelmente a mão sobre o ombro do mestre:

— O senhor bem sabe que tenho o maior respeito pela sua pessoa. Sempre admirei muito a sua forma de dar aulas. Sou grato por tanto apoio e incentivo que recebi do senhor... Mas tenho que confessar, a história é verdadeira...

— Impossível! – falou o professor, relutando em aceitar a revelação.

— É a mais pura verdade – retomou o aluno.

— Mas como? Como?! – bradou o professor Pasine, sacudindo o aluno pelos braços para lhe extrair as palavras como frutos maduros que despencam dos galhos.

Então Ernani foi narrando, com toda a riqueza de detalhes, tudo o que se passara naquela prova, enquanto sorviam longos goles de *chopp* em seus copos rombudos. O professor ouviu com atenção, boquiaberto, chacoalhando a cabeça num misto de estupefação e capitulação. E aproveitando o inebriante e envolvente torpor que o *chopp* gelado lhes proporcionava, Ernani foi revelando ao mestre, um a um, os demais métodos e artifícios que empregava em sua peculiar arte de passar cola.

O sol se punha no horizonte anunciando o final do dia. Seu Lorenzo olhou em torno para avaliar a situação do porão. O serviço de organização havia progredido muito pouco, embora tivessem passado toda a tarde movendo caixas e vasculhando o seu conteúdo. Na verdade, era de duvidar que houvesse ocorrido algum progresso nos trabalhos haja vista o quadro caótico do ambiente, com muitas caixas espalhadas pelo piso do porão e muito material ainda por classificar. Era tudo culpa do tempo gasto contando histórias e da curiosidade insaciável da neta. Mas isso não tinha preço, não tinha qualquer importância. Além de curiosa, Natália tinha um dom especial para uma boa conversa e isso agradava muito ao avô. Por isso a "Medonha" era a sua predileta. Aquele tempo perdido havia sido muito prazeroso. Satisfeito, apesar do atraso no trabalho, Seu Lorenzo propôs:

— Bom, por hoje chega, já tá ficando tarde. Amanhã eu termino.

Seu Lorenzo tomou a escada para o andar superior da casa, seguido por Natália e Ernani. No porão, o velho baú permanecia aberto. Ainda continha muitos segredos e muitas histórias a revelar...

Era hora do chimarrão de final da tarde. Na cozinha, Dona Idalina iniciava a preparação do jantar, auxiliada pela nora Neila. Ernani e Seu Lorenzo trocavam cuias de chimarrão enquanto Natália instigava Pirulito a brincar com a bolinha de borracha dele. Alguns minutos depois chegou Luana, cansada das brincadeiras na piscina com as primas. Foi nesse momento que Seu Lorenzo se deu conta de que as meninas Natália e Luana trajavam camisetas com estampas iguais, apenas com coloração diferente.

— Chegou a Alemoa – anunciou Seu Lorenzo. – Mas estão de camisetas com a mesma estampa... Até parecem a Marina e a Maria Helena!

— É mesmo – observou Ernani rindo. – Só faltam as sombrinhas...

— Que sombrinhas? – indagaram as meninas fazendo coro, com cara de nada entender.

— Perguntem para o Nono. – esquivou-se depressa Ernani.

Então, servindo-se de mais uma cuia de chimarrão, Seu Lorenzo se pôs a satisfazer a curiosidade que, agora, era compartilhada pelas duas netas.

A ESPERA PELO NATAL

Tempo de Natal sempre foi uma época muito especial para a criançada. E para os filhos do Seu Lorenzo não era diferente. As semanas que antecediam as festas natalinas revestiam-se de uma inquietante expectativa. Era uma oportunidade ímpar para ganhar algum brinquedo, coisa tão rara naquela vida precária e tão eivada de privações.

Naquele período, a meninada esforçava-se em ser obediente, cordata, sempre disposta a colaborar na execução das tarefas domésticas. Era comovente ver como todos se esmeravam em dar abundantes demonstrações de bom comportamento. E ai de quem não se comportasse; era certo que Papai Noel traria uma "varinha" como presente no Natal.

As crianças sonhavam com os presentes, esforçando-se em demonstrar aos pais quais eram os seus mais acalentados desejos, para que eles intercedessem junto ao Velhinho Simpático. Os guris normalmente se dividiam entre uma bola ou uma bicicleta, desejos que nunca eram atendidos. A bicicleta era muito cara, estava fora das modestas possibilidades da família; e a bola a Dona Idalina não admitia em hipótese alguma, porque depois os guris só iriam pensar em jogar futebol e as tarefas da casa seriam esquecidas. Já as meninas suspiravam por bonecas – que falassem, chorassem, caminhassem – ou por miniaturas de panelas, fogõezinhos, mesinhas, cadeirinhas, caminhas etc., para poderem brincar de comadre e de casinha.

À noite, todos dirigiam preces fervorosas ao Bom Velhinho, prometendo dali em diante serem filhos obedientes e bem comportados se seus pedidos fossem atendidos. Mas para completa decepção da criançada, os presentes natalinos restringiam-se a coisas úteis, como peças de roupas e pares de calçados. Tanto é que, anos mais tarde, os meninos resumiriam as suas frustrações natalinas numa singela frase: "Infância a gente teve. O que nunca tivemos foi Papai Noel".

Nas primeiras semanas de dezembro a gurizada ficava toda alvoroçada quando Dona Idalina tomava o ônibus da empresa Expresso Pratos, que fazia a linha Tucunduva a Três de Maio, e se dirigia à cidade para fazer compras. Espreitavam ansiosos quando ela desembarcava em frente à casa, ao final da tarde, carregada de pacotes, alguns ameaçando escorregar ao chão.

Havia compras para a casa, mas havia também pacotes coloridos enfeitados com fitas cintilantes amarradas em volumosos laços. A meninada observava com faceirice aquela abundância de pacotes tentando adivinhar o conteúdo pelo seu formato. Se a forma era arredondada, os guris exultavam de alegria, pois acreditavam ser a tão almejada bola. Se havia pacotes com formato retangular, as meninas empolgavam-se, pois bem que poderia ser uma boneca. E, assim, faziam as suas apostas sobre os presentes que a mãe estava "encomendando" ao Papai Noel. Mas se entre os pacotes fosse vislumbrado algum com formato cilíndrico e alongado, as meninas logo desatavam a choradeira.

Dona Idalina sempre foi muito zelosa. Entrava em casa e imediatamente se dirigia para o seu quarto, onde se trancafiava por algum tempo para esconder os pacotes no grande roupeiro de casal. Depois, voltava-se às atividades corriqueiras da casa, cuidando em manter o quarto sempre trancado à chave. Entre as crianças a expectativa crescia incontrolavelmente, de modo angustiante. Os meninos aguçavam a curiosidade das gurias, às vezes inventando terem ouvido conversas sigilosas entre os pais:

— A mãe falou que é uma boneca de louça – cochichava Valter.

— Ouvi a mãe dizer que é um jogo completo de cozinha, quarto e sala – sussurrava Ernani.

Maria Helena e Marina exclamavam uníssonas e incrédulas, os olhos brilhando:

— Verdade?!

— Juro.

Mas quando uma das meninas recordava tristemente que havia um pacote comprido e roliço, os guris logo a consolavam:

— Deve ser uma espingardinha de pressão!

Os dias arrastavam-se lentos. As crianças contavam com ansiedade e impaciência os dias, as horas, os minutos que faltavam para o Natal. As meninas, que ficavam mais envolvidas com as atividades caseiras, tinham mais chances de rondar o quarto dos pais na vã esperança de encontrar a janela entreaberta ou a porta não chaveada por mero esquecimento. Vagavam persistentemente pela casa à procura do esconderijo da chave. E quando, por descuido de Dona Idalina, encontravam a chave mal camuflada ou, então, uma fresta para adentrar aquela fortaleza, esgueiravam-se sorrateiramente para seu interior.

Marina se valia de seu porte franzino e de sua especial habilidade e destreza para escalar o grande guarda-roupa e violar o inexpugnável refúgio. Então tateava os pacotes, buscando decifrar o seu conteúdo. E quando apalpava aqueles pacotes roliços e compridos, exclamava enraivecida:

— Sombrinha de novo!

E as duas, Maria Helena e Marina, imediatamente se prostravam em choro convulsivo. A radiosa expectativa transformava-se precocemente em comovente decepção. A curiosidade se esvanecia, acabando ali a alegre e esfuziante esperança natalina. Também acabava prematuramente para as meninas a graça de mais uma espera pelo Natal. Doía-lhes demais aquele desencanto. Sabiam que naquele ano novamente receberiam sombrinhas do Papai Noel… Exatamente iguais! A esperança de ganhar algum brinquedo era, mais uma vez, forçosamente adiada para o ano vindouro. Será que no próximo Natal ganhariam a tão desejada boneca?

— E a tua Dinda – falou Ernani para a filha Natália – era curiosa como só vendo!

— Mas a maior de todas foi aquela vez da bicicleta – falou Seu Lorenzo. – Aquela foi do arco da velha…

— Como foi isso, Nono? – questionou Natália.

— O teu pai e o Marcelo prepararam uma boa para a Mariane…

— A Tia Mariane? – perguntou Luana para confirmar.

— Sim, ela própria – confirmou Nono Lorenzo. – Escutem só.

E Seu Lorenzo logo deu início à narrativa do episódio da bicicleta, antes que as meninas tornassem a rogar que o fizesse.

MINHA INESQUECÍVEL CALOI

Aproximava-se o Natal. A propaganda nas emissoras de rádio e televisão era farta e muito criativa. Na TV circulava um anúncio bastante chamativo sobre uma bicicleta muito popular na época. A peça comercial consistia numa criança que enchia os bolsos das roupas de seu pai com bilhetes que continham um verso bastante persuasivo:

— Pai, não se esqueça da minha Caloi!

Mariane, que há muito tempo desejava intensamente uma bicicleta, inspirou-se na sugestiva publicidade. Passou, então, a adotar o apelo chamativo da propaganda, reproduzindo a frase-refrão em abundantes bilhetes, que espalhava pelos bolsos das calças, camisas, paletós, dentro dos sapatos, embaixo do prato e nas gavetas do criado-mudo, junto a todas as coisas e aos objetos pessoais de seu pai Lorenzo. Estava convicta de que o seu estratagema sensibilizaria seu pai e que seu ardente desejo seria atendido. Era Seu Lorenzo enfiar a mão num bolso e lá estava o refrão:

— Pai, não se esqueça da minha Caloi!

No início ninguém levou muito a sério as mensagens persistentes endereçadas por Mariane ao pai. Até a ridicularizavam. Todos se riam com a sua ingenuidade. Era evidente que seu caprichoso desejo não seria atendido. A família lutava contra dificuldades financeiras, o dinheiro estava escasso. Jamais algum filho recebera um presente tão valioso assim. Era puro desvario, um sonho irrealizável. Mas Mariane revelava uma persistência comovente. Por mais que lhe fizessem troças, continuava resoluta, obstinada, escrevendo os seus bilhetinhos:

— Pai, não se esqueça da minha Caloi!

Vendo a inabalável persistência da irmã, Marcelo e Ernani passaram a alimentar marotamente o seu inocente desejo. Aproximavam-se dela e cochichavam astutamente:

— Ontem ouvimos o pai e a mãe falando sobre preço de bicicletas.

— Verdade?

E Mariane iluminava-se em radiante esperança. Pouco a pouco seu desejo foi virando certeza: no Natal ganharia a sua desejada bicicleta. E haveria de ser Caloi, de cor vermelha! E os seus irmãos continuavam a dar asas a sua ingênua fantasia.

Havia na propriedade de Nono Lorenzo uma carcaça de bicicleta, toda despedaçada, amassada e enferrujada. Na verdade, não passava de um espectro de bicicleta, com as peças espalhadas pelo galpão, algumas faltando. Na véspera do Natal, Ernani e Marcelo reuniram as peças da velha bicicleta, reconstituindo-a o quanto foi possível. Faltavam a câmara e o pneu da roda dianteira, além do para-lama da roda traseira; o guidão estava torto, o selim não se encaixava mais e de um dos pedais ninguém tinha notícias. Juntaram as peças e guardaram-nas em lugar seguro.

Na noite daquele Natal, toda a família compareceu à missa que se realizou às 22h na Capela de Nossa Senhora da Saúde.[213] Terminada a celebração religiosa, cumprimentaram os amigos e retornaram para casa. Celebraram a ceia natalina e se prepararam para dormir. Mariane mal se continha em angustiosa expectativa. Estava absolutamente convencida que naquele Natal receberia o seu tão sonhado presente. Além do mais, quando se dirigiam à missa, Marcelo e Ernani lhe haviam segredado terem visto uma bicicleta vermelha, toda enfeitada, escondida no porão. Não havia mais dúvida. Como era angustiante aquela espera!

Ao se deitar, Dona Idalina observou que Ernani e Marcelo demoravam-se em tomar os preparativos para dormir. Indagou o porquê daquela demora e eles responderam que queriam assistir à Missa do Galo na televisão. Dona Idalina estranhou aquela inesperada demonstração de religiosidade, mas desde que deixassem o volume da televisão baixo, não via problema algum. Então deitaram-se todos, menos os dois.

---

[213] Padroeira da comunidade da Rocinha, município de Três de Maio (RS).

Os irmãos fizeram grande esforço para se manterem acordados todo aquele tempo. Madrugada adiantada, quando todos ressonavam profundamente, iniciaram a ação que haviam cuidadosamente planejado naqueles dias. Foram até o porão e trouxeram cautelosamente as peças da velha bicicleta. Silenciosamente, levaram as partes até o quarto onde dormiam as meninas, depositando-os ao lado da cama da Mariane. Recompuseram o arremedo de bicicleta e a enfeitaram com fitas coloridas. Feito isso, rumaram para suas camas e postaram-se a dormir, antes deixando providencialmente entreaberta a janela do quarto.

O dia de Natal começava a raiar. Matizes dourados coloriam o céu do nascente. O galo cantou e Mariane despertou em incontida expectativa. Os demais dormiam sono profundo. Olhou para o lado e vislumbrou na penumbra uma figura sugestiva. Aproximou-se cautelosamente na meia-luz do quarto, o coração disparando a lhe saltar pela boca e…

Acordaram todos de súbito, assustados com o estrondoso alvoroço. Pedaços da velha bicicleta espalharam-se pelo quarto, arremessados contra a parede com impetuosidade. Mariane espumava de raiva, praguejava bradando impropérios. Explodindo de fúria, dirigiu-se ao quarto dos irmãos, onde só encontrou camas desarrumadas e vazias. Gargalhadas sonoras abafavam seus vociferantes rugidos. Ernani e Marcelo demoraram-se longo tempo até reunirem coragem para retornar para casa naquela manhã de Natal.

— Ah! Que pena da Tia Mariane! – exclamou Luana.

— Aquela vez vocês pegaram muito pesado com ela – observou Dona Idalina, que da cozinha acompanhava a conversa. – Até hoje ela fica enfurecida quando alguém lembra dessa história.

— Mas com aquela mania de querer ser diferente dos demais ela dava muita chance para as brincadeiras – defendeu-se Ernani.

— É, mas mesmo assim vocês exageraram com a história da bicicleta – insistiu na repreensão Dona Idalina.

— Foi muito cômico. – Riu Ernani. – Enfim, a Natalina teve a sua "bicicleta", coisa que nenhum dos outros irmãos teve… Assim como aquele presente especial num outro Natal …

— Natalina! Quem é Natalina? – questionaram as meninas em uníssono.

— Natalina é o segundo nome da Mariane. O nome completo dela *é* Mariane Natalina Benefatti. – tratou logo de explicar Seu Lorenzo. – Mas ela sempre detestou o seu segundo nome. Não sei o porquê. Se querem vê-la furiosa é só a chamar de Natalina.

— E vocês não perdiam uma chance, chamando-se desse nome só para provocar – comentou Dona Idalina da cozinha.

— Ah, mas é só porque ela tem uma implicância sem razão com o nome – defendeu-se mais uma vez Ernani.

— E por que a Tia Mariane *não* gosta que a chamem de Natalina? – perguntou Natália, não mais conseguindo conter a curiosidade.

— Bem, peça para o Nono contar que ele sabe melhor do que eu – sugeriu Ernani.

Então, atendendo ao apelo da neta, Seu Lorenzo deu início a mais uma narrativa com a riqueza de detalhes que lhe era tão peculiar.

O PRESENTE DE NATAL

Mariane sempre teve uma relação de absoluto inconformismo e repúdio com o seu nome de batismo. Não que achasse o seu primeiro nome feio ou insólito. Na verdade, gostava dele. A causa de sua irresignação toda era o seu segundo nome: Natalina. Doía-lhe nos tímpanos e, principalmente, na alma, ser chamada pelo nome completo. Era uma ofensa insuportável ao seu amor próprio.

Para ela, Mariane Natalina era uma combinação que não apenas destoava, como também não tinha a sonoridade dos nomes distintos; pior do que isso, era um nome indigesto e abominável. E ai de quem assim a chamasse; pelo resto da vida teria a sua inimizade e o seu desprezo. Queriam vê-la furiosa ou perdendo as estribeiras? Pois bastava chamá-la uma única vez de Mariane Natalina. Isso a desnorteava, fazia-a perder a razão e a compostura. Esbravejava, espumava de raiva e dardejava vitupérios, descarregando toda a sua incontrolável fúria no atrevido de ocasião.

A repulsa pelo segundo nome logo ganhou notoriedade. Seus irmãos não perdiam a oportunidade de alfinetar o seu orgulho fazendo questão de chamá-la solenemente pelo nome completo: Mariane Nataliiina. A pronúncia que deliberadamente se delongava nos "is" era a pior das afrontas que lhe poderiam fazer. Vociferava, esperneava e logo partia para o contra-ataque, para a desforra, contra a audácia dos irmãos. Mas isso só servia para lhes alimentar o prazer e o divertimento. "Natalina, Natalineta", continuavam a cantar aqueles pestes. E quando se convencia da inutilidade de seu furor, prostrava-se em copioso pranto diante daquele tormento.

Então a sua mãe, Dona Idalina, intervinha para dar um basta àquela barafunda, passando primeiro um pito nos irmãos, que não tinham outra coisa a fazer do que importunar a irmã com seus mexericos e fuxicos; e à Mariane, para que deixasse de ser tola e não implicasse mais com o seu nome.

Na verdade, Dona Idalina sempre achou um despropósito a implicância da filha com o nome, afinal, Natalina era uma homenagem à memória da sua mãe – que partira prematuramente –, a avó materna que nenhum dos seus filhos tivera a felicidade de conhecer.

A ojeriza ao nome teve origem por causa de uma senhora – naturalmente de nome Natalina – que vivia no povoado de Rocinha e que tinha cinco filhas bastante mexeriqueiras. Eram meninas muito espevitadas e faladeiras, que sempre produziam grande alarido por onde andassem com as suas vozes estridentes de caturritas famintas. A fama das meninas tagarelas logo lhes rendeu um apelido entre a criançada da vila: "Natalinetas". E quando as crianças queriam espezinhá-las, cantarolavam uma quadrinha especialmente criada para esse propósito:

"As cinco Natalinetas

fugiram de lambreta,

caíram na valeta

e perderam as t…".

Por conseguinte, toda vez que a chamavam de Natalina ou, pior, de "Natalineta", Mariane logo se recordava dos infames versinhos, o que a fazia sentir-se ainda mais furiosa. E isso proporcionava aos algozes irmãos um prazer todo especial.

No colégio, o maior suplício era a hora da chamada. É que sempre havia algum professor insolente que insistia em chamá-la pelo nome completo. E quando o nome Mariane Natalina ecoava na sala, as crianças contorciam-se em risos não contidos. Um rubor ardente queimava as faces da Mariane, que mal escondendo a sua zanga, lançava dardos carregados de um ódio visceral contra o incauto professor.

Mesmo depois de adulta o pesadelo continuou a afligir Mariane. Quando as suas filhas – especialmente a Gabriela – queriam afrontá-la ou vê-la irritada, chamavam-na de "Natalineta". Pronto, a confusão estava armada. Mariane bufava como uma onça e as meninas tinham que ser muito ligeiras e disparar para escapar das chinelas que voavam em seu encalço.

Tão grande era a sua rejeição ao nome Natalina, que Mariane anunciava frequentemente a sua inabalável pretensão de mudá-lo. Costumava sempre dizer que quando alcançasse a maioridade iria expurgar o renegado nome do seu assento de nascimento. E só desistiu do intento quando percebeu a absoluta impossibilidade legal de fazê-lo. Inconformada, passou, então, a assinar e a se apresentar perante a sociedade apenas como "Mariane N. Benefatti", camuflando no "N ponto" aquele nome que lhe soava tão enfadonho.

Mas a irresignação com o próprio nome atingiu o seu ápice quando Mariane colou grau no curso de Secretariado. Na sessão solene, o paraninfo da turma fez seu pronunciamento saudando carinhosamente a cada um dos formandos. Em seu discurso, foi declinando paulatinamente os nomes de seus afilhados, segundo a ordem alfabética. E quando chegou a vez da Mariane, para desespero dela, fez soar sonora e brejeiramente um "Mariane Na-ta-li-na", pronunciando pausadamente cada uma das sílabas do segundo nome. Estrondosas gargalhadas pipocaram no auditório enquanto Mariane se afundava em sua poltrona, dardejando raios fulminantes contra o orador imprudente.

Mas não só o repúdio ao próprio nome servia de alimento às chacotas contra Mariane. Havia outros tantos motivos, como a sua mania de pretender ser diferente dos demais irmãos. Pura birra, como dizia sua mãe. Para começar, Mariane teimava em ser colorada, logo no seio de uma numerosa família de gremistas convictos. Isso lhe causava grandes e traumáticos transtornos. Se o seu time ganhava, não podia extravasar toda a sua euforia, pois logo era reprimida pela esmagadora e insuperável maioria da família. E quando seu colorado perdia, tinha que sofrer calada a "flauta" e a zombaria de seus irmãos fanáticos. Mas, ainda assim, mantinha-se bravamente fiel ao seu colorado.

Seu quarto era decorado com inúmeras fotos e diversos pôsteres de seus ídolos vermelhos. A idolatria futebolística também era acompanhada por grande sortilégio de fotos de cantores populares e de artistas de telenovelas, que frequentemente eram alvo dos ataques devastadores de seus irmãos Marcelo e Ernani. Seguidas vezes, seus ídolos apareciam decorados com adereços esdrúxulos, como orelhas de asnos, narizes esquálidos, cabeleiras horripilantes, barbichas e cavanhaques bizarros. O alvo predileto dos irmãos eram os pôsteres do cantor Sidney Magal, o ídolo da Mariane. E não adiantava manter vigilância sobre a porta de seu quarto, pois a janela aberta para ventilar ou deixar entrar a luz do dia eram o suficiente para os ataques dos irmãos, que amiúde utilizavam as fotos dos ídolos estampadas na parede para calibrar a mira dos seus bodoques.

Outra grande paixão de Mariane quando jovem eram as novelas. Se lhe permitissem, acompanharia todas: a novela das seis, das sete, das nove, as reprises, os seriados de fim de noite, enfim, qualquer coisa que se referisse a telenovelas era com ela. Assim, todas as noites a cena se repetia: quando acabava o Jornal Nacional, Mariane corria toda faceira para a frente da televisão. Então, só para espezinhá-la, Ernani desligava o aparelho e conclamava a todos os familiares para a reza do terço.

Não se sabe ao certo se a forma de ser diferente de Mariane era a causa ou a consequência de tantas pilhérias e zombarias. Na verdade, talvez uma coisa alimentasse a outra, como num círculo vicioso. Mas de tantas peças que os irmãos pregaram à Mariane, uma se tornou memorável. Ocorreu quando ela se preparava para completar 14 anos.

Atingindo a adolescência, o corpo franzino de menina começava a delinear novas formas e a prodigiosa transformação da vida revelava toda a sua graça e exuberância. Havia na televisão uma propaganda que marcou época na mídia televisiva. Tratava-se de uma campanha da Valisère, em que uma menina entrava em seu quarto e encontrava um pacote sobre a cama. Dentro dele havia uma peça que ela logo provava, mirando-se diante do espelho. A propaganda finalizava com um bordão que logo se transformou numa das mais conhecidas frases da história da propaganda no Brasil: "O primeiro a gente nunca esquece". Essa propaganda forneceu a inspiração que os irmãos Marcelo e Ernani precisavam para preparar uma "surpresa" inesquecível para a irmã.

Tudo começou numa tarde chuvosa de véspera de Natal. Os trabalhos de capina nas lavouras de soja estavam prejudicados e Seu Lorenzo determinara aos guris para aproveitarem o tempo para pôr ordem no velho casarão de madeira, transformado em armazém. Os dois trancaram-se no casarão e iniciaram a faxina. Em certo momento, encontraram uma bola de borracha abandonada junto a um canto, murcha de velha. Olharam-se por instantes e uma ideia logo lhes veio à mente. Apanharam a bola e a partiram ao meio, formando duas meias-laranja bem proporcionais. Lavaram um saco plástico e dele recortaram cuidadosamente algumas tiras. Fizeram arder uma tocha com um velho saco de estopa embebido em óleo cru, com a qual aqueceram as peças recortadas, soldando-as habilmente umas às outras. Vez em quando, Marcelo fazia de manequim, e os costureiros neófitos ajustavam as medidas.

Feitos os ajustes necessários, a peça estava pronta. Admiraram-na, testaram a sua resistência e elasticidade e se deram por satisfeitos.

No alvorecer daquele Natal, aos pés do tradicional pinheirinho todo enfeitado, cada filho encontrou o seu pacotinho. Mas Mariane era diferente. Papai Noel havia-lhe deixado dois pacotes. Acorreu toda radiante para apanhá-los. Afinal, se havia uma coisa que a seduzia e a deixava exultante de felicidade era ganhar presente. Imagina dois, então! O pacote mais volumoso e vistoso era um de formato um tanto estranho. O que seria? Apanhou-o impacientemente, mal contendo a curiosidade. Sentada no chão, tremelicando de ansiedade, começou a abri-lo… Na verdade, não conseguindo desfazer o exagero de fita durex, passou a rasgar o papel colorido com gestos vigorosos.

Numerosos pares de olhos silenciosos observavam atentos aquela cena alucinada. E havia diversas camadas de papel… que Mariane ia arrancando em rasgos ruidosos e violentos. Uma montanha de papel rasgado, amassado, dilacerado, acumulava-se em volta dela. A plateia, também já aflita, acotovelava-se ao redor. De repente, surgiu um bilhete que fez Mariane estancar. E lá estava uma frase já bem conhecida por todos, estampada em letras garrafais: "O primeiro a gente nunca esquece". Um tanto incrédula, mas já chispando faíscas ardentes na direção dos irmãos – que sufocavam o riso a muito custo –, Mariane foi removendo temerosa a última lâmina de papel. Aos poucos, o estranho presente foi se revelando diante dela: era um sutiã bastante original. Num arremesso raivoso, a peça voou na direção dos irmãos, que se esquivaram a tempo. Sonoras gargalhadas estrugiram pela sala enquanto Mariane refugiava-se em seu quarto, bramindo impropérios furiosos.

— Mas vocês eram danados, hein, pai! – comentou Natália. – Coitada da Tia Natalina!

— Cuidado! – advertiu as meninas Nona Idalina. – Se ela ouve vocês a chamarem assim ela vira uma fera.

— E por que vocês pegavam tanto no pé dela, pai? – questionou Luana.

— Bem, ela dava muita chance ao azar – respondeu Ernani. – E, depois, ela gostava de xeretar tudo. Provocava a gente também…

— E dava muita importância às brincadeiras deles – atalhou Seu Lorenzo. – Ela devia era não dar bola. Mas ficava braba, discutia, e isso só fazia eles acharem mais graça nas brincadeiras que aprontavam.

— É, na verdade ela procurava sarna pra se coçar – observou Ernani. – Como aquela vez do lagarto...

— Bah! Aquela vez foi muito engraçado – confirmou Seu Lorenzo.

— Conta, Nono! – imploraram de forma incontinente as meninas.

Seu Lorenzo passou a cuia de chimarrão ao filho e começou:

— Bem, certa feita, estava eu, o Ernani e o Marcelo limpando o pequeno açude que a gente tinha lá nas terras de Rocinha. Então a Mariane foi até onde a gente estava trabalhando, sentou-se na sombra de um velho cinamomo que tinha perto do açude e ficou jogando pedrinhas na água só para provocar os guris. A mãe esperando que ela fosse ajudar nos serviços da casa e ela lá, de brincadeira, provocando os piás e atrapalhando o nosso serviço. Então pedi que ela fosse buscar água fresca na fonte, que havia lá perto, pois a gente já estava ficando com sede. Mas ela não me obedeceu e continuou a jogar as pedrinhas.

— Mas e o lagarto, Nono? – interrompeu Natália.

— Bom, naquela tarde, antes de começar o serviço no açude, os guris haviam encontrado o esconderijo de um lagarto que andava atacando os ninhos das galinhas para comer os ovos. Com a ajuda dos cachorros, mataram o lagarto e deixaram o bicho lá perto do açude.

Seu Lorenzo fez breve pausa para receber a cuia de Ernani, tornou a enchê-la e entre um gole e outro prosseguiu:

— Como a Mariane não me obedeceu, pedi para o Marcelo ir buscar a água. Mas antes de sair, ele e o Ernani se deram umas piscadas. Era a senha para mais uma arte deles. Então o Marcelo foi até a sombra do cinamomo para pegar a jarra da água, deu a volta enquanto o Ernani distraía a Mariane perguntando as novidades da novela das nove. Só que o Marcelo não foi direto até a fonte. Antes, pegou o lagarto, laçou num arame que achou por lá e sem a Mariane perceber, chegou por trás, engatou o arame no passador da sua calça e saiu de fininho. Então o Ernani gritou: "Meu Deus! Que lagarto!". Mariane olhou para um lado, para o outro, sem nada entender. Mas quando olhou pra trás, viu um enorme de um lagarto, de boca aberta, a menos de um metro dela.

Após roncar mais uma vez a cuia do chimarrão, Seu Lorenzo retomou a narrativa enquanto as meninas mantinham os olhos vidrados:

— Olha, foi um Deus nos acuda! A Mariane deu um salto e disparou ladeira acima. Mas como estava engatado na calça dela pelo arame, o lagarto seguia atrás. Ela corria… e o bicho seguia atrás dela. Corria mais… e o lagarto continuava arrastado atrás dela. Foi uma gritaria. Os piás rolavam na grama de tanto rir. E lá se foi a Mariane em disparada pelo potreiro… e o lagarto atrás dela. No alto da colina, o lagarto se desprendeu do arame, mas a Mariane ainda demorou um bocado até parar a correria, achando que o lagarto ainda estivesse atrás dela. Olha, devo reconhecer que daquela vez ela pediu para levar aquela sacanagem. E depois daquilo, naquela tarde, ela não apareceu mais no açude.

A conversa foi interrompida pelo anúncio de Dona Idalina de que o jantar já estava servido. Todos se dirigiram rapidamente à mesa. Mal se assentaram e Ernani questionou:

— Pai, e o Taborda? Depois que ele saiu lá de Rocinha o senhor teve alguma notícia dele?

— Olha… – começou Seu Lorenzo – Faz uns três meses, eu e o Marcelo passamos por Campo Novo. Daí paramos num posto de combustível para pedir informação e um frentista disse: "Ele mora logo ali na frente, três quadras descendo a rua". Então seguimos até encontrar uma casinha de madeira, bem simples, mas bem ajeitadinha. Batemos na porta e o Taborda veio atender.

— E ele reconheceu vocês? – perquiriu curioso Ernani.

— Sim, o caboclo apareceu na porta e quando me viu exclamou: "Mas é o Patrão Rolenzo!". Bem, daí ele nos convidou para entrar, ofereceu um mate e proseamos bastante. Olha, o Taborda está bem de vida. Melhorou muito desde que se mudou lá de Rocinha. Arrumou um emprego, ganhou a casinha da Prefeitura, e agora ele e a Preta recebem aposentadoria.

— "Aposentaria" – corrigiu Ernani, fazendo referência à forma como o caboclo pronunciava o nome do benefício previdenciário. – Aquele, sim, tem muitas histórias …

Seu Lorenzo olhou de relance para as netas e viu que Natália franzia a sobrancelha. E àquela altura já tinha compreendido bem que aquilo era um sinal de que a neta estava muito interessada em algo. Então, sem mais rodeios, pôs-se a narrar as histórias do caboclo.

UM CERTO CABOCLO

Taborda era um capiau bastante astuto e dissimulado. Tinha uma personalidade pitoresca, folclórica, que marcou época entre os moradores da comunidade de colonização italiana de Rocinha. Aprontava amiúde as suas patuscadas, mentia escancaradamente e depois se postava todo marombeiro com aquela cara de pau de quem parecia acreditar nas próprias bazófias. Gostava de se fazer de coitado para ganhar algum afago. E quando alguém o censurava pelas suas velhacarias, pelas lorotas que costumava contar, quedava-se com um lânguido olhar de inocência, numa expressão sarcasticamente brejeira, nem a negar, nem a confessar as suas licenciosidades. Num riso ladino, o fanfarrão se limitava a soltar a sua famosa frase, que se encerrava numa incógnita reticências: "Mas vejam só…".

Por isso ninguém o levava muito a sério, a tudo que dizia ou fazia davam o devido desconto. Mas era um grande contador de causos, muitos dos quais bastante verossímeis – embora exagerados por sua fértil imaginação –, vivenciados por ele próprio em sua atribulada vida andarilha.

Atendia pelo nome de Francelino Taborda. Mas não sabia dizer ao certo onde nascera, nem quando. Sabia apenas que havia sido em algum lugar da região missioneira, há muitos invernos. Como costumava dizer, era um missioneiro dos quatro costados. Ainda jovem, bandeara-se para os lados da Argentina atrás de uma castelhana de pele sardenta – *mui hermosa*,[214] como gostava de recordar em seus causos –, com quem se acostou e montou rancho. Por lá viveu alguns pares de anos e teve alguns rebentos. Exercia a profissão de lenhador nos matos que barranqueavam a margem castelhana do Rio Uruguai, na Província de Missiones.

---

[214] Muito formosa.

Certa feita, o caboclo se desentendeu com uma patrulha da jandarmeria quando tomava uns goles de caninha num bolicho ribeirinho. Portava o facão à cintura e os policiais tentaram desarmá-lo. Taborda negou-se a entregar o seu instrumento e um soldado chamou-o de *macaquito sinverguenza*.[215] Foi o bastante. Taborda sacou o seu três listras e se atracou com o linguarudo. O entrevero foi rápido. Num golpe fulminante, um soldado jazia no chão ao lado de uma grande poça de sangue. Os outros tentaram manietá-lo, mas Taborda negaceou ágil diante das investidas e se lançou no caudaloso rio, desaparecendo sob as suas águas pardacentas e corredias.

Apontou a cabeça dezenas de metros adiante para puxar fôlego e tornou a desaparecer sob as marolas. Os soldados abriram fogo desde a margem, produzindo repiques na água borbulhante. De instantes em instantes emergia um ponto negro na correnteza do rio. Os soldados descarregavam seus fuzis. Taborda tornava a mergulhar, submergindo por longos minutos até emergir para recuperar o fôlego. E, assim, a grandes braçadas e longos mergulhos, Taborda foi vencendo a distância e a força das correntes até alcançar, fatigado, a margem brasileira. No corpo sentia a ardência de alguns arranhões.

Quando alguém duvidava da fantástica proeza de atravessar aquele grande rio a nado, portando um facão na cintura, fugindo da sanha sanguinária da jandarmeria argentina e abandonando a mulher e os filhos castelhanos, Taborda exibia os sinais dos balaços que ainda ostentava no corpo: um no pescoço, outro no braço esquerdo e o terceiro na coxa da perna direita. E conduzia o dedo do interlocutor até fazê-lo tocar aquelas marcas salientes, nas quais ainda era possível sentir os projéteis encravados sob a pele chamuscada.

Ninguém sabe ao certo como ele apareceu na localidade de Rocinha. Já era homem feito, quase um quarentão, quando surgiu do nada, com um machado à mão, um facão na cintura, descalço e trajando uma muda de roupa maltrapilha, para pedir um prato de comida e serviço nas lavouras da região.

Naquela época as roças expandiam-se com incrível rapidez e a mão de obra era extremamente escassa. Embora fosse um peão pouco qualificado para as lides agrícolas – já que era mais afeito aos trabalhos no mato –, Taborda logo foi sendo muito requisitado pelos colonos das redondezas. Assim, foi se aquerenciando no lugarejo e conheceu Preta, uma jovem luzidia, de ancas

---

[215] Macaco sem-vergonha.

fortes, grandes pés chatos, beiços carnudos a emoldurar uma bocarra larga, nariz chato a se espraiar nas faces ossudas, cabelo encarapinhado, com a qual juntou os molambos. A negra era mulher muito trabalhadeira, mas também muito calada, resmungona e de poucas conversas. Taborda a chamava de "Maria Preta", pois, segundo ele, a negra dava um calor tão bom quanto as lascas retiradas da árvore que emprestava o nome.

Por algum tempo perambulou feito cigano pelas propriedades da redondeza, a erguer barraco e a aboletar os seus cacarecos provisoriamente, sem um lugar certo e seguro para fincar morada. Lorenzo Benefatti apie-dou-se da triste condição itinerante do caboclo e de sua sofrida prole. Tinha uma ponta de roça que fora desgarrada do resto das suas terras quando a estrada vicinal que demarcava a divisa teve o seu curso alterado. Formava uma meia-lua, com poucas centenas de metros de superfície. Era terra boa, mas impraticável para o manejo mecanizado. Ofereceu o rasgo de chão ao caboclo, para que ali pudesse erguer o seu rancho com sossego e não depen-der mais dos favores dos colonos da região, que volta e meia o escorraçavam a levantar seus trapos às pressas.

Taborda aceitou radiante a oferta, tomando posse da minúscula fatia de terras com ares senhoriais. Ergueu seu rancho de chão batido, costa-neiras de coqueiro e cobertura de capim santa fé, edificando sobre o leito abandonado da antiga estrada. No pequeno terreiro abriu a sua rocinha de mandioca e milho. Trabalho não lhe faltava. Nem a ele, nem aos filhos, que se encordoavam como tentos de um rosário. Na época da capina nas lavouras de verão, os colonos acorriam bajulantes até seu rancho, fazendo-lhe propostas e convites sedutores. Indeciso, o velho caboclo procurava atender a todos e acabava desgostando a muitos.

Numa tarde, Taborda e seu pequeno pelotão de braçais trabalhavam nas lavouras de soja de Lorenzo. Seguiam esses dois, lado a lado, indo e vindo nos carreiros monotonamente paralelos. Taborda aproveitou para dar a notícia de que a sua Preta estava novamente prenha. Lorenzo admirou-se com a fecundidade da crioula, forte como uma guajuvira, exclamando:

— Mas de novo, Taborda! Já não tem filhos que chega?!

— É que a Maria Preta faz um fogo "mucho" bãããooo! – respondeu o gaiato com um sorriso maroto.

Bem intencionado, Lorenzo resolveu passar algumas orientações àquele prosaico botocudo a respeito da necessidade de evitar tantos filhos. Afinal, procurou esclarecer, eles já tinham uma prole numerosa, eram muitas bocas que demandavam comida, roupas etc. Não podiam continuar assim, a cada ano mais um filho. A situação andava braba. Ninguém mais podia se dar ao desfrute de ter tantos filhos. Que futuro dariam a eles? Já haviam pensado nisso? Não! Então era necessário pensar seriamente em parar de tê-los.

Pelo visto, o caboclo velho continuava de fogo aceso, nem lhe passava pela cabeça a ideia de dar sossego à Preta. Taborda acenou a cabeça concordando com tudo, que era preciso fazer alguma coisa, que eles não tinham condições de criar mais filhos. Lorenzo questionou se ele não conseguia parar de fornicar, pois, afinal, já ostentava alguns fios de cabelo grisalhos – e negro quando agrisalha a carapinha é porque já tem muitos anos no lombo.

O crioulo respondeu brejoso que até pensava em parar de incomodar a Preta, mas quando se deitava ao lado dela logo sentia a quentura do corpo roliço da negra abrasando os seus brios de macho e, aí, não se aguentava. E arrematou malicioso:

— O crioulo veio aqui vai longe...

Riram-se os dois. Lorenzo comentou, então, sobre um programa mantido pela prefeitura para orientação sexual e controle da natalidade entre as famílias mais necessitadas. Era conduzido pelo Centro Municipal de Saúde – o CAMS –, que dava orientação e distribuía umas pílulas para as mulheres carentes. Explicou que essas pílulas eram uns comprimidinhos brancos que eram tiro e queda: era só tomar direitinho e as mulheres podiam se relacionar sossegadas com o seu parceiro sem o risco de ter mais filhos. Taborda seguiu calado, maravilhado com todas aquelas estranhas novidades, limitando-se a exclamar ensimesmado: "Mas vejam só...". Lorenzo finalizou a prédica sugerindo ao caboclo que procurasse pela assistência do centro de saúde.

Passado algum tempo, encontraram-se novamente. Papo vai, papo vem, e Lorenzo se lembrou da última conversa que tivera com o velho caboclo. Indagou-lhe sobre a visita ao centro de saúde. Taborda confirmou que fora lá e que até gostara muito do atendimento que as moças lhe tinham prestado, proseando muito e lhe explicando as coisas tudo direitinho.

— Bom... – falou Lorenzo em tom de aprovação. – E lhe deram os tais comprimidinhos?

Taborda fez uma pausa, escorou o queixo no cabo da enxada e principiou a responder vacilante:

— Pois óia, os tais comprimidos as moças do "Cambre" (era assim que pronunciava a sigla) deram... – e emendou ingenuamente: – Mas a Maria Preta é muito boba... Não quis tomar... Tomei eu!

— *Sacramenha*[216] *d'un rospo!*[217] – repreendeu, decepcionado, Lorenzo.

O tabaréu tinha umas falas muito próprias, impregnadas de termos castelhanos que lhe conferiam um palavreado graciosamente original. Comprazia-se em altercar, nas frases cunhadas num português arcaico, palavras roubadas e trazidas a lombo de seus anos vividos como forasteiro na Argentina. Assim, abusava de expressões emprestadas, como: *malasuerte, muchas gracias, arreglado, hasta la vista, buenas, hay che hacer, pero no mucho, nosotros, hombre, muchachos, mui caliente, entonces, mui guapo, la p... che los pariu, sin embargo, Madre de Dios, mis hijos, madressita, a las frescas, por supuesto, hasta siempre...*[218] Também se embaraçava com as palavras do vernáculo nacional, imputando-lhes uma fonética inédita e inconfundível. Moldava ao seu modo a pronúncia dos nomes, das coisas e das pessoas. E era total perda de tempo tentar corrigi-lo.

Em seu vocabulário todo peculiar, Lorenzo era o "Patrão Rolenzo". A esposa desse era a "dona Dozolina, a Patroa", e não havia jeito de enfiar em sua cabeça o nome correto. E para cada filho dos "patrões" tinha uma expressão muito própria para designá-los: o Valter era o "Bancário", a Maria Helena era a "Nossa Professora" (pois lecionava a alguns de seus filhos na escola do vilarejo), o Ernani era o "Doutorzinho" (uma alusão a sua fama de estudioso), a Marina era a "Filha Bochechuda do Patrão" e o Marcelo era o "Pecuário" (uma referência ao seu gosto pelas lides pecuárias). E a velha belina azul de Seu Lorenzo, no dizer do Taborda, era a "Abrelina", e não havia quem lhe convencesse do contrário.

Taborda era dado a crendices e aforismos. A cada acontecimento confrontava um dito popular. Via o mundo pela ótica de suas crenças e delas

---

[216] Expressão típica utilizada por Seu Lorenzo, sem tradução.

[217] Sapo.

[218] Má sorte, muito obrigado, combinado, até a vista (saudação), tem que ser, não tanto, nós, homem, rapazes, muito quente, então, muito corajoso, (blasfêmia sem tradução), sem proibições, Nossa Senhora, meus filhos, mãezinha, (expressão sem tradução), logicamente, até logo...

extraía os seus vaticínios apocalípticos. Para ele, toda a natureza era eivada de sinais e predições. Era muito supersticioso e acreditava em bruxas e feitiços. Quando ouvia o pio de alguma coruja, benzia-se três vezes para afastar os maus agouros. Não andava em roça nova sem três dentes de alho no bolso das calças. Dizia que era para espantar as cobras. Gostava de contar histórias escabrosas povoadas de personagens horripilantes, nutridas no caldo de um imaginário extremamente fértil.

Também era dado a algumas práticas de curandeirismo. Fazia benzeduras de resultados duvidosos. Proclamava ter rezas capazes de curar picadas de cobras, escorpiões e toda espécie de aracnídeos venenosos. Gabava-se de conhecer as propriedades medicinais de um variado sortilégio de ervas e plantas, com as quais preparava unguentos macerados em abundante aguardente. Diziam as línguas maldizentes que se os seus preparados não curassem as feridas, pelo menos inebriavam o espírito. Quando percorria as matas, apontava para as ervas: esta é boa para isso, aquela para aquilo… Receitava seus chás e emplastros a toda sorte de mal-estar, achaque, unha encravada, cobreiro, bexiga flácida, barriga d'água, dores reumáticas ou mau-olhado.

Jactava-se também de travar certa familiaridade com as forças ocultas, fazendo trabalhos e encomendas a gosto do freguês. Nas épocas de estiagem, quando o sol causticava dizimando as lavouras, Taborda oferecia-se para fazer as suas benzeduras e mandingas no cemitério do povoado. Garantia que era água regada no túmulo e chuva na porta do campo-santo. Mas ninguém se lembra de tê-lo visto alguma vez ir ao cemitério para fazer os seus despachos sem que o sudoeste não estivesse bem carregado com nuvens escuras…

Mas, acima de tudo, dizia-se católico, temente a Deus. Não era devotado, mas naquela comunidade conservadora não havia outra opção. Foi levado a professar a religião católica por Lorenzo, que, a bem dizer, catequizou-o aproveitando as longas tardes de capina nas lavouras. Realizou os casamentos civil e religioso com sua Preta quando já tinham uma penca de filhos. Aproveitaram o cerimonial para batizar também a sua prole, o mais novo no colo da noiva, outro na barriga, os demais formando escadinha.

Frequentava a capela do lugarejo raras vezes, mas nunca deixava de ser notado. Chegava deliberadamente atrasado para as rezas. Adentrava o templo num caminhar compassado e solene, buscando um banco nas primeiras fileiras, onde se postava compenetrado e todo pomposo. Pouco conhecia do responsório, mas seus "améns" soavam fortes e levemente fora de ritmo. E quando percorriam a bandeja do ofertório, nunca deixava de realizar a sua oferenda de forma ostensiva e teatral, elevando bastante a mão para depois deixar cair as escassas moedas no fundo metálico do receptáculo, num tilintar que se propagava em ecos pela imponente nave.

Mas o que o velho caboclo mais gostava era de mexer com o mato, gosto que carregava consigo desde os tempos em que ganhava a vida como lenhador na Argentina. Nas horas vagas se enfurnava pelos já esparsos capões de mato atrás de uma erva rara ou de alguma colmeia encravada no oco das árvores. E quando encontrava um enxame de abelha do pau, punha-se horas, dias a fio, a escoivarar o matagal, a produzir abundante fumaça e a esquartejar o tronco hospedeiro até conseguir extrair aqueles favos opulentos e gotejantes de mel. Das matas da vizinhança também extraía a madeira que ardia no fogo de chão e acalentava o acanhado rancho. E o fazia sem cerimônia, astutamente, aproveitando-se da bondade alheia não apenas para suprir o próprio uso, mas também para comerciar descaradamente a lenha retirada de forma clandestina.

O velho Taborda era um crioulo espertalhão, que costumava fazer incursões pelo milharal de Seu Lorenzo na época do pendoamento, de onde retirava grandes braçadas de espigas com cabelos dourados para alimentar a família e para vender na cidade. E quando Lorenzo perquiria acerca de uns estranhos vestígios que constatava ao observar o vazio da palha esgarçada nos talos viçosos do seu milharal, Taborda vaticinava cinicamente:

— É pegada de ouriço… Conheço bem esse bicho!

E logo oferecia seus préstimos de exímio caçador de predadores notívagos. Era só o patrão dar licença que agarraria o invasor à unha.

Lorenzo se limitava a chacoalhar a cabeça, mal contendo a sua zanga:

— É… Deve ser um ouriço da mão preta… *Un scorson!*[219]

Numa ocasião, estavam a colher feijão na roça nova. Na beirada do mato havia umas touceiras de bananeiras muito vistosas. Lorenzo mostrava-se desiludido com a falta de sorte que tinha com as suas bananeiras. Embora elas sempre largassem grandes cachos, nunca conseguira colher um único

---

[219] Um negrão.

deles. Quando se aproximava a época da sua colheita, eles sumiam inexplicavelmente. Sentia-se frustrado, pois sequer conhecia o sabor daqueles frutos.

Começou a questionar Taborda sobre aquele desconhecido bicho que dava sumiços misteriosos nos cachos de banana. O caboclo seguia desconfiado, silencioso como o mais matreiro dos gatos, apenas ouvindo as indagações do patrão como se aquele assunto lhe fosse de todo estranho. Não se denunciava nunca, mantendo a sua habitual desfaçatez. Mal tergiversava interjeições reticentes, dissimulando insolentes exclamações de falso ressentimento.

Dona Idalina, que acompanhava atenta aquela prosa inútil, intrometeu-se, rompendo um silêncio que se passava despercebido. Começou anunciando que o mistério do desaparecimento dos cachos de banana estava com os dias contados. Muito em breve descobririam o safado do "mão-pelada" que andava atacando o bananal. Taborda espiou de sobrolho, agora interessado no assunto. Mas que novidade era aquela? De onde a "patroa" tirava tanta certeza da descoberta do gatuno das bananas? Será que ela estava falando sério? Ou estaria apenas atirando verde para colher maduro?

Percebendo a súbita agitação que aquela afirmativa produziu no caboclo ladino, Dona Idalina complementou em tom professoral, quase não escondendo uma pitada de malícia no falar:

— É que essas bananeiras foram vacinadas com um veneno brabo, sabe? Agora, quem comer as bananas sem tomar o remédio para o veneno vai ter uma dor de barriga medonha. Uma caganeira dos diabos. Vai botar até as tripas para fora.

Taborda estancou num sobressalto. Um estranho calafrio arrepiou a pele por baixo dos molambos, e exclamou alarmado:

— A *la putcha*, tchê!

— É… O safado vai se cagacear todo… – emendou Seu Lorenzo.

— Mas vejam só… – resignou-se desconfiado o caboclo, soerguendo incrédulo a sobrancelha.

Alguns meses depois, Lorenzo colheu, pela primeira vez, generosos cachos em seu bananal.

— Muito esperto esse tal Taborda – observou Natália ao findar a narrativa de Seu Lorenzo.

— Era um grande velhaco, isso sim – corrigiu Dona Idalina.

— Não, não… – falou Seu Lorenzo. – O Taborda tinha cada uma!

— É, mas uma vez nós o pegamos de jeito – comentou Ernani. – Lembram daquela vez do galinheiro?

— Ah, sim! Aquela vez ele se deu mal mesmo – confirmou Seu Lorenzo, iniciando imediatamente a narrativa do causo antes que alguém lhe fizesse o pedido.

O ASSALTO FRUSTRADO

Aquela manhã de fevereiro amanheceu chuvosa e carrancuda. Os trabalhos nas lavouras de soja estavam definitivamente prejudicados. Lorenzo e seus filhos Ernani e Marcelo aproveitaram o dia chuvoso para fazer reparos nas benfeitorias da propriedade rural. Passaram a tarde reconstruindo um muro de arrimo que despencara de velho. Interromperam os trabalhos apenas para saciar a sede com uma robusta melancia colhida na horta da residência.

Enquanto partia a melancia em fatias generosas, Dona Idalina comentou a respeito do plantel de galinhas que estava diminuindo a olhos vistos. Seu Lorenzo, com um suculento naco de polpa vermelha na mão, levantou questão a respeito do estranho rapinador que andava desfalcando o galinheiro, sugerindo que poderia ser uma raposa. Marcelo prontamente rechaçou essa hipótese:

— Acho brabo… Já vasculhamos todos os galpões e nem cheiro da tinhosa!

— Para mim é alguma "mão-pelada" – interferiu opiniático Ernani.

— Pfff! Só se for um mão-pelada de duas pernas! – emendou Dona Idalina, convicta das suas suspeitas, fazendo um breve muxoxo. E aproveitou para pedir aos guris que tomassem alguma providência para identificar o estranho larápio que estava dizimando as suas galinhas. Afinal, até o soberbo galo do terreiro já andava a perigo.

Os rapazes entreolharam-se num cumplicioso silêncio. Apenas pediram para Dona Idalina que deixasse o galinheiro por conta deles naquela noite. O resto da tarde ficaram a matutar uma cilada para surpreender o notívago visitante. Ao anoitecer, apanharam um grande cesto de taquara fabricado por algum bugre – que se encontrava abandonado no velho galpão de madeira – e armaram arapuca suspendendo-o sobre um barrote à porta do galinheiro.

Nas cercanias da residência recolheram grande porção de rejeitos de tijolos, latas velhas, sarrafos de madeira, algumas pedras, pedaços de barras de ferro retorcidas e toda sorte de fragmentos e cacarecos de metal ou outro tipo de refugo capazes de produzir muito barulho e muito alarde. Tiveram grande dificuldade para soerguer todo esse exótico material e acomodá-lo no balaio suspenso na entrada do galinheiro. Após grande esforço, o velho cesto estava repleto de rebotalhos, suspenso numa posição estratégica, não visível do lado externo do galinheiro.

Fecharam cuidadosamente a porta e esticaram uma cordinha que prendia o balaio à tramela, mantendo-o num precário equilíbrio, de tal sorte que o menor movimento de abertura da porta provocaria a derribada do cesto e da sua carga barulhenta. Armada a arapuca, os rapazes se deram por satisfeitos e preveniram Seu Lorenzo:

— Prepare o três oitão que esta noite vai ter barulho...

Seu Lorenzo interrogou os filhos para saber de todos aqueles preparativos a que haviam se entregado naquele entardecer, mas os rapazes fizeram segredo. Apenas pediram ao pai que deixasse a arma preparada, porque naquela noite os gatunos iriam ter uma surpresa inesquecível.

Jantaram num sossego entediante. Por algum tempo, entretiveram-se desinteressados com a televisão. Quando o sono bateu, entregaram-se extenuados aos seus leitos. Mas, antes, Lorenzo apanhou o revólver calibre 38 e checou a munição em seu tambor. Estando tudo em ordem, deitou-o no criado-mudo, deixando-o bem à mão.

Todos já ressonavam profundamente quando a madrugada chegou sorrateira e silenciosa. Lá fora reinava uma calmaria inebriante. Uma tímida Lua cheia espreitava preguiçosa por entre as nuvens. Tudo parecia no mais perfeito sossego. Até os cães dormitavam pacíficos, relaxados da sua vigília. Mas quatro vultos soturnos esgueiravam-se sinistros por trás dos galpões. De repente, o som de um estrondoso baque ribombou na escuridão quebrando a quietude da noite. Seu Lorenzo gritou de sobressalto:

— E se vieram os de bombacha! – E apanhou a arma, saindo porta afora a disparar tiros para o alto.

Marcelo e Ernani saltaram a janela do quarto e correram até o galinheiro. Seu Lorenzo, de arma em punho, dava a volta nos galpões. Encontraram-se em frente à porta escancarada do velho galinheiro, que exibia uma parafernália de trastes esparramados à sua entrada. Em seu interior, galinhas nervosas cacarejavam aboletadas no poleiro. A cachorrada disparou num frenético alarido, descambando por uma ladeira que se estendia por trás dos galpões.

Seu Lorenzo e os filhos deram buscas pelas benfeitorias da propriedade, sem encontrar nada de suspeito. Regressaram à casa e encontraram Dona Idalina e as crianças alarmadas com o estrepitoso alvoroço que apanhara a todos de surpresa naquela madrugada fastidiosa. Demoraram algum tempo até reencontrarem o sono. Cada vez mais distante se ouvia o latido esbravecido de cachorros em perseguição. E não fosse a necessidade de encerrar esta história, eles ainda estariam perseguindo os fugitivos.

Na manhã seguinte, sob a luz do dia, vasculharam as redondezas à procura de vestígios dos desastrados ladrões. No interior de uma carreta agrícola, abrigada no velho galpão de madeira, encontraram cascas de laranjas temporonas semi-amadurecidas e sinais de acamados recém-utilizados por algum forasteiro. Na ladeira, afundadas no terreno arado de poucos dias, encontraram pegadas humanas que apontavam para um rumo conhecido. Contaram: havia quatro rastros. Mediram o comprimento das passadas e admiraram-se com a sua amplitude. Concluíram que os incautos fugitivos deveriam estar deveras apressados. Também tiraram rápidas conclusões acerca dos componentes da quadrilha.

Após o café da manhã, Seu Lorenzo e os filhos foram capinar a lavoura de soja situada nos fundos das suas terras. Próximo dali residia Taborda, cuja prole desfrutava a fama de "amigos do alheio". Pela metade da manhã, avistaram o caboclo e o convidaram a puxar um dedo de prosa. Exibindo a sua habitual matreirice, ele aquiesceu solícito. Entre um causo e outro, em meio a uma prosa morna e desinteressada, Seu Lorenzo foi indagando a Taborda, como quem não quisesse nada, se os seus piás não tinham saído para algum passeio na noite anterior. O caburé astuto dissimulou com a sua habitual cara de pau:

— É... Foram *hacer una*[220] pescaria a facão...

— E aí? Pegaram muito peixe? – perguntou Seu Lorenzo.

— Não! Parece que a noite não era boa pra pescá...

— Mas, afinal, quais os guris que foram nessa pescaria? – perquiriu Ernani.

---

[220] Fazer uma...

— Pois óia, deixa vê… – respondeu já desconfiado o caboclo. – Acho que foram o Agenor, o Gegê (Gerônimo), o Adirso Manoel (Adilson Manoel) e o Florindo (genro do Taborda, amasiado com a filha Rosaura) – completou, repassando nos dedos como se soubesse fazer contas.

— E a que horas eles voltaram? – continuou com a interpelação Seu Lorenzo.

— Ah… Já era tarde… – respondeu reticente Taborda, coçando a barbicha rala mais desconfiado ainda.

— E eles não estavam… assim… meio que assustados? – questionou Marcelo, mal contendo um riso.

O velho caboclo deixou escapar um sorriso patusco, que escancarou uma boca esparsamente povoada com dentes tortos e amarelados pelo tabaco. E limitou-se a soltar aquela sua frase já muito pitoresca, que embora nada confessasse explicitamente, não deixava qualquer dúvida quanto ao seu verdadeiro teor:

— Mas vejam só…

E todos se riram a fartas gargalhadas.

Gargalhadas também pipocaram ao redor da mesa de jantar. Mas não por muito tempo, pois logo todos foram surpreendidos pelo alarido que Pirulito fazia na frente da casa. Dona Idalina foi até a porta para verificar o que estava acontecendo e reconhecendo quem chegava, logo anunciou:

— É a Marina e a Maria Helena. Estão chegando da viagem.

As meninas prontamente correram até o jardim para receberem as Dindas com abraços e beijos. Dona Idalina foi a seguinte a abraçar as que chegavam, não deixando de perguntar logo:

— E a Cristiane?

— Deixamos ela em Porto Alegre – respondeu Maria Helena.

Os demais também foram ao encontro das viajantes. Seu Lorenzo, com seu jeito tão peculiar de receber visitas, num gesto largo tratou logo de convidar a se assentarem à mesa para aproveitarem o jantar que eles já estavam finalizando:

— Vão se acomodando onde tiver lugar!

Marina e Maria Helena agradeceram o convite e se puseram à mesa. Tal convite veio em boa hora, pois estavam famintas e cansadas da longa viagem daquele dia. A conversa logo ficou animada. Ernani encheu as irmãs de perguntas a respeito da viagem, querendo saber todos os pormenores, por onde tinham passado, que lugares haviam visitado. Entrecortando com bocados do jantar ou um gole de vinho, Maria Helena e Marina foram, então, relatando as experiências da viagem.

VIAGEM AO ESTRANGEIRO

As três irmãs haviam combinado de aproveitar o final do ano para fazerem uma viagem pelos países do Prata. Elas passaram as festas do Natal com a família, na casa do pai Lorenzo. Fazia tempo que a família não se reunia para comemorar as festas natalinas todos juntos. Os festejos cristãos nem tinham acabado e já partiram Maria Helena, Marina e Cristiane, no Corsa Sedan branco, ano 2001, rumo às cidades gêmeas de Santana do Livramento e Rivera, portal de ingresso para a nação uruguaia.

Maria Helena e Marina alternavam-se ao volante, enquanto Cristiane viajava pachorrentamente esparramada no banco traseiro e se valia de seus conhecimentos agronômicos para contemplar as campinas verdejantes e criticar a estrutura fundiária das estâncias do pampa sem fim. Na hora da conversação com estrangeiros, Marina puxava o seu espanhol peninsular, usando os seus conhecimentos de doutora em língua espanhola, contrapondo-se ao castelhano arrastado dos platinos.

Atravessaram os campos ondulantes da Província de Taquarembó, sempre trafegando por estradas muito bem conservadas (o que causava justificável inveja às viajantes), e passaram pela cidade de Paso de Los Toros, terra natal do famoso escritor e poeta Mario Benedetti. Cruzaram o Rio Negro, fincando pé na Província de Durazno, onde procuraram pela conterrânea rocinhense Marina Corsini – a Schita[221] –, grande amiga de infância, que vivia e administrava uma estância em plagas uruguaias. Passaram um dia inteiro em *ricuerdos*[222] e reminiscências dos velhos tempos de colegas de escola e de inseparáveis companheiras nas inocentes brincadeiras infantis.

---

[221] Apelido adquirido nos tempos de escola.
[222] Recordações.

Retomaram caminho no dia seguinte e seguiram até a histórica Colônia do Sacramento, patrimônio cultural deixado pelos portugueses quando tentaram se apropriar da margem oriental do Rio da Prata. Em Colônia tomaram o *buquebus*[223] para atravessar o imenso mar platino rumo a Buenos Aires. Na capital portenha, passaram alguns dias em *tournée*[224] pela Calle Florida, Plaza de Mayo, Caminito, La Boca, Puerto Madero e por outros pontos turísticos famosos.

Aproveitaram para passar a noite de Ano Novo em Buenos Aires e assistir ao espetáculo pirotécnico e à festa do *réveillon*[225] da grande metrópole que, devido à fama de vida noturna agitada, imaginavam ser algo fantástico. Mas tiveram uma enorme frustração; em vez do show de fogos, como acontece nas grandes cidades do mundo nessa noite, encontraram tudo fechado, ruas vazias e desoladas, e o único ruído que ouviam era produzido pelo espocar de ridículas bombinhas e busca-pés que meia dúzia de moleques soltava para assustar os esparsos transeuntes.

Por muita sorte conseguiram encontrar um bar aberto – o Café de la Ciudad, na Nueve de Julio, em frente ao Obelisco. Ali jantaram e, ao badalar da meia-noite, como ninguém tomava a iniciativa para saudar o Ano Novo (os argentinos jantavam tranquilamente, numa apatia incompreensível para qualquer brasileiro), as três irmãs brindaram sonoramente, como costumam fazer os festeiros brasileiros, e começaram a abraçar os garçons e a desejar *Feliz Año Nuevo*[226] aos assustados e incrédulos vizinhos de mesa. Foi a noite de Ano Novo mais frustrante das suas vidas, pelo menos até então.

De volta ao Uruguai, seguiram viagem até Montevidéu. Depois, passearam por cidades balneárias, como Punta del Este, Punta Ballenas – onde conheceram a deslumbrante Casa Pueblo, do artista plástico Carlos Páez Vilaró – e Maldonado. No Forte Santa Tereza se admiraram com a grandiosidade das paredes de pedra daquela que foi um dia uma imponente fortaleza militar quando portugueses e espanhóis brigavam pelo domínio daquelas coxilhas. As ruínas do velho forte constituíram a última parada em solo uruguaio. Então voltaram à estrada rumo ao povoado fronteiriço do Chuy, preparando-se para reingressarem em território brasileiro.

---

[223] *Ferry-boat*, barco.
[224] Percurso.
[225] Véspera do Ano Novo, "virada".
[226] Feliz Ano Novo.

Na chegada à povoação fronteiriça, encontraram cones de sinalização e alguns tonéis pintados, que não lhes mereceu qualquer atenção. Esperavam passar pela ponte sobre o Arroio Chuy, que haviam aprendido nos tempos de escola ser o extremo meridional do Brasil. Uma das irmãs até já havia alertado:

— Vamos cuidar que logo vem a ponte. Lá deveremos passar pelo controle da imigração.

Avançaram mais um pouco e nada de aparecer a esperada ponte. Adentraram, então, numa larga avenida, que apresentava um trânsito que lhes pareceu extremamente caótico. A avenida tinha um cordão central e trânsito nos dois sentidos em ambos os lados. Marina, que conduzia o veículo, não conteve um comentário reprovativo:

— Mas que balbúrdia! Uma avenida com trânsito nos dois sentidos em cada lado. Parecem ser duas cidades!

— Capaz! A fronteira não é seca, tem o rio! – respondeu uma das irmãs, insistindo na ideia do Arroio Chuy como fronteira.

Seguiram dando voltas até acharem uma pequena sombra e estacionaram o carro em diagonal, no lado oposto da avenida confusa, onde havia vendedores ambulantes e "flanelinhas", que falavam uns em castelhano e outros em português. Observaram as placas dos veículos que circulavam pela avenida e constataram que eram dos dois países limítrofes, uma mistura.

— Bem, estamos perto da fronteira – pensaram um tanto desorientadas.

Ainda pretendiam fazer algumas compras em território uruguaio para aproveitarem os preços vantajosos e aquela seria a última oportunidade. Tinham que aproveitar, pois ainda restavam nos bolsos alguns pesos teimosos. Atravessaram a avenida, retornando para o lado de ingresso, onde entraram num *free shopping*[227]. Os vendedores falavam os dois idiomas, muito deles sem sotaque, o que lhes pareceu natural por se tratar de zona de fronteira. Aproveitaram para comprar perfumes, que podiam pagar tanto com pesos uruguaios quanto com reais. Cristiane aproveitou para comprar um charuto havano para presentear um amigo.

Retornaram ao carro para guardar as compras. Seguiram a pé por esse lado da avenida, bisbilhotando as mercadorias expostas nas pequenas casas comerciais. Acharam estranho ver tantos produtos brasileiros. Aliás, olhando bem, só havia produtos brasileiros.

---

[227] Conjunto de lojas que vendem produtos isentos de impostos.

— Que estranho! – comentou uma delas. – Cadê os famosos produtos de lã do Uruguai?

Isso as intrigou. De fato, parecia que a lendária indústria lanifícia uruguaia havia desaparecido do mapa. As casas comerciais tinham nomes grafados em português, espanhol, inglês, árabe, coreano e chinês. Era uma autêntica "babel". Cristiane chegou a ler a palavra "correio" grafada em português, mas como tinha em mente a ideia de um rio como fronteira, não caiu em si. Entretanto eram mais frequentes os nomes brasileiros. Vai ver que era para atrair os turistas brasileiros, concluíram elas.

Entraram numa loja e Marina logo se adiantou a entabular conversa em espanhol com as atendentes, as quais lhe respondiam num português correto, que não denunciava qualquer sotaque. Mas Marina persistia em usar o seu espanhol e as vendedoras a lhe responder em português. Até que uma delas observou gentilmente:

— Para falar bem o castelhano é bom praticar bastante!

"Qual essa, aprender castelhano!", pensou Marina com indignação. "Pois saiba que eu sei falar melhor que muito castelhano! Afinal, o meu espanhol é peninsular, com sotaque *madrileno*:[228] 's' sibilante, 'y/ll' com pronúncia de 'i' latina, diferente da forma "hilada" característica da fala rio-platense", concluindo seu pensamento.

Meia-quadra adiante encontraram uma sorveteria e entraram. Fazia calor e já estavam cansadas de tanto perambular atrás dos sumidos produtos uruguaios. Marina dirigiu-se à vendedora, insistindo com o seu espanhol:

— *Un helado, de cucurrucho, por favor. De tres gustos…*[229] – E apontou a quantidade de bolas desejada com os dedos por puro hábito de professora de línguas, que ao falar, gesticula e faz uso de trejeitos para facilitar a compreensão da mensagem.

— Você quer dizer sorvete de casquinha com três bolas? – confirmou a garçonete com um sorriso intrigante.

Mal a atendente lhe deu as costas, Marina não conteve um comentário de reprovação:

— Parece que essa castelhana não entende espanhol!

---

228 Madrilenho, relativo a Madrid.
229 *"Quero um sorvete de bolas. De três sabores…".*

Cansadas de tanto perambular, Maria Helena e Cristiane limitaram-se a concordar com a irmã, falando com o seu silêncio. Degustaram os *helados de cucurrucho* e retomaram a peregrinação pelo comércio. Avançaram mais algumas quadras e encontraram um supermercado. Para variar, os grandes letreiros anunciavam o nome do estabelecimento em letras garrafais em português. Resolveram entrar para procurar pelos tradicionais caramelos[230] (para presentear as sobrinhas), pela famosa Norteña e pelo delicioso *dulce de leche*[231] uruguaio.

Percorreram as gôndolas atrás das tais balinhas, da famosa cerveja e do doce das marcas Conaprole e La Pataia, recomendadas pela amiga Marina Corsini, mas só encontraram a marca Mu-Mu, produto brasileiro. Que coisa! Todos sabem que a indústria uruguaia não é tão sortida assim, mas parecia que uma verdadeira avalanche de produtos brasileiros havia invadido aquela pequena cidade. A disposição das gôndolas seguia a tradição brasileira, a variedade de produtos era farta, mas a clientela era essencialmente de uruguaios. O Uruguai é um país bonito e *muy tranquilo*,[232] mas também muito decadente, pensaram elas.

— Somos uns imperialistas – concluiu, decepcionada, Marina.

De repente, estancaram diante de uma gôndola. Maria Helena exclamou:

— Olha! Tem até água mineral da Fonte Ijuí! Vamos levar umas para a viagem, sem gás… – E apanhou algumas garrafas.

Nesse momento, Cristiane havia se desgarrado do grupo. É que estava preocupada, pois não tinha pesos uruguaios suficientes para pagar as suas compras. Dirigiu-se, então, a uma das caixas, e perguntou toda receosa, esforçando-se por cochichar um "portunhol" que fosse inteligível:

— *Si puede pagar en reales?*[233]

— Sim, mas claro que sim! – respondeu toda sorridente a atendente.

Passaram-se mais alguns minutos e as três irmãs se reencontraram junto a uma gôndola repleta de produtos de marcas brasileiras. Cristiane indagou, então, às irmãs:

---

[230] Balas.

[231] Doce de leite.

[232] Muito tranquilo.

[233] *"Pode-se pagar com reais?".*

— Vocês sabem em que país estamos?

— No Uruguai, uai! – respondeu de bate-pronto Maria Helena, caprichando na rima.

— Isto aqui já é o Brasil! – falou Cristiane num sussurro, para que ninguém mais a ouvisse.

— Pfff! Não acredito! – exclamou Marina, largando o carrinho com as compras no meio do corredor e puxando a frente em gargalhadas, enquanto pensava aliviada: "Ainda bem que não somos tão imperialistas assim…".

Atravessaram novamente a avenida, que agora sabiam ser a "fronteira". Achando-se seguras que se encontravam no Uruguai, indagaram a um ambulante onde poderiam encontrar um supermercado "uruguaio". Andaram mais uma quadra e meia e, então, perceberam por que os uruguaios preferiam fazer as suas compras no Brasil: o supermercado uruguaio era uma desordem total, mercadorias empilhadas umas sobre as outras sem qualquer critério, embalagens e vasilhames rústicos, envelhecidos e obsoletos, pouquíssima variedade e diversidade de produtos, uma bagunça só. Mesmo assim, compraram alguns litros da cerveja Norteña, caramelitos, dulce de leche e queijo para a viagem.

Antes de cruzarem novamente a "fronteira", retornaram ao controle alfandegário, aquele dos tonéis e cones, situado cerca de 6 km atrás, para carimbar os passaportes, pois, do contrário, teriam saído do Uruguai ilegalmente. De volta à fronteira real, que, nesse caso, estava muito antes do que imaginavam, Marina levou tremendo susto, pois não conseguia encontrar o documento de reingresso no Uruguai quando retornaram da Argentina. Suava frio, tremiam as suas pernas. Nervosas, as irmãs puseram-se a auxiliá-la, pois os agentes alfandegários já ameaçavam retê-las até pagarem fiança e multa (que não eram pequenas). Felizmente, após vasculharem toda a bagagem, encontraram o bendito papel e puderam seguir a viagem.

A reentrada "legal" no Brasil foi silenciosa, um tanto pelas peripécies passadas para "achar" a fronteira e outro tanto pelo susto em se verem envoltas com problemas de imigração. A fronteira com rio e ponte nunca foi alcançada, permanece adormecida no horizonte do imaginário. Mas no Chuy – ou Chuí –, a fronteira carece de sentido, é mera fantasia, uma criação utópica, como uma miragem.

Mantendo longo silêncio, as irmãs retomaram a estrada em direção a Pelotas. Somente voltaram às falas para tecerem algum comentário sobre as deslumbrantes belezas do Banhado do Taim.

— Essa da fronteira do Chuí merece entrar para os anais da história – comentou rindo Ernani.

Maria Helena logo advertiu:

— Olha lá, Pingo, o que vai fazer. Essa história é segredo!

— Acho que deveríamos ter omitido esse episódio da fronteira – observou Marina para a irmã. – Esse detalhe poderia ter ficado só entre nós…

— Bem – respondeu Ernani –, simplesmente não posso ignorar os fatos. – E continuou rindo: – Mas que essa história é muito cômica não resta a menor dúvida. E isso porque duas são professoras… Ha ha ha".

— Bico calado, Pingo! – insistiu Marina.

Todos já haviam concluído o jantar. Neila, Maria Helena e Marina começaram a recolher as louças enquanto Dona Idalina, sempre com seu senso prático, já começava a organizar a distribuição dos quartos e das camas para o pernoite. E Seu Lorenzo continuava a oferecer vinho às visitas, destacando:

— Esse vinho é dos bom! É vinho Benefatti! Podem beber à vontade que esse eu garanto, não tem perigo de dar dor de cabeça.

Foi quando Gabriela e Júlia, como um furacão, invadiram a casa de Nona Idalina, que logo exclamou:

— Essas duas já sentiram o cheiro!

Seu Lorenzo antecipou-se em asseverar:

— Pronto! O mosquito elétrico[234] chegou! Essa daí não desgruda nunca! – Enquanto Gabriela não dava sossego às tias, ora pendurando-se numa, ora noutra.

— Mas por que o senhor diz isso, pai? – perguntou Ernani.

Então, para responder ao questionamento do filho, Lorenzo começou a contar a história da neta Gabriela.

---

[234] Forma como chamava a neta Gabriela.

A MENINA FULERA

Gabriela chegou ao mundo com uma grave deficiência congênita no coração. O problema situava-se numa válvula cardíaca, que produzia aquilo que os médicos costumam denominar vulgarmente de "sopro do coração". A má-formação foi diagnosticada precocemente, quando Gabriela tinha dois meses de vida, deixando toda a família sobressaltada. Era uma deficiência bastante grave, que representava um enorme risco de vida para o pequeno bebê e exigia um tratamento de sucesso duvidoso.

Os médicos não davam qualquer garantia de êxito e os pais tiveram que tomar uma decisão corajosa e muito difícil. Mas depois de várias cirurgias, uma mais delicada do que a outra, e de meses de internação no Instituto do Coração em Porto Alegre, aquela criança frágil foi agraciada com as bênçãos do bom Pai do Céu e, paulatinamente, foi arregimentando forças e, quase como num milagre, superou o longo e difícil período de convalescença.

Tanta dor e sofrimento experimentados pela pequena Gabriela serviram para lhe moldar uma personalidade forte e destemida. É verdade que o longo período de tratamento afetou o seu desenvolvimento físico, tornando-a uma criança bastante mirradinha. Mas também deu forma a uma menina desinibida, esperta e, principalmente, muito espirituosa. Daquela experiência dolorosa brotou uma criança com muita vitalidade e incomum vivacidade.

Na verdade, quem via Gabriela em ação, com tanta energia e disposição, era incapaz de imaginar que aquela garotinha sagaz e hiperativa tinha passado por uma experiência tão sofrida e traumática. Em qualquer grupo de crianças, logo se destacavam a voz e a liderança de Gabriela, com a sua vocação de fogueteira a incendiar o ambiente.

Gabriela também era muito popular, de tal sorte que em Três de Maio, sua cidade natal, não havia quem não conhecesse a sua história e as suas peripécies. Por onde andasse – na rua, na escola, nos parques, nas lojas –, todos a conheciam e a cumprimentavam na maior intimidade. Quando suas tias Maria Helena e Marina visitavam a família, Gabriela, muito espevitada, logo as convidava para um passeio pela cidade, enlaçando-se ao pescoço num apelo pegajoso.

— Tia, vamos dar uma voltinha!

— Ah, Gabi! Acabei de chegar... – desconversava com má vontade uma das tias. E diante da insistência tenaz de Gabriela, perguntava:

— Mas o que você quer ver na cidade?

— Nada. É só para desopilar – respondeu matreiramente a menina.

É que pelo caminho sempre havia alguma sorveteria, diante da qual Gabriela empacava e não arredava pé até que lhe servissem um polpudo sorvete. E como costumava andar desprevenida de recursos, a conta sempre sobrava para a tia de ocasião.

Prosseguia a *tournée*[235] pela cidade e Gabriela se escalava no papel de cicerone de luxo, parando aqui e acolá, intercalando encontros com crianças, idosos, adultos, homens e mulheres, todos a cumprimentá-la carinhosamente. A caminhada mais parecia um cortejo de político em época de eleições.

— Oi, Gabi! – saudavam alguns.

— Como vai, Gabriela?! – cumprimentavam outros.

Em certa ocasião, o seu pai, Júlio Cardoso, foi convidado para proferir uma palestra sobre cooperativismo num colégio da cidade. Após a apresentação pelo mestre de cerimônias, Júlio iniciou a conferência utilizando-se de um corriqueiro artifício para quebrar o gelo e interagir com a plateia. Indagou quem o conhecia. Ninguém se manifestou. Um tanto contrariado, formulou nova pergunta:

— E quem de vocês conhece a Gabriela Cardoso?

Um mar de braços se agitou para atestar a grande popularidade da filha. Na verdade, Gabriela sempre se colocava no centro das atenções e os seus familiares passavam a ser menos conhecidos pelos nomes próprios e mais pelos atributos de ser o "pai", a "mãe" ou a "irmã da Gabriela".

---

[235] Percurso.

A menina também tinha muita facilidade para fazer amizades. Quando uma visita chegava à sua casa, toda serelepe saltava num zás-trás no colo do visitante, confiscando-lhe logo a atenção e a simpatia. Sabia que o seu gesto arrebatador proporcionaria toda a sorte de mimos e agrados.

Quando as primas Natália e Luana anunciavam uma visita aos nonos Lorenzo e Idalina, Gabriela passava o dia numa espera irritante. De quinze em quinze minutos tocava o telefone para saber se as primas já haviam chegado, atazanando a vida da Nona. E se a demora se tornasse excessivamente longa, Gabriela corria até a casa da Nona Idalina só para conferir se ela não a estava enganando. E quando se reuniam as quatro primas, mais os primos Márcio e Maurício,[236] Gabriela tomava a frente das ações e comandava a bagunça. Nono Lorenzo – com a sua paciência de Jó – logo perdia a calma e extravasa a sua irritação com seus gritos atordoantes:

— *Mah! Tasi, sacramenha!*[237]

O colégio sempre foi o campo mais fértil para as peraltices de Gabriela. Sua fama de menina fulera logo se espalhou pelo Colégio Dom Hermeto, de Três de Maio, azedando o bom humor das professoras. Se havia bagunça na sala de aula, já se sabia quem estava em ação. As professoras tentavam controlar a situação e impor limites à agitação da menina serelepe, chegando a lhe fazer ameaças de levá-la à direção… Tudo inútil. Muito esperta, a garota logo percebia quando a situação começava a ficar complicada para o seu lado e, de imediato, colocava em prática as suas habilidades pessoais para aplacar a ira das professoras. Então achegava-se toda carinhosa, derretendo-se em afagos e carícias, e a fúria das preceptoras se esvaía como fumaça.

Certo dia, Gabriela estava impossível na sala de aula. A professora não suportava mais o alvoroço provocado por ela e resolveu tomar as rédeas da situação e dar um basta àquela pândega. Com muita energia – e coragem –, começou a passar um severo pito na garota, exigindo-lhe ordem e respeito. Impassível e na maior cara dura, Gabriela enfrentou a carraspana da professora, plantando-se desafiadoramente, com as mãos à cintura, feito açucareiro:

— E nem pensa me mandar para a diretoria que o meu pai é "assim ó" com o vice-diretor! – E esfregou os dedos indicadores num gestual que não deixava qualquer dúvida acerca da grande amizade que o seu pai mantinha

---

236 Filhos de Marcelo Benefatti.

237 *"Mas! Fiquem calados!".*

com Gilson Marczynski – o vice-diretor –, velho parceiro de pescarias, futebol e outras atividades lúdicas.

De outra feita, as bagunças da Gabriela superaram a paciência monástica da professora, que resolveu tomar uma atitude radical. Chamou a professora de disciplina, a quem entregou a aluna fulera. Conduzida a cabresto pela mão de ferro da preceptora, Gabriela foi levada até a sala da diretora. Percebendo que os ventos lhe sopravam desfavoráveis, antecipou-se à sua condutora e irrompeu na sala como impetuoso tufão. E antes que as professoras, boquiabertas e paralisadas pelo inopino, recuperassem-se do sobressalto, Gabriela logo as advertiu em tom desafiador:

— Nem vem com castigo que o meu pai é bem grandão! É deste tamanhão, ó! – E espichou os braços para bem aquilatar a estatura avantajada de seu progenitor e especial protetor.

— Não, não… – falou Seu Lorenzo ao final do relato. – Essa Gabriela é impossível.

— Mas é melhor vê-la assim, com muita energia. Criança muito quieta não é bom sinal – comentou Ernani.

Rodeada pelas sobrinhas e com a afilhada Natália ao colo, Marina indagou:

— E aí? Vocês brincaram muito na piscina hoje?

— Não, tia! – precipitou-se em responder Gabriela. – Só eu, a Lu e a Júlia ficamos na piscina.

— E por que a Natália não entrou na piscina com vocês? Está resfriada?

— Não, Dinda – falou Natália. – Eu fiquei ajudando o Nono.

— Ah é? E o que o Nono estava fazendo?

— Ele foi arrumar o porão e eu fiquei ajudando ele.

— Mas que legal! – aprovou Marina.

Dona Idalina, que passava pela cozinha naquele instante, não se furtou em observar:

— O serviço não andou muito. Já o papo foi grande!

— Dinda, o Nono me contou muitas histórias legais da nossa família, desde o tempo que vieram da Itália, dos nossos bisnonos... do Nono Felício, aquele que era meio nervoso... – falou Natália.

— Nervoso, ele? – interrompeu, rindo, Marina.

— É, de vez em quando. Mas ele era também muito engraçado. O Nono me contou muitas histórias dele.

Depois de alguns instantes, Natália prosseguiu:

— Ah, mas o Nono também me contou muitas histórias de vocês, de quando eram criança. Do meu pai e do Tio Marcelo, da Tia Mari e de você, da Tia Mariane e do Tio Valter também.

— Ah é? E o Nono te contou daquela vez que teu pai mandou as visitas fecharem o galinheiro? – indagou Marina, que ainda desconfiava que Ernani iria aprontar alguma sacanagem com aquela história da fronteira virtual do Chuí.

— Não, essa história o Nono não contou – respondeu Natália. E voltando-se para Nono Lorenzo, com um simples olhar, instigou-o a narrar a história das visitas não esperadas.

VISITA INESPERADA

O outono de 1983 havia iniciado tempestuoso sob o signo do fenômeno meteorológico El Niño. Abundantes chuvas torrenciais assolavam a região sul do país, produzindo grandes inundações e colocando em risco a promissora safra de soja da região missioneira. Grandes nuvens escuras insistiam em se acumular no horizonte, colocando em polvorosa os colonos que corriam desesperados atrás de ceifadores que se dispusessem a colher a tempo as suas lavouras, antes que novas trombas d'água encharcassem o solo e fizessem apodrecer os grãos nas vagens purulentas pela umidade e pelo mofo. E entre uma e outra chuvarada, nos breves estios em que o sol espiava tímido, os ceifadores se punham ariscos a colher com as suas máquinas barulhentas, ficando muitas vezes presos em atoleiros que amiúde se formavam nas lavouras, nos locais onde vertia água na terra mole e lamacenta.

Num sábado de início de maio, Ernani tomou o ônibus cedo da manhã em Três de Maio e se dirigiu a Rocinha. A semana havia iniciado chuvosa, num tempo emburrado que teimava com uma chuvinha fina e tediosa. No meio da semana, um sol desmaiado apareceu numa pausa estival, fazendo roncar os motores das automotrizes. Seu Lorenzo contratou ceifadores e encerrou a colheita das suas lavouras nas porções do terreno onde as máquinas conseguiram trafegar. Ficaram para trás as áreas baixas e encharcadas, em que as plantas acachapadas de vagens emergiam de um lodaçal medonho.

Ernani aproveitou a folga do trabalho naquele sábado para auxiliar os seus pais, que estavam sozinhos na colheita manual das partes abandonadas pelos ceifadores, já que o filho Marcelo tinha aula na faculdade em Santa Rosa naquele sábado. Nuvens na forma de rabos de galo riscavam os céus, prenunciando novas chuvas para breve.

Os três passaram o dia todo a cortar soja à mão em meio ao lodaçal. Formavam pequenos feixes, que depois eram carregados nas costas até um local de terreno firme, onde eram recolhidos numa carreta agrícola. Concluí-ram a tarefa exaustos, quando um sol desbotado de maio desmaiava atrás de uma barra de nuvens cinzentas e ameaçadoras.

Retornaram para casa e Dona Idalina adiantou-se a tomar o seu banho, enquanto os homens depositavam a soja em palha no galpão. Depois, foi a vez de Ernani banhar-se. Já estava escuro quando Lorenzo se dirigiu ao banho. Dona Idalina iniciava os preparativos para o jantar. Na sala, Ernani assistia ao noticiário regional da RBS, atento à previsão do tempo, esparrachado numa poltrona, com as pernas confortavelmente soerguidas e apoiadas num banco estofado. Enquanto fazia a barba, Lorenzo lembrou que se esquecera de fechar o galinheiro. Pediu que avisassem Marcelo, que estava para chegar da faculdade, para que o fizesse quando fosse guardar o carro.

Minutos depois um facho luminoso fez clarão nas vidraças das janelas e iluminou a grande fachada da velha casa de madeira, agora transformada em armazém. Da cozinha, Dona Idalina anunciou a chegada de Marcelo e se lembrou da tarefa destinada a ele. Ouvindo o bater do trinco do portão do jardim e sem se desacomodar da sua poltrona, Ernani gritou ordem a quem se aproximava:

— Fecha o galinheiro!

Embaixo do chuveiro, Lorenzo continuava a cantarolar enquanto cobria o corpo com um manto alvo e espumoso. Ernani estranhou que os cachorros continuavam a latir. De início achou que estavam a fazer festa para a che-gada de Marcelo, como era de hábito, mas naquela noite estavam latindo de forma diferente. Levantou-se preguiçosamente da poltrona para averiguar o que estava acontecendo. Abriu a porta da sala e avistou, num sobressalto, um senhor desconhecido, de meia-idade, estático na penumbra produzida pelo reflexo da lâmpada da pequena varanda. Recobrando-se rapidamente do inopino, lançou-lhe um "boa-noite" frio e reservado, perguntando-lhe:

— Pois não, o que deseja?

— É aqui que mora o Seu Lorenzo Benefatti? – indagou em resposta o desconhecido homem.

Ernani permaneceu calado por alguns instantes junto à porta, a pers-crutar aquele estranho. Volveu o olhar para o portãozinho do jardim e vis-lumbrou um vulto projetado no lusco-fusco. Apertou os olhos para acurar a visão e reconheceu o largo sorriso estampado naquele forasteiro. Sim, só conhecia uma pessoa com aquele riso tão peculiar: o Bertinho Benefatti. Rapidamente, Ernani saiu ao encontro dos visitantes, recebendo-os calorosamente e se desculpando pela forma pouco comum de ordenar serviços às visitas que mal chegavam. Do carro desceram duas senhoras: a esposa e a irmã do Bertinho, respectivamente Ivânia e Romina, cujo esposo Claudino Smanetto era quem ainda se encontrava parado à porta da casa.

Dona Idalina, apesar do volume da televisão, logo percebeu algo de diferente naqueles alaridos que se produziam do lado de fora da casa e se dirigiu a verificar o que estava ocorrendo. Encontrou o filho a introduzir quatro pessoas na ampla sala de jantar. Nesse exato instante, Lorenzo também assomou ao ambiente com os cabelos ainda desalinhados e úmidos do banho, exclamando estupefato enquanto ajeitava a roupa recém-colocada:

— Ma… sacramenha!

Outro facho de luz projetou-se sobre o casario. Agora, sim, era Marcelo retornando da faculdade. Quando o bater do trinco do portãozinho do jardim se fez sentir outra vez, Ernani gritou:

— Fecha o galinheiro!

E fortes gargalhadas ecoaram pela sala.

— Mas pai, como o senhor mandou as visitas fecharem o galinheiro? – perquiriu Luana ao final da narrativa do Nono Lorenzo.

— É, pai, como o senhor aprontou uma dessas com os parentes que estavam chegando? – reforçou o questionamento Natália.

— Essa história foi muito engraçada mesmo – concordou Ernani.

E depois de alguns instantes, prosseguiu:

— Mas tem outra, de uma visita que estava sendo aguardada… e que não foi reconhecida…

Todos os olhares se voltaram interrogativos para Ernani. Menos Maria Helena, que logo compreendeu do que se tratava.

— É, pai, como foi aquela vez da visita do primo Giordano Griggio?

A VISITA AGUARDADA

Era 07 de setembro de 2002, um dia generosamente ensolarado. Para aquela tarde estava programado o tradicional desfile cívico de Três de Maio, às 15h, e do qual tomariam parte todas as escolas do município. Lorenzo e a esposa Idalina planejavam assistir à parada cívica, como faziam todos os anos.

Pela manhã, Seu Lorenzo se plantou diante da televisão para acompanhar a transmissão das paradas militares do Sete de Setembro que ocorriam pelo país. Pouco antes do meio-dia o telefone tocou. Dona Idalina atendeu. Era o primo Giordano Griggio, de Sarandi, parente de Seu Lorenzo pelo lado materno. Dizia ele que tinha uns assuntos para resolver na região naquele dia e que pretendia aproveitar a viagem para visitá-los. Por isso desejava saber se Seu Lorenzo e Dona Idalina estariam em casa ao final da tarde. Dona Idalina questionou acerca do horário da chegada, ao que Giordano informou que chegaria por volta das 17h30m. Dona Idalina finalizou o atendimento dizendo que estariam aguardando a ilustre visita no horário combinado.

Pouco antes das 14h, lá se foram Seu Lorenzo e Dona Idalina em direção ao centro da cidade para assistirem o cortejo cívico. Decidiram ir a pé, aproveitando a tarde ensolarada para fazer uma caminhada. Ao se aproximarem da Avenida Uruguai, avistaram grande contingente de pessoas que já se aboletava junto ao meio-fio da calçada, formando extenso cordão de cabeças que espreitavam ansiosas. Restavam poucos espaços junto às sombras para os espectadores retardatários.

Dona Idalina e Seu Lorenzo decidiram, então, percorrer o percurso destinado ao desfile em busca de um lugar aprazível para assistirem a marcha cívica, de preferência junto a alguma sombra generosa que os abrigasse dos raios calorentos e brilhantes de um sol que se insinuava em primavera.

Seguiram pela calçada pública num caminhar vagaroso, cumprimentando amigos e velhos conhecidos que já se acotovelavam junto ao cordão de isolamento. De repente, avistaram um senhor de meia-idade, cabelos agrisalhados, que se dirigia a eles todo sorridente. Seu Lorenzo saudou-o, inclinando cordialmente a cabeça:

— Como vai, Seu Sartori?

O tal senhor não se contentou com o aceno e lhes estendeu a mão para cumprimentá-los num aperto inesperadamente caloroso. Estranharam a atitude exageradamente afetuosa do homem, correspondendo à entusiástica saudação por mera educação. O estranho perguntou onde poderia comprar água mineral e explicou que tinha deixado a família aguardando no carro, a algumas quadras. Seu Lorenzo indicou um bar pouco adiante, explicando o caminho com minuciosos detalhes.

Retomaram a caminhada à procura de um lugar no meio-fio da calçada e o desconhecido homem os acompanhou ao invés de seguir rumo ao bar. Acomodaram-se. E aquele senhor continuava ao lado deles, todo sorrisos e afagos, disposto a entabular conversa.

Seu Lorenzo deu-se conta, pelas atitudes e pelo modo de falar, que aquele homem não era nenhum Sartori, apesar da parecença física. Mas quem seria, então, aquele estranho senhor? Tentou puxar pela memória, mas não conseguiu a mais vaga lembrança. Entretanto o homem tinha grande simpatia e uma prosa bastante envolvente.

Os tambores já retumbavam distantes, anunciando o principiar do desfile. Cabeças curiosas invadiam a pista para visualizar bandeiras que tremulavam em perspectiva no início da avenida. E o desconhecido ao lado deles, todo conversa, perguntando a respeito dos familiares:

— E a Nicoletta, como está? A Aídes se recuperou bem da cirurgia?

Dona Idalina achou essas perguntas muito impertinentes. Afinal, ninguém dera confiança àquele estranho. Seu Lorenzo iniciou dando respostas lacônicas, um tanto desconfiado, mas o desconhecido não desistia, persistindo com as suas indagações:

— E a Vittória? Está bem de saúde? Tem notícias da família do Remiggio? E do Achyle?

Seu Lorenzo respondia suspeitoso. Porém aquele homem tinha uma cordialidade irresistível. Seu modo de falar era agradável e seduzia os ouvidos. Havia nele uma enigmática familiaridade. Aos poucos, Seu Lorenzo foi se soltando e a conversa passou a fluir animadamente. Pelotões uniformizados de crianças e jovens desfilavam patrioticamente sob aplausos calorosos da plateia. Bandas marciais retumbavam os seus tambores, forçando o cessar das conversas por rápidos instantes.

Agora Seu Lorenzo já proseava descontraidamente com o estranho homem. Dona Idalina mantinha-se calada, olhar severo e frio, censurando, com o seu silêncio, o esposo, que se entregava tão ingênua e facilmente à conversa daquele estranho.

Nesse momento, à sua frente, desfilava a comitiva do Grupo Escolar Rural Pedro Múcio Compagnoni, do povoado de Rocinha. Seu Lorenzo logo vislumbrou o seu neto Márcio perfilado entre os alunos. Estendeu o braço para indicá-lo ao desconhecido e logo desatou a narrar toda a biografia do neto, explicando que era filho do Marcelo, que a mãe se chamava Mariana, que tinha um irmão pequeno que se chamava Maurício, que residiam nas propriedades onde ele vivera durante 69 anos, que eram as terras onde se instalara a família de seu pai Felício no ano de 1926.

Ele aproveitou para contar toda a saga da família desde que deixaram as terras velhas de Guaporé, na Linha Nona, até chegarem em carroças naquelas terras que eram puro mato. Aproveitou, ainda, para falar de seus sete filhos, que criara com muito sacrifício, alguns morando distantes, mas todos bem encaminhados na vida, a maioria deles muito estudada (tinha até doutora diplomada na Europa). O desconhecido quedou-se calado a ouvir atento a todas essas histórias contadas por Seu Lorenzo, até que o ribombar de um surdo interrompeu a conversa.

A prosa foi reatada depois, por iniciativa do estranho, que se voltou para a sisudez de Dona Idalina, perquirindo:

— E a senhora? Recuperou-se bem das cirurgias?

Dona Idalina estremeceu num sobressalto de desconfiança. Respondeu laconicamente, olhando de viés para o desconhecido interlocutor. Indagou-se em seu íntimo: "Mas quem lhe deu toda essa confiança?". O atrevimento a incomodou. Começou a ficar nervosa. Aquele estranho já estava passando da conta. Mas o homem insistia em entabular conversa, indagando sobre assuntos reservadamente familiares. Já Seu Lorenzo estava admirado: "Mas esse sacramenha parece saber tudo da minha família!".

Um tropel de cavalarianos anunciou o final do desfile. O homem desconhecido olhou as horas:

— Nossa! Neste papo perdi as horas… São quase 17h! Tenho que buscar a minha turma! – exclamou estarrecido, fazendo menção de se afastar.

Dona Idalina suspirou aliviada. Finalmente estariam livres da inquietante companhia daquele forasteiro. Seu Lorenzo anunciou:

— Bom, nós também vamos indo, que daqui a pouco chega um parente… – e complementou: – … de Sarandi!

Foi quando o desconhecido se voltou num sobressalto e exclamou:

— Ma, Cristo! Eu é que sou o parente! – e bateu no ombro de Seu Lorenzo, que se limitou a bradar:

— Sacramenha!!!

Pela primeira vez na vida Dona Idalina sentiu-se grata por seu marido ser incapaz de guardar qualquer assunto familiar com discrição.

Àquela altura da conversa estavam todos reunidos em torno de Seu Lorenzo para ouvirem as suas histórias, menos Dona Idalina, que ainda estendia lençóis e providenciava camas. Gabriela, justificando a sua fama, saltava de um colo para outro. Em certo momento Júlia convidou as primas para irem até a sua casa, mas Natália recusou. Ainda estava interessada nas histórias que Seu Lorenzo contava com tamanha riqueza de detalhes. Então Gabriela pulou para o colo do Nono, provocando-o:

— E daí, Nono? Que outra história o senhor tem pra contar pra gente?

— Mas que história você quer ouvir? – questionou Seu Lorenzo.

— Ah, Nono… Conta mais uma do Tio Pinguinho – sugeriu Gabriela, enquanto Ernani, que estava ao lado, respondeu a provocação com um beliscão na perna da garota.

— Boa, Gabi! – disseram Luana e Natália. – Nono, conta mais uma do nosso pai.

Seu Lorenzo olhou para Ernani, como a pedir permissão, e de pronto deu início à narrativa da história a seguir para as atentas netas.

TRAVESSURAS PASCAIS

Os dias que antecediam a Páscoa eram muito agitados na casa de Seu Lorenzo. Primeiro, pelas festividades pascais em si, marcadas pelas tradicionais celebrações e cerimônias religiosas. Depois, pela coincidência com a colheita das lavouras de soja, quando os agricultores procuravam tirar o máximo proveito da disponibilidade de ceifadores e do bom humor do tempo, que frequentemente teimava em se emburrar e a despejar chuvas torrenciais, colocando em risco a safra da maior riqueza daquela região. E se agitavam mais os dias com a chegada dos filhos que estudavam longe ou que trabalhavam na cidade.

Dona Idalina se desdobrava em preparar refeições reforçadas para os ceifadores que laboravam noite adentro, até que farto sereno encharcasse as vagens e tornasse impraticável a debulha da soja; em promover a faxina na casa para a chegada da filharada; em assar bolachas com cobertura de açúcar colorido e cucas com recheio de frutas no calorento forno de barro; e, principalmente, a preparar os tradicionais "ovos de Páscoa".

Os famosos ovos eram carinhosamente chamados de "casquinhas" pela criançada, porque eram preparados aproveitando-se as cascas de ovos de galinha. O seu preparo começava com o hábil rompimento da extremidade mais protuberante do invólucro ovalar para extração da clara e da gema. Depois, as casquinhas eram coloridas com pinturas irregulares e extravagantes, envolvidas com papel crepom umedecido e levadas ao forno. Por fim, eram as casquinhas preenchidas com amendoim doce – que consistia numa espécie de pé de moleque esboroado – e cuidadosamente seladas por um tampão de papel crepom.

Envolvidos com a sua simbologia toda particular, aqueles ovinhos de Páscoa logo se tornaram uma tradição muito apreciada pela família, costume que Dona Idalina conhecera em sua infância, no convívio com a cultura alemã na Linha Vinte, em Horizontina, onde nasceu. E em toda a Páscoa costumava preparar devotamente uma dúzia de casquinhas para cada um dos seus sete filhos. O porquê da dúzia Dona Idalina nunca esclareceu. Não se sabe ao certo se tinha origem nos meses do ano, se representava os 12 apóstolos de Cristo ou se era porque, afinal de contas, ovos se costuma contar em dúzias. Mas o certo era que em cada Páscoa, bem ou mal andassem as coisas, cada filho recebia do "Coelhinho" uma exata dúzia de casquinhas coloridas. E se a safra da soja estivesse boa, aquelas casquinhas preenchidas com carapinha eram acompanhadas por farto sortilégio de balas, pirulitos, bombons e até ovinhos de chocolate.

Nas noites da Semana Santa, Dona Idalina consumia horas colorindo as casquinhas, arrumando ninhos e preparando amendoim à carapinha. E no alvorecer de cada Páscoa, presentes ou distantes os filhos, não importava, camufladas nas diversas dependências da grande casa, encontravam-se sete cestinhas de papelão decoradas com papel crepom e celofane, preenchidas com abundância de papel picado, com a sua ninhada de 12 casquinhas.

Acordavam cedo as crianças e promoviam ruidosa algazarra na "caça ao ninho", na expectativa de que as preciosas casquinhas estivessem também acompanhadas de outras guloseimas. Dona Idalina observava a alegre correria que a filharada promovia à procura dos seus ninhos, reclamando por costume do barulho, mas disfarçando um leve sorriso no canto da boca. Vendo os olhos vidrados de felicidade dos filhos, sentia-se recompensada por tanta fadiga. Na verdade, nunca se abatia ante o cansaço que dela se apoderava nas altas horas da noite, quando preparava as delicadas casquinhas. A única reclamação que fazia era com a dificuldade em conseguir ovos suficientes para atender a tanta demanda, dado que as galinhas costumavam promover longas greves de postura durante a quaresma, como a protestar contra o uso desvirtuado do produto de seus esforços.

Descobertas as cestinhas, primeiro as crianças demoravam-se em contemplar o colorido de vários matizes das cobiçadas casquinhas. Conferida a dúzia, cada um providenciava a guarda em esconderijos seguros aos ataques de rapina dos irmãos mais gulosos. Os mais comedidos consumiam paulatinamente as suas casquinhas, prolongando pelo máximo de tempo possível aquele delicioso desfrute. Outros, entretanto, devoravam as suas casquinhas afoitamente até consumi-las por completo. Depois, vagavam a espreitar ninhos desprotegidos, como gaviões famintos. Havia, ainda, aqueles que pregavam peças aos incautos, trocando ovos ou escondendo ninhos. Surgiam daí muitas brincadeiras, muitas pilhérias e até mesmo muitas desavenças. E mesmo depois de crescidos, mantinham o divertido costume de fazer aquelas troças uns aos outros.

Na Páscoa de 1981, reuniram-se os filhos de Seu Lorenzo – todos já bem crescidos –, à exceção de Valter, que já era casado e residia em Três de Maio. Como de hábito, armaram grande pândega pela manhã quando encontraram as suas cestinhas, com a infalível dúzia de casquinhas. Após a missa, regozijaram-se com suculento churrasco. À tarde, arrumaram-se para visitar a família da Tia Vittória.[238]

Marcelo e Ernani decidiram ficar em casa para assistirem a um jogo importante do Grêmio, que decidia a sua classificação para as semifinais do Campeonato Brasileiro. Antes de partirem, as irmãs foram alertadas por Marcelo para que guardassem bem os seus ninhos. Nenhuma delas lhe deu atenção.

Foi um jogo bastante nervoso, mas o Grêmio venceu e superou mais uma fase na conquista do seu primeiro título nacional. Eufóricos com o resultado do jogo, os irmãos resolveram preparar alguma traquinagem. Vasculharam a casa e descobriram com facilidade o esconderijo do ninho de casquinhas de Maria Helena. Assaltaram-no rapidamente, ridentes e pícaros. Admiraram-se em ver que a irmã ainda não havia aberto nenhuma casquinha.

— Mas que mão de vaca! – exclamou Marcelo estupefato.

Trocaram olhares significativos e partiram para o ataque. Mas não pretendiam deixar vestígios que denunciassem a sua ação furtiva. Então Ernani aqueceu água e habilmente foi descolando, sem rasgar, o arremate de papel crepom picotado que tampava a abertura das casquinhas coloridas, aproximando-as da fumarola úmida e morna que a velha chaleira de preparar chimarrão baforava. Dessa maneira ardilosa, violaram três ou quatro casquinhas e se fartaram alegremente com a doçura dos seus conteúdos. Depois, Marcelo preencheu novamente as casquinhas profanadas, repassando-as a Ernani, que repôs com precisão cirúrgica o tampo de papel crepom, lacrando

---

[238] Filha mais velha do Nono Felício Benefatti, casada com Pedro Fiorenzi.

com imperceptível disfarce as casquinhas e juntando-as dissimuladamente ao repouso das demais.

Ao entardecer, o sol se deitando suavemente sobre o leito carmesim de um céu de outono, retornaram os familiares apressados para casa. Encontraram os dois irmãos estranhamente quietos, sem demonstrarem qualquer alegria pela importante vitória do Grêmio. Dona Idalina, com seu olhar severo e crítico, logo sentenciou:

— Aqueles dois aprontaram alguma!

Mas tudo parecia estar em perfeita ordem. Jantaram e Seu Lorenzo pegou a vistosa belina azul safira e conduziu os filhos para a cidade. Ernani tomou o ônibus da empresa Ouro e Prata e retornou à rotina de seus estudos em Porto Alegre. Dias depois recebeu no apartamento em que ocupava na Casa do Estudante Universitário uma carta procedente de Três de Maio, carregada de vitupérios, censuras e outros pesados impropérios. Quem lhe remetia era a irmã Maria Helena, que esbravejava inconformada, protestando contra aquilo que considerava uma afronta imperdoável. Ocorrera que num daqueles dias que se sucederam à Páscoa, depois de uma jornada cansativa de aulas no colégio da Vila São Francisco, em Três de Maio, onde lecionava, ao saborear o habitual chimarrão de final de tarde, resolveu fazer um agrado às companheiras de república: ofereceu orgulhosa os ovinhos de Páscoa que conservava delicadamente aninhados em sua cestinha. Lucinha, a cozinheira da república, foi a primeira a se servir. Escolheu uma casquinha sedutora que se oferecia ao centro do ninho, removendo o tampo de papel crepom e levando-a prazerosamente à boca. Ouviu-se estranho trincar de dentes. Ardente lágrima escorreu pela face e Lucinha, ruborizada, olhou aflita para Maria Helena, balbuciando timidamente:

— Acho que é uma sacanagem...

Entre incrédula e surpresa, Maria Helena viu horrorizada Lucinha retirar lentamente da boca um estranho conteúdo. Era uma mistura composta por grãos de pipoca e pequenos grânulos de areia. Corada de vergonha, sentiu um incontido furor apoderar-se gradativamente de seu ser até esbravejar enraivecida:

— Aqueles dois me pagam! Podem esperar!

. . .

A "folhinha" do tempo rodou, girou e foi levada pelas asas do vento... e novamente chegou a época da Páscoa. A cena e os personagens se repetiram naquele outono de 1982. A Semana Santa mais uma vez se entrelaçava com a safra das lavouras de soja. Os agricultores dividiam-se entre as celebrações pascais e os trabalhos da colheita. A quietude das tardes bucólicas era quebrada ruidosamente pelo ronco persistente das automotrizes e a casa de Seu Lorenzo e de Dona Idalina foi novamente tomada de agitação com o reencontro da filharada.

Naquele Sábado de Aleluia, os trabalhos na lavoura foram encerrados quando a lua cheia já desfilava majestosa pelo firmamento. Os homens rapidamente se banharam e o jantar foi servido. Depois, postaram-se exaustos diante do aparelho de televisão da sala de estar.

Dona Idalina reuniu as filhas na cozinha e começaram a decorar os famosos ninhos. Do seu bunker, retirou cestos de vime trançada repletos de ovinhos coloridos, depositando-os ao centro da grande mesa. Na sala, Marcelo e Ernani mantinham-se atentos ao farfalhar do papel crepom e às calorosas discussões das irmãs a respeito de como fazer uma justa divisão da ninhada. Pressentindo um clima de conluio no ar, aproximaram-se sorrateiros do grupo de mulheres empenhadas em picar papel e colar tiras de crepom, passando a dar seus palpites e fazendo as suas habituais chacotas:

— O que será que tem dentro dessas casquinhas? – especulou um deles.

— Será mesmo amendoim encarapinhado? – retorquiu o outro.

— Não sei! Os ovinhos de Páscoa andam tão estranhos ultimamente... – emendou o primeiro.

— É! Às vezes aparecem algumas coisas estranhas dentro deles... – E Marcelo apanhou uma casquinha para chacoalhar junto ao ouvido, como a inferir o seu conteúdo.

Maria Helena logo protestou contra a presença perturbadora dos irmãos. Os dois juntos sempre era sinônimo de travessura, ela bem o sabia. E, depois, ela e Marina já haviam combinado tudo. Aqueles enxeridos não iriam estragar o plano. Afinal, não tinha sido fácil convencer Dona Idalina e obter a cumplicidade dela.

— Xô daqui! Ninguém está interessada em saber dos seus palpites...

De pronto, Marina fez coro aos protestos da irmã:

— Isso mesmo! Vão lá na sala ver a novela... Vão lá que a Vera Fischer vai tirar a roupa...

Mas os dois insistiam em perturbar os afazeres das mulheres, em rodear a mesa, em intrometer-se na contagem dos ovinhos, em palpitar sobre a distribuição das cestinhas, enquanto as irmãs tentavam inutilmente impedir a intervenção inoportuna deles. E a balbúrdia estava montada.

Na sala, alheio ao alvoroço da cozinha, Seu Lorenzo roncava em sua poltrona de costume, com a cabeça caída sobre o peito, tendo à sua frente a Vera Fischer, que se desnudava na vã tentativa de confiscar-lhe a atenção. Dona Idalina, que já iniciara a equitativa e parcimoniosa partilha dos ovinhos, interveio para restabelecer a ordem quando pressentiu que a confusão ameaçava escapar do seu controle, ordenando aos irmãos:

— Vocês dois marmanjões, por favor, raspem daqui! A ajuda de vocês é dispensável!

Irresignados, mas não ousando desafiar as severas ordens da mãe, os irmãos bateram em retirada, não sem antes soltar as últimas galhofas de advertência às irmãs:

— Estamos de olho! Quem se acha muito esperta pode ter lá as suas surpresas!

— Vão dormir! – responderam em uníssono as irmãs.

Quando bateu a meia-noite, acordaram Seu Lorenzo e todos se recolheram aos seus aposentos. Dona Idalina estendeu uma toalha de festa na grande mesa da sala de estar, acomodou cuidadosamente os ninhos enfeitados, apagou a última lâmpada e o silêncio caiu sobre aquele lar. Alta madrugada, Marcelo acordou com necessidade de ir ao banheiro. Aproximou-se da cama de Ernani e cochichou, sacudindo-o pelos ombros:

— Acorda, acorda! Os ovinhos...

— Quê? Quê que foi? Aconteceu alguma coisa? – Acordou Ernani num sobressalto, esfregando os olhos.

— Os ovinhos... Elas devem ter preparado alguma sacanagem pra nós...

— Ah, sim... Os ovinhos... Mas será que elas aprontaram alguma? – indagou ainda sonolento.

— Claro! A Mari jurou que ia se vingar.

— Será?

— Aposto que sim! – redarguiu Marcelo. – O que vamos fazer?

Por instantes, trocaram olhares confusos sob o clarão do luar que invadia o quarto pelas frestas da janela veneziana. Repentinamente, Ernani sussurrou:

— Já sei. Vem comigo... – Advertindo por silêncio com o indicador postado sobre os lábios.

Pé ante pé, os dois esgueiraram-se pelo longo corredor, espreitando pelas portas entreabertas dos quartos para se certificar de que todos jaziam em sono profundo. Sob a luz difusa da sala tatearam as cestinhas até identificá-las. Rapidamente, trocaram o conteúdo de algumas delas e retornaram silenciosos às suas camas.

O domingo de Páscoa transcorreu como de costume: missa pela manhã na capela da vila, almoço com suculento churrasco e a tarde dedicada ao congraçamento com a família. Para o almoço, Valter e família juntaram-se a eles. Maria Helena e Marina trocavam olhares enigmáticos, trancafiavam-se nos quartos para cochichar, indagavam aos irmãos, sem conseguir dissimular a impaciência, se já haviam provado os seus ovinhos da Páscoa. Eles, fazendo inocentes caras de quem nada estava entendendo, respondiam que ainda nem haviam conferido as suas cestinhas. Isso aumentava a nervosa expectativa das irmãs. Era dolorosa aquela espera para que os dois provassem do próprio veneno. Mas os danados mantinham-se ausentes e faziam ares de quem nem dava as horas. Maria Helena mal se continha, ansiosa que estava para desfrutar da desforra que arquitetara pacientemente durante aquele ano todo.

Quando a tarde caiu e o sol se reclinou preguiçoso no poente, a família se reuniu na grande varanda da casa para uma roda de chimarrão. A cuia corria célere de mão em mão. No centro da roda, Carine – então com dois aninhos –, primeira filha de Valter, roubava a cena e a atenção de todos. Foi, então, que Marcelo e Ernani trocaram uma piscadela e se dirigiram aos seus quartos. Retornaram de lá cada um com a sua cestinha. Ofereceram-nas aos presentes, mas inexplicavelmente todos apenas agradeceram. Que estranho! Não restavam mais dúvidas, algo suspeito faiscava no ar. Acomodaram-se em suas cadeiras, as cestinhas aninhadas em seus colos. Ernani simulou hesitação na escolha daquela que seria a sua primeira degustação. Marcelo acompanhou o simulacro, exclamando:

— Oh! E agora? Qual será que escolho? – E remexeu as casquinhas para dramatizar toda a sua dúvida.

Enquanto isso, Ernani cantarolava:

— Uni, duni, tê. Salamê, minguê… Minha mãe mandou escolher este… (e lançava um olhar hesitante sobre a ninhada à sua frente para salientar a sua indecisão) da… (mais uma pausa e outra puxada de ar) qui… – E apanhou a casquinha que estava no centro do ninho.

E mais uma vez os irmãos trocaram discreta piscadela, mirando a plateia com o canto dos olhos, que se mantinha paralisada, os olhares atentos aos movimentos dos irmãos, a respiração presa, naquela angustiante expectativa do ato final de uma peça apoteótica.

Com gestos lentos e cerimoniosos, os dois foram removendo o papel crepom. Antes de levar o conteúdo das casquinhas à boca, pela última vez percorreram com o olhar a roda de espectadores. Agora, bocas entreabertas somavam-se a olhos vidrados de curiosidade. Nesse instante, a cuia jazia dormente, esquecida no colo de Seu Lorenzo. Num gesto teatral, Marcelo fez nova oferta à plateia, que agradeceu com o silêncio de seus olhares aflitos.

Como num ato bem ensaiado, os irmãos levaram simultaneamente o conteúdo à boca e passaram a mastigá-lo tranquila e serenamente, entrecortando com suspiros de satisfação:

— Humm… Que delícia!

 Desconcertadas, Maria Helena e Marina trocaram olhares atônitos, como a se indagar: "Mas como? Não pode ser!". Num impulso, saltaram de suas cadeiras e foram até os seus quartos. Numa agonia frenética, apanharam as suas cestinhas e passaram a examinar detalhadamente as suas casquinhas. Contrariadas, logo identificaram discretas marquinhas nas bordas do papel crepom. E isso respondeu as suas surpreendentes indagações.

Da varanda, ecoaram estrondosas gargalhadas…

— Mas pai, o que tinha nas casquinhas de vocês? – indagou Luana.

Voltando-se para a filha, Ernani explicou:

— É que as duas tinham preenchido algumas casquinhas com grãos de milho e feijão e colocado nas nossas cestinhas para se vingarem do que eu e o Marcelo tínhamos aprontado pra sua madrinha no ano anterior. Só que de noite, enquanto todos dormiam, eu e o Marcelo levantamos e trocamos os ovinhos das cestinhas. Então, as casquinhas com milho e feijão foram parar nas cestinhas das tuas tias... Ha ha ha – finalizou Ernani.

— Ah, Tio Pinguinho, mas vocês eram muito danados! – comentou Gabriela ao final da explicação. – Depois dizem que sou eu que apronto!

— É verdade, Gabi! Esses dois eram uns pestes – observou Maria Helena. – Ninguém aguentava os dois juntos.

— Elas não contavam com a nossa astúcia! – arrematou Ernani.

— Credo, pai! – exclamou Luana. – Como você foi fazer essa sacanagem com a minha Dinda!

— Lá vem a puxa-saco! – retrucou Ernani.

— Isso, Lulu, me defenda! – aprovou Maria Helena.

As garotas continuavam animadas com os causos contados pelo Nono Lorenzo. Júlia até se esquecera da vontade de brincar com as primas e instigou Seu Lorenzo a narrar mais uma história:

— Nono, que outras histórias dos tios o senhor ainda tem para nos contar?

— É, Nono, o que mais o meu pai e o Tio Marcelo aprontaram? – reforçou o pedido Natália.

— Não, eles nem eram tão arteiros. Até eram trabalhadores – falou Seu Lorenzo. – De vez em quando aprontavam alguma brincadeira, mas não era por maldade, era só por diversão...

— Xiii! – fez Marina. – O Nono já está defendendo os piás. Que eu me lembre, eles trabalhavam, mas não era tanto assim. O que gostavam mesmo era de jogar bola.

— É mesmo! – atestou Dona Idalina, que acabara de encerrar a arrumação das camas e agora se juntava ao grupo. – Era só um descuido e os dois já estavam atrás da bola.

Ernani acompanhava o desenrolar da conversa apenas rindo, limitando-se a pequenas intervenções para se defender ou atenuar a força dos comentários:

— Menos, mãe, menos...

— Bom – retomou o rumo da conversa Seu Lorenzo –, a verdade é que o Pinguinho e o Marcelo gostavam muito de futebol. Teve até uma época que eles construíram um campo de futebol lá na nossa propriedade de Rocinha, que ficou muito famoso. Aí toda a gurizada da vizinhança se reunia lá em casa para jogar bola. Tinha dias que era uma festa. Faziam torneios de futebol, a piazada organizava equipes, se desafiavam...

— Como aquela vez contra os primos Fiorenzi – emendou Ernani.

— É verdade. Aquela vez fez história...

— Conta, Nono! – ecoou um coro de vozes ávidas para ouvirem mais uma das tantas histórias narradas por Seu Lorenzo.

O GRANDE DESAFIO

O final do ano na comunidade de Rocinha era comemorado habitualmente com um monumental baile. Era o Baile do Chopp, realizado tradicionalmente no último sábado de dezembro. Na época, os bailes que aquela comunidade realizava gozavam de grande prestígio em toda a região, para os quais sempre acorria grande público.

Aquele ano estava terminando com a marca de um prolongado período de estiagem. A seca naquela época do ano era extremamente danosa para as lavouras de soja, que estendiam o seu monótono manto verdejante pelas colônias da redondeza. As pessoas andavam muito apreensivas, mal disfarçando a preocupação com aquele estio que teimava em se demorar por aquelas coxilhas. E nada de chuva. O sol causticava bravio, torrando as tenras plantinhas e dizimando as esperanças daquelas gentes.

A despeito da inquietação que assolava o espírito dos rocinhenses, o grandioso baile foi realizado sob convidativo embalo de afamada banda. Como de costume, grande plateia acotovelou-se no espaçoso salão. Era o dia 30 de dezembro daquele ano. O calor daquela noite estava insuportável, o ar estava parado, os bailariços encharcavam-se de suor e se regalavam com rombudos copos de *chopp* bem gelado.

À meia-noite, os amigos de Volnei Fiorenzi solicitaram breve interrupção na bailanta para lhe cantarem o "Parabéns a Você". O bailado recomeçou e a animação varou a madrugada. Relâmpagos começaram a faiscar nas janelas do salão, sem os bailadores perceberem os lampejos. Altas horas, todos foram agradavelmente surpreendidos por torrencial chuva. Jubilaram-se de alegria e o baile se estendeu por mais algum tempo com redobrada animação.

Amanhecia quando os acordes silenciaram por derradeiro. Os últimos pares se desfizeram, alguns se demorando em juras e afagos. Lá fora a chuva se mantinha vigorosa. Os primos Volnei e Matteo,[239] Ernani e Marcelo, encontraram-se à porta do salão. Estavam extenuados, ensopados, e admiravam a abençoada chuva. Despediam-se quando Matteo comentou:

— Que beleza de chuva! Dá até vontade de se meter embaixo dela.

— Que hora para um jogo de futebol! – complementou Marcelo.

— Topam?

— Vocês sabem onde fica o campinho. É só aparecer…

Na época, os filhos de Seu Lorenzo haviam construído um pequeno, mas aconchegante, campo de futebol, e cuidavam dele com especial zelo. Costumavam jogar em duplas, sem goleiro, gol só valendo dentro da área. Nas tardes de folga, aos domingos e dias santos, a rapaziada da vizinhança formava duplas para desafiar os irmãos Ernani e Marcelo.

Revezavam-se, combinavam-se, marcavam desafios, mas ninguém conseguia batê-los, os quais já se mantinham invictos há longo tempo. Não que eles fossem os melhores jogadores da região; tinham boa técnica, é claro, mas o seu segredo era a tática e o seu entrosamento. Isso os tornava quase imbatíveis.

Os adversários procuravam sempre marcar mais Ernani, por ser mais técnico. Marcelo tinha mais impetuosidade, mais garra. Então a estratégia adotada pelos irmãos era Ernani posicionar-se mais nas partes intermediárias do campo, prendendo a bola e armando as jogadas de ataque, enquanto Marcelo aparecia na área para receber os lançamentos para conclusão a gol, motivo que o tornava o artilheiro da dupla.

Marcelo e Ernani retornaram do baile e se entregaram exaustos às suas camas. Pouco tempo depois, quando já se encontravam mergulhados em sono profundo, foram subitamente despertados por gritos e grande alarido provocado pelos cachorros. Espiaram pela janela e viram, incrédulos, Matteo e Volnei, que chegavam abaixo do persistente aguaceiro naquela manhã de ressaca.

Os primos provocavam aos gritos, instigando-os a comparecerem ao campinho "se eram tão bons quanto diziam". Volnei e Matteo apanharam a bola e trataram logo de efetuar o aquecimento para o desafio. Ernani e Marcelo demoraram-se um pouco até comparecerem, ainda sonolentos, ao local

---

[239] Filhos de Vittória Itália Benefatti e Pedro Fiorenzi.

da contenda. A chuva prosseguia forte e algumas poças de água límpida se formavam nos baixios do gramado.

Combinaram que a disputa se estenderia até que uma das duplas completasse 10 gols. Volnei e Matteo iniciaram a peleja em considerável vantagem. Estavam bem aquecidos e se aproveitaram desse fator para abrir logo três gols de vantagem no escore. Ernani e Marcelo demoraram a encontrar o costumeiro entrosamento, suas jogadas não se encaixavam, enquanto os primos desafiantes acertavam as suas.

O jogo seguia disputado, renhido. Sucediam-se jogadas pitorescas, lances acrobáticos, divididas voluntariosas, dignos dos grandes embates futebolísticos. A cada drible desconcertante, a cada gol assinalado na raça, a cada defesa miraculosa, comemoravam intensamente e as provocações se altercavam exacerbadas. Os primos Fiorenzi defendendo a vantagem, os primos Benefatti buscando reduzi-la pouco a pouco. A chuva caía impiedosa, pinicando as costas desnudas dos contendores.

Mais de hora de disputa e o placar alcançou a igualdade pela primeira vez: 9 x 9. A dupla que assinalasse o próximo gol seria a vencedora da peleja. O jogo tornou-se ainda mais acirrado, ninguém admitindo entregar os pontos. Cada qual se entregando à disputa com total devoção, juntando as últimas forças, buscando a derradeira inspiração para realizar o lance capital.

Numa jogada de habilidade, Ernani atraiu a marcação dos adversários para uma extremidade do gramado, aguardou o avanço do companheiro pelo outro flanco e fez o lançamento com efeito, quase sem ângulo. Marcelo jogou-se feito peixinho, levantando uma cortina de água, e deu números definitivos ao desafio. Os vitoriosos se abraçaram efusivamente; consolaram-se calados os perdedores. Entre tantos duelos disputados naquele campinho, a contenda daquela manhã ressacada com os primos Fiorenzi foi a mais memorável, a mais pelejada de todas!

— Aquele jogo foi inesquecível – completou Ernani. – Eu diria que foi o mais difícil que eu e o Marcelo enfrentamos.

— Pai, então você e o Tio Marcelo eram bons de bola? – questionou Natália.

— Não dá pra dizer que eram os melhores, mas tinham o seu valor – observou Seu Lorenzo.

— Bem – continuou Ernani –, a verdade é que em jogos de duplas ninguém conseguiu nos bater. Eu e o Marcelo estamos invictos até hoje. E olha… Não faltou gente pra nos desafiar. A gurizada da redondeza se organizava para nos enfrentar lá no nosso campinho, mas nunca conseguiram nos vencer. Nem em outros campinhos da vila, como aquela vez, na casa do Matteo.

— Como foi isso, pai? – perguntou Luana.

— Então escutem, que essa história eu é que vou contar – respondeu Ernani, dando início à narrativa.

O SORTEIO

Nas tardes dominicais calorentas e preguicentas de final de fevereiro, sem bailes ou reuniões dançantes por já se estar no período da quaresma, poucos eram os atrativos para a rapaziada da comunidade de Rocinha. Reuniam-se para fazer pilhérias, jogar futebol, nadar na cachoeira ou tomar banho de açude. Num domingo à tarde daquele mês reuniram-se os primos Ernani, Marcelo e Taciano,[240] todos netos de Nono Felício Benefatti, mais Juquinha[241] e Paulinho,[242] esses netos de Nono Enrico Benefatti. Tentaram o jogo de baralho, mas logo se fartaram dessa distração. Vagaram por mais algum tempo e, então, um deles propôs:

— Vamos lá no Matteo Fiorenzi jogar bola e tomar banho de açude?

Partiram os cinco primos a pé, sob sol escaldante, comendo aquela poeira vermelha e abundante. Iam contando causos, fazendo piadas, rindo-se à toa. Caminharam cerca de mil metros até alcançarem a casa de Matteo. Lá chegando, de imediato assaltaram o pé de butiás ainda mal amadurecidos e se dirigiram ao campinho improvisado à margem de um riacho. Na sombra de um frondoso umbu, improvisaram rápida assembleia e decidiram realizar um torneio de duplas, estabelecendo às pressas as regras da competição. Como estavam em seis, formaram três duplas, tiradas por sorteio. As duas primeiras duplas sorteadas fariam o primeiro confronto; a última ficaria no "chapéu", aguardando o vencedor.

Combinada a disputa, postaram-se os seis primos em círculo para efetuar o sorteio. Juquinha, muito ladino, logo se adiantou para conduzir a contagem.

— Deixa comigo que dessas coisas eu entendo – gabou-se ele.

Puseram dedos, que foram somados, e Juquinha iniciou a contagem cadenciada, começando pelo primo situado à sua esquerda, no sentido horário:

---

240 Filho de Aídes Benefatti e Vicenzo Cazzoli.
241 José Benefatti, filho de Antonio Benefatti.
242 Paulo Humberto, filho de Humberto Benefatti.

— Um, dois, três... quinze! – terminou em Ernani, que se retirou e cantou um número.

Juquinha reiniciou a contagem, que findou em Marcelo. A contragosto, ele se retirou da roda e se juntou ao irmão. Estava formada a primeira equipe. Os demais riram da dupla de irmãos, caçoando deles:

— Bah! Os irmãos estão ferrados!

Marcelo era o mais novo e, logicamente, todos o tinham como o jogador menos competitivo. Acreditavam, por isso, que essa dupla não teria futuro na competição que estavam se preparando para realizar. Os irmãos resignaram-se com a falta de sorte e Marcelo cantou um número. Mais uma vez, Juquinha retomou a contagem, que caiu em Taciano, que se retirou da roda e cantou o número 14. Os primos restantes entreolharam-se desafiadoramente, não escondendo cada qual a sua indisfarçável vontade de formar time com Taciano. Também, pudera! Ele era sabido o melhor jogador da sua geração, o jogador diferenciado.

Restavam três primos e apenas a um deles caberia o privilégio de formar dupla com o craque da turma. Era corrente a convicção de que quem jogava ao lado dele já estava com a mão na taça. Era vitória na certa, não havia como duvidar. Todos sabiam que o time do Taciano sempre ganhava, ou melhor, Taciano era quem sempre vencia. Quem ficava com ele vencia na carona. Os primos Matteo e Paulinho não mais disfarçavam a sua agoniosa ansiedade.

Então, aproveitando-se do momento de expectativa, Juquinha prosseguiu com a contagem dos números:

— Um, dois, três, quatro, sete, nove, onze, treze, quatorze! – cantarolou rapidamente, pulando marotamente alguns números de tal forma que a contagem acabou terminando nele mesmo.

Saiu da roda saltitante e abraçou Taciano, gritando com incontida alegria:

— Aí, parceiro! É nóis!

Matteo e Paulinho permaneceram inertes, estupefatos, sem palavras e sem compreender a sorte grande que o danado do Juquinha havia tirado. Era impossível! Mas de que jeito a contagem havia terminado daquela forma, indagavam-se perplexos.

A primeira disputa se iniciou enquanto Matteo e Paulinho, inconsoláveis, ainda discutiam calorosamente a contagem para entender como é que lhes havia escapado a sorte de formar dupla com Taciano. Talvez convencidos da superioridade da sua dupla, Juquinha e Taciano começaram o jogo com excesso de confiança. Já Ernani e Marcelo compensaram a sua suposta inferioridade com o seu entrosamento adquirido em jogos de duplas, pois há muito tempo estavam habituados a essa forma de disputa. Aliás, desfrutavam da fama de dupla imbatível.

Venceram os primos Taciano e Juquinha – teoricamente a dupla mais forte – com surpreendente facilidade pelo escore de 6 a 3. Em seguida, Marcelo e Ernani enfrentaram a dupla formada pelos primos Matteo e Paulinho, que lhes ofereceram resistência um pouco maior. Mesmo assim venceram pelo placar de 6 a 4 e se sagraram campeões daquele improvisado torneio, mantendo a já histórica e alardeada invencibilidade.

Encerrados os jogos, lançaram-se os primos no açude formado pelo represamento do Lajeado Rocinha. Entre um mergulho ou uma pirueta, os primos faziam galhofas, gracejavam uns com os outros. Paulinho, inconformado, sentado numa pedra à margem do açude, ainda insistia em refazer a contagem. Não lhe entrava na cabeça que a contagem do número 14 tivesse terminado em Juquinha, daquele jeito… e não nele.

— Aquele Juquinha Benefatti era mesmo muito medonho! – arrematou Seu Lorenzo.

— Ele e o Ronaldo, que era irmão mais velho dele – interveio Ernani –, foram os maiores fregueses naquele nosso campinho. Viviam nos desafiando para um confronto, mas sempre perdiam. Eles tinham um cachorro chamado Lupi, que era o "pombo-correio" para marcar os jogos. O cachorro era bem ensinado. O Juquinha amarrava um pedaço de papelão com uma mensagem, às vezes escrita com carvão, marcando o jogo: "Se preparem pra hoje". E despachava o Lupi. Dali a pouco o cachorro aparecia lá em casa, com o pedaço de papelão pendurado no pescoço.

— Que legal, pai! –exclamou Natália.

— No final da tarde – prosseguiu Ernani –, os dois apareciam lá em casa para o desafio. Mas acabavam perdendo o jogo, como de costume. Daí brigavam entre eles.

Por breve instante a conversa se dispersou com questões banais, até Seu Lorenzo abordar o assunto do aviador da família:

— Esse Matteo, que o Pinguinho falou, é militar da Aeronáutica. É piloto de avião. Ele se formou na Academia da Aeronáutica. A história dele é muito interessante – disse Seu Lorenzo.

— É verdade – concordou Ernani. – Eu acompanhei o início dessa história. E nunca me esqueço do dia que ele foi fazer o concurso para a Aeronáutica em Porto Alegre.

Isso foi o suficiente para um coro de vozes compelir Ernani a narrar as peripécias de dois jovens que se aventuraram pela capital gaúcha para fazer o concurso da Aeronáutica.

DOIS MATUTOS
NA CAPITAL

Matteo foi o 12º rebento da numerosa prole de 14 filhos que Vittória Itália Benefatti e Pedro Fiorenzi criaram com muito amor e com muito suor. Na verdade, seu nome completo é Pedro Matteo Fiorenzi, mas sempre fez questão de ser chamado apenas por Matteo, para bem se distinguir da figura paterna, fazendo com que a sua própria individualidade ficasse bem marcada.

Desde pequeno, sempre revelou personalidade forte e decidida. Quando lhe perguntavam o que desejava ser quando crescesse, respondia resoluto, sem pestanejar: piloto da Aeronáutica. Não se abalava quando alguém fazia pouco caso do seu audacioso projeto. Mantinha-se desembaraçado e reafirmava altivo: piloto de avião!

Mesmo parecendo, por vezes, um sonho irrealizável em face das precárias condições provincianas em que vivia, Matteo foi acalentando silenciosamente esse caro desejo até torná-lo realidade anos depois. Então, pilotando alguma aeronave da FAB em missão pela região sul do país, respondia aos que outrora dele haviam duvidado com voos rasantes sobre o casario da saudosa vila de Rocinha – de onde partira ainda jovem para concretizar o seu anseio – e sobre a residência da família Fiorenzi, colocando sua mãe em angustiante alvoroço, que a cada pirueta acrobática do audaz piloto corria pelo pátio que circundava a casa, com as mãos espalmadas para o céu, gritando:

— *Sito matto, fiol!*[243]

Durante a infância, Matteo teve um grande e leal amigo: Lúcio Mário Dal Rizzo, cujo apelido era *Lucho*[244]. Não se sabe ao certo se o apelido derivava de uma pronúncia à italiana do nome Lúcio ou se era porque ele gostava

---

[243] *"Você é louco, filho!".*
[244] Pronuncia-se "Lutcho".

muito de utilizar a expressão *mucho loco*[245] para qualquer coisa ou fato que o agradasse ou impressionasse muito.

Tinham a mesma idade, foram companheiros de catecismo e de escola durante todo o ensino fundamental. Eram vizinhos e parceiros inseparáveis dos banhos nas águas frias e borbotantes do Lajeado Rocinha (que limitava as residências das duas famílias), das pescarias de lambaris e jundiás em dias chuvosos, dos jogos de bolinha de gude – que chamavam de bolita –, das caçadas a rolinhas e sabiás ariscos com seus bodoques rústicos... Enfim, companheiros inseparáveis em toda a sorte de brincadeiras e folguedos daquela infância modesta e roceira em que se criaram. Eram também confidentes um do outro. Não havia segredo de um que o outro não soubesse. Conheciam-se, por assim dizer, no mais íntimo recôndito das suas almas.

Tiveram a sua primeira experiência libidinosa juntos, quando tomavam banho de sanga, numa tarde mormacenta de domingo. Mal haviam entrado na puberdade, tinham uma voz esganiçada de garnisé que, às vezes, soava em falsetes mais graves, mas já sentiam os primeiros pruridos sexuais. Enquanto secavam os seus corpos nus prostrados numa laje, observavam a prodigiosa recriação da vida. Comentavam sobre as formas de multiplicação dos animais na face da Terra. A vaca e o touro, o garanhão e a égua, o cachaço e a porca, a ovelha e o carneiro, o coelho e a coelha, o galo e a galinha, o homem e a mulher...

Lucho assombrou-se quando Matteo observou que o galo podia copular com muitas galinhas, uma depois da outra. Fizeram pausa para observar, meio encabulados, os seus sexos expostos ao calor do sol. Matteo explicou que os peixes não copulavam; a fêmea colocava os ovos na água e o macho derramava o esperma sobre eles. Lucho exclamou, indignado:

— Ah! Mas assim não tem nenhuma graça!

Compararam os fartos tufos de pelos que cresciam enroscados na região genital. Aquelas conversas atearam fogo em seus corpos já acalorados pelos raios do sol. Sentiram estranhos comichões percorrendo seus corpos e visualizaram admirados o crescimento de seus órgãos penianos. Entre risos, provaram a primeira experiência masturbatória, friccionando afoitamente até se entregarem num gozo exuberante. Quedaram-se boquiabertos a contem-

---

[245] Muito louco.

plar aquele jorro esbranquiçado e viscoso, de odor estranho. Era incrível que ali, naquele líquido pegajoso, existissem milhões de sementinhas de vida, conforme a professora de Biologia havia explicado em aula.

Mergulharam para se lavar na água da sanga. Lucho sentiu um ardume no órgão genital. Saiu de mansinho da água e espantou-se com pequenas esfolações que laceravam a sua fimose. Percebeu, então, algumas gotículas de sangue que deixavam a pele arroxeada. Vestiu-se ainda molhado, escondendo encabulado aquela ardência.

Passaram-se alguns dias e aquele ardor persistia. Examinava escondido o órgão afetado, alarmando-se ao perceber que estava um pouco inchado. Isso tudo o deixou muito ensimesmado, desconfortável com tal incômodo. Mas tinha pudor de falar com alguém sobre essas vergonhas.

Seu pai percebeu o ar taciturno do filho naqueles dias, seu comportamento calado e arredio. Logo desconfiou que alguma coisa não andava bem. Certa manhã, flagrou-o a apalpar as suas intimidades atrás de um velho galpão. Interpelou-o a respeito daqueles seus modos esquisitos. Lucho, a princípio, tentou dissimular, mas não resistiu ao olhar perquiridor do pai, que bem o conhecia. Então arriou as calças, mostrou aquelas partes pudentes e explicou todo embaraçado o que acontecera. Seu Florêncio examinou atentamente aquelas ulcerações por alguns segundos, receitou um unguento caseiro e fedorento e sentenciou severamente, cofiando os fios de piaçaba da barba:

— *Adesso, ti solo per seminario...*[246]

Essa predição deixou Lucho alarmado. Passou dias acabrunhado, encucado com a sentença que o condenava para o resto da vida. Sim, era um condenado. Ainda mais que Matteo tinha dito, certa feita, que padres eram homens estragados, falhados, que não serviam para macho. Seria ele um bichado, condenado a viver o resto da vida papando hóstia como rato de sacristia? Dias depois, quando sentia melhoras em seu importuno, Lucho comentou o acontecido com o amigo. Ainda desatinado, confidenciou o vaticínio passado por seu genitor. Matteo asseverou, caçoando da desgraça do amigo:

— É verdade! E ainda por cima os padres são capados...

— Verdade?! – assombrou-se Lucho, arregalando os olhos.

---

[246] *"Agora, você só serve para o seminário..."*.

Concluindo o 2º grau, chegou a hora de Matteo partir para a concretização de seu ousado sonho. Mas a sua mãe Vittória não aceitava os planos malucos do filho, pois os achava por demais temerários. Era uma sandice aquela ideia de ser piloto de avião. Imagina só, poderia morrer num desastre! Mas graças ao apoio decisivo de alguns irmãos, a muito custo Matteo conseguiu obter a bênção maternal. Mais difícil, porém, foi convencer o fiel companheiro Lucho a também prestar o exame seletivo para a Escola da Aeronáutica de Guaratinguetá (SP).

Para começar, o inseparável amigo não tinha a menor vocação para piloto. Na verdade, tinha muita paúra daquelas geringonças voadoras – como o próprio afirmava à surdina, para não desapontar Matteo, já se cagaceava só de pensar em voar naquelas latas barulhentas. Mas essa era a única forma de não se separar do velho parceiro. Além do mais, seria uma forma de escapar da condenação do seminário e provar que era macho de verdade. Diante da decisão inabalável do amigo e após muita insistência, Lucho acabou por se encher de falsa valentia e corajosamente também pediu a bênção ao pai.

. . .

Era maio de 1979 e a seleção para a Escola da Aeronáutica ocorreria no Ginásio Gigantinho, em Porto Alegre. Os dois intrépidos jovens vestiram roupas de domingo e, à noite, tomaram o ônibus rumo à capital, para uma longa e cansativa viagem. No bolso das calças levavam parcos cruzeiros.

Lucho era meio bronco – um legítimo casca-grossa –, e pela primeira vez se afastava da sua terrinha natal. Era a primeira grande viagem que fazia. Imagina viajar uma noite inteira! – admirava-se ele. Sentou-se junto à janela do veículo e a manteve teimosamente aberta para vislumbrar, curioso, os misteriosos vultos da noite, apesar dos protestos de alguns passageiros que se incomodavam com o vento frio que entrava.

Durante a longa viagem, mais conversaram do que dormiram. Matteo era mais viajado – já conhecia um pouco a capital – e seguia confiante e seguro dos seus propósitos. Lucho mal conseguia disfarçar o temor imaginário de um dia ter que pilotar aqueles estranhos pássaros de lata. Essa ideia de ser piloto era pura doidice do Matteo, mas não podia perder o amigo.

Agora o jeito era aguentar no osso do peito, feito homem, mesmo que borrado em suas intimidades. Quando, altas horas da madrugada, finalmente conseguiram pregar o olho, enquanto Matteo cochilava pronunciando sutilmente um leve sorriso no canto da boca, Lucho debatia-se com imagens alucinantes de aeronaves perdidas em densos nevoeiros.

Desembarcaram na rodoviária de Porto Alegre ao alvorecer de um domingo, com as pernas ainda doloridas da viagem desconfortável. Sentiram-se logo zonzos com o burburinho dos viajantes que chegavam carregados de sacolas. Era muito cedo e estavam famintos. Resolveram fazer hora na rodoviária e procuraram uma lanchonete, onde comeram um pastel gorduroso e vazio e receberam alguns chicletes de troco. Na primeira bocada, Matteo reclamou:

— Só tem vento!

Em seguida, pegaram as suas mochilas e rumaram para a casa de pensão no Menino Deus, onde morava Volnei, irmão de Matteo. Como tinham tempo, resolveram ir a pé, pois quando partiram de casa os seus pais os orientaram a economizar o minguado dinheirinho que portavam, recomendando para *non guastare via*.[247] Matteo tinha uma vaga noção do caminho. Atravessaram ruas desertas, visualizaram vitrines fechadas, a grande cidade parecia agonizante, sem vida. Alguns taxistas buzinaram oferecendo seus serviços aos esparsos transeuntes.

Lucho observava atônito a imponência daquela cidade, parava para contemplar a altura dos majestosos prédios, alguns enegrecidos pela fuligem. "Como as pessoas conseguem viver nesses pombais?", matutava ele. "E como conseguiam subir tão alto?", perguntava-se. Duvidou quando Matteo lhe observou que havia prédios ainda mais altos que aqueles que estavam contemplando. Impressionou-se com a quantidade de lixo espalhado e com a imundície das calçadas. Vez em quando sentia cheiros nauseabundos próximos a alguma boca de lobo. Sem dúvida, concluiu ele, o ar da colônia era bem mais agradável, apesar daquela horrível poeira cor de tijolo que infernizava as suas vidas no verão. Espantou-se ao ver tanta gente maltrapilha dormindo no chão duro e frio embaixo de viadutos. Não compreendia como isso era possível numa cidade tão desenvolvida. Mas, afinal, indagou-se silenciosamente, os atrasados e grossos não eram eles, os colonos da roça?

Os dois subiam despreocupados a ladeira da Rua Coronel Vicente, mascando os seus chicletes. Era uma rua ladeada por prédios antigos e bai-

---

[247] Não gastar à toa.

xos, a maioria pequenos sobrados que se colavam uns aos outros, de ponta a ponta do quarteirão, enfileirados monotonamente junto à calçada. Alguns boêmios tardios perambulavam ziguezagueantes pela rua.

Inesperadamente, Lucho fez uma bola com a goma já insossa de tanto mascar, soprou-a para o alto com toda a força dos seus pulmões e aguardou a sua caída. Preparou-se, e quando ela se aproximava do solo, desfechou portentoso chute com a perna direita, como um centroavante que desfere arremate fulminante. A bolinha tornou a subir… acompanhada do sapato de Lucho, que se desprendeu do pé. Dois pares de olhos incrédulos observaram pasmos a longa trajetória em parábola convexa que o fugidio calçado descrevia rodopiando no ar. Repicou o sapato no telhado de um sobrado, afugentando um preguiçoso gato mourisco que ronronava despreocupadamente, e escorregou até se acomodar na sacada do velho casarão.

Permaneceram inertes e estupefatos os dois biribas por longos minutos, até que Matteo irrompeu em estrondosa gargalhada, quebrando o torpor silencioso que deles se apoderara. Refeito do choque pasmódico, Lucho sapateou aflito embaixo da sacada, cabeça espichada para o alto, tentando visualizar o folgado calçado, indagando desesperado:

— Cadê o meu sapato? Cadê?

— Esquece o teu sapato – respondeu Matteo, instigando-o a seguir caminho.

Mas Lucho permaneceu estaqueado, protestando nervoso:

— *Dio, mio poppá mi copa!*[248] – E explicou a Matteo que aquele sapato era novo. Até arriou a meia do pé direito para provar com os calos, que já se multiplicavam: – Me custou *"tanti fiorini"!*[249]

— Mas como tu vai tirar o sapato de lá? – questionou Matteo.

Desatinado, Lucho foi até o meio da rua e começou a gritar:

— Ô de casa! Ô de casa!

— Tu tá louco! Não é assim que se faz na cidade grande! – censurou Matteo, dirigindo-se à porta do sobrado, na qual passou a desfechar pancadas com o punho cerrado.

---

[248] *"Deus, meu papai me mata!".*
[249] *"… tanto dinheiro!".*

Lucho acompanhou afoitamente as batidas do parceiro, mas ninguém acudiu. Perceberam, então, um pequeno botão ao lado da porta e experimentaram pressioná-lo. Da rua ouviram o guizo estridente de uma campainha, que lembrava uma cigarra rouca. Para desalento de Lucho, nenhuma viva alma deu sinal de vida no interior daquele obscuro sobrado. Insistiram. E insistiram à exaustão...

Quando estavam prestes a desistir – Matteo até já se adiantara alguns metros ladeira acima –, ouviram passos surdos que desciam uma escadaria. Lucho iluminou-se de esperança. Uma portinhola se abriu no alto da porta e dois olhos sonolentos miraram assustados os dois forasteiros até se fixarem na estranha figura à sua frente, feito estátua quixotesca, pé esquerdo calçado, pé direito pisando em meia a calçada imunda. E os olhos indagaram, não contendo um robusto bocejo:

— O que desejam?

— O senhor... poderia devolver... o meu sapato... – iniciou a responder Lucho com hesitação, enquanto Matteo se aboletava junto às paredes do casario, coberto de pejo.

O dono da casa esfregou os olhos como se tentasse despertar de extravagante sonho. Recomposto do sobressalto, perquiriu:

— Comé que éééé? – espichando o verbo, como a tomar consciência da situação. Tremelicando, Lucho gesticulava apontando para a sacada:

— Desculpe... O meu sapato caiu ali em cima, na sua sacada.

— O quêêê? O teu sapato! Na minha sacada! Você tá é de porre! – retorquiu incrédulo o estranho. E abriu a porta, escorando-se num de seus batentes. Foi aí que perceberam as feições mal-humoradas do interlocutor: era um homem atarracado, calvo, cabelos desalinhados nas laterais da cabeçorra, tez morena, faces ainda amarrotadas, nariz adunco, pescoço largo e um abdômen exageradamente proeminente. Trajava apenas as calças do pijama. Lucho tentou explicar o ocorrido, com frases nervosas e intermitentes:

— Nóis vinha subindo a rua... conversando.... eu tava mascando um "ciclé"... soprei ele e quis dar um chute... mas meu sapato, que é novo, escapou do pé... subiu alto e caiu no telhado... depois rolou, rolou... e agora tá aí em cima... na sua sacada.

— Você tá é doido! – resmungou contrariado o desconhecido. – Me tira da cama a esta hora da manhã pra me dizer que o teu sapato tá dormindo na minha sacada?! Que inferno! Nem no domingo se consegue descansar até mais tarde!

— Mas é verdade! – exclamou implorante Lucho.

— Essa história tá é muito mal contada… Que maluquice *é* essa, teu sapato na minha sacada?! – esbravejou, já impaciente, o homem.

Então interveio Matteo, saindo da penumbra para serenar os ânimos. Em tom apaziguador, explicou:

— É verdade. O meu amigo foi chutar o "cliclé" que mascava e o sapato dele se soltou e foi parar na sua sacada. O senhor poderia fazer o favor de devolver o sapato? – arrematou polidamente.

O homem mediu demoradamente os dois rapazes com o olhar, chacoalhando a cabeça ainda descrente daquela história absurda. Rodopiou sobre os calcanhares e, sem dizer nada, fechou a porta atrás de si com um baque seco e raivoso. Instantes depois, um sapato preto, número 44, voou de uma sacada e se estatelou no asfalto já meio carcomido. Lucho correu saltitando sobre o pé esquerdo à Saci Pererê até o meio da rua e calçou rapidamente o sapato desertor.

Aliviados com o satisfatório desfecho do inusitado incidente, retomaram a caminhada. Quando passaram pela Avenida João Pessoa, Matteo reconheceu a Casa do Estudante Universitário da UFRGS, onde morava o seu primo Ernani Benefatti. Eram sete horas da matina. Resolveram fazer uma surpresa ao amigo conterrâneo.

Bateram à porta do apartamento n.º 803 e tiraram o morador da cama. Enquanto aquecia água para um café, Ernani procurava se atualizar com notícias da sua saudosa terra, fazendo perguntas a respeito de um ou outro familiar. Inevitavelmente, acabou por perguntar como tinha sido a viagem. Então recebeu uma resposta monossilábica e lacônica de Lucho: "Bem!".

Seguiu-se um silêncio inquietante. Com o canto do olho, Ernani percebeu Matteo sentado na extremidade da cama, que se contorcia, como a sufocar algo dentro de si. Estranha eletricidade faiscava no ar. Percebeu um rubor que se denunciava nas faces de Lucho. Era evidente que eles tentavam esconder alguma coisa. Tomado de curiosidade, Ernani indagou:

— O que aconteceu?

Matteo rolou sobre a cama tomado de convulsiva gargalhada, enquanto Lucho se punha em reboliço, advertindo com o dedo em riste, que apontava ameaçadoramente para o velho parceiro:

— Tu me prometeu!

Ernani implorou, olhos vidrados, marejando de bisbilhotice.

— Qual é! Conta logo.

Então, entrecortando frases, soluços e gargalhadas, as mãos a segurar o abdômen que sacudia sem parar, Matteo começou a narrar aquela que seria a primeira façanha de seu amigo e fiel companheiro na capital. Contrafeito e corado de vergonha, Lucho corrigia algumas passagens do episódio relatadas com imprecisão, recontava outras que julgava demasiadamente aumentadas, retirando os exageros que Matteo conferia, na tentativa desesperada de minorar o vexame. Agora já eram dois os corpos que rolavam na cama em gargalhadas convulsivas, sacudindo-se em risadas estrepitosas.

A custo as galhofas e as gaitadas foram serenando. Terminaram de bebericar o café e se ergueram para procurar por Volnei, que morava a poucas quadras. Ernani se ofereceu para acompanhá-los. Durante o trajeto, volta e meia, ele e Matteo entreolhavam-se e um exclamava:

— O quê?! O teu sapato na minha sacada! – E retomavam as galhofarias.

Lucho seguia calado, jurando vingança.

Chegaram rindo à pensão. Ao encontrá-los tão fagueiros, Volnei quis logo saber o motivo. Muito a contragosto de Lucho, Matteo recontou toda aquela hilariante história do sapato voador, soluçando entre palavras e risos incontidos. Três corpos sacudiam-se convulsivamente em gargalhadas, enquanto Lucho, em um canto, cedia a um riso tímido e amarelado.

...

Volnei preparou um mate e durante aquela manhã sorveram o amargo enquanto proseavam animadamente. Os viajantes relataram as novidades da terrinha distante. O episódio do sapato rebelde aos poucos foi ficando esquecido. Discutiram sobre o concurso da Aeronáutica. Volnei e Ernani repassaram conselhos aos esperançosos candidatos. Ao meio-dia, os quatro seguiram a pé até o centro da cidade, onde almoçaram. Em seguida, procuraram por um hotel barato, junto ao elevado da Conceição, onde Matteo e Lucho se hospedaram.

Os dois rapazes foram conduzidos por um serviçal até um quarto sombrio e abafado, pobremente mobiliado com duas camas de solteiro, uma mesinha esquálida e um pequeno guarda-roupa, que recendia a naftalina. Estavam cansados, os olhos ardiam de sono e suspiraram quando avistaram as modestas camas. Acomodaram rapidamente os seus apetrechos e combinaram de tirar uma soneca. Matteo exclamou:

— Ah! que bom ter uma cama!

— Aquela é minha... – adiantou-se Lucho, apontando para a cama disposta junto à janela. Despiu rapidamente a roupa amarrotada da viagem, ficando só de cuecas. Incontinente, posicionou-se junto à porta. Mirou a cama no lado oposto do quarto, esfregando ansiosamente as mãos. Parado ao lado da mesinha, Matteo apenas observava. Então Lucho abriu os braços como se fossem asas, roncou motores e tomou impulso, decolando na direção daquele leito convidativo, enquanto narrava eufórico o voo rasante:

— Capitão da Aeronáutica Lúcio Mário Dal Rizzo, valoroso piloto da FAB, mergulha com o seu caça supersônico contra tropas inimigas... Ra-tá--tá-tá... – E se lançou feito um kamikaze na direção da cama.

Um baque estrondoso ribombou pelos corredores do velho hotel. Tênue nuvem de pó levantou entre um emaranhado formado por estrado, guardas, colchão e lençóis. Matteo correu até o reboliço. Percebendo que o intrépido aviador estava vivo e bem, desatou estertorosa gargalhada.

— Tá rindo do quê? – indagou Lucho contrariado, enquanto buscava se recompor, esfregando joelhos e cotovelos doloridos.

Ouviram-se passos apressados no corredor. Matteo pediu silêncio, colocando o dedo nos lábios. Serviçais espavoridos percorriam os pavimentos, subiam e desciam escadas, corriam desatinados pelos corredores estreitos, batiam nas portas dos aposentos, investigavam com grande alarido as causas do estranho estrugido que chacoalhara os alicerces do velho hotel. Bateram no quarto dos dois rapazes, mas Matteo e Lucho, petrificados, nada responderam. Ouviam vozes desconhecidas que se indagavam atônitas sobre o esquisito barulho, mas se mantinham quietos e ausentes. Lentamente o vozerio foi se dissipando, até desaparecer por completo.

Ao entardecer, Volnei passou pelo acanhado hotel para saber como se encontravam os dois rapazes e convidá-los para jantar. Afinal, não podiam se deitar tarde naquela noite, pois tinham que despertar cedo para as provas da manhã seguinte. Encontrou-os conversando em seus aposentos. Espantou-se ao ver Lucho estirado sobre um colchão estendido no meio do quarto. Junto à janela, jazia um amontoado de peças de madeira reviradas. Interrogou-os com o olhar a respeito do acontecido. Matteo disfarçava um riso travesso. Lucho pigarreou e acenou com um movimento de cabeça na direção do companheiro, conformado:

— Pode contar, Fiore… (era assim que chamava o amigo de infância).

Então Matteo reproduziu burlescamente a epopeia acrobática do amigo, imitando os movimentos, o ronco dos motores, a narração do alucinado voo e o estrondo produzido pelo choque do bólido humano contra o imaginário exército inimigo, sacudindo-se em gargalhadas brejeiras. Dessa vez, somente um corpo se contorceu em risadas estertorantes. Volnei meneou a cabeça, ralhando em tom de desaprovação, e deu início a severa descompostura. Ora, onde já se viu! Aquelas peraltices eram coisas de gente provinciana, grotesca. O pessoal do hotel ia pensar que eles eram uns caiporas sem educação, que não se davam ao respeito. Se fossem descobertos, poderiam até ser expulsos do hotel. Imaginem, que fiasco! E prolongou o sermão advertindo a ambos sobre modos de se comportar no meio de gente civilizada.

Ainda só de cuecas, Lucho mantinha-se envergonhado, olhos baixos, como a se desviar da reprimenda. Matteo estremecia-se em arroubos de risos mal contidos. Volnei finalizou o discurso dando instruções para colocarem ordem na bagunça do quarto e orientou-os a como recompor a cama sem deixar vestígio para o camareiro.

...

Os rapazes acordaram cedo na manhã da segunda-feira. Tomaram café apressadamente no hotel e rumaram de coletivo até o Gigantinho. Lá, responderam as extenuantes provas do concurso, que se iniciou às 8h em ponto. Reencontraram-se na saída do ginásio. Eram quase 13h e estavam famintos, seus estômagos pareciam se corroer por dentro. Dirigiram-se a um *trailer* que servia lanches e devoraram avidamente cada qual um bauru tamanho família (com bifes duplos, como recomendaram ao *chef*) e saciaram a sede com Coca-Cola. Aproveitaram a efervescência do líquido para soltar ruidosos arrotos. Tomaram o ônibus até o centro e desembarcaram na Avenida Salgado Filho.

Fazia calor e os dois desciam despreocupadamente a avenida, esgueirando-se debaixo de marquises para se protegerem de um sol escaldante, e debatendo-se naquele formigueiro humano que fez lembrar a Lucho uma trilha de saúvas afoitas. Ele estava desolado, pois já se considerava reprovado. Matteo mantinha acesa a chama da esperança.

Quando se aproximavam da esquina com a Avenida Borges de Medeiros, avistaram uma grande aglomeração de pessoas. Acorreram curiosos para ver o que estava acontecendo. Era um ajuntamento circular, muito compacto. Pessoas acotovelavam-se, empurravam-se, espremiam-se, parecendo moscas ajuntando-se em torno de uma chaga ulcerosa. Lucho espichou o pescoço e tentou entender o que se passava no centro daquele tumulto.

Apesar de ter boa estatura, não conseguia ver nada. Perguntou às pessoas ao lado, mas elas pouco sabiam. Disseram-lhe apenas que parecia ser um acidente, talvez um atropelamento. Uns especulavam sobre a gravidade dos ferimentos das supostas vítimas, outros apostavam que havia até mortos. Lucho não se continha, a curiosidade crescendo dentro de si, avolumando-se, sentia-se agoniado. Aos trancos, empurrões e safanões, foi abrindo caminho sofregamente pela turba curiosa, declarando:

— Licença, deixe-me passar. Sou parente da vítima! – regozijando-se intimamente com o lampejo de esperteza que lhe ocorrera para ludibriar o povaréu que se acotovelava.

Matteo seguiu calado o caminho aberto dificultosamente entre a multidão agitada. A custo chegaram a um ônibus parado no meio da rua. Não havia nenhum corpo estirado no asfalto. Apenas se avistava um leve amassado na dianteira do veículo. Lucho tentou, atônito, entender aquela cena inerte. Deu voltas em torno do veículo, nada descobrindo. Xeretou o interior do coletivo, mas não havia qualquer indício do ocorrido. As pessoas ao derredor observavam intrigadas o estranho curioso que investigava irrequieto a cena do acidente. Seria mesmo algum familiar? Ou um policial à paisana fazendo o levantamento pericial? Aos poucos a curiosidade da multidão se transferiu do veículo acidentado para o comportamento esquisito da anônima figura.

Ardendo em curiosidade, Lucho se acocorou ao lado do ônibus, mas nada conseguiu observar. Inquieto, prostrou-se de joelhos a esquadrinhar. Por fim, deitou-se no asfalto e enfiou a cabeça por baixo do veículo, vasculhando demoradamente. Nada encontrando, rastejou decepcionado o corpo para trás. Quando tentava se soerguer, alguém lhe tocou o ombro. Virou-se apressadamente e visualizou um vulto agigantado, parado, fitando-o repreensivo. Era um homem de idade mediana, do tamanho de um armário, tez azul de preta, grossos braços cruzados sobre um peito luzidio, nariz espraiado na face larga, beiços grossos e fartos, que lhe indagou pausadamente e em tom de censura, deixando escapar um vozeirão trovejante e pausado:

— E daí? Lavou a cara?

Lucho não entendeu e fez menção de retrucar àquele colossal obelisco negro, mas Matteo agarrou-o providencialmente pelo braço, arrastando-o com muito esforço para fora do redondel de curiosos, que lentamente começava a se dissipar. Caminharam silenciosos alguns passos, ainda se esgueirando entre o torvelinho de transeuntes apressados, quando Lucho estacou indignado, insinuando voltar para tirar satisfações:

— O que aquele crioulo safado quis dizer?

— É melhor nem querer saber... – aconselhou Matteo, forçando-o a retomar o caminho. – Você não reparou o tamanho do homem?

. . .

Desceram pela Avenida Borges de Medeiros. Lucho efervescia em bisbilhotices, consumindo-se em comichões de curiosidade. Aquela balbúrdia, que inicialmente o deixara tonto, agora o incitava a desvendar todas aquelas coisas desconhecidas e fascinantes da cidade grande. Não resistia a tantos atrativos e a todo instante questionava Matteo a respeito daquelas novidades. A tudo bisbilhotava, xeretava lojas, botecos e bancas. Perquiria o porquê disso, o como daquilo, o quanto de tantas coisas. Quem ficou atônito com tantas indagações foi Matteo, que às vezes, já impaciente, omitia esclarecimentos. Outras vezes tinha que arrancar Lucho a safanões diante de alguma vitrine, embasbacado que ficava ele a admirar tantos encantos inéditos.

Burlequearam horas pelo centro da cidade. Caminharam com dificuldade pela Rua da Praia, esbarrando em pessoas apressadas que ziguezagueavam anônimas num frenesi enlouquecedor. Com seu andar trancudo, Lucho esbarrava em incautos pedestres, tentava desculpar-se, insinuava cumprimentos, mas toda aquela gente alvorotada cruzava incógnita, caras fechadas prenunciando um mau-humor assustador. Para onde ia todo aquele povo açodado, perguntava-se Lucho.

Pela meia-tarde, cansados do alvoroço das ruas, decidiram buscar um pouco de sossego no hotel. Cruzaram a Praça XV em meio a um burburinho alucinante de barraqueiros, feirantes e camelôs que comerciavam os seus artigos numa balbúrdia incompreensível. Apregoavam os seus produtos numa cantoria desenfreada, destacando o preço e as qualidades incomparáveis e absolutamente vantajosas. Lucho encantou-se com a maneira pitoresca e melodiosa com que anunciavam os seus sortidos badulaques e procuravam seduzir os passantes:

— Olha o pastel quentinho! Tem de carne, de frango e de palmito!

— É a cenoura! Olha a batatinha! É o pimentão! É o tomate! Tudo do bom e do barato!

— Olha o pêssego! É pêssego fresquinho e cheiroso de Pelotas!

— Havaiana bonita e barata! É só chegar, minha senhora!

— É perfume chique pra namorada e pro garotão!

— Cerveja geladinha pra matar a sede! Vamos lá, meu freguês! É só servir!

— É liquidação de camisetas! Só hoje! Vamos aproveitar, minha gente!

— Olha o cigarrinho! É cigarro fino e importado!

O matraquear dos pregões em profusão de vozes atordoava os ouvidos dos rapazes. Mas em meio a toda aquela babel, um anúncio em especial fez Lucho estacar com água na boca:

— Olha a banana! Uma dúzia é cem! Paga duas, leva três!

Lucho ficou hipnotizado. Babando de desejo, exclamou:

— Fiore, que barato!

E correu até o vendedor, pedindo-lhe que embrulhasse umas duas ou três dúzias. O feirante, satisfeito, empacotou logo quatro pencas numas folhas de jornal velho. De lambuja, ofereceu duas bananas aos rapazes para que provassem a sua gostosura. Matteo advertiu que era um exagero levar tantas bananas. Acabariam estragando, já que estavam bastante maduras. Lucho rechaçou impávido a censura do amigo, declarando com entusiasmo:

— Ma, Fiore, que barato! Imagina, uma dúzia por *cento fiorini*?![250]

---

[250] Cem cruzeiros.

Sem dar ouvidos às observações do companheiro, Lucho abraçou empolgado o volumoso pacote, que exalava uma fragrância inconfundível. Retomaram o caminho, Matteo disfarçando a sua vergonha – "Ainda bem que aqui ninguém conhece a gente!", pensou ele –, Lucho altivo e prazenteiro, protegendo cautelosamente a preciosa carga. Desviando-se dos esbarrões dos passantes, Lucho abriu um buraco no embrulho, por onde foi retirando bananas para devorá-las com sofreguidão. Intercalava bocadas vorazes com exclamações de contentamento:

— *Ma che buona,*[251] *Fiore!*

E mais adiante pronunciou admirado, espalmando a mão direita sobre a face:

— *Fiore, ma che barato! Cento fiorini!*[252]

Chegaram, enfim, ao hotel, onde se refugiaram, exaustos, no quarto. Lucho continuou devorando avidamente aquelas bananas apetitosas, insistindo para que o companheiro o acompanhasse naquele exótico banquete. Matteo comeu algumas, mas logo se fartou. Lucho, entretanto, continuava insaciável, consumindo as pencas com incontrolável voracidade e repetindo:

— *Ma Fiore, che barato…*

À noite, Volnei e Ernani procuraram os rapazes no hotel para terem notícias do concurso e convidá-los para jantar. Encontraram os dois entrincheirados em seus aposentos. Chocaram-se com a estranha cena que viram: esparramado na cama, de olhos esbugalhados, olhar parado no teto, faces lívidas, sem camisa, empapado com um suor gelado que escorria em bicas pelo corpo, Lucho debatia-se em agonizante convulsão. Sobre um chumaço de jornal velho deitado ao chão no meio do quarto, jazia uma meia penca de bananas cheirosas ao lado de um grande amontoado de cascas. Um odor agridoce e nauseabundo impregnava a atmosfera. Lucho mal balbuciava, entremeando gemidos pungentes:

— *Come mi fá male alla panza…*[253] Parece que engoli um boi!

Entre risos matreiros, Matteo tentou explicar o motivo do mal-estar do companheiro:

---

251 *"Mas que boa!".*
252 *"Fiore, mas que barato! Cem cruzeiros!".*
253 *"Como me dói a barriga…".*

— *Cento fiorini… Fiore, ma che barato!*[254]

...

Na manhã seguinte, somente Matteo saiu para a rua. Lucho permaneceu convalescendo no quarto do hotel. Não podia nem ouvir falar de comida, pois sentia náuseas só em sentir o cheiro das bananas ainda jazendo no assoalho. Matteo retornou próximo do meio-dia, depois de dar voltas pela cidade e de fazer uma incursão pela estação rodoviária para adquirir as passagens para o regresso noturno a Três de Maio.

Encontrou Lucho sentado na cama, cara pálida decorada com grossas olheiras. Animou-o a se vestir para o almoço. Lucho titubeou por instantes, mas aquiesceu por fim. Trancafiou-se no banheiro, de onde Matteo captava a sonoridade de seus esforços. Lucho lavou o rosto com água fria e retornou ao quarto meia hora depois, onde se vestiu lentamente. Percebia-se nele uma leve coloração nas faces, um certo ar de alívio, prenunciando uma pequena melhora na inconveniente indisposição.

A caminhada propiciou bons efeitos a Lucho que, aos poucos, foi se animando. Sentiu a disposição retornar paulatinamente. Soltou alguns arrotos espichados. Parecia que uma grande pedra ia sendo removida aos poucos de suas entranhas. Até fome já estava sentindo! Almoçaram um "prato feito" num bar acanhado. Durante a tarde, vagaram a esmo pelo centro, despedindo-se da grande cidade.

Lucho se sentia outro, já havia recobrado o humor. Continuava curioso. Subiram a Avenida Borges de Medeiros, exploraram a Rua Duque de Caxias e enfurnaram-se pela Rua Riachuelo. Lucho descobriu uns estranhos botõezinhos que saltavam dumas chapinhas metálicas, enfileirados como teta de porca. Experimentou apertá-los e descobriu que por uns furinhos saía voz de gente. Encantou-se com essa novidade. Passou a percorrer os edifícios, apertando aqueles botõezinhos e puxando prosa com mulheres, domésticas e senhoras idosas, até que elas o dispensavam com alguns impropérios. Então acionava outro botãozinho e tentava atar prosa de novo.

Passaram em frente a um minimercado. De inopino, Lucho adentrou o estabelecimento para bisbilhotar despropositadamente. Hipnotizado, parou diante de uma gôndola de frios a contemplar entorpecido o variado

---

[254] *"Cem cruzeiros… Fiore, mas que barato!".*

sortimento de bandejas e copos de iogurte. Vasculhou a prateleiras enquanto exclamava admirado:

— Então isso que é o tal de iogurte que o Ireno[255] tanto fala? – E complementou empertigado: – Vou aproveitar para levar uma meia dúzia para experimentar… Esses naturais devem ser os melhores!

Matteo sugeriu levar menos copos de iogurte, pois não dariam conta de consumir tantos em tão pouco tempo, mas Lucho retrucou resoluto:

— Iogurte faz bem… O professor Ireno sempre falou isso.

E abraçou empolgado o pacote que o caixa lhe entregou, decidido a provar, enfim, aquela iguaria que o professor tanto recomendara aos seus alunos.

Ao fim da tarde, chegaram ao acanhado hotel para fazerem as malas e acertarem a conta. Lucho mal continha a curiosidade de experimentar aquela especiaria nunca antes provada. Mal adentraram o quarto e ele rompeu afoitamente o lacre de um copo e sorveu vorazmente um grande gole, produzindo grande alarido com a sugação do conteúdo viscoso.

Quando abriu a janela do quarto para arejar o ambiente, Matteo viu o rastro fugaz de um copo que se estatelou na parede do prédio em frente. Olhou assustado para Lucho, que limpava a boca no canto da toalha encardida da mesinha do quarto, olhos marejados de lágrimas, contorcendo as faces em caretas de azedume, enquanto exclamava sua inconformada decepção:

— *Porca miséria*,[256] mas que amargo! Argh! – Estremecendo com um calafrio que lhe percorria a espinha.

Estarrecido, Matteo ainda assistiu outros copos voarem pela janela, de encontro ao muro, que ia salpicando de manchas estreladas de branco.

Logo depois, os dois matutos encerraram as suas aventuras pela capital e tomaram o ônibus da empresa Ouro & Prata, em retorno a Três de Maio.

— Pai, o que é essa Casa do Estudante? – questionou Luana ao final da narrativa.

---

255 Filho de Vittória Benefatti e Pedro Fiorenzi, e professor na escola de Rocinha.
256 Expressão muito utilizada nas colônias italianas, sem tradução específica.

— Lu, a Casa do Estudante era uma moradia especial que a Universidade oferecia para os alunos carentes vindos do interior – esclareceu Ernani.

— E você morou muito tempo lá? – indagou Natália por sua vez.

— Sim, praticamente todo o tempo que cursei Geologia na UFRGS. Foram bons tempos aqueles. Não tínhamos grana pra nada, mas foi um período muito bacana. De muito estudo também… – disse Ernani.

— E o Pingo era muito estudioso – interveio Marina. – Isso eu posso confirmar, pois acompanhei tudo quando morava em Porto Alegre.

— É verdade, o Pinguinho sempre foi muito inteligente, muito dedicado aos estudos – complementou Seu Lorenzo.

— Eu gostava mesmo era de ficar estudando durante a noite, quando fazia mais silêncio. Então, às vezes eu ficava até altas horas da madrugada, estudando e ouvindo música no meu radinho a pilha.

E após alguns segundos, Ernani prosseguiu:

— Isso deu até origem a um sonho muito engraçado.

— Conta como foi isso, pai! – precipitaram-se Luana e Natália a uma só voz, apelo que Ernani prontamente começou a atender.

A MÚSICA DA GUAÍBA

Era novembro de 1981 e o ano letivo aproximava-se do seu fim na Faculdade de Geologia da Universidade Federal do Rio Grande do Sul. Ernani se preparava para a última etapa de provas daquele semestre. Estava com boas notas e se nenhum acidente de percurso ocorresse, mais uma vez passaria de ano sem necessidade de fazer os exames finais. Dentro de poucos dias entraria em férias e já antevia, sorridente, o reencontro com a família, que durante aquele semestre inteiro não visitara.

Completaria, então, 10 semestres de árduos estudos, de muita dedicação e de muitas noites em vigília, debruçando-se sobre livros e mapas, tentando entender e decifrar mistérios e enigmas cifrados em rochas, minerais e fósseis, auscultando o coração e a própria alma da Terra. Dali a um ano estaria colando grau e recebendo o tão almejado "canudo".

A geologia era-lhe algo fascinante, uma paixão à qual não economizava dedicação. À noite, quando se recolhia em seu quarto na Casa do Estudante Universitário da UFRGS, costumava fazer as suas leituras, avançando pela madrugada, acalentado pelo som aconchegante de "A Música da Guaíba", que vibrava incansavelmente no radinho a pilha, marca Motorádio, sintonizado, como de costume, na frequência modulada da tradicional emissora de rádio.

Recostando-se na cabeceira da cama e iluminado apenas pelo facho amarelado e incandescente da lâmpada de cabeceira, Ernani consumia as horas estudando algum ponto importante de petrologia, paleontologia, mineralogia, estratigrafia ou geotectônica. Com frequência, o esgotamento lhe arrebatava a concentração, as pálpebras lentamente se fechavam e Ernani sucumbia, então, a um sono profundo e restaurador. Não raras vezes, adormecia com o radinho ligado, a tocar a música orquestrada e melodiosa da Guaíba, madrugada afora, embalando aquele reconfortante ninar. Altas horas acordava, desligava o rádio, apagava a luz e retomava o ressonar até que a campainha barulhenta do velho relógio de corda o despertasse de sobressalto pela manhã.

Numa certa noite, Ernani acomodou-se em sua tradicional posição de estudo e entregou-se à revisão da matéria para a prova de Geologia Econômica que teria no dia seguinte, às 7h30. O velho radinho a pilha sintonizava, como sempre, a Guaíba FM. Os ponteiros do relógio corriam rápidos, despercebidos pelo estudante, apesar dos protestos do seu barulhento "tic-tac". Cresceu ligeira a noite e a madrugada chegou sorrateira, estendendo os seus tentáculos soníferos, primeiro seduzindo a vigília e, depois, arrebatando o desvelo. Rapidamente, Ernani foi tomado de envolvente torpor, caindo em pesado sono. A luz amarela da lâmpada de cabeceira iluminava inutilmente o volumoso livro tombado sobre o peito do estudante. Ao seu lado, o fiel radinho reproduzia os suaves acordes de "A Música da Guaíba".

Entregue ao sono profundo, Ernani sonhou. Sonhou que já estava de férias em sua saudosa Rocinha. Era o primeiro domingo que passava junto à família naquelas férias de verão. O programa dominical na comunidade começava, naquela época, com a reza do culto. Depois, a rapaziada discutia o programa para aquelas tardes que já se anunciavam calorentas e longas: jogo de futebol, alguma reunião dançante ou o balneário da Ponte do Rio Santa Rosa. Era também ocasião para o reencontro com os amigos, a maioria deles também estava estudando em outras universidades. Havia uma ansiosa expectativa.

A numerosa família tomou café e apressou-se em se arrumar para as rezas daquela manhã. Mas na flamante belina azul safira, ano de fabricação 1975, placas KM 2196, não havia lugar para todos. Ernani se prontificou a percorrer a pé os mil metros que distanciavam até a Igreja de Nossa Senhora da Saúde. Fazia questão de fazer a caminhada, apesar da estrada poeirenta, pois assim teria a oportunidade de rever cada pedaço daquele chão vermelho tijolo.

Em seu sonho, descortinavam-se aquelas coxilhas tão familiares, de terra pegajosa, que começavam a se cobrir com o provisório manto verde das lavouras de soja. Observou atento cada palmo da paisagem, tentando identificar pequenas alterações eventualmente feitas nas esparsas residências daquele povo fraterno e trabalhador. Acercou-se do povoado e verificou que tudo se mantinha como antes. Era como se o tempo tivesse literalmente parado durante os quatro meses em que estivera estudando na capital. Não fosse a alternância das culturas agrícolas a marcar a sucessão das estações do ano, tudo faria crer que aquele lugarejo estava petrificado no tempo.

Dirigiu-se à Igreja. O culto já havia iniciado, tendo a dirigi-lo os ministros ecumênicos. Nisso também nada mudara. Era a reprodução da mesma cena religiosa que assistira alguns meses antes, durante as férias de inverno, repetindo-se com entediante monotonia. Subiu lentamente os degraus da Igreja, portando em uma das mãos o inseparável radinho a pilha, que entoava... "A Música da Guaíba". No alto da escadaria desligou o rádio para cruzar o imponente portal da igreja com o respeito que o momento exigia. Mas o radinho continuou a tocar aquelas melodias suaves.

Avistou velhas figuras conhecidas, que costumeiramente se perfilavam nos últimos bancos da igreja: o Tio Achyle, o Angelino Bottoni, o Nestor Turrani, o Rosalino Branchi, o Faustino Paduani, o Altino Compagnolli. Todos se voltaram para ele com seus olhares curiosos. Ernani procurou desesperadamente o botão do rádio, acionando-o em vão para desligá-lo. E o danado do radinho teimava em entoar "A Música da Guaíba".

Ouviram-se "psius" de advertência reclamando silêncio. Ernani suava frio, acionava nervosamente os botões de comando... e o teimoso aparelho radiofônico continuava a sonar. Abriu desesperadamente o rádio, arrancou-lhe as pequenas pilhas, jogando-as porta afora... e a "Música da Guaíba" continuava altissonante. Os olhares dos fiéis voltaram-se impacientes e repreensivos para a porta, e Ernani ali, parado, junto à pia de água benta, pateticamente embasbacado. Num gesto brusco, arrancou a antena do pequeno rádio, lançando-a nervosamente no chão ladrilhado da igreja... mas, para sua desolação, a música pertinaz continuava a soar cristalina.

Os dirigentes do cerimonial elevaram o tom das rezas tentando inutilmente cooptar a atenção da curiosa plateia de fiéis, que àquele momento desviou a atenção para o átrio do templo. Saltitavam furiosamente em seus púlpitos, dardejando raios fulminantes com seus olhos crispados contra o ruidoso intruso... E a música não parava.

Tomado de pavor, Ernani abriu o pequeno rádio e arrancou a fiação, porém aquele minúsculo aparelho radiofônico teimava em reproduzir "A Música da Guaíba". Era inacreditável, parecia ter sete vidas. Ernani desmontou o aparelho… em vão, a música continuava. Ele sentiu um suor frio escorren-do-lhe por baixo da roupa de domingo, sapateava nervoso, aquela música que persistia em tocar incólume, o rádio já todo estrebuchado em suas mãos, sentindo os olhares repreensivos de toda a plateia voltada recriminante para ele, Nestor Facchin já colérico e agitado, conduzindo a cerimônia para a parte da consagração.

Num assomo derradeiro, Ernani jogou estrondosamente as peças do aparelho já desmontado no piso frio da igreja, passando a pisoteá-las afli-tivamente… e nada. "A Música da Guaíba" continuava soando melodiosa e límpida. Então o sacristão agitou freneticamente a campânula. Em seu sonho, Ernani viu o ministro Nestor elevando ao alto a hóstia em consagração… ao som de "A Música da Guaíba".

Mas o som da campânula soou forte e estridente aos ouvidos de Ernani. Doeram-lhe os tímpanos. Ele pisoteou desesperadamente os cacos do velho radinho portátil esparramados pelo chão. Tão estridulante era o tilintar daquela campainha que Ernani despertou assustado. Era o seu despertador anunciando a hora de acordar.

Meio zonzo, permaneceu alguns minutos se debatendo debaixo dos lençóis. No criado-mudo, o radinho a pilha continuava a tocar "A Música da Guaíba".

— Ah, Tio Pinguinho – exclamou Gabriela. – Mas nem tirando as pilhas o rádio parava de tocar música… Essa é muito boa!

— Imaginem só o desespero de entrar na igreja e não conseguir des-ligar o rádio – observou Maria Helena.

— Só o meu pai – completou Natália.

Seu Lorenzo ainda insistia em oferecer vinho às visitas, repetindo as qualidades do produto da Cantina Benefatti:

— Esse bordô é muito bom! Olha só que cor, que tinta!

— Como diz o Bertinho – falou Ernani –, se não der pra beber pelo menos dá pra fazer um bom sagu…

Dona Idalina, que seguia calada há algum tempo, levantou-se de sua cadeira de balanço e desligou a televisão. Questionada por Seu Lorenzo quanto ao motivo daquele ato radical, sentenciou:

— O programa da televisão nesse horário é impróprio para as crianças. É uma pouca vergonha! Tem cenas que nem os adultos deveriam ver...

— Como aquelas da "vaca de dois úberes" – lembrou-se Ernani, sem esconder o tom brejeiro.

Todos os olhares se voltaram interrogativos para ele, que logo tratou de se esquivar dos esclarecimentos:

— Essa história é com o Nono...

Com faces coradas, talvez pelo vinho, talvez pelo ressurgimento de fato que julgava já apagado da memória, Seu Lorenzo viu-se, então, na obrigação de narrar o causo trazido à conversa pelo filho.

A VACA DE DOIS ÚBERES

Era o ano de 1985. A Rede Globo exibia um seriado de filmes nacionais, denominado Festival Nelson Rodrigues. Eram filmes pungentes, que envolviam conflitos pessoais, dramas intimistas, personagens marcantes e incomuns, cenas fortes, entrecortadas por ações violentas. E, claro, tais filmes também eram fartamente temperados por muita sensualidade, muita volúpia, com cenas picantes de sexo explícito.

O fato se deu quando Seu Lorenzo residia na colônia, em Rocinha. Costumava dormir cedo, exausto pelo dia de árduo trabalho nas lavouras. Naquela época eram célebres as suas cenas "assistindo" ao Jornal Nacional após o jantar: invariavelmente, dormia assim que se postava à frente da televisão de 20 polegadas, marca Telefunken. Era sono de roncar, de deixar a cabeça pendida sobre o peito.

Frequentemente era acordado de supetão pelo filho Marcelo, que, imitando o pescador que retira o peixe da água, gritava ao seu lado: "Olha o dourado!". Contam que, certa vez, quando o apresentador Cid Moreira encerrou o Jornal Nacional com o seu tradicional "Boa noite", Seu Lorenzo levantou-se da poltrona, fez o sinal da cruz e foi dormir... Mas quando começava a novela, despertava e a tudo assistia atentamente.

Entretanto numa certa noite foi diferente. Não que Seu Lorenzo tenha ficado acordado durante o noticiário. Como de costume, dormiu praticamente o tempo todo e não aproveitou quase nada das notícias, mas esteve bem desperto durante toda a novela e, finda essa, foi se deitar em busca do reconfortante descanso. Todavia, coisa raríssima, naquela noite não conseguiu encontrar o sono. Revirava-se na cama, colocava-se de costas, de bruços, de lado... e nada de o sono chegar. Revirava-se de um lado para outro, sentia calor, comichões pelo corpo. Parecia que a cama estava repleta de espinhos.

Debatendo-se com a inusitada insônia, ouvia o relógio de pêndulo na sala bater as horas implacavelmente. O tempo avançava incólume pela madrugada. Ao seu lado, Dona Idalina dormia que dava inveja só em ver!

Já impaciente, levantou-se e foi até a cozinha, onde se serviu de um copo de água gelada. Perambulou pelos demais aposentos da casa, como se estivesse a procurar pelo sono perdido. Enfim, postou-se diante do aparelho de televisão. Ligou-o. Passava um dos célebres filmes de Nelson Rodrigues. A cena de sexo fez Seu Lorenzo arregalar os olhos. O máximo que conhecia de cinema eram os filmes do Teixeirinha, do Mazzaropi, e os melodramas tipo Romeu e Julieta. E em termos de televisão, as coisas mais picantes que assistira até então eram alguns beijos e as cenas meramente sugestivas das novelas.

O filme mal começara. Mas aquilo – aquela "pouca vergonha", como ele próprio diria depois – que estava passando nunca tinha visto. Estava atônito, vislumbrado. Via-se tudo: moças completamente desnudas, coxas, bumbuns, seios, tudo à mostra. E as cenas, que loucura! Não sugeriam, mostravam tudo, em todos os ângulos. E se repetiam, mal entrecortadas por breves cenas – muitas vezes de violência –, apenas para amarrar o enredo. Seu Lorenzo suava, o coração batia forte. Ouvia muito pouco dos curtos diálogos, nada entendia da história do filme, mas a tudo via com olhos bem esbugalhados.

Na tarde do dia seguinte, Seu Lorenzo foi à cidade. Passou na agência do Banco do Brasil para falar com seus filhos Valter e Ernani, que lá trabalhavam. Encontrou primeiro o Valter, com o qual foi atualizando as notícias a respeito da família, dos negócios, da lavoura etc. Em seguida, Ernani juntou-se a eles. Foi, então, que Seu Lorenzo segredou em tom de sussurro:

— Vocês tinham que ver o filme que eu assisti esta noite!

Um dos filhos perguntou:

— Ah é? E o filme era bom?

— Olha, eu nunca tinha visto uma coisa igual. Cada mulherão! Tudo de coxa de fora...

Com a curiosidade aumentando, inquiriu o outro filho:

— E aí? Que filme era esse?

— Bem, eu não entendi a história muito bem... – E baixando a voz para criar um clima de confidência, prosseguiu: – Sabe, eu deixei o volume bem baixinho para não acordar a mãe de vocês.

— Sim… Mas pelo menos conseguiu ver o nome do filme?

— Claro que sim!

— E, afinal, qual era o nome desse filme? – insistiu um dos filhos, ao que prontamente respondeu Seu Lorenzo:

— *A vaca de dois ubres.*[257]

Valter e Ernani entreolharam-se e forte gargalhada ecoou pelo saguão da agência. Seu Lorenzo, nada entendendo, indagou em tom de desaprovação:

— Não entendi. Qual é a graça?

Respondeu-lhe o outro filho:

— Pai, o nome do filme é *A faca de dois gumes*…

— Pai, então foi em Três de Maio que você começou trabalhar no Banco do Brasil? – perquiriu Natália.

— Sim, eu tomei posse no Banco do Brasil em Três de Maio – começou respondendo Ernani. – Eram outros tempos, o salário era bom e o trabalho era bastante burocrático. Bastava fazer as tarefas direitinho. Bem diferente de hoje, com tantas metas e avaliações por desempenho. O banco mudou muito nessas últimas décadas…

— Na verdade – interveio Marina –, o Brasil é que mudou muito. Nesse tempo, saímos de uma ditadura, tivemos uma nova Constituição e o país foi redemocratizado. Mas também passamos por períodos de grande crise econômica, com desemprego, inflação astronômica, muitos planos econômicos fracassados…

— E muitas greves – acrescentou Maria Helena. – Como as greves do magistério, dos metalúrgicos, dos bancários…

— Você também fez greve, pai? – questionou Luana.

— Sim, participei de várias greves, principalmente na década de oitenta – confirmou Ernani.

— E às vezes se envolveu até demais – observou Neila, que até então se mantinha como mera espectadora da conversa.

---

257 Forma popular e incorreta de se pronunciar úberes.

— E o Tio Valter também fazia greve? – indagou Júlia, que também se mantinha à margem da conversa.

— Aquele… Ha ha ha… Nunca! – gargalhou Maria Helena.

— E por que ele não fazia greve? – perquiriu Gabriela.

Por alguns instantes a interrogação ficou suspensa no ar, enquanto os olhares se voltavam para Ernani. Ele, então, tomando o último gole de vinho de sua taça, anunciou:

— Bom, pra vocês compreenderem bem isso tenho uma história para lhes contar. Escutem!

TEMPOS DE GREVE

Valter e Ernani sempre foram tão diferentes no ser e no pensar que é muito difícil a qualquer um acreditar serem irmãos. À exceção do futebol – ambos gremistas convictos –, as diferenças entre eles sempre foram abissais. A começar pela aparência física: são literalmente diferentes como o dia e a noite. Valter tem cabeleira farta e escura, enquanto Ernani tem cabelo esparso e claro. O primeiro, em tudo herdou os caracteres físicos da ascendência materna; o segundo, reproduz fielmente os traços fisionômicos da linhagem paterna. Em suma, o primeiro é De Boni e o segundo é Benefatti.

Mas é no campo das ideias que as suas diferenças sempre se revelaram mais agudas, por vezes até exacerbadas. Para começar, Valter sempre se mostrou uma pessoa de princípios conservadores. Para ele, o certo e o justo são conceitos rígidos e imutáveis em quaisquer situações, em qualquer tempo e para todas as pessoas, independentemente das suas condições peculiares. Sempre foi um conservador declarado, pouco afeito a ideias revolucionárias. Aliás, revolução sempre foi uma palavra absolutamente estranha ao seu vocabulário.

Como seu próprio irmão o define, é "mais ortodoxo do que caminhar para a frente". Para Valter, a lei é clara e deve ser respeitada e observada com todo rigorismo marcial, doa a quem doer. Em sua visão positivista, as coisas são assim porque assim devem ser. Os contrastes e as contradições são da própria natureza das coisas. Tem ideias fortes e rijas e as preserva imutáveis ao longo dos anos. Enfim, em seu entender respeitam-se as regras e adaptam-se as pessoas.

Ernani também tem seus valores e princípios, mas os encara como meros preceitos fundamentais que indicam um norte, um rumo a seguir. Tais princípios, em seu modo de pensar, não são imutáveis, mas se modificam, adaptam-se e se amoldam com o evoluir dos tempos. Também tem opiniões fortes e firmes, mas não reluta em rever as suas ideias diante de novas situações, reconhecendo novas realidades e modificando os seus posicionamentos.

Sempre reconheceu que a única coisa permanente da vida é a mudança, percebendo na sua aparente e frágil instabilidade a própria razão da evolução do ser humano e da sociedade. Para ele, mudar de opinião nunca foi necessariamente um sinal de fraqueza ou sucumbência, mas uma atitude de sabedoria diante dos fatos óbvios da realidade. Em sua visão, as leis não passam de regras necessárias para tornar tolerável o convívio em sociedade, mas elas jamais podem se converter na própria razão de ser. Para ele, a lei pela lei é algo vazio, sem sentido e destituído de qualquer utilidade. Em seu entender, regra que não traz benefícios para a sociedade deve ser modificada, substituída e, no extremo, não observada.

Entretanto é no campo da política que os irmãos sempre tiveram as posições mais antagônicas, como polos distantes e irreconciliáveis. Conservador por excelência, Valter nunca revelou simpatia pelas correntes progressistas, tratando-as com indisfarçável desdém e somenos importância. Sempre se mostrou avesso ao ativismo político e ao engajamento às causas sociais. Afinal, se todos acatassem as regras não haveria conflitos. E se todos os ativistas fossem trabalhar, todos os males da sociedade seriam resolvidos.

Ernani, ao contrário, sempre se mostrou simpático às causas sociais, acreditando na conscientização, na participação e na inserção social como caminhos viáveis para a transformação numa sociedade mais justa. Assim, diante de tão notória disparidade de pensamento político, tornou-se algo absolutamente desaconselhável reunir os irmãos em épocas de eleição.

Embora ambos trabalhassem na mesma empresa – o Banco do Brasil – com a mesma dedicação e com o mesmo ardor, cada qual tinha uma relação muito própria com o respectivo emprego. Valter costumeiramente seguia as determinações e diretrizes do patrão sem questionar muito os meios e a ética de atuação. Ernani, por sua vez, procurava adotar uma posição mais crítica em relação às estratégias formuladas pelo empregador, embora sem se insubordinar aos seus comandos, pois, em última instância, sempre teve consciência de que o poder de direção é prerrogativa exclusiva do patrão, diante da qual não há outro remédio do que se resignar.

Dessa forma, Valter nunca se envolveu com os movimentos reivindicatórios dos funcionários, sempre acatando fielmente e aceitando cordato as ofertas da empresa. Nunca fez greve, pois sempre achou esse expediente uma mera desculpa de pessoas pouco afeitas ao trabalho. Para ele, quem deveria decidir esses assuntos era o patrão e ponto final. O empregado deveria se limitar a realizar as suas tarefas. Considerava uma afronta um empregado cruzar os braços para reivindicar salário ou melhores condições de trabalho. Tinha verdadeira ojeriza a sindicatos e àquilo que taxava de "agitadores barbudos".

Seu irmão, entretanto, teve participação em diversos movimentos paredistas, tendo atuação destacada em alguns deles. Para Ernani, na hora de trabalhar, o empregado deveria dedicar toda a sua habilidade física e intelectual a serviço do patrão, mas não hesitava em cruzar os braços, se necessário, para reivindicar aquilo que considerava a justa recompensa pelos seus esforços.

O processo de abertura política que ocorreu no país durante a década de 80 foi acompanhado pela eclosão de uma interminável sucessão de greves. Era março de 1987 e o Plano Cruzado – editado um ano antes – malograra como outros tantos e uma explosão de preços reacendeu a chama inflacionária que corroía os salários dos trabalhadores.

Enquanto no ABC Paulista líderes sindicais agitavam a massa de trabalhadores e incutiam temor no empresariado, os bancários de Três de Maio decidiram engajar-se ao movimento que eclodira nos grandes centros urbanos. Primeiro pararam os funcionários do Banco do Brasil, sendo logo seguidos pelos empregados das agências locais da Caixa Econômica Federal, Banrisul e Meridional. A adesão à greve foi maciça, permanecendo nas agências desses bancos apenas a sua alta administração.

Valter, naturalmente, recusou-se a aderir ao movimento grevista e se manteve enclausurado na agência bancária, ao lado das chefias mais elevadas, que permaneceram em seus postos por mero dever de ofício, já que, no fundo, simpatizavam com o movimento reivindicatório.

Os grevistas estabeleceram o seu quartel general na sede social da Associação dos Funcionários do Banco Meridional, localizada no centro da cidade. Lá se reuniam ao início da manhã para discutirem as atividades do dia, analisarem o andamento da greve e estabelecerem estratégias de atuação para fortalecimento e expansão do movimento. Na cidade, apenas os funcionários do Bradesco não tinham aderido à greve. Por isso, os atos grevistas eram concentrados em frente àquela agência com o propósito de constranger os seus funcionários e bloquear o acesso dos clientes. Mariane, irmã de Valter e Ernani, naquela época trabalhava no Bradesco e se mantinha assídua ao serviço, temerosa da afamada má vontade da casa bancária com os grevistas.

Numa certa manhã, no QG do movimento, os grevistas discutiam uma estratégia para coagir os funcionários do Bradesco a também cruzarem os braços. Isso garantiria êxito total para o movimento. Os debates seguiam acalorados. Um dos debatedores expôs toda a sua frustração com as estratégias até então adotadas junto à agência daquele banco, cujos funcionários, apesar da pressão, não arredavam dos seus postos de trabalho, e pugnava por ações mais drásticas. Em dado momento, bradou com o dedo indicador em riste:

— Pois imaginem, companheiros, que até a irmã do Ernani está furando a greve!

Ernani, que até então se mantinha calado em um dos cantos da sala, ergueu incontinente o braço para apartear o orador de ocasião, contraditando:

— Peraí, companheiro! Se ela está furando a greve não é irmã do Ernani. É irmã do Valter!

Estrondosas gargalhadas pipocaram pela plateia, interrompendo por vários minutos o andamento das atividades da assembleia.

— É, de fato, o Valter e o Pinguinho sempre foram muito diferentes – observou Seu Lorenzo.

A conversa foi interrompida pela campainha do telefone. Dona Idalina atendeu. Era Mariane pedindo para as filhas retornarem para casa, pois já se fazia tarde e era hora de dormir. Dona Idalina repassou imediatamente a recomendação:

— Meninas, é hora de vocês irem para casa.

Gabriela rapidamente se agarrou às primas insistindo:

— Vocês vêm dormir lá em casa!

Marina logo se prontificou:

— Eu acompanho vocês.

Quando o grupo se despedia, com Pirulito latindo e saltitando em torno das meninas, protestando pela partida da companhia, Ernani soltou o alerta:

— Cuidado com a fronteira!

Junto ao portão do jardim, Marina paralisou com o gracejo do irmão, respondendo-lhe com um olhar enviesado, mal disfarçando a desagradável certeza de que aquele bizarro episódio da passagem pela fronteira no Chuí jamais cairia no esquecimento.

Mal o grupo se afastou e Ernani, talvez inspirado pelo vinho, deu sequência às suas pilhérias, voltando-se provocativo para a mãe:

— E aí? A senhora teclou a senha?

— Que senha? – respondeu sem compreender Dona Idalina.

— A senha do telefone quando a senhora atendeu a chamada…

Maria Helena não conteve a gargalhada enquanto Seu Lorenzo asseverou ao filho:

— Mas até dessa você foi lembrar!

E como Seu Lorenzo não costumava deixar nada sem a devida explicação, começou a relembrar do episódio ocorrido há pouco tempo, esmerando-se em justificar tudo nos mínimos detalhes.

A SENHA

O ano de 2001 trouxe muitas preocupações para a família de Seu Lorenzo em razão do estado de saúde da esposa Idalina. É que num exame de rotina, o médico da família percebeu uma pequena mancha esbranquiçada numa radiografia dos pulmões. Exames mais detalhados revelaram tratar-se de um nódulo. A descoberta colocou a família em sobressalto. A equipe médica não dava certeza de nada. Somente uma cirurgia para extração do nódulo e a realização de biópsia poderia diagnosticar com certeza se era um nódulo benigno ou maligno.

Não houve outro jeito. Sem dúvida, a cirurgia seria muito delicada, mas sem ela as chances de cura seriam bastante reduzidas. E fazendo-a, havia boas possibilidades de um tratamento adequado e exitoso. Dessa forma, a família optou por correr os riscos e a intervenção cirúrgica foi efetuada. Tomaram-se todos os preparativos e Seu Lorenzo foi a Passo Fundo para acompanhar a operação. Lá, ficou hospedado na residência de sua filha Maria Helena. Revezaram-se, ele e a filha, entre o hospital e o apartamento, entre acompanhar a paciente e descansar.

Certo dia, estando Seu Lorenzo descansando no apartamento e havendo várias mensagens não recebidas, a secretária eletrônica da CRT Brasil Telecom acionou a chamada automática. Atendeu Seu Lorenzo.

Mais tarde, chegando ao hospital, ele falou para a filha Maria Helena:

— Não sei o que deu com o teu telefone. Acho que enlouqueceu…

— Mas o que aconteceu, pai? – indagou a filha preocupada.

— Olha, o telefone tocou. Eu atendi. Era uma mulher. Mas não consegui entender o que ela queria.

— Mas e aí, pai? Que mulher era essa? Pediu o nome dela pelo menos? – indagou Maria Helena, já bastante curiosa.

— Não sei. Quando atendi, ela só me disse: "Tecle a sua senha". – E eu perguntei: "Mah, que senha?". – E ela só repetiu: "Tecle a sua senha". – Eu pedi de novo o que ela queria e ela insistiu: "Tecle a sua senha". – E eu pedi de novo: "Mah, que senha, sacramenha? Quer falar com a Maria Helena?". – E ela teimou: "Tecle a sua senha". – E eu: "Porca miséria! Mah que senha? A senha do quartel?". – Olha, me incomodei e desliguei o telefone. Acho que a mulher tava meio biruta!

— E aí, pai? O senhor teclou a "senha do quartel" – perguntou Ernani às gargalhadas a Seu Lorenzo, que respondeu com um silêncio ressentido.

— Mas essa história depois teve continuidade – observou Maria Helena. – Não é mesmo, pai?

— É, como foi aquele outro telefonema que o senhor atendeu na casa da Mari – continuou a provocar Ernani mal contendo o riso.

— Mas vocês não têm mesmo dó! – censurou Dona Idalina, levantando-se para se dirigir ao quarto para dormir.

— Bom – principiou a se explicar Seu Lorenzo –, *é que* eu não era acostumado com essas parafernálias tecnológicas que existem hoje. Mas o que aconteceu na outra vez foi o seguinte:

A LEI

Em termos técnicos, a cirurgia para remoção da metástase pulmonar foi exitosa, tendo sido extraído parte do lóbulo inferior do pulmão direito, onde se alojava o temerário nódulo. Mas não o suficiente para que o problema de Dona Idalina fosse considerado cirurgicamente resolvido.

Ocorreu que, passados alguns meses em lenta recuperação, novos exames mostraram que havia outros nódulos menores, cuja visualização antes tinha sido obliterada pelo nódulo extraído. Havia a necessidade de nova cirurgia para extração de mais uma porção do lóbulo pulmonar de Dona Idalina, pois persistia o risco metástico daquela tumoração se espalhar para outros órgãos. Esse fato trouxe mais inquietação e aflição para a família.

Mas a paciente foi muito corajosa e determinada e resolveu enfrentar mais uma cirurgia delicada. E lá se foi Seu Lorenzo, meses depois, novamente acompanhar a esposa naquele momento crítico sob a agonia da incerteza. E tudo se repetiu: a longa cirurgia, a hospedagem na residência da filha Maria Helena em Passo Fundo e o revezamento com a filha na assistência da esposa internada no Hospital São Vicente de Paula.

Passaram-se alguns dias e a paciente já se recuperava bem. Novamente, estava Seu Lorenzo sozinho descansando no apartamento da sua filha quando a campainha do telefone soou.

— Alô! – atendeu solícito Seu Lorenzo.

— Boa noite! – respondeu uma voz de mulher. – Gostaria de falar com a Maria Helena. Ela está?

— Não, ela está cuidando da mãe no hospital – explicou Seu Lorenzo. – Mas quem está falando? (Seu Lorenzo já estava ficando esperto: pedia o nome de quem ligava e anotava os recados).

A voz do outro lado falou:

— É a Elei.

— Lei? – indagou Seu Lorenzo sem entender nada.

— Elei. Diz para a Maria Helena ligar para a Elei.

— Mah, que lei?

— É a Elei. E-L-E-I – soletrou pausadamente a voz.

— Mah que lei é essa? É Lei do Governo? – retrucou já impaciente Seu Lorenzo.

— Mas é lei do governo? – repetiu Ernani, rindo-se brejeiramente.

— Devo reconhecer que na segunda vez o senhor já anotava direitinho os recados do telefone – consolou Maria Helena.

As risadas foram interrompidas pelo retorno de Marina, que levara as meninas para dormir na casa da irmã Mariane. Ao tomar ciência dos motivos das chacotas, lembrou-se de outro episódio envolvendo o pai Lorenzo no atendimento ao telefone.

— Bem, tem outra história interessante sobre telefone. Foi uma escuta clandestina. O senhor ainda lembra disso, pai?

— Não estou lembrado… – respondeu Seu Lorenzo, já receoso de que se tratasse de mais uma pilhéria dos filhos.

— Aquela vez da periquita. O Senhor se lembra?

— Ah, sim! Sacramenha… Aquela vez foi tudo culpa daquela caturrita – respondeu Seu Lorenzo, passando de imediato para a narrativa do episódio da escuta clandestina.

ESCUTA TELEFÔNICA

Seu Lorenzo comemorou seus 80 anos em setembro de 2005, idade que alcançou com muita saúde e disposição. Pretendia fazer uma grande festa, mas seus filhos, nos meses precedentes, vieram com umas desculpas estranhas, dizendo que não poderiam comparecer, e lhe pediram para adiar os festejos. Alguns residiam longe e alegaram que tinham compromissos inadiáveis, de tal sorte que se encontravam impedidos de se fazerem presentes no dia do aniversário. Sugeriram-lhe, então, deixar as comemorações para a época das festas natalinas, ocasião em que todos eles poderiam se reunir.

Muito a contragosto, Seu Lorenzo se conformou, sem, entretanto, conseguir disfarçar a sua grande frustração. É que a data de 17 de setembro caía num sábado e, para ele, não havia melhor dia para se festejar um aniversário. Por outro lado, era preferível adiar a festa ao invés de fazê-la sem a presença de alguns dos seus filhos, possibilidade que Seu Lorenzo não admitia em hipótese alguma. Se era para fazer a festa dos seus 80 anos, tinha que ser com a presença de todos.

Mas o que Seu Lorenzo jamais suspeitava era do conluio que estavam armando a sua esposa Idalina e todos os seus filhos e netos. Tudo não passava de uma grande encenação. Dissimularam um sem número de empecilhos para que a festa fosse adiada, apenas para ludibriar a sua boa-fé. Enganaram-no direitinho, sem que ele desconfiasse de nada, inclusive contando com a cumplicidade de outros familiares, amigos e vizinhos, apenas para lhe pregarem uma peça. E no dia 17 de setembro, ele teve uma bela surpresa e uma das maiores emoções da sua vida, com a presença de todos os seus filhos e netos, e de muitos amigos, para festejar seus 80 anos.

A surpresa foi grande. Seu Lorenzo somente tomou consciência do que estava acontecendo quando adentrou o salão de festas do Clubinho Buricá, em Três de Maio, tateando no escuro para, de inopino, as luzes se acenderem e ele se deparar com uma plateia risonha cantando o "Parabéns a Você". O coração deu-lhe um atestado de boa saúde ao suportar tanta emoção. Então aquelas conversas estranhas, aqueles cochichos da sua esposa ao telefone com algum filho, todo aquele agito naqueles dias, todas as desculpas dissimuladas dos filhos não passavam de pura armação para enganá-lo. Jamais esperava uma coisa dessas. Todos o haviam enganado.

Nos meses que se seguiram à surpresa da festa, após ter sido enganado não só pela esposa, filhos e netos, mas também pelos vizinhos e pela cidade toda, Seu Lorenzo passou a ficar antenado quando o telefone tocava. Sem que percebessem, ficava à espreita para ouvir as conversas da esposa, desconfiando de tudo e de todos. Deu para escutar clandestinamente na extensão instalada na garagem, onde também ficava a gaiola da periquita.[258]

Certa manhã de domingo, a filha Marina estava a conversar ao telefone com Dona Idalina, quando essa lhe fez uma pergunta estranha:

— Marina, você tem periquito?

— Não, não tenho – respondeu-lhe a filha sem entender a pergunta. – Por quê?

— É que tive a impressão de ouvir o canto de um periquito.

Continuaram a conversar por mais alguns instantes até que, novamente, a mãe perguntou para a filha:

— Você não ouviu?

— O quê?

— O periquito cantando – redarguiu a mãe.

— Não, mãe. Só se for na TV, que está ligada no Globo Rural…

Marina olhou para a televisão e não viu nenhuma imagem de periquito cantando. A cena que passava na telinha nada tinha a ver com aquele canto. Então indagou à mãe:

— Mas não será a periquita de vocês já que só você está escutando?

— Não pode ser. A periquita fica lá embaixo na garagem e daqui de cima não se escuta o canto dela. E é no telefone que eu estou escutando.

Nesse instante, ouviu-se a voz titubeante de Seu Lorenzo, denunciando-se encabulado:

---

[258] Na verdade, tratava-se de um filhote de papagaio.

— Sou eu que estou na extensão da garagem… E desde que cheguei aqui essa periquita danada não para de cantar.

Então ouviu-se nitidamente o canto da periquita, que não se cansava de chamar:

— Nono, Nono, Nono…

— Não, não… – arrematou Seu Lorenzo ao final da narrativa. – Mas até essa história vocês foram lembrar…

Risadas ainda pipocavam na varanda da casa de Seu Lorenzo quando decidiram que era hora de dormir. As taças estavam vazias. A garrafa de vinho, esquecida sobre a mesa, também estava vazia. Talvez o velho baú ainda contivesse muitas histórias para revelar, para recordar. Aquele dia foi muito especial. Para Seu Lorenzo pouco importava se tinham rido dele ou se ainda viessem a rir em alguns episódios. O que o deixava feliz é que a memória fosse preservada, passada de uma geração para outra. Enquanto o baú da memória continuasse a ser remexido, a história não seria esquecida, não seria interrompida. Como diz um ditado popular: "Quando o Nono não conta histórias e o neto não as escuta, rompe-se o ciclo da vida".[259]

Cômicas, bizarras, ridículas… As histórias que contara para a neta naquela tarde eram a marca da família. A curiosidade insaciável da neta – a Medonha, como ele a chamava – havia lhe proporcionado uma das maiores alegrias da vida. E lhe dera um sentido e a certeza de que os causos e a própria história familiar seriam preservados pelas gerações seguintes. O ciclo da vida se renova constantemente, mas a história é única, contínua e indissolúvel no tempo.

…

Na manhã seguinte todos despertaram cedo. Ernani e família se preparavam para tomar a estrada em regresso à Serra Gaúcha, onde residiam. Enquanto a esposa Neila se dirigia à casa da cunhada Mariane para buscar as meninas Natália e Luana, Ernani desceu até a horta da família para colher acerolas.

---

[259] Autor desconhecido.

Catava os pontinhos alaranjados que arqueavam os galhos da planta quando percebeu a figura do pai Lorenzo, que o acompanhava com o olhar da janela do quarto. Então, lembrando-se da história do trote que o primo Vitor passou em Dona Idalina um dia, lançou uma provocação ao pai:

— Então era dessa janela que o senhor espionava a vizinha?

— Que vizinha? – respondeu Seu Lorenzo, sem perceber a malícia na pergunta do filho.

— A Lúcia!

— Ah! – fez Seu Lorenzo, sem saber se ria ou se reprimia o filho pela audácia do questionamento.

— Mas como foi mesmo a história da vizinha Lúcia?

— Olha, tenho que admitir que daquela vez aquele sacramenha do Vitor aprontou uma das grandes mesmo.

— É, não sei se é caso de censurar o Fumaça pela audácia ou parabenizar pela criatividade – observou Ernani, dando por encerrada a colheita das acerolas enquanto Seu Lorenzo iniciava a narrativa.

A VIZINHA LÚCIA

Essa história ocorreu num certo dia 15 de novembro, data de aniversário de Dona Idalina. Ela passara a véspera se esmerando no preparo de docinhos, cucas, bolachas e brigadeiros para oferecer às vizinhas e amigas que certamente iriam visitá-la para lhe cantar o "Parabéns a Você". Na confeitaria encomendara pastéis, salgadinhos e um bonito bolo. Até fora ao supermercado para comprar refrigerantes para oferecer às visitas.

Na manhã do dia 15, logo cedo, pôs-se a arrumar a casa e colocou sobre a mesa da varanda um bonito vaso com rosas colhidas no seu cuidado jardim. Ela foi muito zelosa em todos esses preparativos. Mas tinha um problema para resolver: como afastar Seu Lorenzo de casa naquela tarde, quando esperava pelas visitas, já que seu marido gostava muito de conversar e, como de costume, acabaria por monopolizar as conversas, principalmente na presença de mulheres, quando parecia que ele se animava ainda mais. Alguma providência precisava ser tomada para garantir que fosse um encontro só de amigas, sem a inconveniente presença de um homem. Afinal, as mulheres poderiam não se sentir à vontade.

Na hora do almoço, Dona Idalina teve uma ideia, mas esperou o momento de lavar a louça para colocar em prática o seu plano. Enquanto Seu Lorenzo secava a louça – e contava os talheres, questionando como havia tantas facas e tantos garfos por lavar se eles estavam só em dois no almoço –, Dona Idalina apresentou a sua proposta:

— Escuta, Lorenzo… Por que hoje à tarde você não vai visitar o compadre Ambrósio?

— O Ambrósio? – indagou Lorenzo admirado com a oferta.

— Sim, o Ambrósio – confirmou Dona Idalina. – É tanto tempo que ele te convida para você ir lá tomar um chimarrão. Sabe, ele andou meio adoentado nos últimos dias, nem na igreja apareceu. Você poderia aproveitar para fazer uma visita a ele.

— Mas sabe que você me deu uma boa ideia! – assentiu Lorenzo, enquanto Dona Idalina mal disfarçava um sorriso no canto da boca.

Pronto, Seu Lorenzo mordeu a isca. Se tinha algo que ele não resistia era um mate com os amigos, ainda mais com o compadre Ambrósio, de quem tanto gostava.

Finalizados os trabalhos de limpeza da louça do almoço, o casal deitou-se para a costumeira sesta. Lá pelas duas horas da tarde, Seu Lorenzo levantou-se, aprumou o cabelo, pegou o seu chapéu e anunciou, cuidando antes para que Pirulito não se aproveitasse da ocasião para fugir com ele:

— Bem, então vou lá ver o compadre Ambrósio… Vou a pé para dar uma boa caminhada.

— Isso, caminhar vai te faz bem! – aprovou Dona Idalina, sem conter a satisfação por ver dando tão certo o seu plano de afastar o marido de casa e livrar-se da incômoda presença do "galo do terreiro".

E lá se foi Seu Lorenzo assobiando uma cantiga, enquanto Pirulito latia junto ao portão do jardim, protestando por ter sido deixado em casa.

Pela meia-tarde as visitas começaram a chegar. Compareceram todas as amigas esperadas, que abraçaram a aniversariante, entregaram mimos e presentes e cantaram parabéns. Dona Idalina ofereceu uma mesa farta de doces e salgadinhos. Teve roda de chimarrão, mate doce e também pé de moleque e pipoca. A conversa correu solta e animada, com muitas risadas. E todas as visitas tiveram oportunidade para se manifestar. Claro, não havia ninguém para monopolizar as conversas.

Próximo à "hora da Ave-Maria", as visitas começaram a se despedir. Mais abraços e renovação dos votos de muita saúde, paz e felicidades. Uma a uma, as amigas foram se retirando. Quando não restava mais ninguém, Dona Idalina tratou logo de iniciar a reorganização da casa. Tinha muitos doces e salgadinhos por recolher, muita louça para lavar. E a roda de cadeiras – agora vazias – precisava ser desfeita e o mobiliário recolocado em seu lugar habitual. Estava empenhada nesses serviços quando tocou o telefone.

— Alô! – atendeu Dona Idalina.

Uma voz afinada respondeu do outro lado da linha:

— Alô! Aqui é a sua vizinha. Eu queria dar os parabéns pelo seu aniversário.

— Obrigada! – respondeu com certa frieza Dona Idalina. – Mas quem está falando?

— É a Lúcia – falou uma voz falsamente aveludada.

— Que Lúcia? – insistiu questionando Dona Idalina.

— É a sua vizinha, a Lúcia – repetiu a estranha voz.

— Não conheço nenhuma vizinha com esse nome – retrucou Dona Idalina.

— É que eu sou nova aqui na vizinhança – insistiu a voz.

— Hpmf! – limitou-se a responder Dona Idalina.

— Olha, vizinha, eu queria aproveitar para de lhe fazer um alerta ... – continuou a voz, que se traía em falsetes.

— Mas sobre o que se trata?

— É sobre o seu marido – cochichou a voz impertinente.

— E o que é que tem o meu marido? – atalhou Dona Idalina, já se fazendo impaciente.

— É que o seu marido... – falou a voz – ... anda me espionando.

Agora era demais! A conversa daquela voz desconhecida estava fazendo Dona Idalina pisar em espinhos. Que audácia! Eram acusações muito sérias. Nunca tivera desconfianças sobre a fidelidade do marido.

Sem esconder a zanga, Dona Idalina desafiou a voz atrevida:

— Não entendo do que você está falando.

— Olha – continuou a voz em tom de advertência –, acho bom a senhora abrir os olhos e controlar mais o seu marido.

— Mas isso é uma acusação muito grave! – exclamou Dona Idalina. – E que provas você tem?

— Bem, todo o dia o Seu Lorenzo me espiona – prosseguiu a voz esganiçada.

— Mas me explica que história é essa.

— Sabe, o seu marido fica na janela, outras vezes se esconde na horta. Daí, quando eu saio do banho, ele está lá, sempre me espiando. Vou me trocar no quarto e lá está o seu marido me espiando pela janela. Não posso fazer nada que ele está de olho grudado em mim.

— Não acredito nisso! – interrompeu Dona Idalina, na verdade, já desejando saber mais detalhes acerca da suposta atitude inconveniente e indiscreta do marido.

— É a mais pura verdade – prosseguiu a voz, cujo tom afeminado irritava cada vez mais Dona Idalina. – Ele não me dá sossego! Tenho que deixar a casa toda sempre fechada porque senão o Seu Lorenzo fica me espionando.

— Passar bem! – Bateu secamente o fone no gancho Dona Idalina, encerrando a irritante e insólita conversa.

E retomou o trabalho de reorganização da casa, agora com movimentos bruscos e impacientes. As cadeiras foram arrastadas com certa fúria. Um chinelo, que se encontrava no lugar errado e na hora errada, voou para o jardim, assustando Pirulito, que cochilava na calçada. E não era para menos! Mais de cinquenta anos de casados, há pouco haviam comemorado as Bodas de Ouro numa linda festa, e nunca tivera qualquer motivo para desconfiar do marido, de duvidar da sua fidelidade. E agora uma estranha, sabe-se lá saída de onde veio com aquela conversa, fazendo acusações daquele jeito!

Lorenzo ia ver só quando chegasse em casa. Ah, se ia! Bem que ele sempre teve uma queda para puxar conversa com as mulheres. Gostava demais de ficar proseando numa roda de mulheres. Como nunca percebera nada antes? Ele que se preparasse! Era só chegar em casa que iriam ter uma conversa muito séria. Aquela história da vizinha Lúcia haveria de ser tirada a limpo. Ah se ia! E o estranho telefonema daquela voz afeminada não parava de martelar nos ouvidos de Dona Idalina.

Mas Seu Lorenzo demorou em retornar para casa. O trabalho de limpeza e reorganização já estava concluído, a louça toda lavada e nada de o marido chegar. Dona Idalina espiava pela janela da cozinha para ver se ele estava chegando… e nada. Quem chegou foi a filha Mariane, que saiu do trabalho para dar um abraço na aniversariante. Estranhou a frieza e as poucas palavras com que foi recebida. Dona Idalina serviu-lhe um pedaço de bolo em silêncio. Algo estava estranho. Notando a ausência, Mariane perguntou pelo pai. Dona Idalina respondeu de forma lacônica:

— Saiu.

Já passava das 19h e o sol já havia se posto… Mas cadê o Seu Lorenzo? Não mais escondendo a impaciência, Dona Idalina dirigiu um pedido esquisito à filha:

— Você não quer pegar o carro e dar uma volta pra ver se acha o seu pai?

Mariane atendeu sem compreender o que estava acontecendo. Deu voltas pelas redondezas e nem sinal do pai. Sem sucesso, retornou e foi recebida por indisfarçada frustração por Dona Idalina. Não havia mais dúvidas, algo muito sério estava acontecendo. Mas o estado de irritação da mãe desencorajou qualquer pergunta. Estava tarde, precisava ir para casa para cuidar das filhas. Despediu-se com um abraço, mas Dona Idalina continuava monossilábica.

Estava começando o noticiário do Jornal Nacional quando Lorenzo bateu o trinco do portãozinho e foi recebido com festa por Pirulito, que naquela situação nem ousava se aproximar da dona da casa. Seu Lorenzo entrou na casa estranhando a fisionomia da esposa. Nem parecia cara de quem estava fazendo aniversário. Foi recebido com uma pergunta seca:

— Onde você andou até uma hora dessas?

— Mas, olha… – principiou Seu Lorenzo, ainda tentando medir a temperatura. – Estava lá com o compadre Ambrósio.

— Até esta hora? – perguntou secamente Dona Idalina, sem disfarçar a amofinação.

— Bom, é que na volta encontrei umas mulheres – começou a explicar Seu Lorenzo de forma desajuizada – e daí ficamos proseando. Quando vi, já estava escuro.

— Mas é justamente sobre mulheres que quero ter uma conversa muito séria contigo – falou Dona Idalina de forma ameaçadora.

— Como assim?

— Quero saber tudo sobre essa história da vizinha Lúcia – esbravejou Dona Idalina.

— Mas que Lúcia?

— A vizinha que você anda espionando.

— Espiando? Eu? – contrapôs Lorenzo tomado de espanto.

— O senhor mesmo! – exclamou Dona Idalina, partindo em direção ao marido com o dedo em riste.

— Mas eu nunca fiz isso. Quem te falou uma coisa dessas?

— Pois a própria telefonou pra cá e me contou tudo! – esclareceu Dona Idalina a ponto de explodir. – Ela se queixou de que você não a deixa em paz, que a espia todos os dias, que se esconde na horta para espiar quando ela sai do banho...

Lorenzo estagnou petrificado com a revelação do motivo da inquisição de que estava sendo alvo. Diante da paralisia do marido, Dona Idalina continuou o seu libelo dramático:

— Você não tem vergonha mesmo! Com essa idade ficar espiando uma mulher! – E prosseguiu: – Nunca imaginei que você fosse capaz de uma coisa dessas! Com que cara agora vou olhar para essa tal de Lúcia?

Então Seu Lorenzo despertou do estado catatônico em que se encontrava e exclamou em gargalhadas:

— Mas isso só pode ser coisa daquele cachorro do Vitor!

Por alguns minutos o casal permaneceu se olhando em silêncio, como a recuperar o fôlego. Até que Dona Idalina, baixando o tom da voz, fitou o marido e perguntou:

— Você me garante que essa história dessa tal de Lúcia não é verdade? Que é tudo invenção?

— Claro! Isso só pode ser outro trote daquele jaguara! – sentenciou Lorenzo.[260]

Pelo resto da noite os dois não mais trocaram palavras. Foram dormir, cada um voltado para um lado do leito, Dona Idalina ainda um tanto desconfiada. Desconfiança que só se desfez alguns dias depois, quando encontrou o sobrinho e afilhado. A gargalhada de Vitor quando indagado a respeito da história da vizinha Lúcia foi o suficiente para Seu Lorenzo recuperar a credibilidade junto à esposa. Mas a história desse telefonema continuou a deixar Dona Idalina profundamente irritada. Ai de quem mencionasse o assunto. Algum sapato seria capaz de voar...

---

[260] Anos mais tarde, quando Lorenzo Benefatti lutava contra um câncer terminal, Vitor Cazzoli foi visitá-lo no Hospital São Vicente de Paula, em Três de Maio. Diante do quadro irreversível da saúde de Lorenzo, postado ao lado do leito e com voz embargada, Vitor pediu perdão pelo trote da "vizinha Lúcia":
— Padrinho, o senhor me perdoa por aquela história da Lúcia?
Lorenzo fixou o olhar opaco no afilhado, sussurrando baixinho como um último sopro de vida:
— Sim, te perdoo... cachorro!
E repetiu antes de cerrar novamente os olhos:
— Seu cachorro...

Ernani retornou à varanda da casa com o cesto repleto de acerolas. Separou uma porção de frutinhas bem maduras para levar consigo e entregou um pote com o restante para Dona Idalina. As meninas e as malas estavam prontas. Era hora de partir.

Ao acomodar a bagagem no porta-malas do carro, Ernani encontrou a garrafa de espumante que trouxera da Serra Gaúcha, numa embalagem de papelão, para presentear o pai, mas tinha esquecido de entregá-la. Efetuou a entrega naquele momento, recomendando ao Seu Lorenzo

— Essa fica de presente. Mas abra antes que ela estoure sozinha – advertiu ao passar a garrafa para o pai.

Seu Lorenzo pegou a garrafa de espumante sem disfarçar um sorriso mal disfarçado de quem não estava entendendo o que o filho pretendia dizer.

Dona Idalina logo compreendeu a insinuação de Ernani e se apressou a esclarecer ao marido:

— Ele tá falando daquele litrão de *champagne* que estourou sozinho de madrugada, quando a gente ainda morava na colônia.

— Ah... – limitou-se a assentir Seu Lorenzo.

Despediram-se com abraços calorosos, prometendo breve reencontro. Ernani e família tomaram o caminho de regresso ao lar. Mal chegando à rodovia, Neila deu vazão à sua curiosidade, perguntando ao marido:

— Mas que história é essa do litrão de *champagne*?

Então, com um sorriso maroto, Ernani principiou a narrativa do célebre causo.

O ESTOURO
DO *CHAMPAGNE*

Num certo dezembro do início dos anos 80, Seu Lorenzo se encantou com uma garrafa gigante do espumante Brindespuma exposta à venda num mercado da cidade, que continha dois litros e meio da bebida efervescente. Naquela época, a qualidade dos espumantes nacionais ainda era bastante modesta, bem distante dos espumantes que décadas mais tarde vieram conquistar o mercado e o gosto dos apreciadores da bebida.

As festas de final de ano estavam se aproximando e Seu Lorenzo fez as contas, concluindo que a compra do litrão seria vantajosa em termos de custos e daria para fazer uma boa festa e muitos brindes. Não teve dúvida: comprou o litrão de *sampanhe*[261] e saiu do mercado todo orgulhoso.

Chegando em casa, achou um lugar de destaque na cristaleira da sala de visitas, onde depositou a gigantesca garrafa como um precioso troféu. E toda noite, antes de dormir, passava pela sala para contemplar o seu litrão de *sampanhe*. A data do estouro do espumante estava marcada: seria na noite de *réveillon*, quando Seu Lorenzo esperava receber todos os seus filhos para a ceia da virada. E enquanto isso, a grande garrafa permanecia ocupando lugar de honra na sala de visitas.

Todavia os planos de Seu Lorenzo foram frustrados. O planejado jantar acabou não acontecendo e o litrão de espumante ganhou algum tempo de sobrevida. Passavam os dias e Seu Lorenzo continuava a admirar o litrão entronado na grande cristaleira, enquanto os filhos Marcelo e Ernani o instigavam para abrir o espumante. Seu Lorenzo, entretanto, resistia com firmeza o assédio dos filhos, afirmando que o litrão somente seria aberto numa ocasião especial.

---

[261] Como Seu Lorenzo pronunciava champagne.

E assim passou janeiro... e chegou fevereiro, o litrão e Seu Lorenzo resistindo. E toda noite lá ia Seu Lorenzo até a sala de visitas contemplar o seu precioso litro de *sampanhe*. Por vezes, a tentação também investia contra Seu Lorenzo, mas logo ele recuperava a sua determinação: o litrão seria estourado numa data especial, quando toda a família estivesse reunida.

Mas aquele fevereiro foi marcado por intenso calor. Durante o dia, o sol causticava impiedoso e a absoluta ausência de vento, nem mesmo uma suave brisa, tornava as tardes insuportavelmente infernais. Dobrava a meia-noite e o calor insistia em castigar e atrapalhar o sono. Na casa de Seu Lorenzo já era madrugada e, finalmente, uma leve brisa chegou para aliviar um pouco o calor, permitindo, enfim, que as pessoas se entregassem ao justo e merecido sono reparador.

Porém um forte estrugido despertou de inopino os moradores da casa. Assustados, todos saltaram dos seus leitos e correram atraídos pelo barulho de uma cachoeira. Na sala de visitas ainda puderam assistir ao último filete de espumante descendo em borbotões pela cristaleira, desenhando um riacho de espuma no assoalho da sala. Ainda esfregando os olhos para acostumá-los à repentina claridade da luz, entreolharam-se incrédulos e sem palavras diante da surpreendente cena. Apenas Seu Lorenzo exclamou:

— *Sacramenha!*

Na grande cristaleira não se via mais o troféu de Lorenzo, apenas o fundo do casco do vasilhame. Pelo assoalho, cacos de vidro esverdeado se misturavam a filetes de espumante. Dona Idalina logo diligenciou para providenciar vassoura e panos de chão para efetuar a limpeza dos despojos do cobiçado litrão, enquanto Seu Lorenzo sapateava pela sala, ainda descrendo do incrível estouro espontâneo e do desperdício do seu objeto de desejo e veneração.

Ernani conduzia o veículo com um riso silencioso estampado na face, enquanto Neila não tirava o olho do ponteiro do velocímetro e Natália dormia com o polegar enfiado na boca e a cabeça aninhada no colo da irmã Luana. O motorista ria para si, com a imagem ainda nítida na cabeça, da cara de espanto do pai diante do litrão de espumante estourado. Essa cena simplória tinha um apelo cômico muito saliente, mas continha também uma mensagem tocante.

O verdadeiro valor da vida não se mede pelos eventos grandiosos e solenes que planejamos de maneira formal, mas, principalmente, por aqueles momentos singelos e espontâneos que vivenciamos em nosso dia a dia. Um abraço gratuito, uma roda de chimarrão ao final da tarde, uma conversa descontraída com os amigos, um pequeno agrado ou um elogio despretensioso… Coisas simples que não programamos, que não fazemos movidos por algum interesse ou por alguma intenção predeterminada, mas que fazem toda a diferença e tornam a vida surpreendente.

As coisas que adiamos, que deixamos para um momento especial, perdem na espera a sua essência, pois o presente é ínfimo e fugaz, espremido entre a imutabilidade do passado e a infinitude do futuro. Um abraço postergado, um gesto de afeto não manifestado, uma palavra de conforto não verbalizada, uma carícia não externalizada, uma anedota ingênua não compartilhada, uma história não contada, são coisas que se perdem sem desfrute, como o *champagne* de Lorenzo. Coisas simples que tornam a vida maravilhosa, pois a graça do viver está no momento presente que nos foge. Nada se guarda para uma ocasião especial, porque ocasião especial é cada dia que se vive.

Cada nota deixa em cada um de nós uma lembrança,
mas é a melodia inteira que conta uma história.

(Paulo Coelho – O Aleph)